怕飞

Erica Jong

FEAR OF FLYING

[美] 埃丽卡·容 著

石雅芳 译

上海译文出版社

Erica Jong

FEAR OF FLYING

图字：09－2009－425 号

图书在版编目(CIP)数据

怕飞 / （美）埃丽卡·容（Erica Jong）著 ; 石雅芳译. -- 上海 : 上海译文出版社, 2025. 6. -- ISBN 978-7-5327-9838-4

Ⅰ. I712.45

中国国家版本馆 CIP 数据核字第 2025H3B096 号

怕飞

Fear of Flying

Erica Jong
[美]埃丽卡·容　著
石雅芳　译

出版统筹　赵武平
责任编辑　邹　滢
装帧设计　张擎天

上海译文出版社有限公司出版、发行
网址：www.yiwen.com.cn
201101　上海市闵行区号景路 159 弄 B 座
上海颛辉印刷厂有限公司印刷

开本 850×1168　1/32　印张 14.5　插页 2　字数 238,000
2025 年 6 月第 1 版　2025 年 6 月第 1 次印刷

ISBN 978－7－5327－9838－4
定价：79.00 元

献给

格雷丝·达林·格里芬

并献给我的外公

塞缪尔·米尔斯基

感谢无畏的编辑：阿伦·阿舍与珍妮弗·约瑟菲。感谢全国艺术基金会的资助。感谢贝蒂·安妮·克拉克、阿妮塔·格罗斯、鲁思·沙利文、咪咪·贝林和琳达·博金。特别感谢家里的缪斯，从一开始就让我拥有了一间属于自己的房间。

目　录

五十周年纪念版序

莫莉·容-法斯特

为一部深刻塑造了我和我母亲的生命的书作序，实在是一件难事。如果没有《怕飞》的巨大成功，我们俩会是什么样子呢？

如果母亲没有因一本在我出生前写的书而成名，我今天会有为《名利场》写作和做评论家的事业吗？这是一个不可能回答的问题，但我一次又一次地回到这个问题上来：我的成功有几分是基于他人？有时我会在半夜惊醒，被一个念头所困扰：我的人生有多少是与她和这本书紧密相连的？我以为写作是件理所当然的事，于是成了一名作家。小时候，我甚至不知道除了警察和写自传小说的人之外还有什么职业——可能还有因为众议院非美活动调查委员会而入狱的共产党人。也许我想成为一名作家是为了让她关注我，或者让她尊重我，又或者只是让她对我感兴趣。我不确定自己为什么会掉进这个棘手的无底洞，但从我成为一名作家的那一刻起（我在二〇〇〇年出版了第一本书），我的整个人生就与这部小说不可分割地联系在了一起，它出版于一九七三年，还要再过五年我才出生。

许许多多女性（也有男性）在主角伊莎多拉·温的故事中找到了自己，但我没有。在我成长的过程中，与母亲年龄相仿的女性会在商店和餐馆里拦住我们，真诚地看着她的眼睛，告诉她这本书如何改变了她们的生活。它也以一种完全不同的方式改变了我的生活轨迹。我与这本书和作者的关系并不寻常。我认为这本书是我今天事业成功的原因，但它也是我母亲永远无法摆脱的枷锁。

由此可知我为什么会觉得这个任务令人生畏。我告诉自己这只是一本书，但对我而言，它的意义完全不同。我并没有因为阅读伊莎多拉的冒险而受到启发去寻找性自由！事实上，我对书的内容感到非常不适，而这不适可能是很正常的，毕竟伊莎多拉基本上就是我的母亲。除此之外，我认识许多人物原型，于是在阅读这样一本露骨书籍的体验中，平添了一种真正令人不安的感觉。

《怕飞》是那些无可回避的书之一，它定义了历史上的一个特殊时期。它就像一个时间胶囊，将我们带回罗诉韦德案之前的时代，这在当下意义重大。二十世纪七十年代初对女性而言是一个至关重要的时刻；正如凯蒂·沃尔德曼在*Slate*杂志中评论的，《怕飞》“也关乎对一九七三年左右的女性身份的理解”。

我们不知道是什么让一本书、一部电影或任何艺术作品成为文化的引爆点，也不知道为什么有些书捕捉到了某个时刻，而其他书则销声匿迹。我写过足够多消失的书，深知经久不衰的作品是多么罕见。只有少数艺术作品能够概括集体时代精神，大多数做不到。能捕捉集体想象力，哪怕只是一瞬间，也蕴含着巨大的力量，妈妈做到了这一点。但她再也无法复刻这一壮举。为了重现那一刻，她那饱含痛苦的探索和追求最终吞噬了她。

一九七三年这本书出版时，妈妈三十三岁，是一名学者和诗人。根据她的说法，她是个好学生，嫁给了她睡过的第一个男人。我对这个事实持保留态度，因为她向来不是一个可靠的叙述者。

当《怕飞》出版时，她像成千上万的女性一样，已婚，在教书，住在中产阶级的上西区。突然间，她登上了杂志封面，成为一个文化现象的著名创造者。《怕飞》在全球范围内取得了类似的成功，售出了两千万册。它造就了埃丽卡·容。

我曾经认为成名是非同小可的大事，因为当我的母亲和我的祖父，作家霍华德·法斯特，变得不那么有名时，当名气无可避免地消退时，他们沮丧不已。我目睹他们深深哀悼着自己失去的重要的文化意义，可我也并没觉得作为那个埃丽卡·容有多么快活。我记得即使是小时候，我也在想：这看起来本该很有趣，但她似乎很痛苦……

埃丽卡·容参加各种豪华派对，与众多名人在一起。她在桌子上跳舞。她总是闻起来很香，像法国香水或白葡萄酒，偶尔还有香烟的味道。她遵循戈尔·维达尔的格言："我从不错过任何做爱或上电视的机会。"埃丽卡·容有过多次婚姻和多次婚约。在她嫁给第四任丈夫（我父亲之后的那位）之前，她总是同时与多个男人约会。这些男人必须崇拜她，否则她会觉得他们很无聊。在某些方面，她很像玛丽莲·梦露，也许是因为《怕飞》把她变成了一个性感符号，把她变成了许多男人自认为想要"无拉链速交"的女人——这对一部女性主义小说来说是一个极其奇怪的结果，但事实的确如此。

妈妈总是在寻找快乐，但很少找到。她只是想要逃避，而且经常逃避。她去欧洲，一待就是几个月。她至少每周都会坠入爱河一次。她从一个破裂的婚约跳到另一个破裂的婚约。当她最终嫁给我的继父时，她很难平衡他对她的需求和她写作（及饮酒）的责任。

要创作更多改变世界的书，这个压力使她喘不过气；她还得尽力保持镇定，去面对一系列永无止境的恶毒、厌女的攻击和跟踪狂，包括有人把车停在我们康涅狄格州的家的车道前头，听着一个没有电池的收音机传来上帝信息。那时，妈妈和康涅狄格州韦斯顿的警察都不知道如何处理跟踪者。埃丽卡·容被困在她自己创造的世界里。

现在，妈妈八十多岁了，患有痴呆症。她既活在这个星球上，又几乎不在了。她仅有的一些珠宝放在我的保险箱里。她的遗产放在我的桌子上和我电脑的硬盘里。我以为我会成为一个出色的文学遗产执行人，因为我知道出版业是如何运作的，但事实是，做我母亲的文学遗产执行人简直是折磨。我以为写这篇序言会是件轻松有趣的事，但它就像是在给自己做根管手术。写我们在一起的生活，让我回到了那些我需要她的岁月，而当时我还不知道我们永远不会以我所需要的方式建立联系。

现在我的母亲坐在一个房间里，等着我去看她，但她已经不在那里了——至少不是我曾经认识的那个母亲。现在她就像一个美丽的洋娃娃。

无法赢得过去。无论写多少篇序言都无法让我对《怕飞》

和当下之间的岁月感到平静。写关于她和她的遗产的文字只会让我比以前更难受。这篇序言应该是对她作品的颂扬，对我母亲在第二波女性主义浪潮中先锋地位的庆祝，但恐怕它不是。也许这只是我个人的失败,但我母亲过去常常误用欧内斯特·海明威的那句名言，说坐在打字机前就像剖开一条血管。

星二代的公开秘密——无论我们多么努力工作，无论我们的作品可能有多好，我们父母传下来的名气和声望这个折磨人的礼物都会抹杀我们所做的一切。

有些人承认这一点。大多数人不承认。

所以，五十年后坐下来为一本已经远大于我，也大于她的书写序言，我不无忐忑。我从未见识过母亲在巨大成功之前的样子，而当我长大到能够理解发生了什么的时候，《怕飞》已经成为我妈妈生活和影响力的一部分。我生来即在她盛名笼罩之下，从未走出去。

一九七三年对女性和性自由是一个重要的年份。美国最高法院裁定“根据第十四修正案正当程序条款所规定的隐私权，一个人可以选择堕胎，直到胎儿具有母体外存活性为止”。选择的权利，终止妊娠的权利，以及六十年代口服避孕药的出现，对女性生命带来了革命性的改变。性和怀孕不再不可分割。《怕飞》是这种新的无拉链自由的一部分。

但进步对美国女性来说并不是一条直线。在《怕飞》出版后的几十年里，我母亲和她的同龄人以为会发生的许多事情并没有发生。女性仍然没有接近与男性平等，有色人种女性的收入只有白人男性的百分之六十左右，宪法中没有平等权利修正案，女性没有得到保护。

我母亲和她的同龄人梦想的自由性爱和平等的世界在地平线上短暂地闪烁，但从未完全实现。有反弹和反复，还有罗纳德和南希 · 里根从白宫屋顶上拆下太阳能板。我们从未获得曾被承诺的平等。

然而，噩梦并没有到此结束。二〇二二年六月，特朗普任命的三位大法官推翻了罗诉韦德案。这些大法官大笔一挥，就剥夺了女性近半个世纪以来拥有的宪法权利。地球并没有偏离轨道，世界继续运转，第二天我们如常起床吃早餐，仿佛我们没有失去一项宪法权利。失去罗诉韦德案相关裁决的感觉奇怪地抽象而遥远……但对那些身体像被恶毒的外星寄生虫殖民的女性来说，并非如此。三位自由派大法官写道："我们怀着悲伤——为这个法院，更为今天失去了一项基本宪法保护的数百万美国女性——表示异议。"

阅读这本书，然后去写你自己的《怕飞》，因为我们需要更多这样的书。

孙丽娃　译

前　言

塔菲·布罗德瑟-阿克纳

《怕飞》于一九七三年首次上架时并没有立即成为畅销书。出版商霍尔特、莱因哈特和温斯顿公司首印三万册之多，在《纽约客》杂志刊登约翰·厄普代克的热情好评后，这些书即刻销售一空。厄普代克在评论一开头就称这本书是“胜利者”，第二句说它“既有品位又有活力，既聪慧，又犀利”，并将它置于《麦田里的守望者》和《波特诺伊的怨诉》的传统之中。八十多岁的亨利·米勒宣称，终于出现了一本女性版的《北回归线》。在等待《怕飞》第二次印刷时，正是这些男性的认可（包括《纽约时报》上特里·斯托克斯的恶评，充满厌女情绪、抱怨指责和一丝反犹主义，但效果似乎适得其反），造成了图书缺货的疯狂局面。

但霍尔特从未进行第二次印刷，有种说法是他们当时遇到了资金问题。这本书始终是评论界的热门，令那些买不到它的人望眼欲穿。一年后，它以平装本出版，在《纽约时报》畅销书排行榜上首次亮相就登上榜首。过了半个世纪，就在我写这篇文章的当下，《怕飞》在全球已售出超过两千万册。

《怕飞》是埃丽卡的第一部小说，但不是她的第一本书。当时她是巴纳德学院的毕业生，拥有十八世纪英国文学硕士学位，正在哥伦比亚大学攻读博士学位，已经出版了两本诗集，并获得好评。这部小说让她一夜成名，出版商被颂声遍野打了个措手不及，于是安排作者参加无休止的书籍巡回宣传：超过一年之久的仓促组织的座谈会，大学和书店举办的朗读会，深夜电视节目的邀约。在此期间她不得不应对来自男性的性别歧视，他们好奇，为什么像她这样的好姑娘会公然写作关于性的话题；她也不得不忍受来自女性的对峙和谴责，她们指责她破坏了美国家庭。面对这些人，埃丽卡冷静而简单地阐述她的观点：女性有性爱，有情感，有智慧，有感知能力，且真实存在——她利用书籍巡回宣传，为女性首先是人类这一点辩护。作为回报，她收到了阳具雕塑和淫秽的画作（我见过的一幅是带毛的阴茎，上面写着："埃丽卡·容，见见埃里克，屌。"）。走在她家乡曼哈顿的街道上，她在每个街角都需要为自己辩护。她不得不听取那些因为妻子现在大声抱怨而怪罪于她的男人的长篇大论，面对猥亵的口哨声和手势，她如今的"恶名"使她难以在这个世界上最大的城市里找到一个小角落躲藏。

但这也是一个特别的时期：她的信件每天上午十一点就会砰的一声落在后门，她忍不住跑去读：成堆的信封，是的，里面有一些淫秽的东西，但更多的是长信，有的是写给她的，也有的写给了《怕飞》的叙述者，伊莎多拉·泽尔达·怀特·斯托勒曼·温。她读到那些来自女性的信，信中她们寻求建议：想知道如何生活；想知道是否应该继续和丈夫保持婚姻，是否应该和丈夫最好的朋友私奔，是否应该去弄清楚如何自力更生。她们想知道浪漫爱情能否永远支撑她们，婚姻是否真的能成功。她们想知道如何获得自由。她们想让她知道，她们不仅被她的书解放了，也被伊莎多拉的存在解放了，也就是说，被埃丽卡·容解放了。我最终也加入了她们。这本书出版二十年后，我十八岁，在以色列一个面向美国人的大学项目中度过间隔年；当时我在特拉维夫的一个户外书摊上找到了一本《怕飞》的二手书。起皱的亮黄色封面，有些褪色但仍然引人注目，像菲利普·罗斯的书一样用着加粗衬线花体大写字母，因为它们没有封面图案，整体看起来就像正统的文学作品，我得以瞒过我母亲。现在我能猜到，这可能是一九七六年一月由美洲狮图书公司出版的平装本；那是一家主要专注于科幻小说的英国出版商，后来被格拉纳达收购，然后并入了威廉·柯林斯父子公司，后者又并入了哈珀·柯林斯，如此这般一直延续到我们现在所处的出版业垄断时代。（顺便说一句，这不是我最喜欢的《怕飞》封面，尽管它肯定是我最怀念的一个。我最喜欢的是企鹅经典豪华版封面，它是红色的，一道拉链清晰地划分开两个白色的梨形对称球体，就变成了臀部，这是对伊莎多拉热切追求的“无拉链速交”的引用——无束缚、无义务的性行为，既不会导致依恋也不会导致怀孕，是女性为了纯粹的快乐而追求的行为。封面的企鹅标志恰好放在阴蒂的位置。）

再说回以色列的书摊。我打开书就开始读，起初只是匆匆一瞥，之后，就像她用拳头攥住了我的衣领，我被拽进书中，滑入她那光辉、狂野、曲折的句子里。只有在翻到封底看她的照片时，我才停了一停：那不是一张严肃的作者照，而像是一张随意的快照。封皮太皱，看不太清她的样子，但我看到了长长的、直直的、浓密的金发，大大的微笑，还有她会在书中形容为波兰农民式的鼻子。不知过了多长时间，直到书摊老板告诉我他要收摊回家了，我就掏出最后几个谢克尔买下了这本书。

我从未读过这样的书。那时我已经读过一些名著——我很幸运有一个品味优秀且喜欢把东西随处乱放的姐姐，甚至读过一些与《怕飞》同类型的书：一些厄普代克提到的，还有一些仅存在于纽约／犹太人／精神分析师沙发漩涡中的书。

但没有一本能像《怕飞》那样。它似乎是由当时已经是博士生（研究维多利亚时代的讽刺文学）的作者一口气写成的，想法一旦闪现于脑海中就尽可能快地打出来，是第二波女性主义者的想法和反应的汇编，她们热衷于寻找那种不会让你恨自己的爱情和性。

曾有过哪本书的知识／教育／文学指数和性感／喧闹／肮脏指数一样高？书里每一次提到山鲁佐德，都会同样多地提到阴蒂，关于存在主义的讨论和关于力比多的讨论一样频繁。书里有希斯克利夫、赫拉、《伊利亚特》、对弗洛伊德如数家珍的理解（部分客体！），有《O的故事》、西尔维娅·普拉斯、泽尔达·菲茨杰拉德、马乔里·莫宁斯达，也有指挥家德米特里·米特罗普洛斯。《怕飞》要求你跟上它的节奏，它期望你和它一样聪明、有教养和性感——就像她一样。一旦这一点确立，它就成为一部高尚的、理智严谨的（且彻底放荡的）女性欲望的史诗，是具有自我意识的犹太人坦然的拒绝道歉，是女性主义的困惑，是这些新的、开创性自由所包含的约束，是毫不掩饰的对被爱和被满足的要求。

最基本层面上，《怕飞》是一个开创性的、历史性的记述，讲述了女性在应该想要什么和实际想要什么之间的复杂和矛盾。今天任何活着并还在阅读的女性都如此熟悉这种挣扎，以至于感觉它不再是挣扎，而是人类状况本身。重要的是，当埃丽卡·容把它写下来时，当她摘下女性主义的眼镜（然后脱掉裤子，然后是内裤）时，她让大量女性读者得以理解这种挣扎，她们第一次明白自己并不孤单。现在这样写已属于常规：在我自己的处女作小说中，女性角色也在与这种状况斗争。但当我写它的时候，它已经不新颖了，只是这种状况的最新变体（可能四年后的如今，也已不再是“最新”）。事实上，我的书是对《怕飞》的致敬，它以同样的方式结尾：一个失踪的人站在门口，回到家中。当我的书被改编成电视剧时，电视台制作的广告牌和出租车车顶广告的海报包含了一系列视觉符号，向观众表明我们讲述的故事的传统。就在海报正中间，曼哈顿被一道拉链打开，这是对《怕飞》的致敬。当我看到它时，我差点昏倒，我太自豪了。我知道，我来自何处。

《怕飞》在我们文化中的余响和它的诞生一样复杂。这本书卖出了电影版权，但电影从未被制作。埃丽卡起诉要回版权但失败了。在这两句话中，暗藏着上千份法律文件和同样多的伤感。

这场诉讼消耗了她。她的离婚消耗了她。前所未有的文学名气消耗了她。她曾发誓永远不会为《怕飞》写续集，但她的下一本书就关于一个名叫伊莎多拉的女人如何起诉一个制片人和电影工作室，并在前所未有的文学盛名中经历离婚。她又写了三本由伊莎多拉叙述或以伊莎多拉为角色的书。

但这些书难以企及《怕飞》所带来的期待。它们缺乏它的兴奋、它的独创性、它的紧迫感。也许它们缺乏的是它年轻的热情，也许它们只是缺少了惊喜。但更可能的是，它们本身就是一份记录，呈现了当文学名望和成功的闪电如此猛烈地击中一个人时会发生什么：被闪电击中而几乎瘫痪时，你想要明白，人们究竟想从你那里得到什么。别误会我的意思，它们都值得一读。但在埃丽卡后来的书中——关于女巫的历史小说，关于十四岁的萨福，关于十八世纪的诗人——在新领域的火花中，读者会想起那些第一次紧攥她衣领，使她屏住呼吸阅读的拳头。

我们很难知道她当时在想什么，有着什么样的感觉。我第一次见到埃丽卡是在二〇〇三年，也就是这本书出版三十年后。我当时在一家互联网初创公司工作，负责为继续教育课程聘请写作教师。我认识的人有她的电子邮件地址，于是我邀请她在巴尔塔萨尔餐厅与我共进午餐。最后她并没有为我们授课，因为我们负担不起她的费用。但我想我从未真的认为她会接受聘请。相反，我通过这次午餐告诉她这些年来她对我的意义——她如何在现代书籍中使这样一个观念合理化：一个来自曼哈顿的唠唠叨叨的犹太女孩也可以是知识分子和文学家。现在我们有各种愚蠢的方式来为女性的书籍分类，但在那时，我们大多只能读男性的作品。我们读过每个男人的沉思，并允许他们插上旗帜代表所有人类经验，我们的选择只有见证或者认同。但有了埃丽卡，有了《怕飞》，世界重新开始，我们所有的故事都变得新鲜且合理。

几年前，我重新回到她的生活中，当时我有幸受邀写一个剧本，关于《怕飞》出版前后发生在她身上的故事。她在事实方面帮不了我太多。那时她已经开始出现记忆问题，而且情况越来越糟。她无法回忆起出版前后的感受或者任何人和事，只能记起输掉诉讼的羞耻感，以及对当初提起诉讼的后悔。

我开始了搜寻。她的档案存放在哥伦比亚大学，她在那儿修完了课程但没有完成论文。那些箱子里是她的文学遗产和她激情澎湃的生活的记忆。巨大的《纽约客》日记本记录了她的会面、想法、涂鸦和待办事项清单。来自英格玛·伯格曼、亨利·米勒、琼·里弗斯等人的信件，赞扬她的勇气，劝告她不要受好莱坞那些糟心事的影响。还有笔记本上的半成品诗歌，她想做的事的清单，《怕飞》音乐剧的草稿（“为什么我会……如此怕飞?”)。她至少有一个还健在的前夫，记得一切。她有一个全心全意付出的女儿，一个很好的倾听者，从混乱童年的走马灯中收集了故事。综合起来，一幅画面就此浮现。

《怕飞》的出版故事就是《怕飞》的故事。这是一个女人的故事，她聪明、开朗、乐观、精力充沛、贪婪，渴望投入她的工作，投入她的生活，将她跳动的、血淋淋的心脏展示给任何人看，被关注而受宠若惊，却又感到不知所措和孤独，因为一本包含她肺腑之言的书被公众广泛消费，这其中的心情少有人能理解。这是一个女人的故事，这个女人能像说出一个情色双关语一样轻松地引用一句梅菲斯特的台词。何其精彩。

我告诉了她这些。尽管她不记得那段时间，但她仍然能以令人难以置信的精确度和深度谈论写作过程及其挑战。她很高兴，看起来，那是一段美好的时光，即使它很复杂。她笑了，我能看到当年那本书封底的灿烂笑容，仿佛对她或我来说，时间都完全没有流逝。

去年夏天，我在公园大道军械库观看《哈姆雷特》，中场休息时遇到了她。她和她的孙子在一起。她能为我回忆起她看过的几乎每一个版本的《哈姆雷特》，还能以曾经的哥伦比亚大学博士生的专业水准，对我们正在看的这个版本发表中场评论。当她开口时，我产生了同样的想法，每次和她交谈时我都会这么想——正如我站在特拉维夫那个书摊前的心声：没有什么能与之相比，没有人能与之相比，没有什么能比得上《怕飞》。没有第二个埃丽卡·容，再也不会有了。

孙丽娃　译

怕飞

呵！女人的爱啊！人皆知之

　　美妙无比，又令人恐惧；

它把生命里的一切全赌上，

　　如果赌输了，生命就一无所有

只剩下对过去的种种嘲弄，

　　她们的复仇如猛虎袭来，

狠命、迅猛、毁灭性的；可不论如何

复仇，承受折磨与痛苦的是她们自己。

她们理应复仇；男人常待人不公，

　　总让女人遭受委屈与痛苦；留给她们

唯一的信物——用她们的信任换来的背叛；

　　教养把痛苦深藏，她们的英雄使欲碎的心

失望，直到哪个有钱的富人用婚姻

　　收买了她们——接着是一番怎样的命运？

毫不感恩的丈夫——接着是背信弃义的情人——

于是就打扮自己、养育孩子、乞求上帝——就这样罢了。

有人找情人，有人爱上杯中物或祈祷，

　　有人专心于家务，有人挥霍无度，

有人私奔，有了不同的操心事儿

　　丧失了优越的贞操与地位；

没有变化可以改善她们的境况，

　　从无聊的宫殿到肮脏的小屋，

她们的状况并非老天爷的赐予，

有人成心捣鬼；后来写了一本小说。

——拜伦（选自《唐璜》）

一

通往梦想大会或无拉链速交[1]的旅程

重婚就是多了一个丈夫。一夫一妻制也一样。

——无名氏（一女子）

在飞往维也纳的泛美航班上有一百一十七名心理分析师，我至少接受过其中六位的治疗，并嫁给了第七位。十三年前，我开始了心理分析的冒险，而唯一的成果是，我的飞行恐惧症比过去更严重了。天晓得，这要么是在致敬这些心理分析师的无能，要么是在赞颂我卓越的不可分析性。

飞机起飞时，我丈夫一把抓住我的手，似乎在给病人治病。

“天啊——冷得像冰。”他说。他多次在其他航班起飞时抓住我的手，到现在他应该清楚我的这些症状。我的手指（以及脚趾）冷如冰霜，我的胃腾空而起，跳到了胸口，我鼻尖的温度骤降至指尖的温度，我的乳头肃然挺立，向胸罩的内衬致意（此时是向裙衫——因为我没有穿胸罩），有那么一会儿，我的心脏与飞机引擎同时在啸叫，试图再次证明空气动力学定律并非不靠谱的迷信，而在内心深处，我清楚，它们就是靠不住。别管那些糟糕的《乘客须知》，我恰巧相信，只有我自己的全神贯注（以及我母亲的全神贯注——她总预计她的孩子会死于坠机）才能使这架飞机飘在空中。我祝贺自己的每一次顺利起飞，但并不满怀热情，因为一旦你过分自信，对飞行真正放宽了心，飞机立刻就会坠落，这也成了我的部分信仰。时刻保持警觉，那是我的座右铭。应该始终持一种谨慎而乐观的心态。但是，事实上，我的心态可谓谨慎而悲观。好了，我对自己说，我们似乎离开了地面，进入云层中，但是危险还没过去。事实上，这是最危险的一段云层。就在这节骨眼上，在牙买加湾上空，飞机倾斜转弯了，“禁止吸烟”的指示灯熄灭了。这里很可能成为令我们化作无数燃烧着的碎片呼啸坠落的地方。于是，我拼命集中注意力，协助飞行员（他名叫唐纳利，带着令人宽心的中西部地区口音）让这载着二百五十名乘客的鬼东西飞了起来。真是托了他那个平头和满嘴的中部口音之福。我虽然是纽约人，但是我对有纽约口音的飞行员始终不信任。

安全带信号灯一熄灭，人们就开始在机舱里走动起来，我紧张地环顾四周，看看飞机上都坐了什么人。胸脯硕大的妈妈

1 Zipless Fuck，本书的关键词。自本书出版后，该词语进入英语语汇，成了一个具有时代特征的文化符号。

级心理分析师罗丝·施瓦姆-利普金，最近我向她咨询，我是否应该离开我当前的心理分析师（说实在的，现在人人都是心理分析师）。托马斯·弗罗默医生，一位治疗神经性厌食症的日耳曼专家，是我丈夫的第一任心理分析师。小阿瑟·菲特医生，心地善良，身形圆润，是我朋友皮娅的第三任（也是最后一任）心理分析师。让人欲罢不能的小个子雷蒙德·施里夫特医生，他正招呼一位金发空姐（名叫"南茜"），仿佛她是一辆出租车。（令人难忘的十四岁，一整年我都在施里夫特医生那儿治疗，我因在父母家客厅的睡椅上手淫而悔恨莫及，想饿死自己以示忏悔。他坚持说，我梦到的马是我的父亲，只要我愿意"借［接］受自己是个吕［女］人的事实"，我的月经就会再来。）笑容可掬、谢顶的哈维·斯马克尔医生，当我第一任丈夫确信自己就是耶稣基督，并扬言要在中心公园湖的水面上行走时，我找他咨询过。举止浮夸、穿着讲究的埃内斯特·克隆普纳医生，人们信以为真的"出色理论家"，最新出版了一本对约翰·诺克斯进行心理分析的书。黑胡子斯坦顿·拉波波特-罗森，他最近搬到丹佛拓展事业，发明了一种名为"跨国团队滑雪疗法"的玩艺儿，在纽约心理分析圈子里声名远播。阿诺德·阿伦森医生正装模作样地与他的新婚妻子——歌手朱迪·罗斯——在一块磁板上下棋，去年以前，她一直是他的病人。两人同时偷偷环顾四周，看看有谁在留意他们——有一刻，我与朱迪·罗斯四目相对。朱迪·罗斯因在五十年代录制了一系列嘲讽纽约知识分子生活的那种惺惺作态的歌谣而声名大振。她用一种哭诉的、故意不入调的声音，唱着一个犹太女孩的人生故事。她在新学院[1]听课，为了学散文而阅读《圣经》，在床上讨论马丁·布贝尔[2]，爱上了她的心理分析师。现在她成了她自己塑造出来的角色。

除了心理分析师、他们的妻子、随行人员以及寥寥无几的门外汉，还有几个心理分析师的孩子也一同乘坐了飞机。他们大多是些一脸闷闷不乐的少年，穿着喇叭裤，留着齐肩发，看自己父母的目光中带着一些几乎不难察觉的嘲讽和轻蔑。我回想起自己年少时与父母一同出门的情景，总竭力想装作他们没有和我在一起：在卢浮宫试图甩掉他们，在乌菲兹美术馆竭力躲避他们！在巴黎咖啡馆里独自一人对着一杯可乐出神，假装那些坐在邻桌高声交谈的人不是我的父母——尽管他们明显就是（你知道，虽然我父母当时就坐在三英尺外，我却佯装自己是背井离乡的"迷失的一代"）。在这里，我回到自己过去的岁月，进入了一场噩梦，或是一场糟糕的电影：《心理分析师与他的儿子》。一整个机舱的心理分析师和我的少年时代围绕着我，悬置于大西洋之上的半空中，机上的一百一十七名心理分析师中许多人都听过我的漫长而悲惨的故事，但无人记得。这是本次旅行将成为一场噩梦的理想开端。

我们的目的地是维也纳，这次会议具有历史意义。很久很久以前，多场战争以前，一九三八年，当纳粹分子威吓弗洛伊

1　The New School，建于 1919 年，坐落在纽约格林尼治村。该大学的课程设置以社会科学和人文艺术学科为主。

2　Martin Buber（1878－1965），奥地利裔犹太神学家，存在主义哲学家。

德一家时，他逃离了他位于伯格街[1]的大名鼎鼎的诊所。在第三帝国时期，德国人被禁止提及他的名字，心理分析师（如果幸运的话）遭到驱逐、（如果运气不佳的话）被送入毒气室毒死。而如今，维也纳隆重地欢迎心理分析师们回来。他们甚至要在弗洛伊德的旧诊所里开办一间弗洛伊德博物馆。维也纳市市长将出面迎接，并在维也纳仿哥特式的市议会厅设宴款待他们。这次旅行的诱人之处包括免费饭菜、免费杜松子酒、游多瑙河、葡萄园之旅、唱歌、跳舞、嬉闹、学术论文与演讲以及一次免税欧洲游。最重要的是，会有许多上等古老而美妙的奥地利式Gemültlichkeit[2]。发明schmaltz[3]（以及火葬场）的人们将让心理分析家们看到，维也纳是何其热烈地欢迎他们。

欢迎回来！欢迎回来！至少欢迎你们中从奥斯威辛集中营、贝尔森集中营、伦敦闪电战以及美国同化运动中幸存下来的人们。Willkommen[4]！奥地利人太迷人了。

是否要在维也纳举行代表大会，成了多年来一直争论的热点，许多心理分析师来得很是勉强。排犹主义是问题的部分原因，此外还存在着维也纳大学的激进学生示威游行的可能性。对新左翼成员来说，心理分析是“极端个人主义”的，他们并不喜欢它。他们说，它无助于“全世界为共产主义理想而奋斗”。

1　维也纳伯格街十九号，弗洛伊德生活、工作近半个世纪的地方，现已成为弗洛伊德博物馆。

2　德语，舒适与惬意。

3　德语，极端感伤音乐。

4　德语，欢迎。

一家新杂志社曾请我密切关注代表大会上所发生的一切有意义的事与活动，然后写一篇讽刺文章。我从厨房附近的斯马克尔医生那里开始了我的研究，我走近他，空姐正给他端上咖啡。他看着我，几乎丝毫没有认出我的表情。

“你对心理分析重返维也纳有什么感想?”我用自己最快乐的女性采访者的声音问道。斯马克尔医生似乎被我发问时那种惊人的亲密口吻吓了一跳。他久久地看着我，寻思着。

“我正在为一家名为《偷窥》的新杂志写一篇文章。”我说。我想他至少会对杂志的名称报以笑脸吧。

“那么，”斯马克尔冷冷地说，“你有什么感受呢?”说着，他蹒跚地朝他矮小的妻子走过去。他的妻子有着一头泛白的金发，穿着蓝色针织连衣裙，（蓝色的）右胸口有一只绿色的小鳄鱼。

我应该很清楚,心理分析师为什么总是用问题来回答问题，还有为什么今晚会与其他夜晚有所不同——尽管我们坐在一架七四七飞机上，吃着非犹太人食用的食品。

“这种犹太人的学问”，如排犹主义者们所说的，把每个问题都颠倒过来，扔给提问者，去堵住他的屁眼。心理分析家似乎都是第一年就从神学院退学的《塔木德》编纂者。这让我想起我外公喜欢的一个段子：

问：“犹太人为什么总是用问题来回答问题?”

答：“犹太人为什么不能用问题来回答问题?”

归根结蒂，是因为大多数心理分析师缺乏想象力，叫我心灰意冷。的确，我的第一任心理分析师给了我很大的帮助——

他是德国人，当时正在维也纳宣读一篇自己的论文——但他是一种罕见的人：机智、自嘲、谦逊。他根本不像那些死心眼的人，缺乏想象力的死心眼会让再聪明的心理分析师也变得傲慢浮夸。可是，我见过的其他心理分析师呢——他们的想象力之匮乏令人吃惊。你梦到的那匹马是你的父亲。你梦到的厨房里的烤炉是你的母亲。你梦到那些乱七八糟的东西，其实是你的心理分析师。这叫移情。不是吗？

你梦到自己在滑雪斜坡上摔断了腿。事实上，你确实刚在滑雪斜坡摔断了腿，正躺在沙发上，绑着十磅重的石膏绷带，困在家里几个星期之久，但这同时也给你机会重新欣赏自己的脚趾，重新理解截瘫者的公民权利。可是，梦中的断腿是你自己"废了的生殖器"。你一直想有一个男性生殖器，你现在感到内疚，你是故意摔断自己的腿，以便获得打上石膏的快乐，不是吗？

不是！

那好，让我们把"废了的生殖器"这个话题搁置一旁。毕竟那已经是陈词滥调。忘了象征你母亲的那只烤炉以及你的心理分析师那些胡扯吧。除了气味之外，我们还留下些什么呢？我并不是在说进行心理分析的最初的那些岁月，当时你努力工作，发现自己一腔炽热，努力要成就些什么，而不是把全部生命都献给你的神经衰弱。我是在说你与你的丈夫两人接受心理分析的时期，只要你能记得，已经到了此等程度：不论什么决定，哪怕再小的决定，都必须由两个心理分析师在你头顶上方的云端举行一个想象的秘密会议，然后才能做出。你们觉得自己像是《伊利亚特》中的特洛伊勇士，而宙斯与赫拉在头顶上方争吵。我说的是你的婚姻变成了“ménage à quatre[1]”的那段日子。你、他、你的心理分析师、他的心理分析师。四人躺在一张床上。这情景必定属于限制级。

至少在过去的一年里，我们保持这样的状态。每一个决定都得听心理分析师的，或者得经过心理分析。我们应该搬到一个大一些的公寓吗？“最好先看一下心理过程。”（贝内特的委婉说法是：躺回到沙发上去。）我们该生个宝宝吗？“最好先进行心理分析。”我们应该参加一个新网球俱乐部吗？“先分析一下心理。”我们该离婚吗？“最好先看看离婚的无意识意义。”

因为事实是我们已到了一场婚姻的关键时刻（五年了，作为新婚礼物的床单刚好也快用破了），是该决定是否要去买新床单了。也许生个孩子吧，从此就忍受对方的疯狂——或者就抛弃婚姻的幽灵（将那些床单扔出去），重新开始与不同的异性纠缠。

当然，心理分析使得决定变得更加复杂——心理分析的基本假定（别管那些相反的证据）是：你始终变得越来越好。副歌是这样唱的：

“哦——当我嫁给你——宝贝——的时候，我正在自毁，但是现在我变得越来越健康，哦——哦——哦。”

（言下之意是，你可以挑选一个更好、更贴心、更帅、更聪明，并且也许在股市运气更好的人。）

1　法语，四角关系。

对此，他也许会答复道：

“哦——当我爱你——宝贝——的时候，我憎恨所有的女人，但是现在我变得越来越健康，哦——哦——哦。”

（言下之意是，他可以挑选一个更甜、更美、更聪明的人，厨艺更好，并且也许从她父亲那儿继承了一大堆面包。）

“贝内特，放聪明点吧，老伙计，”我会说（每当我猜他心中有这样的想法时），“你完全可以娶一个比我更崇拜生殖器的人，一个更有阉割焦虑的人，一个更自恋的人。”（做一个神经科医生的妻子，首要技能就是，知道如何精心挑选时机，把他们的行话扔回给他们。）

可是，我当时自己心里持有这样的想法，要是贝内特知道的话，他不会任我说出来。我们的婚姻似乎出了大问题。我们的生命像两条平行的铁轨。贝内特白天待在他的办公室里，待在他的医院里，待在他的心理医生那里，晚上他又回到办公室，通常待到九十点钟。我一周上两天课，其余的时间写作。我的教学工作较轻松，写作却很费神，等到贝内特回家的时候，我却准备出门放松一下。我拥有许多独处的机会，许多时候我都是独自面对我的打字机，独自面对我的幻想。我似乎会四处邂逅男人。世界似乎挤满了唾手可得的、有意思的男人，在我结婚之前，情况可从来不是这样。

婚姻究竟是什么呢？即使你爱你的丈夫，还是无法避免出现这样的日子：与他做爱就像吃着维尔维塔奶酪，平淡无奇：充盈，匀称，但缺少味蕾的刺激，没有苦乐参半的锋利，没什么危险。而你渴望熟过头的卡蒙贝尔奶酪，一种罕见的山羊奶酪：多汁，美味，如魔鬼般。

我并不反对婚姻。事实上，我信任婚姻。在一个充满敌意的世界，至少拥有一个最好的朋友是必要的，不论发生什么，至少有一个让你对之忠心耿耿也对你忠心耿耿的朋友。但是其他的欲望怎么办呢？过了一段时间，婚姻满足不了那些渴望。那种蠢蠢欲动、那种饥渴、那种腹部抽搐、那种阴部一跳一跳、那种渴望被充盈的感觉，那种让人从每个洞眼进行性交的渴望。你渴望干香槟和湿吻，渴望六月夜晚棚屋里的牡丹花香，渴望《了不起的盖茨比》中那码头尽头的灯光……其实你不是渴望那些东西——因为你知道真正的有钱人比你我都愚笨——而是渴望它们所唤起的东西。科尔·波特[1]的情歌中那种讥讽与苦乐参半的字眼，哀怨伤感的罗杰斯与哈特[2]的抒情歌曲，你一半心思渴望一切浪漫，另一半心思却狠命地对浪漫进行挖苦讽刺。

美国成长中的女性，背着怎样的负担啊！在你成长过程中，你的双耳充塞了化妆品广告、情歌、咨询专栏、妓女算命图[3]、好莱坞八卦以及电视肥皂剧那种水准的道德困境。美好生活的广告商朝你喋喋不休地念祷！多么奇特的传道方式！

“善待你的臀。”“脸红得像真的一样。”“热爱你的秀发。”“想要更漂亮的身体？我们帮你重新整理你所拥有的。”“你脸上

1 Cole Porter（1891－1964），美国作曲家，百老汇的音乐创作巨星。

2 Richard Rodgers（1902－1979），Lorenz Hart（1895－1943），两人合作过大量歌曲及歌舞剧。

3 原文 whoreoscopes，是根据 horoscope（算命天宫图）的发音篡改而成的，而 whoreoscopes 中的前半部分（whore）意思是“妓女”。

的光彩应该来自他，而不是来自你的肌肤。”“亲爱的，你很棒。”“如何赢得十二星座中的每一个男人。”“闪烁的群星与性感的你。”“她们对男人说 Cutty Sark[1]。”“钻石恒久远。”“如果你在为冲洗发愁……”“持久与快乐并驾齐驱。”“我如何解除了难言气味的苦恼。”“做个酷女人。”“每一个活着的女人都爱香奈尔五号。”“是什么让腼腆的女孩打开心扉?”“Femme[2]，我们用你来命名。”

所有的广告以及所有算命图都暗示着，只要你足够自恋，只要你好好关注你的气味、头发、乳房、眼睫、腋窝、胯部、你的星座、你的伤疤以及你在酒吧里选择的威士忌酒——你就会遇上一位英俊漂亮、身强力壮、活力四射并且有钱的男人，他会满足你的每一种渴望，填满你每一个空洞，使你心跳加速（或者窒息），使你犹如坠入云里雾里，让你飞上月球（最好是乘着轻羽薄翼），在月球上，你将永远生活得心满意足。

这其中疯狂的部分是，即使你聪明伶俐，即使你的年少时光是在阅读约翰 · 邓恩以及萧伯纳中度过的，即使你研读了历史、动物学或者物理学，并希望毕生追求一种艰辛而富有挑战的人生——你依然会拥有一颗充满欲望波澜的心，那些令每个高中女生荡漾其中的渴望。你知道，不论你的智商是高达一百

1　取自苏格兰诗人罗伯特·彭斯的诗《汤姆，哦尚特》（*Tom O'Shanter*），指苏格兰短裙衫。诗中汤姆见穿短裙衫的女子如此着装在跳舞，忍不住喊道：“太棒了，穿短裙衫的（Well done，Cutty Sark）。”后来，Cutty Sark 便有性欲、性感放荡的女性的含义。自英国 1869 年以其命名了帆船建造史上速度最快的一艘帆船后，似乎又增添了“便捷”的意义。

2　法语，女人、妻子。

七十或者低至七十，你都会被洗脑。只是表面的装饰不同。只是言谈变得略为老道些。在这一切的背后，你渴望被爱摧毁，被爱掀倒在地，被一股巨大刺痛后喷出的精液、肥皂泡沫、绫罗绸缎，当然还有金钱充塞得满满的。没有人会劳神来告诉你，婚姻事实上是怎么回事。甚至不像欧洲女孩那样，会给你提供一套愤世嫉俗与实用主义的哲学。结婚以后，你期望对任何其他男人不存有欲望，并且期望你的丈夫对其他女人也不存有欲望。后来欲望出现了，你被抛入自我憎恨的恐惧之中。你是一个多么邪恶的女人啊！你怎么能继续迷恋陌生男人？你怎么能这样注视着他们鼓出的裤子？你怎么在参加一个会议时心中想象着会议室里每个男人在床上的样子？坐在火车上你怎么能用目光与完全陌生的男人纠缠？你怎么能这样对待你的丈夫？难道没有人告诉你，这与你的丈夫毫不相干吗？

还有被婚姻所压抑的其他渴望怎么样了呢？那些渴望中包括不时想出发上路的冲动，想发现在自己的心中你是否还能独自生活，想发现是否能在一个小木屋中幸存下来而不至于发疯；简而言之，想发现当了许多年的某某人的另一半后，你是否依然完整（像杂技舞台上马车队的后两条腿）。

五年的婚姻生活使得我对所有那些事情都存有渴望：对男人有渴望，对独处有渴望。渴望性，渴望隐士的生活。我清楚，我的渴望是自相矛盾的——它使得事情变得糟糕。我清楚，我的渴望不符合美国人的道德标准——于是事情就变得更加糟糕。在美国，除非你信奉两人世界中的一半，否则便会被视为旁门左道。独处不符合美国人的道德标准。对于一个男人，这还可以宽恕——尤其当他是一个“魅力无穷的单身汉”，他在两段婚姻之间短暂的空隙里“与小明星们约会”。但是人们假定，一个女人独处，不是因为她自觉自愿，而是因为遭人遗弃。并且人们就是那样对待她的：一个被社会遗弃的人。一个女人独自生活就是不可能活得有尊严。哦，她也许经济上可以过得去（尽管不可能像一个男人过得那样好），但是情感上，她永远不会安宁。她的朋友、家人、同事永远不会让她忘记，她的这种没有丈夫，没有孩子——简而言之是自私任性——的状态是美国生活方式的耻辱。

更为直截了当的是，女人（虽然她清楚，她已婚的朋友生活得并不幸福）永远不会让自己独自生活。她活着，似乎时刻都在准备成就某种伟大事业。她似乎是在等待着白马王子来将她带离“所有这一切”。这一切是什么呢？在她心灵深处的孤独一人？确定她是她自己而不是其他某某人的另一半？

我对这一切的反应，不是（暂时还没）弄出风流事来，不是（暂时还没）独自上路离开，而是放飞我的“无拉链速交”幻想。“无拉链速交”不仅仅是一种性交。它是一种柏拉图式的理想。无拉链，是因为当你们相遇时，拉链就像玫瑰花瓣一样凋落，内衣像蒲公英绒毛一样，吹一口气就飘向四方。两人的舌头缠绕在了一起，如水一般。你的整个心灵顺着舌头流进了你爱人的嘴里。

真正的没有拉链的极品速交，需要你永远不熟悉那个男人。例如我注意到，一旦我真正与一个男人交了朋友，对他的困境产生同情，听他奚落他的妻子或前妻、他的母亲、他的孩子，那么，我对他的所有迷恋热情马上就会消失殆尽。之后，我往往会喜欢上他，甚至也许会爱上他——但是没有激情。而我想得到的是激情。我也曾知道，能驱除迷恋的一个有效办法，就是去写一个人的故事，去观察他的痉挛与抽搐，剖析他人格的类型。在那以后，他就是大头钉上的一个昆虫标本、塑封起来的一张剪报。我也许喜欢有他陪伴在旁，有时甚至欣赏他，但是他不再有力量使我在黑夜中颤栗着苏醒过来。我不再在梦中见到他。他拥有了一张清晰的脸。

因此无拉链速交的另一个条件就是时间短暂。甚至不透露姓名更好。

我在海德堡生活期间，每周四次往返法兰克福看我的心理医生。单程的时间是一个小时，火车成了我幻想生活的重要部分。我不断在火车上遇到英俊的男人，遇到几乎不说英语的男人，由于我对法语、意大利语，甚至德语的无知，将他们的平庸与陈腐隐藏了起来。虽然我不愿意承认这一点，但在德国确实有一些漂亮的男人。

无拉链速交的幻想，也许灵感来自几年前我看过的一部意大利电影。随着时间的推移，我给它添枝加叶，以顺应我的想象。过去当我在海德堡和法兰克福之间穿梭往来的时候，我常常一遍遍演绎着这情景：

一个欧洲列车上的肮脏隔间（二等车厢）。座位是人造皮的，很硬。到外面的过道有一道移门。橄榄树沙沙地擦窗而过。两个西西里岛的农村女人一起坐在隔间的一侧，两人中间坐着一个孩子。她们似乎是母亲、外婆以及孙女。两个女人争先恐后地往小女孩的嘴里塞东西吃。她们对面（在靠窗的座位上）坐着一位年轻俊俏的寡妇，她戴着厚厚的黑色面纱，穿着紧身黑衣裙，这身衣裙勾勒出了她性感的身躯。她正大汗淋漓，她的眼睛浮肿着。中间的座位空着，无人坐，靠过道的座位上坐着一个极其肥胖的女人，她长着胡子。她硕大的屁股几乎侵占了空着的中间座位的一半。她正在读一本庸俗杂志上的爱情故事，其中的人物都是摄影模特儿，对话出现在他们头顶上方的一个个小烟圈里。

这五个人颠簸前行了一阵子，寡妇与胖女人沉默不语，那个母亲与外婆就吃的东西在对小女孩说话，以及相互说着话。后来，火车一声呼啸，停在一个（也许）叫做科尔莱昂的城镇。一位无精打采的士兵进了车厢，他脸上胡子拉碴，头上却有着漂亮浓密的头发，长着一个中间有凹痕的下巴，一双无所顾忌、懒洋洋的眼睛。他进来后，傲慢地向四周看了一下，看到了胖女人与寡妇之间的那个半空着的座位，于是一边说着许多带有挑逗性的道歉话，一边坐了下来。他一副汗涔涔、衣衫不整的样子，但最主要的是长着漂亮健壮的身躯，只是因为出汗稍有点汗臭味。火车呼啸着驶离车站。

接着，我们只是意识到火车的颠簸，以及士兵的大腿股与寡妇的大腿股之间发生的摩擦。当然，他也正与那位胖女人的屁股发生着摩擦——而她竭力想将自己的身子从他身旁移开——这大可不必，因为他并没有注意到她的屁股。他的眼睛正注视着寡妇两只乳房间的那个巨大金色十字架在深深的乳沟里晃来晃去。砰。停住。砰。它撞到了一只湿乎乎的乳房，接着撞到了另一只乳房。它似乎在中间犹豫了一会儿，仿佛遭遇了两块相互排斥的磁铁而动弹不得。乳沟和十字架挂件。他被深深地迷住了。她眼睛盯着窗外，凝视着每一棵橄榄树，似乎她以前从没有看见过橄榄树。他笨拙地站起身，微微向两位女士弯了一下身子，费力地打开了车窗。当他再次坐下时，他的手臂不小心擦过寡妇的肚子。她似乎没有注意到。他把左手放在他的腿与她的腿之间的座位上，开始在她大腿柔软的肌肤周围与大腿根部画着圆弧。她的眼睛继续注视着每一棵橄榄树，仿佛她是上帝，刚刚把它们创造出来，正在思考着该如何给它们命名。

与此同时，那位硕大无比的胖女人正在把她那本通俗杂志上的浪漫故事装回到一只绚丽的绿色塑料网兜中，网兜里装满了发臭的奶酪和发黑的香蕉。那位外婆正用油腻的报纸把意大利腊肠屑卷起来。那位母亲正在给小女孩穿毛衣，并充满慈爱地用口水弄湿一块手帕，给小女孩擦脸。火车一声啸叫，停在一个（也许）名叫波力兹的城镇，于是胖女人、母亲、外婆以及小女孩离开了车厢。接着火车又开动起来。那个金色的十字架开始在寡妇湿润的乳房之间“砰、停下、砰”地撞击起来，手指开始在寡妇大腿下转动起来，寡妇继续注视着橄榄树。接着，这些手指滑向她大腿之间，开始分开她的大腿，向上移动，进入她厚厚的黑色长统袜与吊袜带之间的肌体空隙，向上滑到她吊袜带下面两腿之间没有内裤的湿乎乎的区域。

火车进入了一个 galleria，或称隧道，于是在半明半暗中，象征主义得到了圆满的体现。

士兵的靴子扔向空中，隧道里黑乎乎的墙壁，火车催眠般的摇晃以及火车最后出隧道时的长笛般尖利的呼啸。

她一语未发，在一个（也许）叫做比沃纳的城镇下了火车。她脚上穿着细长的黑鞋与厚厚的黑长统袜，小心翼翼地踩在铁轨上，穿越过去。他注视着她的背影，仿佛他是亚当，正在想该如何给她命名。接着，他跳起来，冲出火车，追踪她而去。就在这个时刻，一列长长的货车从平行的铁轨上开过，遮住了他的视线，挡住了他的去路。二十五节货车车厢开过后，她永远地消失了。

一幕无拉链速交场景。

你知道，说是无拉链，并不是因为欧洲男人的裤门襟用纽扣，不用拉链；不是因为参与者十分迷人；而是因为整个事件像梦幻一样迅捷、浓缩，显然不会留下懊悔与负疚；因为既没有谈及她已故的丈夫，也没谈及他的未婚妻；因为没有合理化说明的过程；因为根本就没有交谈。无拉链速交是绝对纯粹的。没有隐藏的动机。没有权力争斗。男人没有“攫取”，女人没有“付出”。没有想让丈夫戴绿帽子，或让妻子蒙羞。没有人努力证明什么，或想从谁那里获得什么。无拉链速交是人世间最纯粹的事。它比独角兽更稀有。我从没有过这种体验。每当我似乎快要体验到的时候，就发现原来是一匹长着纸角的马，或是两个小丑，穿着独角兽的服装。亚历山德罗，我佛罗伦萨的朋友，差点儿让我体验到了。但他终归还是一个披着独角兽外套的小丑。

想想这般色彩斑斓，我的人生。

二

“每个女人都崇拜法西斯”

每个女人都崇拜法西斯，
鞋子扔到脸上，野蛮，
像你那样心地野蛮的畜生。

——西尔维娅·普拉斯

上午六点钟，我们降落在了法兰克福机场，拖着脚步走进了铺着橡胶地板的休息室，那里虽然有着一副熠熠生辉的新面貌，却让我想起了死亡集中营与遣送站。我们在那里等待了一个小时，七四七飞机添加了燃油。所有的心理分析师都僵直地坐在模型压制的玻璃纤维椅子里，椅子固定地排列着：灰色、黄色、灰色、黄色、灰色、黄色……这样的色彩搭配毫无愉悦感，正好与他们毫无愉悦感的脸部表情相称。

他们大多数人都拿着贵重的照相机，尽管他们留着较长的头发和怯生生的胡须，戴着金丝边的眼镜（并且他们妻子们的穿戴中透着中产阶级的波希米亚气息：脚上是牛皮凉鞋，披着墨西哥方形披肩，身戴格林尼治村手工银饰），但是他们散发着体面与身份。沉闷的古板本性。想到这一点，我明白了，那就是我不喜欢大多数心理分析师的原因。他们对一切社会秩序都丝毫不加质疑地接受。他们略为左倾的政治观点、他们在和平请愿书上的签名以及他们用《格尔尼卡》装饰自己的办公室之举，都只是伪装。当涉及关键问题时，比如家庭、妇女的地位、资金从病人流向医生等，他们都成了极端保守分子。像维多利亚时代的社会达尔文主义者一样，是彻底的自私自利者。

“但是女人始终是君主身后的动力。”我的最后一位心理分析师这么说，当时我正在努力解释，我常常为自己利用诱惑、从男人那里获得想获得的东西而感到自己非常不诚实。就在维也纳之行的几周前，我们最后一次见面时，关系破裂了。此前我并不十分信任科尔纳，但我假定那是我自己存在问题，所以我继续去咨询他。

“但是你难道不明白，”我从沙发上大声喊道，“那正是麻烦之所在！女人利用性的诱惑操纵男人，抑制他们的怒火，从不开诚布公……”

可是，科尔纳医生只是把任何依稀带有妇女解放意味的行为都视为神经性问题。任何反对传统女性行为的举止都必然是“崇拜生殖器”与“进攻性”的。我们已就这些问题争吵了很长一段时间，但是，是他“君主身后的动力”之说，最终让我明白别人过去是如何看我的。

“我不相信你的那一套，”我喊道，“而且我对你的信仰毫无敬意，我并不因为你持有这些信仰而尊敬你。如果你可以那样公然说什么君主背后的动力的话，那么，你怎么可能理解我，理解我苦苦挣扎的境遇？我不想依靠你所依靠的东西生活。我不想要那种生活，我不明白为什么要用那种生活的标准来对我作出评判。我还认为，你丝毫不理解女人。”

“也许是你不理解做一个女人意味着什么。”他反驳说。

“哦，上帝。你可真是黔驴技穷了啊。你难道不知道，男人总是想要定义什么叫女人，以此作为控制女人的一种手段？我为什么要听你来告诉我，作为一个女人意味着什么？你是一个女人吗？我为什么不应该在这点上听听我自己的声音，听听其他女人的看法？我与女人交谈。她们向我讲述她们自己的事情——而且她们中许许多多人与我的感受是一样的——即使得不到美国心理分析协会的‘好管家’奖章。”

我们就这样你来我往了好一阵子，两人都在大声嚷嚷。我讨厌自己听起来像该死的连续咏唱一样大声嚷嚷，讨厌被逼入一种头脑简单、情绪极端的境地。我知道，我忽略了一些微妙之处。我知道，还有其他的心理分析师——例如我的德国心理分析师——没有这一套歧视女人的惯用手法。但是我也讨厌科尔纳的心胸狭窄，用有关女人地位的陈词滥调浪费我的时间与金钱。谁需要那些？你可以从幸运签饼里得到那些。还不会五十分钟收你四十美元。

“如果你确实对我有那样的感觉，那么，我不明白你为什么不马上停止治疗，”科尔纳吐出了这句话，“为什么还赖在这里，听我讲这样的屁话？”

那正是科尔纳的风格。当他觉得受到别人的攻击，就会变得脾气很臭，冷不丁说出脏话来，表示自己很嬉皮，很时髦。

“典型的矮人综合征。”我嘀咕道。

“你说什么?”

“哦，没说什么。”

“大声说出来吧，我倒想听听。我受得了。”好一个勇敢的心理分析师。“我刚才在想，科尔纳医生，你患有精神病学著作里所说的‘矮人综合征’。当别人向你指出你并不是万能的上帝时，你暴跳如雷，开始随口说脏话。我知道，只有五英尺四英寸的个子对你来说很残酷——但是给你做做心理分析，就容易忍受了。”

“棍棒和石头可以打断我的骨头，但是话语决不会伤到我。”科尔纳咆哮道。

“你看，为什么你可以给我讲那些老掉牙的陈词滥调，而我却应该对你的高高在上的看法感激涕零，甚至要为此付费。如果我也来给你做做心理分析——想想我给了你那么多的面包钱，我当然有权利给你做做分析——而你却火冒三丈，开始像七岁孩子，说起话来满怀着仇恨。”

“我只是说，你如果那样看我，那么你应该停下来。离开。出去。砰的关上门。让我见鬼去。”

“并且承认，我们之间花去的两年时间以及几千元钱是彻底失败了？我的意思是，也许你可以那样一笔勾销——可是我下的赌注大得多，还欺骗我自己说，这样的治疗会有好的效果。”

“你可以与你下一位心理医生详谈这一切，”科尔纳说，“你可以从你的角度想想，哪里出了问题……”

“我的角度！你难道不知道为什么有那么多的人他妈的受够了心理医生吗？都是你们这些愚蠢的心理分析师的过错。你们把心理分析过程弄得像第二十二条军规。病人来了，去了；去了，来了，不断收她的钱，而什么时候你们这些家伙愚钝得弄不清楚所发生的状况了，或者什么时候你们意识到帮不了病人的忙了，你们仅仅是拖长病人需要连续接受治疗的年月，或者让他们到另一个心理医生那里去看病，让那个医生看看，前一个心理医生存在什么问题。你难道不觉得这很荒谬？”

“我坐在这里，听这一番长篇大论，当然让我觉得十分荒谬。因此，我只能把我前面说过的话重新说一遍。如果你不喜欢，你为什么不从这里给我他妈的滚蛋？”

我从沙发上站起来，（我在那里躺了多少年了？）像在一场梦里一样（我以前绝不会相信我能做到这一点），拿起我的钱包，慢悠悠地走出了门（不，我并不是真正的“慢悠悠”，尽管我希望能做到那样）。我轻轻地把门合上。没有用惯常的“娜拉砰一声关上了门”来削弱效果。再见，科尔纳。在电梯里，有那么一阵子，我几乎要哭出声来。

但是，当我沿麦迪逊大街走了两个街区后，心情欢畅起来。不再有八点钟的预约治疗！不再在每月开出巨额支票时心里犯嘀咕：“这有用吗？”不再像一场运动的领袖那样与科尔纳争吵不休！我自由了！而且想想我不用再花那些钱，多好！我钻进一家鞋店，马上花四十元买了一双配有金色链子的白色凉鞋。它们让我觉得相当于我与科尔纳待在一起的那五十分钟。

好吧，可以说我并没有真正自由（我还是需要用购物来宽慰自己），但是我至少摆脱了科尔纳。这毕竟是个开始。

在去维也纳的班机上，我穿上了这双凉鞋，在我们大队人马鱼贯返回航班的时候，我低头看看这双鞋。为防飞机坠落，是用右脚还是用左脚踩油门呢？如果我连左右都记不住，我怎么能避免坠机呢？“妈妈。”我咕哝一声。我惊恐时常低声叫“妈妈”。好笑的是，我并不喊我母亲“妈妈”，我从没有这么喊过她。她给我取名叫伊莎多拉·泽尔达，但我从不用泽尔达这名字（我明白，她也曾想根据古希腊圣地给我起名叫奥林匹娅，也曾考虑按萨德的作品给我起名叫贾斯廷）。为报答这种终身的恩典，我便唤她朱迪。她真实的名字叫朱迪思。除了我最小的妹妹喊她“妈咪”外，没人叫她“妈妈”。

维也纳。名字就像一曲华尔兹。但我始终无法忍受那个地方。它对我来说似乎已死去，用防腐剂保存着。

我们到达时是九点钟——刚好机场开始上班的时候。维也纳在说：WILLKOMMEN IN WIEN[1]。我们拖着脚步与旅行箱过了海关，由于一夜没睡而感觉很迟钝。

机场看上去洁净生辉。我想到了纽约人习惯的那种混乱、肮脏以及一团糟。返回欧洲总令人有几分震惊。街道似乎干净得很不自然。公园似乎到处是未遭损坏的长椅、喷泉以及玫瑰花丛，很不自然。公共花坛也整洁得叫人觉得不自然。室外的

1 德语，维也纳欢迎你。

电话居然都还是可以使用的。

海关官员朝我们的旅行箱瞥了一眼，于是过了不到二十分钟，我们开始登上一辆由维也纳精神病学学院预订的旅行车。我们上车时心中天真地希望，不用几分钟，我们就可以到我们住的旅馆，好好睡一觉。我们并不知道，旅行车会沿着维也纳弯弯曲曲的街道一路蛇行，停了七个旅馆，几乎过了三个小时，才最终到达我们的旅馆。

到达旅馆的路途就像你做过的一个梦。在梦中，你急切地想趁可怕的事情发生之前先赶去某地，可是莫名其妙，你坐的汽车不时抛锚，要么就开倒车。那天早晨，我头晕目眩，怒气满腔，每一件事都叫我生气。

部分原因是，每当我回到德国，我就会惊恐万状。除纽约外，我住在海德堡的时间比在其他任何城市都要长，因此德国（还有奥地利）对我来说是第二个故乡。我德语说得很自然——比我在学校里学的其他语言自然——并且我熟悉那里的食物、酒、品牌名称、商店关门的时间、服饰、流行音乐、俚语、不同的习俗……就像我是在德国度过我的童年一样，或者就像我的父母是德国人一样。但是我生于一九四二年，如果我的父亲是德国的——而不是美国的——犹太人，那么，我会出生在集中营里（很有可能已经死去）——尽管我长着一头金发、一双蓝眼睛以及一个波兰农民的鼻子。我永远也不可能忘记那些。德国像一个继母：无比熟悉，无比鄙视。事实上，由于太熟悉，所以更加鄙视。

我向车窗外看去，目光停在脸颊红扑扑的几个老太太身上，她们“明智地”穿着米褐色的鞋子，头上戴着笨拙的蒂罗尔帽子[1]。我看着她们肥粗的大腿以及硕大的屁股。我讨厌她们。我看着一个广告牌，上面写着：

SEI GUT ZU DEINEM MAGEN[2]

所以说我讨厌德国人，他们总是想着他们那些该死的胃，他们的 Gesundheit[3]——似乎是他们发明了健康、卫生以及忧郁症。我讨厌他们沉迷在对清洁的狂热幻想之中。说是幻想，让我告诉你，因为德国人事实上并不干净。那些蕾丝边的白窗帘、晾到窗外透风的被子、擦洗屋前道路的妻子们以及擦洗前窗的商店店主，都是精心设计的表面文章，德国用盛气凌人的卫生来吓唬外国人。但是只要走进德国的厕所，你就会发现，那里的抽水马桶与世界其他地方都不一样。它拥有一个可爱的小瓷台，大便先掉到瓷台上，这样你可以先仔细查看，然后它才被卷入带水的深坑洞里，而且，事实上马桶里是没有水的，你得先冲水进去。因此，德国的厕所是世界上最臭的厕所（我以一个经验丰富的世界游客的身份这么说）。还有那公共毛巾是一块肮脏不堪的破布，挂在一个小洗手盆上面，洗手盆只有一个冷水龙头(让你用右手接着冷水洗——或者不

1 又名巴伐利亚帽，是一种毡帽，帽顶底部围结着一根带子，侧面装饰着一根羽毛。

2 德语，善待你的胃。

3 德语，健康。

论用哪一只手)。

我住在欧洲时，对厕所有过很多的思考（是德国把我逼得疯狂至此）。我甚至曾经尝试做基于厕所的人群分类研究。

“从厕所看世界历史”（我在自己笔记本里一页空白页的顶端写道）“一部史诗???”

英国厕所：

英国卫生纸。一种生活方式。有涂层。不易吸水、变软或者弯折（不折不挠的特性[1]）。常常属于政府财产。在福利极好的国家，连卫生纸上都印着宣传语。

英国厕所是殖民主义最后的避难所。水像维多利亚瀑布从头顶冲下来，你成了一名探险家。水喷到你的脸上。(你放水冲厕所时）有那么一个瞬间，英国再次统治了汪洋大海。

德国厕所：

德国厕所关注等级区分。在三等舱：粗糙的黄色的卫生纸。在头等舱：白色的卫生纸。叫 Spezial Krepp[2]（不需要翻译）。可是德国马桶独一无二之处在于它有一个让大便降落的小舞台（整个世界都是一个小舞台）。这使你能长久地查看，谨慎地选择政治候选人，

1 原文双关语“stiff upper lip”。“stiff upper lip”是世界公认的英国人的性格，即遇困难时不折不挠，保持淡定。

2 德语，特种纸。

想想有什么事要告诉你的心理医生。同时这对想通过肠胃偷出钻石的钻矿矿工来说是有利的。德国厕所，事实上是打开纳粹第三帝国所有恐怖的钥匙。能制造出这样的厕所的人无所不能。

意大利厕所：

有时，你可以从Corriere della Sera[1]上读点东西，然后再用报纸擦屁股。但是一般而言，这里的马桶水冲得很迅捷，未等你跳起身、转过身来好好欣赏，拉出来的屎早已消失。所以就有了意大利的艺术。德国人欣赏他们自己的屎尿。意大利人不具有这种机会，所以创造了雕塑与绘画。

法国厕所：

在巴黎古老的旅馆里有两只大人国里巨人的铁脚印，骑跨在一个散发着臭气的厕所坑洞两侧。凡尔赛宫种了橘子树，遮掩化粪池的臭气。Il est defendu de faire pipi dans la chambre du Roi[2]。巴黎厕所里的灯只有在你转动门锁时才亮起来。

相对于法国人处理屎尿的办法，我不怎么弄得明白法国哲学与文学。法国人是非常抽象的思想家——

1 意大利语，晚邮报。

2 法语，国王的寝宫禁止大小便。

但是他们也能造就像蓬热[1]这样一位精细的诗人，他在肥皂上写了一部史诗。这在哪个方面与法国的厕所有联系呢？

日本厕所：

蹲，是东方一个基本的生活事实。便池凹进地板里。便池后面摆着插花。这与禅宗有关（参考铃木大拙）。

直到十二点以后，我们才最终到达我们的旅馆，并且分到了一个顶楼很小的房间。我想抗议，但是贝内特觉得休息一会儿比较重要。因此，我们拉下百叶窗，把正午的太阳挡在外面，衣服也没脱，就倒在各自的床上，甚至没有打开行李箱。尽管这是个陌生的地方，贝内特却马上睡着了。我却裹着羽绒被辗转反侧，直到后来一边断断续续地做着纳粹分子与飞机坠毁的噩梦，一边断断续续地睡了一会儿。我不时醒来，心怦怦地乱跳，牙齿在打战。这是我离家第一天总会犯的惯有的恐惧症，但这次因为是重回德国，情况就更糟糕一些。我早已开始在想，但愿我们没有回来。

在大约三点三十分的时候，我们起了床，在其中一张单人床上相当慵懒地做了爱。我还是觉得我在做梦，不断假装贝内

1 Francis Ponge（1899—1988），法国诗人、评论家。其诗作常取材于细微的具体客观事物。

特是别的什么人。但是谁呢？我不可能有一个清楚的图像。我从来都做不到。这个纠缠着我生命的幽灵男人是谁？我的父亲？我的德国心理医生？无拉链速交？为什么他脸的轮廓始终不是清晰可辨的？

到四点钟时，我们已坐上驶往维也纳大学的有轨电车，去代表大会处报到注册。这一天是个晴空万里的好日子，天上荒诞地飘着绒毛般的白云。我穿着高跟的凉鞋，沿着街道脚步笨重地走去，心中满怀着怨恨：恨德国人，恨贝内特不是一个火车上的陌生男人，恨他不是满脸微笑，恨他是一个做爱的好手却从不亲吻我，恨他安排我去看心理医生、安排我去做子宫抹片检查、给我买了 IBM 电器，却从不给我买花。恨他不与我交谈。不再伸手抓我的屁股。不再吸吮我的阴部。毕竟结婚五年了，你还期盼什么呢？在黑暗中与你一块儿傻笑？还抓你的屁股？吮你的下身？嗨，至少偶尔为之吧。你们女人都想要些什么啊？弗洛伊德对此迷惑不解，一直没有得出什么答案。你们太太们都喜欢男人与你们怎么样上床？男人在你来月经时会吮你的下身吗？男人在你早晨刷牙以前会亲吻你，而不是说“呕”吗？男人在灯熄灭后还会与你一起哈哈大笑吗？

一根硬硬的玩意儿，弗洛伊德说，假定他们的痴迷就是我们的痴迷。

阳具中心论，有人曾经这样说弗洛伊德。他认为太阳是绕着阳具旋转的。他的女儿也这样认为。

而谁能说不是呢？直到女人开始写书之前，大家听到的只是一面之词。在整个人类历史上，书都是精子写成的，而不是月经写成的。在我二十一岁以前，我都是根据查泰莱夫人的性高潮来衡量自己的性高潮的，当时我心想自己有什么毛病吧。我有没有想到，查泰莱夫人事实上是一个男人？她事实上就是D.H. 劳伦斯？

阳具中心论。男人的问题之所在，也是女人的问题之所在。我的一个朋友最近得到这样一句幸运饼箴言：

> 男人的问题是男人，
> 女人的问题也是男人。

有一次，为了讨贝内特喜欢，我告诉他电影《地狱天使》中入会仪式的情况。其中入会者必须吸吮他在月经期的女人，其他人旁观。

听后，贝内特一语不发。

“嗨，那不是很有意思吗？”我追问道，“那不是很刺激吗？”

依然没有说话。

我不断追问。

“你为什么不给自己买条小狗，”他最后开口说话了，“把它训练训练。”

“我应该到纽约心理分析协会告你一状。”我说。

维也纳大学的医学大楼里廊柱林立，寒冷，像洞穴一样。我们沿着一段很长的台阶费劲地走上去。我们上了楼，有几十个心理医生围在登记处周围。

一位热心过头的奥地利姑娘戴着丑角眼镜，身穿红色紧身连衣裙，正在向每一位报到者索要证件材料。她费力地讲着学校书本里学来的英语。我敢肯定，她是某一位奥地利心理医生的妻子。她不可能超过二十五岁，但是她微笑起来却满是 Frau Doktor[1] 的那种自鸣得意的味道。

我给她看了《偷窥》杂志的介绍信，但她不让我报到注册。

“为什么?”

“因为我们没有权利允许媒体报道，”她讥讽地说，“真对不起。”

“当然。”

我能感觉到怒气就像压力锅里的蒸汽那样，正在我的脑海中聚集起来。这些纳粹婊子，我心想，该死的德国佬。

贝内特向我投来一道意思是“请冷静”的目光。他不喜欢我在公共场所对人发火。但是他想阻止我的企图只是使得我更加火冒三丈。

“你听着——如果你不让我进去，我就把这点也报道出来。”我知道，会议一开始，我很可能什么证件也没有就可以直接登堂入室——因此这事实上没有什么了不起的。再说，我几乎并不在乎这篇报道。我是一个来自外行圈子的间谍。是一个潜伏在一屋子心理分析师中间的间谍。

“我敢肯定，你不想让我写‘心理医生开大会时害怕作家与会’，对不对?”

1 德语，女博士。

“我灰（非）常抱歉，”这个奥地利婊子不断重复着，“但我确实木（没）有圈（权）利让你进去……”

“我想，只是唯命是听吧。”

“我笔（必）须服从命令。”她说。

“你和艾希曼[1]都是唯命是听之徒。”

“你说什么？”她没有听到我说的话。

有人听到了。我转过身，看到了这个长着浓密的金色头发的英国人，嘴里叼着根烟斗。

“如果你稍停片刻，不是这样偏执，使出你的魅力，而不是蛮力，我相信没有人能抗拒得了你。”他说。他正朝我微笑，就像是一个在与你痛快地做爱后依然躺在你身上的男人向你露出的那种微笑。

“你一定是个心理医生，”我说，“其他人不会如此随意地使用‘偏执’这个词。”

他露齿而笑。

他身上正穿着一件非常单薄的印度式的又长又宽大的无领白色棉布衬衫，我可以看到他衬衫里的金红色胸毛。

“放肆的女人。”他说。接着他一把抓住我的屁股，久久地握住玩味着。

“你的屁股很可爱。”他说，“来，我保证你能进入会场。”

当然，他在这件事上根本没有什么说话的权利，但那是我

1 Adolf Eichmann（1906－1962），纳粹德国高官，在犹太人大屠杀中是“最终方案”的主要负责人。战后被以色列逮捕及审判，面对对其犯罪的控诉，以“一切都是依命令行事”作答。1962年被处绞刑。

后来才知道的。他当时忙忙碌碌的样子，让你以为他是整个代表大会的主席呐。他确实是一个预备会议的主席——但是对于新闻报道，他绝对没有说话的分。再说，谁在乎新闻报道？我所在乎的是他若再次抓紧我的屁股,我便会跟随他到天涯海角。达豪、奥斯维辛，随便什么地方。我越过报到注册桌望去，看到贝内特在与纽约的一名心理学家认真地交谈。

那个英国人已走进人群中，正为我口气严厉地对注册处的女孩说话。后来，他返回我的身边。

“你看——她说，你必须等一下与罗德尼·莱曼说。他是我伦敦的一个朋友，应该随时会到这里。因此，我们为什么不到对面的咖啡厅喝杯啤酒，然后再来找他?”

“让我告诉我丈夫一声。”我说。这句话成了接下来几天里的一句反复的唱词。

听到我说有丈夫，他似乎很高兴。至少他似乎并不觉得不高兴。

我告诉贝内特，让他到街对面的咖啡馆里找我们（当然，心里希望他不会很快就来），他向我挥了挥手，表示我可以离开了。他正忙着谈论反移情。

我跟随着这个英国人烟斗里飘出来的烟，走下台阶，越过街道。他一路喷烟吐雾，像一列火车，烟斗似乎是他的驱动力。我很高兴成为他这列火车的最后一节车厢。

我们在咖啡馆里入了座，我要了四分之一升的白葡萄酒，他来了一杯啤酒。他穿着印第安人的凉鞋，露出肮脏的脚趾。他看起来根本不像一个心理分析师。

“你是哪里人?”

“纽约。”

“我是说你祖上是哪里人?”

“你为什么想知道这个?”

“你为什么躲避我的问题?”

“我不必回答你的问题。”

“我明白。”他“扑哧扑哧”地吸着烟斗，眼睛朝远处望去。他的眼角皱出无数的细纹，他的嘴角弯出笑意，即使他这时并没有在笑。我知道，不论他提出什么要求，我都会答应的。我唯一担心的是，也许他不会很快提出要求。

“父母一边是波兰犹太人，另一边是俄罗斯犹太人……”

“我想也是。你看上去就像犹太人。”

“而你看上去像一个英国反犹分子。”

“哦，不是吧——我喜欢犹太人……”

“你的一些好朋友……”

“因为犹太女孩在床上出色极了。”

我竟想不出一件俏皮的事来说。亲爱的耶稣啊，我心想，就是他了。这是真正的速交。美妙无比的速交。以上帝的名义发誓，我们还要等待什么呢？当然不是罗德尼·莱曼。

“我也喜欢中国人，”他说，“你的丈夫看上去人很不错啊。”

“也许我应该把你介绍给他认识。毕竟，你们都是心理分析师。你们有不少共同的地方。你们可以在弗洛伊德的照片下面随便胡来。”

“妖精，”他说，“事实上，我想这更像中国女孩——纽约的犹太女孩喜欢吵架，也让我觉得性感极了。任何一个像你那样能做到在报到处大吵大闹的女人似乎都会很性感。”

“多谢了。”至少有人夸的时候，我还能听得出来。我的内裤上都是水，足以用来拖洗维也纳的街道了。

“我所遇见的人中只有你认为我看上去像犹太人。”我说道，想把话题重新拉回到更为中立的地带。（不谈性了。让我们再回到关于偏见的话题。）他认为我看上去像犹太人的想法，事实上让我很激动。只有上帝知道这是为什么。

“你看，我不是个反犹分子，但你却是。你为什么认为，你看起来不像犹太人呢？”

“因为大家总认为我是德国人……而且我的半辈子都在听反对犹太人的故事，都是那些认为我不是犹太人的人讲给我听的……”

“那是我讨厌犹太人的地方，”他说，“他们只允许他们自己讲反犹的笑话。这是极不公平的。难道就因为我不是犹太人，就应该被剥夺享受这份受虐狂式的犹太幽默的乐趣，这是为什么？”

在说不是犹太人时，他听上去真不像犹太人。

“你发音不准确。”

“什么？不是犹太人吗？”

“哦，这就对了，但是‘受虐狂式（masochistic）’这个单词的发音不对。”（他发第一个音节时就像是英国人。）“发像‘masochistic’这样的意第绪语时，你必须留神，”我说，“我们犹太人不是好对付的。”

我们又要了一杯饮料。他不时装腔作势地环顾四周，寻找罗德尼 · 莱曼，而我则非常敬业地从专业出发，开始大谈我将要写的文章。我几乎都快让自己相信了。那就是我的一个大问题：当我开始说服别人时，我不是总能说服他们，但我一定会说服我自己。当一个女骗子，我全然是个失败者。

“事实上，你说话时带有美国口音。”他说道，脸上是一副刚与人上过床的笑容。

“我没有什么口音——你才有——”

“口-儿-音。”他模仿我说话的口气。

“操你的。”

“这主意不错啊。”

“你说你叫什么名字?”(你也许记得，这是斯特林堡的戏剧《朱丽小姐》的高潮时的一句台词。)

“阿德里安·古德洛夫[1]。”他说。说完，他突然转身，他的啤酒全洒到了我身上。

“真对不起。”他连续不断地说道，用他的肮脏手帕、他的手擦着桌子，最后是他的印度衬衫——他把它脱下，卷起来，给我用来擦我的衣裙。如此这般的骑士风度！可是我只是坐在那儿，眼看着他胸口卷曲的金色毛发，感觉到啤酒在从我的两腿间一滴滴地往下滴。

“我真的不在乎的。”我说。说我不在乎，并不真实。我非常在乎。我喜欢。

1 Goodlove，有“美妙的爱”之意。

美妙的爱，美妙的一切，美妙的酒吧，美妙的肉体，

美妙的小孩，美妙的夏娃，美妙的伙计，美妙的福特车，

美妙的肌肤，美妙的朋友，美妙的游戏，美妙的哈特，

美妙的色彩，美妙的古德，美妙的许可，美妙的儿子，

美妙的山脊，美妙的速度，美妙的树木，美妙的佳酒。

当你名叫伊莎多拉·怀特·温（娘家姓韦斯[1]——我父亲在我出生后不久就把这个姓漂白为“怀特”），你不可能不花一生中相当多的时间去思考人的名字。

阿德里安·古德洛夫。他母亲给他取名叫哈德里安·古德洛夫，后来他父亲强迫她把他的名字改为阿德里安，因为这个名字听起来“更像英国人”。他的父亲热衷于听起来像英国人。

“典型的英国中产阶级小气鬼，”阿德里安谈到他的母亲与父亲，“你会讨厌他们。他们以女王的名义，用整个人生来疏通他们的肠道。还是一场失败的战斗。他们的屁眼始终是被堵住的。”

1　其父亲将“韦斯”（weiss，在德语中意为“白色”）改成了“怀特”（White，英语中意思是“白色”）。

他响亮地放了个屁，打断了谈话。他咧嘴笑了笑。我惊奇万分地看着他。

“你真是一个未开化的人，”我嘲笑道，“一个自然之子。”

而阿德里安依然在咧嘴笑。我俩都清楚，我最终遇到了真正的速交对象。

不错。我承认，我对男人的品味是值得怀疑的。后面还有更多这样的证明。可是毕竟谁又能对品位展开辩论？谁又能告诉你痴情是怎么回事？就像努力想描述巧克力奶油冻，落日的景象或者是你为什么可以一连几个小时坐在那儿对着你自己的宝宝扮鬼脸……有谁会把这一切都付之于笔墨？我们对罗密欧的故事信以为真，不怀疑于连·索雷尔与渥伦斯基伯爵，甚至相信守林人梅勒斯是真实的故事。他那笑容、浓密的头发、烟斗里的烟草味道以及那汗水、那嘲弄的口吻、那泼洒出来的啤酒、那非凡的大庭广众之下的响屁……我的丈夫有一个漂亮的脑袋、一头乌发与修长的手指。我遇见他的第一个夜晚，他也抓过我的屁股（一边讨论精神疗法的新动向）。一般来说，我似乎喜欢能迅速从精神向肉体转移的男人。如果确实很有吸引力，为什么要浪费时间？但是如果一个我不喜欢的男人来一把抓住我，那么，我很有可能会勃然大怒，甚至可能会对他产生厌恶。而谁又能解释得清，为什么同一个动作在一种情况下让你厌恶，而在另一种情况下却叫你激动不已呢？谁又能解释这种选择的基础是什么呢？占星术狂人会努力去解释。心理分析师也会去解释。但是他们的解释似乎总是少了些什么。似乎少了基本内核。

等痴情阶段结束，你变得理性起来。我曾经爱慕一个乐队指挥，他从不洗澡，头发如绳般纠缠黏腻，而且从不擦干净他的屁眼。他总是在我的床单上留下一条条的屎斑。一般情况下，我无法忍受那些方面——可是犯到他的身上我接受了——现在我还不明白那是为什么。我爱上贝内特，部分原因是他拥有我所品尝过的最干净的睾丸。没有毛发。他几乎从不出汗。（如果高兴）你可以吃他的屁眼（就像我外婆厨房的地板一样干净）。所以说，我所崇拜的对象是多种多样的。从某种程度上说，那样使得我的痴情更加难以解释了。

可是，贝内特将一切事物都程式化了。

“那个你与之交谈的英国人，”当我们返回旅馆房间时他说道，“他确实为你疯狂……”

“你为什么那样想？”

“他对你垂涎欲滴。”

“我倒以为他是我所遇见过的最充满敌意的混蛋。”而且这在一定程度上也是真实的。

“对啊——但你总是对怀着敌意的人很着迷。”

“你是说，像你一样吗？”

他正把我拉向他，开始给我脱衣服。不难看出，他是被阿德里安追我的样子激发了起来。我也是。我俩都是在阿德里安的精神鼓舞下做了爱。幸运的阿德里安。我与他正面调情，贝内特却从背后出击。

《性爱的世界史》。做爱。这古老的舞蹈。它甚至会编出比

《厕所的世界史》更好的编年史。它会把一切都包含在其中。哪件事最终不是止于性爱呢?

我与贝内特并不总是在幻想中做爱。曾经有一段时间，我们做爱是相互的。

遇见他时，我二十三岁，早已离了婚。他三十一岁，从未结过婚。我所遇见过的最沉默的一个人。也是最善良的。或者说，至少我认为他很善良。但我对沉默寡言的人又了解多少呢?我出生于一个在餐桌上以声音的分贝大小论英雄的家庭，那种分贝能造成你的中耳永久损伤。也许损伤已经造成了。

我与贝内特在格林尼治村的一个聚会上相识，我们两人都不认识女主人，都是受别人之邀而参加的。这是六十年代中期的时尚。女主人是个黑人（那时人们还说“黑鬼”），从事某种像广告业那样的时尚紧俏的职业。她全身都是设计师设计的服装，抹着金色的眼影。聚会上满是心理医生、广告从业人士、社会工作者以及看上去像心理医生的纽约大学的教授们。一九六五年：前嬉皮与前民运时代。心理医生与广告从业人士以及教授还留着短发，戴着玳瑁色眼镜。他们还会刮胡子。黑人标志还能让他们头皮发麻。(哦，追忆似水年华!)

我是因一个朋友而到那里的，贝内特也一样。由于我第一任丈夫精神错乱，所以二婚想嫁一个精神科医生似乎非常自然。大约是作为平衡吧。我不想让自己再遇到同样的事情。这次我将找一个手持打开无意识之门的钥匙的人。因此我正盼望能遇到心理医生。他们让我着迷，是因为我假定他们对一切值得掌握的知识都了解。我让他们喜欢，是因为他们假定我是一个“有创造力的人”（我出现在第十三频道，朗读我自己写的诗歌，这就是用来证明的事实——心理医生还需要什么别的事实来证明我的创造力呢?）。

当我回顾自己还不到三十年的人生时，我看到我的情人们一个隔一个地背对背坐着，似乎在玩抢椅子游戏。每一位都是前面一位的矫正。每一位都是一种反作用力，一个向后转，一个反弹。

布赖恩·斯托勒曼（我的第一个情人与第一任丈夫），个子很矮，有罗汉肚的趋势，毛发很重，肤色很黑。他也是一枚人体炮弹，一个喋喋不休的健谈者。他总是不停在动，不停地吐出长达五个音节的单词。他是一个中世纪史学家，在你还没有来得及说出“阿尔比派十字军远征”，他就会给你讲述他的人生——细节过度夸张。布赖恩给人的印象是他从不住口。当然，这倒不完全是事实，因为他睡觉时确确实实不说话。但是当他最后乱扔饼干时（我的直系亲属里有人客气地如是说），或者说当他表现出精神错乱的症状时（他的许多精神科医生中的一位如是说），或者说当他认识到他生命的真正意义时（他如是说），或者说在他精神崩溃时（他的博士学位导师如是说），或者说他由于娶了一位纽约的犹太公主而疲惫不堪时（他父母如是说）——他从不停止说话，即便在睡觉的时候。事实上，他从不睡觉，他常常整夜不让我睡觉，给我讲基督的再次降临，而且这一次基督也许只是以一名住在河滨路上的犹太中世纪史学家的身份降临。

当然，我们当时就住在河滨路上，而布赖恩说起来充满魔力。但是，我依然沉浸在他的幻想里，心甘情愿充当疯狂二人组中的一位，整个星期，天天晚上不睡觉，听他叙述。后来我才突然明白，布赖恩他自己企图重新降临。当我指出这也许是一种错觉时，他十分凶狠；当我说出自己的看法时，他差点把我掐死。等我透过气来（为了故事能够继续，我讲得比当时的情形要简单），他进行了多种尝试，比如从窗口飞出去，在中心公园的湖面上行走。最后我们不得不强行把他送到心理诊所，用氯丙嗪、康帕嗪、三氟拉嗪以及一切能想到的东西，让他镇静。这时，我累倒了，于是到我父母家里休养（奇怪得很，面对布赖恩的难以让人容忍的疯狂，他们却变得很理智），哭了大约一个月时间。直到有一天，我心情十分轻松地醒来，被我们遗弃的河滨路公寓里一片静悄悄，我意识到，我有四年时间没能听到自己的想法了。这时，我明白了，我永远不会再回到与布赖恩在一起的生活中去了——不论他是否还认为他就是耶稣基督。

一号丈夫退场。入场的是一系列奇怪的对应者。但是我至少清楚，在到来的二号身上要寻找什么：一个可靠的父亲形象；一个精神病医师，而不是精神病患者；一个世俗的做爱好手，而不是对宗教的热情超过性爱；一个沉默的人，而不是话唠；一个理性的绅士，而不是疯狂的犹太人。

贝内特·温的出现，如在梦中一样。你也许会说，他是翩翩然飞[1]来的。个子很高，相貌堂堂，有着高深莫测的东方气息。

---

1 “温”的英文是“Wing”，有“翅膀”与“飞翔”之意。

手指修长，睾丸无毛，做爱时成了他屁股的可爱的旋转轴承。做爱时，他似乎可以完全不知疲倦，但同时很沉默寡言。当时，他的沉默让我觉得耳根清净。我怎么知道，几年后，我会觉得自己是在与海伦·凯勒做爱呢？

温。我爱贝内特的姓。他像穿着飞行鞋的墨丘利神，那翅膀不是在脚跟，而是长在他的阳物上。做爱时，他腾空而起，在高空飞翔。他做着超凡的升降动作，做着拔塞打钻的动作。他始终保持坚挺，是我所见的男人中唯一不会疲软的人——即使是在他心情沮丧或怒气冲冲的时候也不会。但他为什么从不亲吻我？他为什么不说话？我会兴奋了又兴奋，一次次地兴奋，而每一次的性高潮似乎都是冰霜凝成的。

在一开始时情况不同吧？我想，是的。他的沉默不语令我惊艳，因为我曾经被布赖恩那令人吃惊的滔滔不绝弄得不知所措。在贝内特之前，有一位深爱着他那根指挥棒的乐队指挥（却从不擦他的屁眼），有一位爱与女人调情的佛罗伦萨男人（伟大的亚历山德罗），一位（晚些时候）乱伦的阿拉伯姐夫，一位（加州大学的）哲学教授，还有发生在夜间的一些乱七八糟的性交。我曾跟随着那位乐队指挥横跨欧洲，看他登台表演，帮他背着乐谱，最后他离开我，到他巴黎的旧女友那儿去了。所以说，我受到过音乐、疯狂以及乱七八糟的性关系的伤害。于是，沉默无语的贝内特成了我的疗伤者，我心灵的医生，我身体的分析师。他在振聋发聩的沉默中与我不停地做爱。他倾听着。他是一位出色的分析师。没等我告诉他布赖恩的病症，他早就心知肚明了。他清楚我所经历的一切痛苦。最叫人吃惊的是，在我把自己所经历的一切和盘托出后，他竟还想与我结婚。

“还不如找一个可爱的中国姑娘。”我说。这不是种族偏见，只是我对婚姻感到不安。婚姻的永恒性让我害怕。即使是在第一次，与布赖恩结婚时，它就把我吓倒了，当时我是违背了自己的理智判断而结婚的。

“我不想要可爱的中国姑娘。”贝内特说，“我想要你。”

（贝内特从未与中国姑娘约会过——更没有与她们做爱。他的眼睛始终盯住犹太女孩。这样的男人似乎就是我的命运。）

“你想要我，我很高兴。”我说。充满着感激。我真正感到很感激。

是从什么时候，我开始假装贝内特是其他什么人？大约在我们婚姻快满三年的时候。那么为什么呢？过去没有人能告诉我。

问:“鲁宾医生，为什么做爱的过程总是像加工好的奶酪?”

答:“你似乎有恋食症，或者用心理分析的惯用语来说，就是口欲滞留。你有没有考虑要寻求专业的帮助?”

我紧闭双眼，装作贝内特是布赖恩。我把贝转化成了布。我们出现了性高潮，我先出现，接着是贝内特，躺在旅店的那张乱糟糟的床上，大汗淋漓。贝内特笑了。我很痛苦。我是一个大骗子！真正的淫乱也不会比这些黑夜里的自欺欺人更糟糕。与一个男人做爱，心中却想着另一个男人，把这种欺骗暗藏在心里——这比当着你丈夫的面与另一个男人做爱更加，更加糟糕。这与世上任何形式的背叛相差无几。“只是一种幻想吧。”贝内特也许会说，“幻想只是幻想而已，人人都有幻想。只有精神病患者真正把幻想当作现实来对待。心智正常的人不会。”

但是我对幻想比他要多些敬意。你就是你的梦。你就是你的白日梦。大师、强生公司的图表与数字、闪光灯以及塑料阴茎，它们把性生活的一切都描述了出来，但什么也说明不了。因为性欲存在于人们的心中。脉搏数、分泌物与其无关。这就是为什么最畅销的性爱手册都是骗人的把戏。它们教人如何用骨盆做爱，而不是用心做爱。

从技术层面上说，我“忠于”贝内特，那又怎样？自从遇到他以来，我没有与别的男人做过爱，那又怎样？在我的心里，至少每周有十次对他不忠——并且其中至少有五次是在与他做爱时对他不忠的。

也许，贝内特也假装我是别人。但那又怎么样呢？那是他的问题。毫无疑问，世上有百分之九十九的人在与幻影做爱。很可能他们自己也是别人的幻影。那样想并没有让我得到安慰。我鄙视我自己的欺骗，鄙视我自己。我已经是一个荡妇了，只是因为怯懦而迟迟没有真正的实际行动。与贝内特做爱，我便成了荡妇加懦夫（懦妇?）。如果与阿德里安做爱的话，我至少只是一个荡妇而已。

三

咚咚，咚咚

性，如我说过，可以用三个词语来概括：生殖、快乐、骄傲。从长远观点看，生殖是最为重要的，这是我们必须思考的，因为没有生殖，人类就不可能延续下去……因此，女性的性高潮只是性关系中的一种神经紧张的高潮……这样说来，从自然角度来看，它是一种相对的奢侈。也许可以把它视为一种快乐的奖品，像附加在一盒麦片上的奖品。有奖品，很不错啊；但是如果没有奖品，那么麦片也是有营养价值的。

——马德琳·格雷：《正常的女人》，一九六七年

在我的梦中，阿德里安与贝内特坐在一个跷跷板上，一上一下。那是我孩提时代常去的中央公园的游乐场里的跷跷板。

“也许应该在英国给她做心理分析。”是贝内特在说话，他

坐的那端跷到了空中，“我会把她的证件以及疫苗接种记录交给你。”

阿德里安的脚现在碰到了地，他开始摇晃起跷跷板，像一个闯入小娃娃的游乐场里的大男孩。

“别那样！”我喊叫起来，“你会弄伤他的！”可是阿德里安还在咧嘴笑，不停地摇晃着跷跷板。“你难道不知道你会伤害他吗！住手！”我拼命地喊叫，但是如常常在梦中的情形，我的话变得含糊不清。看到阿德里安快要把贝内特弹到地上，弄断他的脖子时，我吓坏了。“请你快住手！”我恳求说。

“出什么事了？”贝内特喃喃道。我把他吵醒了。我常常在梦中说话，他总会回答我。

“怎么啦？”

“你与别人坐在一个跷跷板上。我吓坏了。”

“哦。”他翻了个身。

一般情况下，贝内特会伸出手来抱住我，可是我们正躺在房间里两张相对的窄床上，于是他继续睡觉。

现在我已完全清醒了，能听到旅馆后面的花园里鸟儿叽叽喳喳叫个不停。于是，我想到它们都是德国的鸟，感到沮丧起来。我暗地里讨厌旅行。待在家里，我感到烦躁不安，但是一离开家，我马上就感到我大多数细小的行为都受到厄运笼罩的威胁。我为何非要再回到欧洲来？我的整个人生都是支离破碎的。两年来，我与贝内特躺在一张床上，心中却想着别的男人。两年来，我一直在考虑，是要怀孕，还是独自离去，在永久安顿下来以前再去看看世界。我想知道，人们是如何做出怀孕的决定。这是一个多么可怕的决定啊。从某种程度上说，这是一个目中无人的决定。当你还无法知道一个新生命是怎样的，你就得为它承担责任。我想，大多数女人怀孕时并没想到这个问题，因为如果她们考虑一下一个新生命意味着什么，她们一定会充满疑虑。她们盲目地相信运气，我则不然。我总是希望操控自己的命运。怀孕似乎是对操控的极大退让。某个在你体内成长的东西最终会剥夺你的生命。我长时间强制性地使用避孕膜，因此我不可能意外怀孕。即使在我服用避孕药的两年时间里，我也没有一天会忘记。在其他一切事情上我都是非常懒惰的，在这点上我决不含糊。事实上，我是我朋友里唯一一个从没流产过的人。我有什么问题吗？我有点不正常吗？我只是没有一般女性所拥有的怀孕冲动。我所想的只是我的烦躁不安、我对速交的渴望以及火车上的陌生男人——被一个孩子拴住会怎样。有了孩子，我怎能期望发生这样的事呢？

“要不是因为有了你们，我已经成为一个著名的艺术家了。”我那一头红头发的母亲常常生气地说。她过去在巴黎学过美术，学解剖与模制品素描、水彩画与制图，甚至还学会了如何研磨颜料。她见过著名的艺术家、著名的作家、著名的音乐家以及著名的艺术随从（她这么说）。她在布洛涅森林[1]跳过裸体舞（她说），曾穿着黑色天鹅绒披风光顾双叟咖啡馆（她说），坐在布加迪跑车的挡泥板上驶过巴黎的街道（她说），比杰奎

1 巴黎西郊的森林公园。早年是皇家林苑，国王的狩猎场，后来又逐步增设了多种形式的娱乐设施。它扮演着优雅与淫荡的双重角色，浓缩了巴黎的浪漫风流，吸引了无数艺术家。

琳·肯尼迪·奥纳西斯[1]早三四十年就去了希腊诸岛（她说）。后来她回了家，嫁给了卡茨基尔山里来的一个喜剧演员，他当时正打算在酸奶黄瓜业大赚一笔，他们生了四个女儿，每一个女儿都有一个充满诗意的名字：冈德拉·米兰达、伊莎多拉·泽尔达、拉拉赫·贾斯廷以及克洛艾·卡米尔[2]。

这难道是我的过错吗？

我这一生都觉得是我的过错。也许，从某种程度上说，我是有责任的。父母与孩子是血脉相连的，这种相连不仅仅发生在子宫里。神秘的力量将他们联系在一起。如果我们这代人将一辈子谴责我们的父母，那么也许我们应该允许我们的父母也同样有这样的机会。

“要不是你们这些孩子，我早成著名艺术家了。”我母亲说。我很长时间里一直相信她的话。

当然，她自己的父亲也始终是个问题。他也是一个艺术家，疯狂地嫉妒她的天赋。她到巴黎就是为了躲避他，那么，她为什么要回到纽约，与他住在一起，并且一直住到她四十岁为止呢？他们同用一个画室，他还不时在她的画布上作画（当然只是在他自己没有干净的画布时）。她在巴黎已成为一名立体派画家，并且正以某种当代精神朝着她自己的方向发展，可是她爸爸认为绘画始于伦勃朗，终于伦勃朗，一直嘲笑她的努力，直至她放弃为止；她只是没有放弃连续不停怀孕生孩子。

1　肯尼迪的遗孀，于一九六八年嫁给了希腊船王亚里士多德·奥纳西斯。

2　这四个名字都有典故。米兰达为莎士比亚戏剧《暴风雨》中的女主角。泽尔达为作家菲茨杰拉德的伴侣。贾斯廷是萨德笔下的著名女性角色。卡米尔是罗丹的情人。

“该死的现代涂鸦画，”她爸爸说，“虚假的玩艺。”

她为什么没有搬出去住？我这么说的背后是十分沉重的矛盾心态，心里清楚，如果那样的话，我也许永远都不会降临人世。

我们是在中央公园西的一套有十四个房间的庞大公寓里长大的。我们住在顶楼，可屋顶会漏雨；当你按下烤箱的烧烤按钮时，所有保险丝都会烧掉；浴缸的底部还是爪形的，水管都生了锈，厨房里的炉子看似电视广告里老奶奶的收藏品；窗户又旧又模糊，外面的风可直接“呼呼”地吹进来。可是，那是一幢“斯坦福·怀特[1]风格的建筑”，拥有“两个北面采光的画室”，藏书房有“嵌板墙面”与“花饰铅条窗”，客厅的“四十英尺”高的天花板上有“真正的金叶”。我记得这些房地产词汇响彻我童年的岁月。金色的叶子。我想象着一张黄金制成的枫叶。可是他们是怎么把树叶粘到屋顶上的呢？而它们为什么看上去不像树叶呢？也许他们把树叶碾碎，制成了油漆？我心想，我们可以在什么地方采摘到一片“真正的金叶”呢？它们是长在真正的黄金树上的吗？长在真正的黄金枝头上的吗？（我是一个认识“枝头”这样的词语的小孩。）

事实上，在我父母的书房里有一本黑乎乎的厚书，名字叫《金枝》。我常常去一页页翻看这本书，枉然地查阅着，想看看它是否提到“真正的金叶”。可是，书中有许多性方面的内容

1　Stanford White（1853－1906），美国知名建筑师。

(那也是我常常把《没有恐惧的爱》[1]藏在梳妆台抽屉里——我的内衣下面——的日子)。

因此，我们是为了“明亮的北面采光”与“真正的金叶”才和“爸爸”“妈妈”住在一起——或者说，至少我母亲是这么说的。在这同时，我的父亲为了做他的酸奶黄瓜生意跑遍了世界各地，母亲则留在家里生孩子，对着她的母亲与父亲大喊大叫。当时我父亲正在设计看上去像啤酒杯一样的冰桶与看似冰桶的啤酒杯。他正设计用细小的金链串在一起的陶瓷动物家庭。他还从中赚了大笔的钱——叫人十分惊喜。我们可以轻松地搬家了，但是显然我母亲不愿意也不能搬走。一根小小的金链将我的母亲与她的母亲连在了一起，将我与我的母亲连在了一起。我们所有的不快乐都用同一根（很快就失去了光泽的）金链串了起来。

当然，我母亲对此有合理的解释——一种家长制的合理解释，一种既才情满怀、壮志凌云，又接连不断怀孕的女人的古老的合理解释。

“女人不可能同时做两件事。”她说，“你必须做出选择。要么当艺术家，要么生儿育女。”

拥有一个像伊莎多拉·泽尔达这样的名字，显然，我必须做出选择：在我母亲曾经拥有的与曾经放弃的之间进行选择。

我怎么能够取出避孕膜去怀孩子呢？其他女人不用费半点思量做的事，对于我却是一件举足轻重的大事。这是对我的名

1 该书的副标题是“如何在婚姻中获得性快乐”。

字、我的命运、我的母亲的一种否定。

我的姐妹们则不同。冈德拉·米兰达称自己“兰迪”，她十八岁结了婚，嫁给了伯克利大学的一名黎巴嫩物理学家，在加利福尼亚生了四个儿子，后来她全家搬到了黎巴嫩的贝鲁特，在那里她又生了五个女儿。一个出身于中央公园西的可爱犹太女孩嫁了一个阿拉伯人，表面上看充满着叛逆精神，但她可能过着一种在贝鲁特最为寻常的家庭生活。她几乎怀着宗教般的虔诚喜欢 kinder，küche，kirche[1]——尤其是天主教堂，她去教堂是为了给阿拉伯人留下一个她不是犹太人的印象。当然，他们并不那么喜欢天主教，但他们更讨厌犹太教。她与我姐夫皮埃尔信仰罗伯特·阿德里[2]、康拉德·洛伦茨[3]以及莱昂内尔·泰格[4]，仿佛他们是基督、佛祖与穆罕默德。“本能！”他们嗤之以鼻地说，“纯粹动物本能！”他们开始厌恶他们大学时代的伯克利大学的“垮掉的一代”，鼓吹地域理论，鼓吹避孕与流产的不道德以及战争的普遍性。有时，他们似乎赤诚地相信存在之巨链以及君权神授的思想。而同时，他们继续繁殖后代。

（“为什么具有优等基因的人要采取避孕措施，而不良人种却不断繁殖，致使世界濒临灭绝？”——每当兰迪宣布她再一次怀孕时总重复响起这样的论调。）

拉拉赫（另一个排行中间却比我后出生的女儿）比兰迪小四岁，嫁了一个黑人。但就如兰迪的情况那样，离经叛道的选

1 德语，孩子，厨房，教堂。

2 3 4 皆为知名人类学家。

择令人误解。拉拉赫到了欧伯林学院[1]，遇到了罗伯特·戈达德，从“黑人”这个词诞生以来，他肯定是其中最白的一个。我的妹夫鲍勃[2]事实上是可可色，但是他的心灵却像三K党的核心党员一样是白色的。我不了解他。让我迷惑不解的是，他怎么上了欧伯林这样一所学校，也许这事也使他自己迷惑不解。从欧伯林学院毕业后，他进了哈佛大学的医学院，立即对生计做出了决定：整形外科。现在他一周里四天时间都在做固定大腿、钉住臀部的活儿（还有从保险公司收取高昂的治疗费用）。另外三天在他与拉拉赫居住的时尚而无种族隔离的波士顿郊区的一家高等俱乐部进行马术活动。

他们生活得真叫时尚！他们生活在从汉马克-施莱默商店买来的品种多样琳琅满目的电器中间：电子碎冰机、冰酒柜、合成涛声的床头机、自动剥蛋壳机、加湿器、除湿机、自动调鸡尾酒机、遥控割草机、可以编入修剪款式程序的绿篱修剪机、可以将洗澡水翻卷出漩涡的按摩浴缸、可以将冲厕水翻卷出漩涡的卫洗丽、挂墙式灯光刮胡镜、隐藏在最平庸的现代画框后的彩色电视机，以及一根前门铃响起时就会从走廊墙上弹出的横木。顺便说一下，门铃声是《圣者进行曲》[3]最初的几个音节，这是鲍勃喜欢的歌，那是他对黑人文化做出的唯一让步。

拥有了所有这些五花八门的电器、马匹以及三辆汽车（他们两人各一辆，还有一辆供他们家的来自南美洲的白人管家使

1 位于美国俄亥俄州的私立学校，是第一所正规录取美籍非洲人的学校。

2 对罗伯特的昵称。

3 黑人民间福音音乐，常简称为《圣者》。

用），我们都认为他们连考虑生孩子的时间都没有。恐怕这倒让我父母松了一口气。一方面是因为对阿拉伯孙儿的顾虑吧，但至少他们长着笔直的头发。

但是我们都错了。拉拉赫事实上吃受胎药都吃了两年（如她后来告诉我们及所有记者的那样），去年她生了五胞胎。剩下的（如他们所言）就都成历史了。你们也许都读到了《时代》杂志上关于“戈达德的五胞胎”的文章，文中描述五胞胎长得“可爱，褐色皮肤”，满满的一怀抱。

当人们告诉刚当母亲的拉拉赫·贾斯廷·戈达德（娘家姓怀特），说她生了五胞胎时，她惊喜地说：“哇欧！”

现在拉拉赫与鲍勃整天忙于断骨、电器、马、挤入上流社会，以及五胞胎（顺便提一下，他们给五胞胎起了最最普通的名字：蒂米、苏茜、安妮、珍妮以及约翰尼）。鲍勃医生的钱越挣越多，因为人们似乎觉得，自从有了维生素 B 注射剂以来，生五胞胎黑白混血儿是成就医学事业的最佳途径。拉拉赫一年给我写一次信，写信的目的是问我为什么不停止“用诗歌放屁”，做些像生五胞胎那样的“有意义的事”。

兰迪嫁了一个阿拉伯人，拉拉赫嫁了个黑人，我第一任丈夫坚信自己就是耶稣基督。经过这一切之后，当我与贝内特结婚时，我的父母实在是相当放心。他们对他的种族没有半点不满，但他们极端厌恶他的信仰：心理分析。他们怀有错误的印象，以为贝内特可以看透他们的心思。事实上，当他一副明察秋毫、洞彻未来以及高深莫测的样子时，他通常是在想着给汽车换机油、午饭吃鸡汤面或者想要去大便。但是我始终无法使他们相信这一点。他们坚持认为，他正深入他们的灵魂，看到了所有那些他们自己都想要遗忘的丑陋的秘密。

最后是克洛艾·卡米尔。她生于一九四八年，比我小六岁。家里的小宝贝。克洛艾机智聪明，伶牙俐齿，但做什么事都无精打采。丰满、漂亮的克洛艾，长着一头棕褐色头发、蓝色的眼睛、白皙的皮肤。在一个胸脯平平的家庭里，她拥有了唯一一对真正高耸的乳房。克洛艾当然嫁了一个犹太人。不是本地的犹太人，而是一个外来的犹太人（家里没有人会愿意屈辱地下嫁给一个隔壁邻居的小男生）。克洛艾的丈夫阿贝尔是一个以色列人，祖上是德国犹太人（他家里曾经有人在巴登-巴登拥有赌场）。阿贝尔自然而然地开始从事我父亲的酸奶黄瓜生意。他把从沃顿商学院学到的功课，带到一桩由卡茨基尔山里来的一个喜剧演员掌控的生意里。开始时，我父母不乐意，可后来人人都富起来了，便采纳了他的意见。阿贝尔与克洛艾有一个儿子，叫亚当，长着金色的头发与蓝眼睛，显然是一个最得宠的外孙。在圣诞节，当全家人在我父母家里聚在一起的时候，亚当看上去像是第三世界孩子的游乐场里唯一的雅利安人。

因此，我是四姐妹中唯一 ohne kinder[1] 的，而且我始终无法忘记这一点。皮埃尔与兰迪最近一次带着他们那一窝孩子来纽约的时候，正值我第一本书出版。在我们屡见不鲜的一次吵吵闹闹中（为了一个无法叫人记住的白痴问题），兰迪称我的诗歌是“自淫与裸露癖”，并且责备我的“不孕症”。

1 德语，没有孩子。

“你表现得好像写作是世界上最重要的事情！”她叫嚷道。

那个星期，我正努力对我的家人做到理性、平静、深思熟虑，因此我万分痛苦地控制住我即将喷吐而出的愤怒。

“兰迪，”我辩解说，“为了继续写作，我必须认为它是世上最重要的事情，但是没有人要求你一定得与我一样拥有这份执着，因此我为什么应该与你的看法相同呢？”

“好，我不会由着你把我、我的丈夫、我的孩子们写进你肮脏不堪的作品里——听明白了吗？不论你以什么方式提到我，我会杀了你。如果我自己不亲手杀了你，那么皮埃尔会杀了你的。明白吗？”

接下来是一段针对自传与小说的震耳欲聋的长时间争论，其间我提及海明威、菲茨杰拉德、鲍斯威尔、普鲁斯特以及詹姆斯·乔伊斯——似乎一切努力都是枉然。

“你完全可以死后再去出版你那些该死的肮脏不堪的书呀，”兰迪尖叫起来，“要是书中有任何一个词提到任何一个人物与我有丝毫相似的话！”

“我想，为了不推迟出版时间，你就杀了我吧。”

“我的意思是等我们都死了，而不是等你死了以后。”

“这是不是斩首之邀[1]？”

“把你那些文学典故塞进你的屁眼里去吧。你认为你聪明绝顶，对不对？就因为你刻苦钻研，在学校里成绩出色。就因为你好高骛远，与令人生厌的知识分子和伪君子滥交。我以前

1　纳博科夫（Vladimir Nabokov，1899—1977）作品《斩首之邀》的书名。

与你一样有写作天分，你知道这一点，只是我不愿意低三下四地把我秘密的幻想公布于众。我不像你那样，有令人作呕的裸露癖，就是这样……现在你给我从这里滚出去！你听到我说的话吗?”

“不巧，这是朱迪与爸爸的房子——不是你的。”

“滚出去！你早已害我头痛欲裂！”兰迪双手捧着太阳穴，跑进了卫生间。

这是古老的身心失调式的回避。在我的家里，只要逮住一个机会，每个人都会手舞足蹈。你害得我头痛欲裂！你害我消化不良！你害我生了股癣！你害我产生了幻听！你害得我心脏病发作！你害我得了癌症！

等兰迪从卫生间出来时，她是一脸痛苦的表情。她已经镇静下来了，现在竭力显得宽容。

“我并不想与你争吵。”她说。

“嗨。”

“不想，真的不想。只是你毕竟是我的妹妹，我真不想让你误入歧途！我的意思是，你确实必须停止写作，生个孩子。你会觉得这比写作的成就感更大……”

“也许，那正是我所害怕的事情。”

“你什么意思?”

“你看，兰迪，我确实并不因为没有生孩子而感到遗憾，这对一个有九个孩子的人来说也许是不可思议的。我的意思是，我爱你的孩子，爱克洛艾的孩子，爱拉拉赫的孩子，但眼下我确实干自己的工作时感到非常快乐，现在我并不想要更多的成就感。我花了多年时间才学会一口气能在我的书桌旁坐上两分钟以上的时间，学会忍受失败的孤独与恐惧，学会忍受可怕的寂静与雪白的稿纸。而现在我能接受这样的生活……现在我终于能写作了……我确实对写作充满渴望。我现在不想有任何事情来打扰我。耶稣基督啊！我花了这么久才走到这一步……”

“那是不是你真正希望你的余生所走的路呢？坐在房间里写诗歌？”

“是啊，为什么不呢？这难道比生九个孩子还要糟糕吗？”

她鄙视地看着我。“你根本就不知道生孩子是怎么回事。”

“而你根本就不知道写作是怎么回事。”我真为自己听上去像个小娃娃而讨厌自己。兰迪总是让我觉得我又变成了一个五岁孩童。

“可是你会喜欢生孩子。”她坚持说，“你真会喜欢的。”

“看在上帝的分上，你很可能是对的！可是一个家里有你这一个埃塞尔·肯尼迪[1]就足够了——我们到底为什么还要更多的呢？如果我对生孩子充满疑虑，那为什么我还要生呢？我为什么要强迫自己呢？这对谁有益呢？对你吗？对我吗？对这些不存在的孩子吗？又不是说，如果我不生孩子，人类就会消亡！”

“但是你难道对这样的体验一点也不好奇吗？”

“我想是有的……但是好奇不会置我于死地啊。再说，我还

1　Ethel Kennedy，生于1928年，美国前司法部长罗伯特·肯尼迪的妻子，他们生了十一个孩子。罗伯特是前总统约翰·肯尼迪的弟弟。

有时间……”

“你快三十岁了，你的时间并不如你想的那么多。”

“哦，天啊，”我说，“你事实上无法忍受别人与你走不一样的道路。我为什么要按你的生活去生活，去犯你的那些错误呢？难道我就不能犯我自己那些该死的错误吗?”

“我的什么错误?”

“比如在抚养你孩子长大时让他们认为他们是天主教徒,比如你对信仰的撒谎，比如否定你自己是谁……”

“我杀了你!”兰迪尖叫起来，她举起双手朝我扑过来。我一头钻进了厅里的贮藏室里，就像小时候经常做的那样。过去有一段日子，兰迪常常打我（如果我要生孩子，我至少决不犯生多于一个孩子的错误。做一个独生子女，心理过程会比较艰难，但我小时候一直希望自己是个独生女）。

“皮埃尔!”我听到兰迪在门外大喊大叫。我转动门锁，拉了电灯线，然后背向里地退入我母亲的紫貂大衣里（大衣散发着古老而陈旧的香水味：“喜悦”和“迪奥之韵”），交叉着双腿，坐在大衣下的皮鞋堆里。在我头顶上，还有两排大衣，一直高挂到了天花板。旧的皮大衣，带着皮绑腿的英式儿童大衣，滑雪风衣，雨披，军用防水短上衣，我们野营时用的有签名的宽大油布雨衣，脖子里有姓名贴胶的学校运动夹克，夹克的口袋里还有遗忘的溜冰鞋的钥匙，天鹅绒晚礼服，织锦大衣，马球装，貂皮大衣……三十五年的服饰变化以及四个长大了的女儿……三十五年的购买、消费、养育孩子以及大喊大叫……而我的母亲对这一切该用什么来表示呢？她的紫貂皮、她的水貂皮以及她的怨恨？

“伊莎多拉！”现在是皮埃尔在叫。他敲打着门。我坐在地板上摇着双膝。我不想站起来。多么可爱的樟脑丸与“喜悦”香水味。

“伊莎多拉！”

确实，我想，有时我也想有一个孩子。一个非常聪明、机灵的小女孩，她将长成一个我不可能成为的女人。一个非常独立的小女孩，她的脑门上或心灵上都没有留下伤疤。不用卑躬屈膝，阿谀奉承，挤眉弄眼，一个想什么就说什么的小女孩。一个既不口出恶言也不拐弯抹角的小女孩，因为她既不憎恨她母亲，也不憎恨她自己。

“伊莎多拉！”

我真正想做的是，让自己重新降临人世——出生在另一个家庭、不同的天地。我抱紧自己的双膝。奇怪，我觉得在那里、在我母亲的毛皮大衣下面很安全。

“伊莎多拉！”

他们为什么要不停地催促我，把我塞进使得他们那么不快乐的相同模型里？我准备好后就会生孩子的。换言之，如果我没有准备好，那么我就不会生孩子。孩子难道能保证你不遭受孤独与痛苦吗？有什么能作这样的保证呢？如果他们生活得很快乐，那么为什么他们一定要不时地劝我改变方向呢？为什么他们坚持认为人人都要按照他们那样生活呢？他们为什么要成为这样可恨的说教者呢？

“伊莎多拉！”

为什么我的姐妹与我的母亲似乎都合谋起来嘲讽我的成就，让我觉得她们是包袱呢？我出版过一本书，这本书我自己依然能读下去。六年时间里，写了删，删了又写，努力想深入，更深入地了解自己。读者给我寄来的书信以及在半夜里给我来的电话，都告诉我，这本书是有意义的，它是勇敢真诚的，我也是勇敢真诚的。勇敢！而我却躲在贮藏室里抱紧自己的双膝！但是，对我的家人来说，我是一个失败者，因为我没有生孩子。太荒唐了。我知道这是荒唐的。但是我心里有个东西让我重复着这样的问答式。有个东西让我向所有赞美我诗歌的人表示歉意，我心中的这个东西说："但是要记住，我没有生孩子。"

"伊莎多拉！"

快三十了。不认识的人有时会以为我二十五岁，但是我能够看到无情的衰老的开始、死亡的开始，一步步地准备走向虚无。我的前额早已有了浅浅的皱纹。我可以用手指抚平这些皱纹，但是它们立刻又皱了回去。在眼睛下面，开始出现细微的网状皱纹：一条条细细的沟壑，一个小月亮的记号。在我的眼角，出现了一条、两条、三条细纹，似乎是用设计绘图针笔和隐形墨水画出来的，几乎看不出来——只有艺术家本人看得见。嘴巴的轮廓比过去更明显。笑容消退的时间比过去要长一些。似乎变老首先就是变得僵硬起来。按预设的模型布置这张脸；死后所出现的僵硬的点滴预示。哦，下巴还足够结实……但是在脖子正中的地方有没有一条细小、几乎看不见的链子？乳房依然高耸，但是还能高耸多久？还有阴道呢？那将最后一个衰退。当我身上其他地方都没人想要的时候，它会依然强健。

虽然我不愿意怀孕，但我似乎是生活在我自己的阴道里，这很有意思。我似乎是与我身体的所有变化紧密相连的。这些变化始终被我留意着。我似乎确切知道我什么时候会排卵。在经期的第二周，我觉得在我的下腹部有一种微小的砰动，然后是一阵刺痛。几天后，我经常会在橡皮避孕膜的圆帽里发现一个小血斑。一个鲜红的血斑，这是唯一可以看得到的卵子的踪影，它本可以成为一个婴儿。这时，我感到一股忧伤的浪潮朝我袭来，这种忧伤几乎难以描述。忧伤与安慰。永远不出生，事实上是不是更好呢？

子宫避孕膜成了我的一种迷信。一个神圣的物品，一道横在我的子宫与男人之间的障碍。想到要怀上他的孩子，有点让我生气。让他去生他自己的孩子好了！如果我要生一个孩子，我希望它完全属于我。它是一个像我一样的女孩，但比我更好。一个能够怀她自己的孩子的女孩。不公平的似乎不是生孩子本身，而是为男人们生孩子。孩子会起他们的名字。这些孩子通过爱的途径，把你与你必须忍着被抛弃的痛苦去取悦与伺候的男人锁在一起。爱情毕竟是一把最坚固的锁，磨损得最厉害，却最耐用。然后，我会永远无法脱身，成了我自己的感情与我自己的孩子的人质。

“伊莎多拉！”

但是也许我早已是一名人质了。我的幻想的人质。我的恐惧的人质。我的错误定义的人质。做一个女人究竟意味着什么？如果意味着像兰迪那样，或者像我母亲那样，那么我不要做女人。如果意味着一边苦大仇深，一边却给人大讲特讲生育孩子的快乐，那么我不要做这样的女人。做一个有学问的修女远比做这样一个女人强。

但是做一个有学问的修女也没有快乐可言。她没有活力。还能有其他什么选择呢？为什么没有人给我指出一些选择呢？我抬起头，用下巴在我母亲的紫貂大衣的边上蹭着。

“伊莎多拉！”

“好。我来了。”

我走出贮藏室，面对皮埃尔。

“向兰迪道歉！”他要求说。

“为什么？”

“为你说过的有关我的那些恶毒、令人作呕的事！”兰迪叫嚷道，“道歉啊！”

“我只是说，你否定了你的身份，我不想成为你那样的人。这样说为什么要道歉？”

“道歉！”她尖叫道。

“为什么？”

“你什么时候开始他妈的这么在乎是不是犹太人的？你什么时候变得圣洁起来？”

“我并不那样圣洁。”我说。

“那么，你为什么要把它小题大做？”皮埃尔现在开始用他甜美的中东法国口音讲话。

“我从没有发动这场神圣的宗教战争，来增加真正的信徒——是你们发动的。我并不想改变你，让你相信什么。如果我可以在这一片混乱中找到我自己的生活，我只是努力想过我自己的生活。”

“可是伊莎多拉，”皮埃尔哄骗道，“那正是你的生活——我们都在努力帮助你。”

四

黑森林附近

年幼的孩子，因他们年幼不能干活，不可避免会遭到杀害……女人们常常将他们的孩子藏在衣服底下，但是当我们发现这些孩子时，我们当然会把他们送去焚烧。我们收到的指令是秘密焚烧他们，但是持续不断焚烧尸体所散发出的令人恶心的臭味弥漫于整个地区，住在周边的所有人都知道，奥斯威辛在焚烧尸体。

——党卫军指挥官鲁道夫·赫斯的口供材料，
一九四六年四月五日，纽伦堡

8:29 到法兰克福的火车

欧洲是积满尘埃的长毛绒布，

头等车厢
有着头等的尘埃。
那列车员
长得很像一头粉红色的
杏仁蛋白软糖猪
踏着正步
沿过道走去。
FRÄULEIN！[1]
他用四个元音变音说话，
红色漆皮
胸带“刷”地从空中划过
像一根断裂的橡皮筋。
他的帽子山峰般耸起、耸起，
一顶教皇的冠冕
指向天堂，来宣告
绝对的权力，
天赐的权利
属于铁路列车员。
FRÄULEIN！
E pericoloso sporgersi.
Nicht hinauslehnen.

1　德语，小姐。

Il est dangereux[1]……

车轮重复说着。

可是我并不那么木讷。

我知道铁轨尽头在何处

火车隆隆地

驶进沉默。

我知道那个车站

不会被标记出来。

我的头发与雅利安人的头发

没有区别。

我的名字是石楠花。

我的通行证，眼睛

比巴伐利亚的天空更蓝。

可是他能够看到

我肚脐上的

大卫之星[2]。

砰砰。嘎嘎。

我跳最后一曲脱衣舞时

戴着大卫之星。

FRÄULEIN！

有人轻轻推醒了我。

1 此三行用的是意、法、德语，意为“危险”。

2 又名六芒星、所罗门封印或犹太星，是犹太教和犹太文化的标志。

我胆怯的手
差点要向
这个耸立在眼前的
穿制服的小个子男人行礼。
Schönes Wetter heute[1]，
他正在朝我说话，
朝着窗外
朦朦胧胧的农田
点了一下头。
他脆生生地用打孔机
打着我的车票，
面团般的脸蛋
满脸微笑地俯视着我
阳光突然像鸡汤一样
温暖人心。

在我来到海德堡以前，我并没有特别意识到自己是犹太人。不过，在我的记忆里，我外婆合起双手，把肥皂涂到我的手上，说她要洗去我的"德国菌"[2]。我的姐姐兰迪发明了一种游戏，叫"德国鬼子来了快逃"，玩游戏时，我们穿上最暖和的衣服，把小妹妹克洛艾包起来，放进娃娃车里，做了苹果酱三明

1　德语，多好的天气啊。

2　英语中的"德国人"（Germans）与"细菌"（Germ）类似。

治，坐在香喷喷的衣橱的最里面吃，希望我们的食物供给可以持续到战争结束时盟军到来的那一刻。还有关于我的美国圣公会好友吉莲·巴特科克的一些零星记忆：她当时五岁，说她不可能与我一起洗澡，因为我是犹太人，而犹太人“总是在洗澡水里撒尿”。但总而言之，我的童年非常大众化。我父母的朋友们肤色、宗教、种族各不相同，我的朋友也是如此。我一定在学会不尿裤子以前就已经学会了“四海一家”这个词语。虽然家里有时说犹太人的意第绪语，但似乎它只是被用作密码，说一些不想让用人知道的事情。有时，用来欺骗孩子，但是我们孩子的雷达很发达，即使不一定知道具体词语的含义，也总能猜出其意思。结果是，我们几乎没有学会什么意第绪语。我读了《再见，哥伦布》[1]，才学会 shtarke[2] 这个词；读了《魔桶》，才听说了《前进报》[3]。在我未满十四岁的时候，参加了一个表亲的犹太成年仪式，在纽约的春之谷举行，我母亲因头痛留在了家里。我的外公曾经是个马克思主义者，他认为宗教是麻痹大众的鸦片，禁止我外婆从事任何“宗教的胡说八道”，接着，用他的八十年代的犹太复国主义者的那种多愁善感，责备我是“讨厌的反犹分子”。当然，我并不是一个反犹分子。只是我不怎么觉得自己是个犹太人，无法理解为什么所有人中偏偏是他，突

1　美国小说家菲利普·罗斯一九五九年出版的作品，获得一九六〇年美国国家图书奖。

2　意第绪语，硬汉。

3　又名《犹太人每日前进报》，是纽约市首家用意第绪语出版的日报，在美国犹太人中有极大影响。

然一下子说起话来像是哈伊姆·魏茨曼[1]。我的青春期(体力劳动训练营，音乐艺术高中的学习，《先驱论坛报》室外基金培训顾问等）过得轰轰烈烈，其中总是不可避免会出现黑人当选了高年级班班长这样的事，而拥有不同种族的朋友以及与不同种族的人约会是体现社会地位的显耀标志。在那个时候，我并不是没有意识到这种变相歧视的虚伪，但是我还是诚实地怀有消除种族差异的期望。我把自己视为一名国际主义者，一名费边社会主义者，一个全人类的朋友，一个人道主义者。当我听到愚昧无知的犹太沙文主义者们谈论说，马克思、弗洛伊德以及爱因斯坦都是犹太人，犹太人有着优越的基因与大脑，我感到害怕。我很清楚，认为自己优越肯定是低劣的标志，认为自己超凡脱俗肯定是庸俗不堪的标志。

自我两岁起的每一个圣诞节，我们都装饰一棵圣诞树。只是我们不是在庆祝基督诞生，我们庆祝（我母亲说）“冬至”。吉莲在她的圣诞树下放了一尊基督诞生于马厩里的塑像，一颗伯利恒星照耀在上方。她与我对此争吵得面红耳赤。我坚定地重复着我母亲的话：“冬至比耶稣基督早出现。”可怜而愚昧的吉莲的母亲却坚持认为先出现的是婴儿基督，而且是圣母感孕之子。

在复活节，我们寻找彩蛋，但不是在庆祝基督的复活：我们庆祝“春分”节气的到来，庆祝生命的复活，进行春天的典

1　Chaim Weizmann（1874—1952），在波兰出生的以色列化学家和政治家，犹太民族主义的领导人，任以色列建国后的第一任总统（1948—1952）。

礼。听我母亲的话，你会以为我们是德鲁伊特[1]。

“人死时发生了什么？”我问她。

“人并不是真正死去。”她说，“他们返回了大地，过了一阵子后，他们重新诞生，像青草一样，甚至也许像蕃茄一样。”这太异乎寻常，让人无法安宁。也许听她说到“人并不是真正死去”，令人感到十分安慰，可是谁想成为一只蕃茄呢？那是我的命运吗？成为一只长着那些一塌糊涂的籽的蕃茄吗？

但是，不论喜欢与否，那是我所拥有的唯一的宗教观。我们并不是真正的犹太人：我们是异教徒，是泛神论者。我们相信转世轮回，相信蕃茄有灵魂，甚至（早在二十世纪四十年代）相信生态平衡。但是尽管有这种种的信仰，当我的双脚一踏上德国的大地，我就开始强烈地感觉到自己是犹太人，我就开始成了严重的妄想狂（也许他们德国人也如此吧？）。

突然一下子，汽车上的人们都在赶往收藏金牙与金婚戒等小巧收藏品的人们的家里……欧罗巴旅馆的灯罩用的材料纹理精致，让人疑虑重重……银鹿厕所里的肥皂味道古怪……一尘不染的火车车厢会使人患上幽闭恐惧症，还有牲口车厢里的那种臭气熏天……那个长着一张粉扑扑的杏仁蛋白软糖猪的脸蛋的列车员不想轻易放过我……戴着像座山峰一样的高高纳粹帽的列车长，寻找借口想要检查我的身份，强行把我驱赶到一位警察的跟前，那些警察穿着绿色大衣，黑色的皮靴，配有一根

1　Druid，古代凯尔特人的祭司，使用自己的特殊力量保护大自然并且让整个世界获得平衡。

鞭子……边境关口的海关保安肯定要阻拦我，找出我从军队医务所弄来的一包止泻宁镇痛剂、硫片、苯氧甲基青霉素以及利眠宁——到意大利去的常备用品——并把我带走，遣送到阿尔卑斯山底下的一个秘密山洞里。在那里，我会遭到闻所未闻的酷刑的折磨，直到我坦白说，在我的异教思想、泛神论以及英诗的学究式知识掩盖下，像安妮·弗兰克一样，我是个彻头彻尾的犹太人。

从历史的视角来说，显然，我与贝内特都应该把我们到海德堡生活（事实上还有我们的结婚）归功于美国政府对美国民众的欺骗，这种欺骗后来在五角大楼的资料里得到了披露。换言之，我们得以结婚，直接原因是贝内特应征入伍——而他应征入伍的一个直接原因是在越南的美军在一九六五年至一九六六年大量增兵，在越南的军队大量增兵的直接原因是美国民众受到了政府愚弄。可是那个时候，谁又知道这些呢？我们疑虑重重，但没有证据。我们读到带有嘲讽意味的标题，它们保证说，增兵是为了“结束战争，建立永久和平”。我们刊出了像“为了拯救村庄，必须摧毁村庄……”这样绝妙的标题。我们拥有如后来出现的那些能言善辩的活跃分子。但是我们在《时代》杂志首页上并没有留下黑字白纸的证据。

因此，贝内特，一名完成了近半心理分析培训课程的儿童精神病学家，在三十一岁时应征入伍了。我与他相识了三个月的时间。我们从之前不幸福的婚恋生活——我的第一段婚姻是一个灾难——中出来，走到了一起。我们厌倦了单身生活；我们对孑然一身感到恐惧；我们对两人同床共枕感到快乐；我们害怕未来；在贝内特必须动身去萨姆·休斯顿堡[1]前的一天，我们结婚了。

从一开始，这场婚姻就是莫名其妙的。我们两人都盼望获得营救。我们在那儿相互抓紧对方，一起沉下去。没过几天，两人就变得敌对起来。我们先是相互谩骂，很快就转为沉默相对，只有做爱能打破相互间的沉默，奇怪的是，我们依然心满意足地做爱。我们都不怎么清楚相互间出了什么问题，原因是什么。

在我们到海德堡之前，我们新婚最初两个月的生活环境就像我们结婚的原因一样莫名其妙。我们两个战战兢兢的曼哈顿人被迁移到了得克萨斯州的圣安东尼奥，就地安居起来。贝内特的头发被理短，身子裹进了绿色的军装里，被迫一个小时接一个小时地坐在那儿，听部队宣讲，如何成为一名军医，而他却满心厌恶当军医。

我则留在"家"里，待在圣安东尼奥城外的一个消过毒的汽车旅馆里，看电视，修改我的诗歌，心中满是怒火，却无能为力。就像大多数纽约本地姑娘一样，我从来没有去学开车。我二十四岁了，却搁浅在得克萨斯的一个汽车旅馆里，面对着被太阳烤得滚烫的那段从圣安东尼奥到奥斯汀的高速公路发呆。我睡到十点半，醒来后一边看电视，一边认真地化妆（化给谁看呢?），下楼去吃一顿得克萨斯的早午餐，其中有烤薄饼、腊肠以及玉米糊，穿上游泳衣（它们穿起来越来越紧），在太阳

1 美国陆军驻地，在得克萨斯州的圣安东尼奥。

下烤上两个小时左右。接着，我到泳池里游上五分钟时间，再上楼，面对自己的“工作”。但是我发现，几乎无法工作。写作的孤独感让我害怕。我寻找一切借口，逃避写作。我没有作家的自我意识，没有对自己写作能力的信心。那时我不可能看到，我的一生一直在写作。八岁时，我就开始编写小故事，并配有插图。我十岁起就开始写日记。从十三岁开始，我就热心地并带着嘲讽口吻写书信，我的整个青少年时代都在有意识地模仿济慈与萧伯纳的书信。十七岁的时候，当我与我的双亲和姐妹一同去日本时,我随身提着我的奥利维蒂牌手提式打字机，每天晚上都把白天一天的所见所闻概括地打进一本活页笔记本里。大学最后一年，我开始在小的图书馆杂志上发表诗歌。大学里我获得了大多数的诗歌奖项，还当了文学杂志的编辑。然而，虽然说我迷恋写作是个再明显不过的事实，虽然我还发表了诗歌，虽然文学代理人来信询问我是否在“写小说”，但是，我确实不相信我投身写作是认真的。

相反，我让自己进入研究生院学习。进研究生院应该是安全的，进研究生院学习应该是在你安下心来写作之前把知识“装进肚里”（就像装一个孩子?）这样的事情。现在看来，这是一个明显的骗术！但当时那似乎是谨慎、明智以及负责任的选择。我是一个奋发进取的好姑娘，我的教授们总是在我的面前晃动着奖学金诱惑我。我很想拒绝他们，但没有胆量拒绝——因此我浪费了两年半时间，完成了文学硕士的学习以及哲学博士的部分学习，然后我突然意识到，研究生学习严重干扰了我的教育。

嫁给贝内特，使我脱离了研究生院。我离开了学校，跟随他来到了军队。舍此我还能做什么呢？这并不是说我想放弃我的奖学金——是历史在我的屁股上踹了我一脚。嫁给贝内特也使我离开了纽约，离开了我的母亲，离开了哥伦比亚大学研究生院英语系，离开我的前夫，离开了我以前的男友们。所有这些，在我的心中都变成了一码事。我希望离开。我希望逃离。而贝内特就是我逃离的途径。我们的婚姻是负载着这样的沉重包袱而开始的。这段婚姻竟能幸存下来，真是一个奇迹。

在海德堡，我们在城里的战后重建区内的一片广阔的美国人聚集区安营扎寨，此处与游客参观的海德堡城堡附近的美丽老区相去甚远。我的邻居大多是陆军上尉及其家属。除了一些明显的例外情况外，他们是我所生活过的人群中考虑最周全的人。你入住时，妻子们用咖啡欢迎你。孩子们表现得友好而彬彬有礼，简直令人抓狂。丈夫们会殷勤地迅速跑过来帮你把陷入路边雪堤中的汽车挖出来，或者帮着把沉重的箱子搬到楼上。当时，他们说的话，叫人十分吃惊。他们向你宣称，亚洲生活很便宜，美国就应该把越共区炸它个稀巴烂；最后还说，士兵们上越南只是为了觅一份活，他们并没有政治观点。他们把我与贝内特视为来自太空的生物，那也正是我们自己所感受到的。

道路对面住着其他邻居——德国人。在一九四五年，当德国人还是好战分子的时候，他们憎恨美国人赢得了这场战争。现在时间到了一九六六年，德国人成了和平主义者（至少在涉及其他国家的时候是这样），他们憎恨美国出兵越南。讽刺言论繁殖之迅猛，让你几乎都理解不了。如果圣安东尼奥是个陌生的地方的话，那么海德堡要陌生上几千倍。我们生活在两种敌人的中间，我们两人都十分不幸福，因此我们相互也成了敌人。

我现在依然可以闭上眼睛，想起在海德堡的“马克·吐温”村吃晚饭时的情景。入口处冷冻快餐的味道。海陆空三军电台响亮而刺耳地播放足球得分情况以及在地球另一边的(夸张的)越共死亡人数。孩子们的尖声叫喊。堪萨斯州来的年有二十五岁、脸长雀斑的姑娘，身穿家常便衣，头戴卷发滚筒，四处闲逛，始终在等待着那个能变成灰姑娘的夜晚；为了灰姑娘幸遇王子那个夜晚，就是把头发拉直也是值得的。那个夜晚始终没有到来。相反，来了一批推销员，他们按响门铃，阔步走入厅堂，兜售五花八门的东西，从共同基金到（词汇简化的）插图百科全书，再到东方地毯。除了“兼职”做买卖的美国流浪者、英国辍学生和巴基斯坦学生以外，还有实实在在的德国联邦国防军，他们像土地神一样。他们兜售的东西千奇百怪，从“手绘”油画——蜂蜜般的落日余晖照耀着白糖般的阿尔卑斯山，到会奏出《上帝保佑美国》乐曲的啤酒杯，还有不断报时的黑森林布谷鸟报时钟。于是，部队里的人们买了又买。妻子们买来填充她们空虚的生活，在她们单调乏味的住处营造一种家的幻觉，四处播撒美国金钱的力量。孩子们购买头盔、战争玩具以及儿童尺寸的工作服，这样他们可以穿上玩他们最喜欢的志愿军对战特种部队的游戏，为他们的将来做准备。丈夫们购买电动工具，平衡他们无能的感觉。他们都会买时钟，似乎以此来表明，军队生活正一分一秒地消耗他们的生命。

有人在“马克·吐温”村传出一个谣言，说部队驻地大卖场的德国时钟会给人带来好运，因此每一位上尉、军士或中尉都郑重其事地至少买回三十只时钟。他会花两年时间收集在家里的墙上，时钟在不固定的时间里报时，“咕咕”地鸣叫，让他的妻子与孩子简直要疯狂，就如军队使他快发疯一样。由于那些房子的墙壁薄得像纸糊的一样，即使像没有“咕咕”报时的布谷鸟时钟的住户（比如说我们吧），也整天都能听到持续不断的“咕咕”声，密集程度如连珠炮一般。当隔壁人家没有响起“咕咕”报时声的时候，又有不知哪一家没有音乐感的孩子在哈曼德牌电子琴上弹奏很难演奏的《星条旗永不落》。电子琴是按月分期付款轻松购得的，可是听其演奏心情却轻松不起来。或者哪一个一级准尉在四方形的庭院对面吼叫着他的孩子（一对名叫韦恩与德韦恩的孪生兄弟——否则他就叫他们“小淘气鬼”）。在布谷鸟的“咕咕”叫声不使我心烦的时候，这些时钟的象征性令我觉得好笑。军队的每一个人总是计算着每一天，每一秒：再过八个月你就要换岗了，再过三个月你丈夫就要到越南去了，再过两年你就有条件晋升了，再过三个月你就可以把你的妻儿接来了……在那个通往灰飞烟灭的遗忘的漫长进程中，这些布谷鸟记录下每个时辰里的每一分钟。

我们公寓除了没有时钟，与住宅区里普通年轻军官家的住处没有多少区别。家具是那种可怕的德国风格，都是战后制作的加厚软垫，给美国人使用，用作一种补偿。毫无疑问，比通常报复性制作的家具更加丑陋。开始时它们是惨淡的米黄色，可是现在，经过二十年的忍辱负重，色彩成熟了，有了斑痕和污迹，成了带有斑斑点点的尿黄色，留下了许多户人家的宠物、孩子以及清晨酒后的呕吐的痕迹。我们竭尽全力，用鲜艳的披巾、枕头以及织锦将这些像河马般庞大的沙发以及大象似的椅子遮盖起来。我们用招贴画贴满墙壁，用植物放满窗台。我们用我们自己大多数的书籍放满书架（这些是由政府花了大价钱运来的）。但是这个地方，还是令人压抑。海德堡本身就是阴沉沉的。一座美丽的城市，一年里十个月在下雨。太阳为能露一下脸要挣扎好几天，终于出来了一两个小时后，再次告退。所以说，我们近乎生活在一个监狱里。一个精神与知识的贫民窟，虽然说我们没有被囚禁起来，但是我们事实上无法离开。

贝内特在军队里迷失了，他迷失在他自己的忧郁中。他不能给予我任何帮助。我也给不了他帮助。我常常独自一人在这座古老城市的一条条街道上行走。我一个小时、一个小时地穿行于一家家百货商店里，用手摸着那些我永远也不会购买的商品，在人群中想入非非，偷听人们漫长的谈话，一开始我只能断断续续地明白谈话的内容，倾听那些激情洋溢的小摊小贩呱呱地列数他们商品的优点，什么弹力假发、假指甲、雕刻工具、绞肉机、砧板……他们开始说“女士们、先生们[1]……”，每一个长句都会插上这样的呼语。过了一会儿，这个呼语就回响在你的耳际。

我的周围站满了马铃薯体形的女人，形成了一堵灰色的洛登呢墙。德国到处走动着一队队身穿灰色大衣，头戴蒂罗尔毡帽，脚蹬大号鞋，面颊毛细血管爆得通红的女人。凑近看时，

1　原文德语。

她们的脸颊上似乎布满了一个个即将要爆炸的小鞭炮，如在照片里看到的那样。到处可见这样忠贞不渝的寡妇：手里提着香蕉伸出在外的网兜，宽大的屁股坐在窄小的自行车坐垫上骑过大街，乘坐从慕尼黑到汉堡、从纽伦堡到弗赖堡[1]的淌着雨水的火车。满世界的寡妇。纳粹之梦想承诺了一个“最终解决方案”[2]：一个没有犹太人、没有男人的世界。

有时，我漫无目标，四处游荡，一会儿坐上有轨电车，一会儿停在咖啡馆喝啤酒、吃蛋糕，或者在点心店里喝咖啡、吃糕点，这时，我会产生一种幻觉，觉得自己是在降临人世那天的一个集中营里被谋害的犹太人鬼魂。谁能告诉我，说我不是鬼魂呢？我设想了复杂纷纭的故事情节，假装对自己说，它们只是我计划创作的超现实主义的故事。但是，它们何止是故事，而且我并没有在创作啊。有时，我觉得我快要发疯了。

我有生以来第一次，对犹太人的历史以及第三帝国的历史产生了浓厚兴趣。我到了美国新闻处或者专门服务图书馆，开始贪婪地阅读那些详细记载犹太人遭驱逐以及死亡集中营的种种恐怖的书籍，我阅读了关于别动队[3]的资料，想象着为自己挖掘坟墓的情景，想象着站在一个巨大的坑口，手里紧紧抱着我的孩子，而纳粹军官架起了他们的机枪。我想象着恐惧的惨叫声以及尸体落下的响声。我想象着受伤后带着抽搐的身体滚进

1 德国西南部城市，近莱茵河。

2 最终解决方案，二战期间纳粹德国的一项官方政策，其目的就是灭绝欧洲的犹太人。

3 指纳粹党卫军的杀人团。

坑道，以及他们用铁铲把泥土覆盖到我身上的情景。我怎么可以抗议说，我不是犹太人而是一个泛神论者呢？我怎么能够辩护说，我崇拜冬至，我庆祝春的到来呢？对纳粹的各种目标来说，我与别人一样，是犹太人。我会不会返回大地，成为一朵花或一个水果？我出生的那天遇害的所有犹太人的灵魂是不是都有了这种命运呢？

在难得的阳光明媚的日子里，我常常去集市。德国的水果市场拥有着魔鬼般的美丽，令我十分着迷。在十七世纪的市政广场上的古老的圣灵教堂后面，有一个星期六市场。那里有红白条相间的遮阳棚以及一堆堆的水果，水果流淌着果汁，仿佛是人血。树莓、草莓、紫莓、蓝莓。簇簇玫瑰与牡丹。一切都是血红色的，一切都在流血，流入木箱里，流到售货摊的木摊架上。这是不是对犹战争中婴儿灵魂的所归之处呢？这是不是德国人对园艺的热情让我深感不安的原因呢？所有这一切对生命的神圣性的错位珍惜？把那么多的爱心倾注于水果种植、花木栽培以及动物饲养中？可是我们对犹太人的遭遇一无所知，他们这样一遍遍地告诉我。报纸上没有写。这只持续了十二年的时间。从某种程度上说，我相信他们说的话。从某种程度上说，我理解他们。我想要看到他们都缓慢、可怕地死去。这是这些集市的血色美丽。那些干瘪的老太太给你称着那些流血的水果，粗野的金发姑娘把玫瑰数给你，都会激发起我对德国的最强烈的情绪。

后来，我能够平静地写这些事了，部分驱除了恶魔。再后来，我能够结交德国朋友，甚至在德语中以及德国诗歌中找到一些热爱的东西。但是，在那孤独的第一年里，我无法写作，我几乎没有朋友。我生活在寂寞中，在寂寞中读书、散步，在寂寞中想入非非，觉得我的灵魂溜出了我的躯体，附在我身上的是替我死去的那个人的灵魂。

我像一个间谍，在海德堡四面搜索，找到了第三帝国的所有标志物，而这些都是导游手册里有意不提的。我找到了犹太教堂在被焚毁以前所坐落的地方。在我学会开车后，我能够跑得更远，去进行实地勘察，我找到了一条废弃的铁路侧线，一节陈旧的货车车厢，其一侧带着 Reichsbahn[1] 的字样。（所有闪闪发光的新火车都标着 Bundesbahn[2] 的字样。）我像一名狂热的以色列人，在阿根廷追踪纳粹分子。只是我追踪的是我自己的过去，我自身的犹太人特征，而以前，我始终无法相信我拥有它们。

让我最为忍无可忍的，我想，是德国人改变他们保护色的那种手段，是他们谈论和平和人道主义的那种样子，是他们都声称自己在俄国前线战斗过的口气。我痛恨他们的虚伪。如果他们站出来公开说：我们都热爱希特勒，我们也许至少会从他们诚实这个方面判断说，他们还是有人性的，也许还会原谅他们。在德国生活的三年时间里，我只遇到过一个德国人承认这一点。他是前纳粹分子，他成了我的朋友。

霍斯特·胡梅尔在老城区的一个小办公室里办了一个印刷

1 德语，帝国铁路。
2 德语，联邦铁路。

店。他桌子上，书籍、文件以及各种各样乱七八糟的东西堆积如山，他不停地打电话，或者不停地对三名为他做事的畏畏缩缩的助手大声嚷嚷着，叫他们干这干那。他身高五英尺，大腹便便，戴一副厚厚的琥珀色眼镜，这副眼镜使得他眼睛下面的那一圈圈皱纹看起来更明显。第一次见过他后，贝内特提起他时总是称他为小矮人。大多数时候，胡梅尔先生（我开始时这样称呼他）的英语说得很好，但是他不时会犯一些愚蠢的错误，抵消了他之前留下的说话流利的印象。有一天，当我告诉他我得回家去给贝内特烧晚饭时，他说："如果你男人肚子饿的话，那么你必须回家把他给煮了。"

胡梅尔什么东西都印，从菜单、广告页，到海德堡军嫂俱乐部通讯——一份印于光面纸上的四页小报，里面充塞着排版错误、关于军嫂的困境的打油诗以及用插满鲜花的帽子打扮的军嫂们的照片、兰花胸花、五光十色的人造钻石眼镜。她们常常因为参与各种公共服务活动而接受相互间授予的奖品。

胡梅尔为了自己的快乐，还印了一份一周一刊的小册子，其名为《新旧海德堡》。上面大多是为饭店、旅馆、电影节目等等登的广告。但胡梅尔（曾经是安齐奥战役中的战地记者）经常写上一两篇关于某个社区问题的社论，他还不时采访一些城市要员以及游客。

经过在海德堡一年时间的对纳粹的追踪（也做了一些陌生的杂活，而所有这些杂活都只是使得我更加灰心丧气）之后，我碰上了胡梅尔，他请我做他的"美国编辑"，帮助《新旧海德堡》争取到更多说英语的读者。他的想法是办一个有关旅游景点的专栏来吸引这样的读者，然后把他的广告商的商品卖给他们。这些商品包括罗森塔尔陶瓷、胡梅尔陶俑（此商品名称和他本人无任何关系）、小家电、本地产的葡萄酒与啤酒。我的任务就是写一个周专栏，报酬是二十五德国马克（相当于七美元），胡梅尔会提供照片以及把我的专栏译成德语，登在封面页上。我可以写一切感兴趣的话题。一切话题。我当然接受了这份工作。

开始时我都写“四平八稳”的话题——破败的城堡、葡萄酒节、著名饭店、零零星星的海德堡历史或野史。我利用这个专栏，使自己了解到不少东西。我把这个专栏当作深入探究那些我原本不会深入的话题的手段。有的时候，我的专栏充满着讽刺，对像“德美友谊周”或“狂欢节舞会”这样的事件大加嘲讽。有的时候，我评论艺术展览与歌剧，讨论建筑与音乐，讲述像歌德和马克·吐温这样的历史名人对海德堡的感受。我了解了有关这座城市的各种各样的趣事，学会了不少德语口语，成了这座城市以及美军驻地的一个小有名气的少数裔名人，受到了在海德堡的希望我撰文美言的多家饭店的美酒佳肴的款待。可是，在我为海德堡的各式愉悦而写的嘲讽与俏皮的专栏与我对德国的真实感受之间，明显有着天壤之别。渐渐地，我胆大起来，能够把我的内心感受与我的写作调整到令人不安的同一条线上。我从那些专栏中所学到的东西，预示着我以后将在我的“真正写作”中所学的东西。开始时，我聪明机灵，做表面文章，不诚实。渐渐地，我变得有胆量了。渐渐地，我不再竭力掩饰自己的真情实感。我把自己的面具一张张地剥去：嘲弄者的面具、机智者的面具、故作世故的面具、冷漠的面具。

在这座城里四处探寻幽灵的过程中，我发现了一个隐藏最深的幽灵——安然隐匿于俯瞰海德堡的高山上的一个纳粹的露天剧场。那个地方令我魂牵梦绕。在海德堡，似乎没有人承认这个地方的存在，这种否认给这个露天剧场增添了吸引力。也许它根本不存在，只是存在于我自己的脑海里。我一次次地来到这个地方。

这个露天剧场是由青年劳动军在一九三四年或一九三五年建成的（我只能对他们进行这样的想象：青年劳动军队员，金色的头发，脱去了上衣，唱着《德意志高于一切》的国歌，从内卡河谷里搬来粉红色的沙岩石块，脸色红扑扑的莱茵河姑娘送来了一杯杯黑乎乎的啤酒），而且隐藏于圣山之中，那儿因为曾经坐落着一座奥丁神殿而闻名。我常常从老城区开车到露天剧场，跨越内卡河，沿着一条宽阔的街道，到了市郊，然后按照到圣米歇尔教堂的路标上了圣山。不幸的是，露天剧场本身没有路标。上山的路在树林中蜿蜒曲折，墨绿色的松树把光线过滤得很暗，我是驾着一辆嘟嘟囔囔、喘着粗气的大众牌汽车的格蕾特，只是没有人在我的身后扔面包屑。

当我沿着弯弯曲曲的山路上山，心中想到了所有那些残忍的以吓破胆的小姑娘与黑森林为主要特征的德国童话故事的时候，汽车挂在三挡上脱挡了。我担心会沿着山路往后滚下山去，挂上了二挡，可是又脱挡了。最后，我只得挂上一挡爬着上山了。

在圣山山顶，有一个小塔，用红色沙岩石建成，上面长满青苔，塌陷的台阶盘旋着通往塔顶的一个瞭望台。我爬上那些滑溜的台阶，饱览这座城市——登高远望：波光粼粼的内卡河、色彩斑斓的树林、庞大的粉红色古城堡。为什么第三帝国的编年史家什么都提到了，就是没有说它是如此美不胜收？是不是提及它的美丽就意味着道德观念上过于模糊不清呢？美丽的乡村，丑陋的人民。我们能不能对付得了这样令人啼笑皆非的事情呢？

从塔上下来，我向树林深处走去，经过一个名为“森林客栈”的小饭店，那里的特色是臀部肥大的公民夏日里在室外喝着啤酒以及在冬天喝着热葡萄酒的景观。我不得不把车子停在那里，继续穿越森林向前（树叶在脚下沙沙作响，松树垂挂在头顶，茂密的枝叶挡住了阳光）。由于阶梯式的座位是沿山坡而修的，因此露天剧场的入口是在山的高处。突然，只见你下面的剧场向你张开了大口——一排排杂草丛生的座位上遍是玻璃瓶碎片、避孕套、糖果纸。在底部是一个突出于幕前的舞台，舞台两侧是插纳粹党旗或德国鹰旗的旗杆。两侧都有入口，供演讲者在穿褐色衬衣的保镖簇拥下步入剧场。

但是最叫人吃惊的地方是这里的环境：一片宽大的洼地，四周松树环绕，坐落在超凡脱俗的静谧之中，那是只有在那些童话故事的树林里才有的静谧。那片大地是神圣的。人们曾在此敬拜过奥丁神，后来敬拜基督，后来是希特勒。我冲下山去，越过一排排座位，站在了舞台的正中央，朗诵我自己的诗歌，回声便是我的观众。

有一天，我告诉霍斯特，我要写这个露天剧场。

“为什么?”他问。

“因为大家都装作它不存在的样子。”

“你认为这个理由充分吗?”

“充分。”

我到了海德堡最大的图书馆，开始阅读所有的导游书籍。大多数都是常规性内容，古城堡光鲜的照片以及古老的巴拉丁选侯们脸色苍白的雕版画。最终，我看到一本图书馆装帧的导游书，封面上有英语与德语两种语言，纸张廉价、发黄，照片是黑白的，字体是老式黑体。出版日期是一九三七年，每十页左右就有上面覆盖着一块方形橡木纸的一段文字、一张照片或一小块印版。这些小方形被用胶水结实地粘贴住了，因此你无法掀起书角，但是一看到它们，我就知道，只有把所有这些被胶住的地方全都翻开，探究到下面被胶住的内容，我才会安心。

我把这本书借了出来（与其他四本书一起借出，这样图书馆工作人员不会产生怀疑），飞一般地跑回家，在一个茶壶的喷嘴上小心翼翼地用水蒸气蒸这些令人不悦的页码。

看着检查员曾觉得应该检查的内容，我觉得很有趣：

> 一张露天剧场光荣时刻的照片：旗帜迎风招展，人们举手敬纳粹军礼，成百个小光点——代表雅利安人的头颅——也许是雅利安人的心。
>
> 一段描写露天剧场的文字称其是“第三帝国纪念碑式的建筑，一个巨型的露天剧场，它建造的目的就是要团结无数德国同胞，共同感受欢乐与庄严的时刻

里对祖国的忠诚与自然的启迪”。

一段文字描述海德堡至法兰克福的高速公路（现在已是坑坑洼洼，颠簸不平了），赞美它是“充满希望的新时代的巨大的不朽创造”。

一个段落是赞美德国：“这个民族受到上帝的恩泽，居伟大、强大民族之首……”

一幅大学大会堂的照片，每一个哥特式拱门里都挂着纳粹党旗……

一幅圣台的照片，每一个罗马式拱顶上都垂挂下纳粹党旗……

整本书中都是诸如此类的内容。

我读之怒火中烧，义愤填膺。我在桌旁坐了下来，奋笔疾书了一篇论述诚实、不诚实以及历史的无所不能的专栏。我追问超越美的真实在哪里，追问超越美的历史在哪里，追问超越一切事物的诚实又在哪里。我怒气冲天，气急败坏，滔滔不绝。我指出，这本导游书中的一块块令人恶心的橡木纸，是生活与艺术中一切可憎事物的典型例子。它们就像维多利亚时期遮在希腊雕塑上的无花果树叶，像十九世纪画在文艺复兴时期的性爱壁画上的衣服。我提到了罗斯金如何焚烧透纳为威尼斯妓院所作的情爱画，提到了鲍斯韦尔的曾孙曾试图删除他日记中逛妓院的内容，并且以这些例子与德国人试图抵赖他们自己的历史的种种行径进行比较。这些被删除的罪孽！而这一切都是如此无足轻重！一切人类行为都不能被历史遗弃。即使是难以启齿的丑恶，我们都可以从中汲取教训，是不是？或者说，不是吗？我从没有对此产生疑问。事实真相——我肯定——会使我们获得自由。

第二天上午，我在愤怒中将这篇稿子打印出来，飞速跑进城，将它交给了霍斯特。我扔下稿子掉头就走。三个小时后，他给我打来了电话。

“你真想让我把这篇文章翻译出来?”他问。

“是的，”我一开始就怒气冲冲地告诉他，“你曾答应我，我的稿子是免审的。”

“我会遵守诺言的。”他说，“但是你还年轻，你事实上并不理解德国人。”

“你说我不理解是什么意思?”

“德国人热爱希特勒。”他静静地说，“如果要他们诚实相告的话，你不会愿意听他们说的。但是他们没有诚实相告。二十五年来，他们一直没有诚实相告。他们从不为战争中的死难者哭泣，他们从不为希特勒哭泣。他们把所有的泪水都藏了起来。甚至连他们自己都不清楚他们的真情实感了。如果他们以诚相告的话，你会比憎恨他们的虚伪更憎恨他们。”

接着，他把他在希特勒手下当新闻记者是怎么一回事告诉了我。这是一个半军事性质的职位，所有的新闻都要受到上面的审查。新闻记者们知道的事情很多，而普通大众的不明真相，是记者故意隐瞒的结果。他们知道死亡集中营与流放事件。他们都知道，但他们还是要制造新闻用于宣传。

“你怎么可以那样做?”我喊叫道。

“我怎么可以不那样做?”

“你可以离开德国,你可以参加抵抗运动,你总可以有所作为啊!”

“可我不是一个英雄,我也不想成为一名难民。新闻记者是我的职业。”

“该死!”

“我想说的是,大多数人都不是英雄,大多数人都做不到诚实。我不是说,我是善良的,是可敬的。我只是说,我与大多数人是一样的。”

“但这是为什么啊?”我痛苦地说。

“因为这就是我。”他说,“没有为什么。”

我无以对答,霍斯特也清楚。于是,我开始想,我是否也与大多数人一样。换了我,会不会比他勇敢?我想到,自己花了相当长时间才不再写破败的古堡,不再写吟咏落日、飞鸟与泉水的简洁的十四行诗。即使不存在法西斯,我也是不诚实的。即使没有法西斯,我也会自己审查自己的写作。我不愿意让自己去写那些真正心有所动的内容:我对德国的强烈情感、我婚姻的不幸、我性爱的想入非非、我的童年、我对父母的负面情绪。即使没有法西斯,要想诚实仍是万分艰难。即使没有法西斯,我也把我生命中的一些区域用想象的橡木纸方块将它们胶住了,坚固结实,无法看到它们。于是,我决定,在我自己学会以诚相待前,不再与霍斯特讨论他过去的是非对错。也许我们两人删除的罪孽大小不等,但是两人的出发点是相同的。除非我可以拿出自己在写作中的诚实作为佐证,否则我有什么权利对他的不诚实怒不可遏呢?

我的专栏文章未加删节地刊发了。霍斯特如实进行了翻译。我以为，海德堡市会炸开了锅，但是作家们大大夸大了他们文字的重要。什么事情也没有发生。一些熟人说了一些讥讽的话，说我做事认真得不能自拔了。仅此而已。我心里在想，是不是大家都会看《新旧海德堡》。很可能不会。我觉得，我正在打开历史的大门，而没有人哪怕只是抬眼看一眼。一场Sturm und Drang[1]最后归于沉默。与刊发诗歌没有什么不同。

1　德语，狂飙突进运动。

五

来自梦想大会的报道

我是伊莎多拉。

让我飞。

——国家航空

阿德里安·古德洛夫医生在主持会议。在这所大学的潮湿地下室里，在没有窗户、木椅子“咔嗒、咔嗒”响的底层圆形剧场里，阿德里安一副堂堂的英国人架势（可是他还穿着那件有破洞的衬衫），正在向坐在一排排座位上的（熟知数种语言的）零星的病人代表们清晰地吐出一个个的（英语）音节。

他看似《最后的晚餐》上的基督。他的右边与左边都坐着神情严肃的打着领带、穿着夹克的心理分析学家。他热忱地朝话筒向前倾斜着身子，嘴里吮着烟斗，在对我没有听到的前一部分的会议做总结。一只没穿袜子的脚朝着听众前后晃动着，那只破旧的凉鞋安放在桌子下面。

我向贝内特表明，我想坐在后排，坐在门旁，尽可能远离阿德里安身上发出的热量。贝内特不高兴地看了我一眼，意思是这不符合他的身份，于是他大步朝会议室的前排走去，坐在一个阿根廷来的长着棕红色头发的代表旁边。

我坐在了最后一排，眼睛盯着阿德里安。阿德里安的眼睛也在盯着我。他吮吸着他的烟斗，仿佛是在吮吸着我的身体。他的头发跌落到他的眼前。他把它往后捋去。我的头发跌落到我的眼前。我把它往后捋去。他深深地吸着他的烟斗。我深深地吸着他虚幻的阴茎。细小的光线似乎把我们的眼睛连接起来——犹如宇宙漫画里画的那样。细小的热浪似乎把我们的骨盆连接了起来，犹如一种色情漫画里画的那样。

还是，他也许根本没在看着我？

“……当然，依然存在着病人对他的分析师的完全依赖这样的问题。”阿德里安左边的分析师在说话。

阿德里安咧嘴朝我笑笑。

“……完全信赖只有靠病人的现实测试才能调节，但考虑到研究所里有着卡夫卡的荒诞离奇氛围，这样的现实测试也许事实上是相当糟糕的……”

卡夫卡的？我总以为应该说卡夫卡式的。

我一定是有史以来二十九岁就停经的第一病例。我正患着潮热。我的脸似乎变得通红光亮，心脏像跑车的发动机在飞速运转，脸颊似乎有针灸治疗的小针在穿刺。整个下半身在融化，正慢慢地滴到地板上。不再只是内裤里的渴望——我正在融化。

我伸出手，去拿我的日记本，开始胡乱涂鸦。

“我名叫伊莎多拉·泽尔达·怀特·斯托勒曼·温。”我写道，“但愿我名叫古德洛夫。”

我把这些涂抹掉了。

接着，我写道——

阿德里安·古德洛夫

阿德里安·古德洛夫医生

阿德里安·古德洛夫太太

伊莎多拉·温-古德洛夫

伊莎多拉·怀特-古德洛夫

伊莎多拉·古德洛夫

阿·古德洛夫

阿·古德洛夫太太

伊莎多拉·古德洛夫夫人

伊莎多拉·温-古德洛夫，M.B.E.[1]

阿德里安·古德洛夫爵士

伊莎多拉与阿德里安·古德洛夫

愿您

过一个

1 “Member of the Order of the British Empire”的缩写，大英帝国员佐勋章获得者。

心旷神怡的

~~圣诞节~~

~~光明节~~[1]

冬至

伊莎多拉·怀特·温与阿德里安·古德洛夫

喜出望外地

宣布

他们爱的结晶

西格蒙德·济慈·怀特温-古德洛夫[2]

诞生了

伊莎多拉与阿德里安

特邀您

出席

在他们的新居

举办的

乔迁喜宴

位于伦敦

汉普斯特德

弗兰斯克街三十五号

1　犹太教的节日。

2　该名前半是将奥地利心理学家西格蒙德·弗洛伊德与英国浪漫主义诗人济慈两者的名字合起来的。

请自带致幻剂

我急忙把那些涂鸦全都画掉，翻过一页。自充满痴情的十五岁以来，我还从未沉迷于这样荒唐的事情。

会议结束后，我希望能与阿德里安说话，可是没等他从舞台四周的人群中脱出身来，贝内特便催我离开了。我们三人早已陷入了一种巴洛克式的复杂结构中。贝内特感觉到了我的爆发性情感，努力带着我尽早离开这所大学。阿德里安感到了我的爆发性情感，不断地注视着贝内特，想知道他明白了多少。而我早已感觉到，我似乎正在被他们两人撕裂开。当然，那不是他们的过错。他们只是代表了我内心的挣扎。贝内特的谨慎的、强制性的以及令人讨厌的稳如泰山刚好是我对变化的恐惧、对孤独的担心、对安全的需求。阿德里安的滑稽可笑的举止、抓屁股的动作，正是我身上所拥有的那种不顾一切追求激情的欲望。我永远无法使我的这两个自我相安无事。我所能做到的只是满足一个自我，抑制（一段时间）另一个。我一直无法满足于这些中产阶级对婚姻、安稳以及工作高于快乐的美德。我充满着好奇心与冒险精神，不可能不厌恶那些制约。但我也恐惧黑夜，惧怕孤寂一人。因此，最终的结果总是与某个人生活在一起，或结婚成家。

再说，我确实相信应该追求与某一个人的持久深厚的关系。我不费吹灰之力就明白，从这张床跳到那张床，与众多肤浅之辈搞那些肤浅的风流事，是不会有什么结果的。我曾有过那些无法启齿的绝望经历，一觉醒来发现，自己竟然正与一个连与之说话都无法忍受的男人同床共枕。那当然也根本不是什么妇女解放之事。但是，似乎就是不可能有办法使你的生活既充满活力又不缺少安稳。比我出色的大脑早已对这些问题进行了思考，也没有得出明确的答案，然而这个事实也没有给我多少安慰。只是让我觉得，我的关注是平庸的，是陈词滥调。如果我确实是一个非凡之才，我才不会花上一个又一个小时，在心里担心婚姻与淫乱之事。我会出门去，用双手攫取生命，什么事也不会引起我的悔恨哀叹，负疚懊恼。我的负疚只是让我觉得自己是彻头彻尾的可憎的泛泛之辈。我不停地啃咬这根可怜的老骨头，只表明我是多么平庸不堪啊。

那个夜晚的欢宴是在格林津[1]的一个餐馆举行的，以病人代表聚会开始。聚会相当不雅，阳物形的大香肠与德国泡菜是弗洛伊德风格的主菜。为了找乐子，作为主办方的维也纳心理分析师代表齐声高唱《心理分析师进行曲》（按照《圣者进行曲》的乐曲……）。歌词可能是英语——或者至少是用维也纳的代表可能认为的英语在唱。

大家听得哈哈大笑，热烈鼓起掌来，而我坐在那儿，却觉得自己是格列佛，身处一群野蛮人之中，我紧锁双眉，想到了世界末日。我们都会进入核能地狱，而这些小丑们却还坐在那儿颂扬他们的心理分析师。灯光很昏暗。我寻遍各处都没看到

1　Grinzing，维也纳森林旁的村庄，著名的酒馆聚集地。

阿德里安。

贝内特正与另一位来自伦敦研究院的代表讨论训练方面的事情，我最后与坐在我对面的那个人攀谈起来。他是在伦敦深造的智利心理分析师。当他说到智利，我所能想到的只是聂鲁达。于是我们就谈论起聂鲁达。我让自己提起神来，满怀热情地油嘴滑舌一番。我告诉他，在这样一个所有伟大的作家都是南美人的时代，当一个南美人是多么幸运的事啊。同时我心里想，自己真是一个十足的大骗子，但是他听了很高兴。仿佛我实际上是在赞美他本人。对话就是在那种荒唐的文学沙文主义的心态下进行的。我们谈到了超现实主义以及它与南美政治的关系——我对此一窍不通。但是我知道超现实主义。你也许可以说，超现实主义就是我的生命。

正当我准备大谈特谈博尔赫斯与他的迷宫的时候，阿德里安拍了拍我的肩膀。谈到人身牛头怪兽，他就出现在我的身后——头上长着角。我的心一下子蹿到了喉咙口。

我想跳舞吗？我当然想跳舞，而且跳舞还不够。

“整个下午，我都在找你。”他说，“你在哪里呢?”

“和我丈夫在一起。”

“他看上去有点感伤，对不对？你让他感伤些什么啊?”

“我想，是你吧。”

“最好小心啊。”他说，“别让嫉妒显露出其丑陋的面目。”

“早已显露出了。”

我们谈话的口气，似乎我们早已是一对情人，从一定程度上说，我们是情人。如果说意图就意味着一切的话，那么，我们会像《神曲》中的保罗与弗兰切斯卡一样注定没有好的结局。然而，我们没地方可去，没办法从众目睽睽之下逃之夭夭，于是我们跳起舞来。

“我的舞跳得不好。”他说。

他说得没错，他不会跳舞。可是他用像潘神一样的灿烂笑容弥补了他的不足。他拖动着他的那双开叉的蹄子。我哈哈笑了起来，笑得有点过度。

“跳舞就像做爱。”我说，“看起来怎样，没有关系——只是专注于你的感觉。”我是不是十分厚颜无耻？这种见多识广的行为什么意思啊？我吓坏了。

我闭上眼睛，随着音乐的旋律不停地旋转。颤动，碾动，波动。我似乎回到了很久以前跳扭扭舞的日子里，突然我想到，没有人知道如何跳这样的舞蹈——因此为什么要感到不好意思？跳交谊舞时，就如在社交活动中一样，就是要肆无忌惮。从这时起，我便成了一个“出色舞者”，或者至少我喜欢跳舞。它就像做爱——要的就是节奏与汗水。

我与阿德里安接着连续跳了五六曲——直到疲倦不堪，大汗淋漓，准备一起回家才停下。后来，为了装装样子，我还与一个奥地利代表跳了舞，可是做样子越来越不容易。接着，我与贝内特跳，他的舞跳得很漂亮。

阿德里安看着我与我丈夫跳舞，这一点让我感到很高兴。毕竟贝内特比阿德里安跳得好得多了，而且拥有一种阿德里安所没有的优雅。阿德里安跳起舞来像一辆旧马车，颠簸向前。

贝内特则是流水般地流畅：一辆捷豹 XKE。他是那样优美。自从阿德里安出现，贝内特就变得非常殷勤与热切，重新开始向我求爱。这使得我感到很窘迫。但愿他是个浑蛋！但愿他像小说中的那些丈夫——龌龊、凶蛮，那就应该戴绿帽子。而他则相反，那么完美。见鬼的是，他的完美并没有因为我渴望得到阿德里安而有丝毫减少。

我的渴望可能与贝内特没有关系。为什么必须像这样两者取一呢？他们两人我都想拥有。正是这样的取舍，是难以完成的。

阿德里安开车送我们回旅馆。当我们从格林津沿着山路往下开的时候，他谈到了他的两个孩子，孩子的名字充满诗意，叫阿奈与尼古拉，他们与他一起生活。他们分别是十岁与十二岁。他没有提起另两个孩子的名字，那是一对孪生姐妹，她们与她们的母亲生活在利物浦。

“没有母亲，对我的两个孩子来说很不容易。”他说，“但我自己就是他们的好母亲。我甚至喜欢烧饭。我做得一手很好的咖喱饭菜。”

这种当一个家庭主妇的得意神情，既深深地吸引了我，也让我觉得好笑。我正坐在凯旋车的前排，在阿德里安的旁边。贝内特坐在后排拥挤的座位里。但愿他消失了——从敞篷车里飘浮出去，消失在树林里。当然，我同时也憎恨自己会产生这样的愿望。为什么这一切都是如此复杂？为什么我们不能友好地敞开心扉，把这一切说出来：“亲爱的，对不起，我要离开了，与这个俊朗的陌生男人去做爱。”为什么就做不到这样简单、坦诚、轻松？你为什么为了一次微不足道的速交得冒着整个人生的风险？

车子开到旅馆后，我们相互道了别。与一个你不想一起做爱的男人上了楼，让你想一起做爱的男人去独守空房，接着，还与你不想做爱的男人一同激情澎湃地做爱，假装他就是你想一起做爱的男人，这是多么虚伪啊。而那就叫忠诚。那就叫文明与对文明的不满。

第二天晚上是大会的正式开幕式，首先在霍夫堡皇宫——维也纳十八世纪的一座皇宫——庭院里有一场黄昏鸡尾酒自助餐。皇宫的里面已进行了修建，因此公共场所散发着与所有美国汽车旅馆餐厅相同的魅力，但庭院里依然是一派十八世纪的晚霞暮霭的景象。

我们就是在这个绚丽的时刻——七月下旬晚上八点钟——到达。长条桌子勾勒出了庭院四周的边角。侍者穿梭于人群中，手里高高托着香槟酒杯（唉，原来是甜的德国葡萄气泡酒）。甚至这些心理分析师们也在紫红色的黄昏中显得光彩夺目。罗丝·施瓦姆-利普金身上穿着一件镶珠的粉红色香港毛衣、一条红色缎子裙以及一双相当考究的矫形凉鞋。朱迪·罗斯穿着一身没有胸罩的银锦缎紧身衣，从人群中滑过。甚至是施里夫特医生也穿着暗紫色天鹅绒礼服，戴上了杜鹃粉色的大号绸缎领结。弗罗默医生也身穿燕尾服，头戴大礼帽。

我与贝内特在人群中穿行，寻找我们认识的人。我们毫无目标，直到一位分发香槟酒的侍者轻轻地向下沉了一下托酒盘，让我们找到了事情可做。我喝得飞快，希望立刻一醉方休——根本不用向我劝酒。约十分钟以后，我漫步行走在依然是紫色的朦胧暮色中，眼角看到的尽是香槟酒的泡沫。我似乎是在寻找女厕所（但是，事实上是在寻找阿德里安）。在女厕所外面，是一个有镜子的巴洛克风格的长方形大厅。在厅里，我发现阿德里安的身子被无限地向后拉长。

他在这些镜子里闪闪发光。数不胜数的阿德里安都穿着米色灯芯绒裤子，暗紫色翻领毛衣与褐色麂皮夹克。数不胜数的肮脏脚趾都穿在数不胜数的印第安凉鞋里。数不胜数的海泡石烟斗含在他那两片漂亮弯曲的嘴唇中间。我的无拉链速交？我床下的男人！像《去年在马里昂巴德》中的情人大量增殖。像安迪·沃霍尔的自画像无限重复。像京都寺庙里的万佛数量无限。(每一个佛有六条手臂，每条手臂上有一只眼睛……这成千上万的阿德里安会有多少个阳物？每一个阳物都象征着上帝无限的智慧和无限的怜悯?)

“你好，伙计。”他转向我说。

“我要给你个东西。”我说，一边把我整天带在身边的那本题了名的书递给他。书的四角被我汗涔涔的手摸得快要磨损了。

“好你个宝贝！”他接过书。我们手挽着手，开始沿着满是镜子的大厅走去。“这本书和书的作者就是加列奥托。”[1]我的老朋友但丁说。诗歌为爱情拉皮条，诗歌的作者也一样。我的身

1 这是意大利诗人但丁《神曲·地狱篇》中受难中的弗兰切斯卡幽灵所说的话。她在与她心爱的保罗一起读兰斯洛特的爱情故事时，因不能克制自己，与爱人亲吻，被她丈夫看到而招致杀身之祸。

躯之书已打开，第二层地狱[1]近在咫尺。

“你看，”我说，“我们可能再也见不到对方。”

“也许这就是我们为什么要这样做的原因吧。”他说。

我们朝皇宫外走去，来到另一个庭院，现在这个庭院主要用作停车场。在影影绰绰的欧宝、大众与标志汽车中间，我们拥抱在了一起。嘴对着嘴，肚皮贴着肚皮。阿德里安的吻一定是史上最多情的。他的舌头游向四方，像大洋之水。我们启航了。他的阴茎（在灯芯绒裤子里鼓了出来）是远洋海轮上高高的红色烟囱。我像是海风在它四周呻吟。我说着一切人们会在停车场里亲热时说的愚蠢可笑的话，总想表达一种无法表达的渴望——只有诗才能表达。用嘴巴说出来是那么的拙劣可笑。我爱你的嘴巴。我爱你的头发。我爱你的耳朵。我想要你。我要你。我要你。什么都说，只是不说：我爱你。因为它美妙得几乎不可能是爱了。太甘甜，太美味，不可能是那一本正经、冷静清醒的爱了。整张嘴都是液状的。他的舌头比婴儿嘴里的奶头还甜美。（贝内特，不要给我任何精神病治疗的解释，因为我会把它们扔回给你。婴儿般的。退化。根本上说是乱伦。毫无疑问。但是我甘愿舍弃我的生命，只是为了能不断地像这样亲吻他，你又将如何对此进行解释呢？）与此同时，他抓住我的屁股，双手捧着。他已把我给他的书放在一辆大众车的挡泥板上，手里握着我的屁股。那不就是我写作的原因吗？被人爱着？我不再弄得明白。我甚至连自己的名字都不清楚了。

1　出自但丁《神曲》，是生前贪色的鬼魂接受惩罚的地方。

“我从没有遇到过可以与你媲美的屁股。”他说。这句话让我觉得比刚获得国家图书奖更开心。我想获得的是：国家美臀奖。一九七一年跨大西洋美臀奖。

“我觉得自己是梦想代表大会的美国太太[1]。”我说。

“你就是梦想代表大会的美国太太。”他说，“我想狠命地爱你一回，然后离你而去。”

据说，预则立，不预则废。可是，谁会听得进去？我只听到自己“咚、咚、咚”的心跳。

那个夜晚剩下的就是梦幻般的回忆、香槟酒杯以及醉酒后的精神病学术语。我们再次通过满是镜子的长厅往回走去。我们无比兴奋，几乎都没有想到为再次的相遇做计划。

贝内特满脸微笑，手臂挽着红头发的阿根廷代表。我又喝了一杯香槟酒，跟着阿德里安逐一与宾客认识。他介绍我认识了所有的伦敦心理分析师，对我没有写出的文章胡言乱语一番。他们愿意接受我的采访吗？他可以吸引他们关注我的新闻报道吗？整个这段时间，他都用手搂着我的腰，有时他还抱着我的屁股。我们极端不稳重。人人都看到了。他的分析师。我以前的几位分析师。他儿子的分析师。他女儿的分析师。我丈夫以前的分析师。我的丈夫。

“这位是古德洛夫太太吗？”一位年长一点的伦敦心理分析师问。

1　Mrs.America，美国一档面向已婚女性的选美大赛节目。

“不是，”阿德里安说，“但我倒希望她是。如果是的话，就吉星高照了。”

我飘飘然了。我的头脑里都是香槟，以及关于婚姻的各种议论。我的头脑里尽是离开单调的老纽约，到迷人时髦的伦敦去。我疯了。“她刚跟一个英国人跑了。”我能听到我纽约的朋友说的话，口气中不无羡慕。她们都被小孩、小孩的保姆、研究生课程、教学工作、心理分析师以及病人这些生活的重负压垮了，我却可以乘着借来的扫把飞行在维也纳紫色的夜空。我是她们寄托希望的一个人，她们希望我把她们的幻想写出来。她们寄希望于我，让我讲述以前情人们的趣事。我是那个她们在公开场合会嫉妒，而私下会哈哈嘲笑的那个人。我不难想象《班级新闻》对这些事件的报道：

> 伊莎多拉·怀特·温与新婚丈夫阿德里安·古德洛夫医生现在生活在伦敦的汉普斯特德希思林园[1]——为你们所有数学专业的同学考虑，别把这个希思与希思克利夫混淆了。伊莎多拉很想与国外的巴纳德学院[2]的同学联系。她正忙于写一本小说以及一本新诗集，空余时参加了国际心理分析大会，在大会期间行云雨……

1　伦敦的古老公园区，拜伦、雪莱、济慈、狄更斯、劳伦斯等作家都曾在此居住。也曾是卡尔·马克思一家周日野餐的地方。

2　美国纽约曼哈顿的一所著名的私立女子学院，是哥伦比亚大学的附属学校。

我所有的幻想中都包括了婚姻。我刚想象自己从一个男人的身边逃离开没多久，马上又幻想着自己与另一个男人产生了亲密关系。我就像一艘船，总要有一个停靠的港口。我就是无法想象自己没有男人。没有男人，我觉得自己像一条没有主人的狗，无根基，无名分，无归属。

但是婚姻为什么如此举足轻重呢？我一次次地结婚。它有好的方面，也有糟糕的地方。婚姻的优点几乎都是消极的优点。在一个男人的世界里，未婚是一个大麻烦，随便什么事情都比未婚麻烦少。结婚就麻烦少了，但是少不到哪里去。我心想，该死，聪明透了。男人们让单身女人生活得忍无可忍，于是，即使是糟糕透顶的婚姻，她们大多也会乐意张开双臂去迎接。随便什么总要比为生计而忙忙碌碌地干着一份收入微薄的工作强吧，总要比休闲时在寻找魅力男士的同时要竭力驱赶讨厌的男人强吧。虽然我丝毫不怀疑，单身生活对男人来说同样也是孤寂的，但是他不用承受额外危险的巨大冲击；男人单身，并不自然而然就意味着贫穷，并不自然而然地沦为社会的弃儿。

如果大多数女人知道婚姻意味着什么的话，她们愿意结婚吗？我想到了那些年轻的女人。她们的丈夫随着工作走，而她们则跟着她们的丈夫走。我想到她们突然远离亲朋好友，想到她们生活在她们没有工作的地方，生活在她们语言不通的地方。想到她们由于寂寞无聊而生养孩子，却不清楚为什么要生孩子。想到她们的男人总是为了生计忙忙碌碌，筋疲力尽。想到他们婚后不如婚前见面的时间多。想到他们倒在床上疲惫不堪，无力再做爱。想到他们结婚一年后关系不断疏远，超出了他们相爱时所能想象的两人世界的生活距离。我想，这时，想入非非的阶段开始了。他正目不转睛地盯着那个十四岁的穿着比基尼的貌若天仙的性感女孩。她对电视修理工垂涎欲滴。孩子病了，她和儿科医生一起搞定。而他正也在干他那位性受虐狂小秘书。这位小秘书读《都市》杂志，自视为时髦女郎。不是“什么时候出了问题”，而是“什么时候没有过问题”。

多么恐怖的景象。并不是所有的婚姻都是那副样子。以我充满理想的青少年时代（那时我认为，比阿特丽斯与西德尼·韦伯夫妇以及弗吉尼亚与伦纳德·伍尔夫夫妇的婚姻是理想的婚姻）所梦想的婚姻为例吧。我那时懂什么？我想要的是“志同道合”“白头偕老”“平等相待”。我知道下面这些情况吗？你饭后洗碗时，男人如何坐在那儿看书看报？当你要他们调冻橘子汁时，他们是如何装出一副笨手笨脚的样子？他们如何把朋友带回家，希望你去侍候他们？但当你带朋友回家时，他们却又觉得他们有理由生气，并怒气冲冲地走到了别的房间里去？一个充满理想，坐在那里读着萧伯纳、弗吉尼亚·伍尔夫以及韦布夫妇的书的少女能想象得到所有这些吗？

我知道一些理想的婚姻。那大多是第二次婚姻。在这样的婚姻中，夫妇两人都抛弃了那些“我是罗密欧”“你是朱丽叶”的扯淡，努力在共度人生过程中携手并肩，恩恩爱爱，同甘共苦，不再计较谁做谁不做。有些男人只有到了四十不惑之年，或是经过了一两次离婚之后，才抵达这种令人愉悦、轻松的婚姻状态。也许，中年结婚是最理想的。这时，所有的胡言乱语都自动消退，而且大家意识到，人都会死去，因此一定要互敬互爱。

当我们一个接一个坐上阿德里安的绿色凯旋牌汽车，朝一家舞厅开去时，大家都醉得飘飘然了（可我比谁都醉得飘然若仙）。我们五个人：贝内特、玛丽·温克尔曼、阿德里安、我以及罗宾·菲普斯-史密斯，就像沙丁鱼一样都塞进了那辆微型汽车里。玛丽·温克尔曼胸脯非常丰满，她是我的大学同学，好像是贝内特在聚会上认识的，她是个心理学家。阿德里安在开车，开得有点勉强。罗宾·菲普斯-史密斯，这位腼腆的英国代表，有着一头卷发，戴着德国制造的镜框，一直谈论着他是如何痛恨“罗尼”·莱恩[1]——这使他在贝内特心中变得十分亲切。阿德里安则相反，是莱恩的追随者，曾与莱恩一同进行研究，因此可以把莱恩的苏格兰口音模仿得惟妙惟肖。至少我认为他模仿得惟妙惟肖，然而我并不知道莱恩是怎样讲话的。

我们沿着维也纳弯弯曲曲的街道行驶着，驶过鹅卵石街道与电车轨道，越过浑浊的多瑙河。

我不知道那间舞厅叫什么名字,也不知道那街道的名字,什么都不清楚。我处在一种对外部风光什么也注意不到的状态，我只注意男性居民，注意这些男性居民激发了我的哪些器官跳动（心脏、肚子、乳头、阴部）。整个舞厅是银色的。墙上贴着镀铬纸。银白色的灯光在闪烁。到处都是镜子。玻璃桌被抬到镀铬平台上。白色皮革的椅子。震耳欲聋的摇滚音乐。镜子房

1 即罗纳德·莱恩（Ronald David Laing，1927—1989），苏格兰作家和精神病学家。

间，第七狱[1]，银矿，玻璃气球，你想叫这个地方什么名字就叫什么名字吧。我至少知道，那是个英语名字。非常新潮，不易记住。

贝内特、玛丽、罗宾都说，他们要坐下来点酒喝。我和阿德里安开始跳舞，我们醉醺醺地在数不胜数的镜子里不停旋转。最后，我们找到了两块镜子间一个可以接吻的隐蔽处，那里只有无数个我们自己可以观看。我清楚地感觉到，我在亲吻自己的嘴——如我九岁那年常常用唾沫弄湿枕头，然后亲吻这块湿的地方，努力想象“心灵之吻”的情景。

当我们开始寻找贝内特与其他几位所坐的桌子时，我突然发现，我们被许多相通的镜子厢间以及隔间弄迷糊了。我们不断朝自己走去。如在梦中一般，坐在一张张桌子旁的人都没有长着我们所熟悉的人的脸。我们找得很辛苦，心里的恐惧不断增长。我觉得自己被运往一个镜子王国，在那个王国里，我就像红心皇后[2]，不断地跑啊跑，最后却发现自己在后退。什么地方都没有贝内特。

脑中闪现一个念头，他与玛丽离开了，把她带回家上了床。我吓坏了。我最终刺激了他，促成了他的这一行为。我完蛋了。在我的余生中，我将孤寂痛苦，没有丈夫，没有孩子，没有关爱。

1　但丁《神曲》中的地狱第七层。

2　《爱丽丝漫游奇境记》与《爱丽丝镜中奇遇记》的作者路易斯·卡罗尔（Lewis Carroll，1832 — 1898）笔下的人物。红心皇后曾说：“你必须尽力不停地跑，才能保持在原地。”因此而产生了生物进化学上所讨论的“红心皇后假说”。

“我们走吧。”阿德里安说，“他们不在这儿。他们离开了。”

“也许他们没有找到桌子，在外面等待。”

“我们可以找找。”他说。

但是我知道事实的真相。我被人抛弃了。贝内特永远地离开了。此时此刻，他正手捧着玛丽硕大无比的屁股。他正干着她那个弗洛伊德般的脑袋。

我十岁时，第一次到华盛顿，在参观联邦调查局大楼时与家人走散了。我去过不少地方，偏偏在联邦调查局的大楼里迷了路。联邦迷路局。警报响起。

那会儿正是麦卡锡主义的巅峰时期，一名话不多的联邦调查局人员正在解释抓共产党的形形色色的事情。我闲逛到一个玻璃橱柜前，看着指纹样本开始想入非非，这时旅游团却拐了弯，不见了。我四下寻找，看着展览橱柜里自己的影子，竭力克制心头的恐惧。他们再也找不到我了。我比戴手套的罪犯的指纹还要难以捕获。我会受到理着相同的平头的联邦调查局特务的残酷审问，直到我坦白说，我的父母是共产党（他们的确曾经是共产党），于是我们都将面临着罗森堡夫妇那样的结局，在我们阴冷的囚牢里高唱着“上帝保佑美国”，想象着被处电刑的情景。

想到这，我开始尖叫。听到我的尖叫，整个旅行团都快步返回，他们发现我就在那里——在一个充满线索的房间里。

可是现在，我不能尖声叫喊。何况摇滚乐其响无比，没有人会听到我的喊声。突然，我非常需要贝内特，就如片刻之前我非常需要阿德里安一样。可是贝内特走了。我们离开舞厅，朝阿德里安的汽车走去。

在回他住处的途中发生了一件有趣的事。或者说，发生了十件有趣的事。我们迷了十次路。每一次迷路都各不相同，而不是一次次相同的拐错弯。既然我们要永远粘在一起了，那么，速战速决似乎就不那么重要了。

“我可不想把所有我做过爱的男人都告诉你。”我说，脸皮开始厚起来。

“好。”他说，抚摸着我的膝盖。于是，作为交易，他开始给我讲他有过关系的其他女人。

首先是梅·佩，那个贝内特向他提起的华裔姑娘。

“她也许‘蛮配’，也许不‘配’啦。”我说。

“别以为就你想到。”

“你当然想到啦。但问题是：她‘配’吗？”

“嗨，我‘呸’她的。那以后，她多年一直萦绕在我心里。”

“你是说，在她不再见你后，她依然纠缠着你。幻爱。你看，你都可以去申请专利了。让人与历史上的名人做爱：拿破仑、查理二世、路易十四……就像浮士德博士幻想与特洛伊的海伦做爱一样……”我喜欢与他一起胡说八道。

“闭嘴，妖精……让我说完梅……”他这时转向我，在刺耳的刹车声中只听他说：“天啊——你好美……”

“用你的贼眼看着路。”我说，心里乐滋滋的。

我与阿德里安的对话似乎都是从《爱丽丝镜中奇遇记》中引来的：

我：我们似乎在兜圈子。

阿德里安：你说得没错。

或者：

我：能帮我拿一下公文包吗?

阿德里安：只要你同意不帮我拿东西。

或者：

我：我与第一任丈夫离婚，主要是因为他疯了。

阿德里安（像莱恩那样皱起眉）：对我来说，那倒是一个与人结婚的充分理由，而不是离婚。

我：可是他天天晚上看电视。

阿德里安：哦，我明白你为什么跟他离婚了。

为什么梅·佩一辈子都缠绕着阿德里安?

"她弃我于不顾，擅自回新加坡去了。她在那儿有一个孩子，那孩子与其父亲生活在一起，孩子遇到了一场车祸。她不回去不行，但她至少可以给我写信。一连几个月，我觉得世界上都是些没有血肉情感的机器人。我从未如此失魂落魄过。这个婊子最后嫁给了那个给她孩子治病的儿科医生，一个美国笨蛋。"

"既然你这么在乎她，为什么不追过去?"

他看着我，仿佛我疯了，仿佛他从没想到过这一点。

"去追她？为什么?"（他加足马力，转了个弯，又是一个错误的拐弯。）

"因为你爱她呀。"

“我从没用那个字。”

“但如果你有那样的感情，你为什么不随她而去呢?”

“我的工作就像养鸡。”他说，“必须有人到那里去铲除鸡屎，喂谷子。”

“狗屎。”我说，“医生总是把工作当作他们缺少人性的借口。我清楚那一套。”

“不是狗屎，亲爱的，是鸡屎。”

“没什么好笑的。”我一边说，一边笑了起来。

在梅·佩之后，是一整个联合国代表大会的姑娘们，有泰国姑娘，印度尼西亚姑娘，尼泊尔姑娘。有一个是来自博茨瓦纳的非洲姑娘，两个法国心理分析师，一位“在疯人院里待过”的法国女演员。

“在什么地方?”

“在疯人院——你知道，就是疯子去的地方。我是说，在精神病院。”

阿德里安用典型的莱恩方式将疯狂理想化。精神分裂症病人是真正的诗人。每一个咆哮的疯子都是里尔克。他要我与他一起写书。写精神分裂症。

“我早知道你想从我这里获得什么。”我说。

“对。我想借用你的食指及其相对的大拇指。”

“见你的鬼去吧。”

我们经常像十岁的孩子相互骂来骂去。我们表达爱情的唯一方式。

阿德里安过去与女性的交往史使他能胜任我家庭中的成

员。永不与同族人有性关系似乎是他的座右铭。他现在的女友（照料着他的孩子，我了解到）是他交往中最接近本族人的一个：一个都柏林的犹太姑娘。

“是莫莉·布卢姆吗?”我问。

“是谁?”

“你不知道莫莉·布卢姆是谁???”我难以置信。他说着所有那些充满教养的英语音节，却从没有读过乔伊斯的书。（我已经跳过大段大段的《尤利西斯》，可是我还是要到处告诉别人，这是我最喜欢的书。还有《项狄传》。）

“我没有教——养。”他说，把后面两个词说得似乎它们是押韵的。他一副自鸣得意的样子。又是一个笨蛋医生，我心想。我像大多数美国人那样，天真地假定，英国口音就意味着有教养。

当然，文学家经常会是恶棍，或是些讨厌的人。但我很失望。就像听到我的心理医生说他从没听说过西尔维娅·普拉斯。当时在那位心理医生那儿，我整天谈论她的自杀经过，谈论我多想写出出类拔萃的诗歌，多想把自己的头放进锅子里煮。而我的心理医生可能心里在想着冰咖啡之类的东西。

不管你信不信，阿德里安的女友名叫埃丝特·布卢姆——不是莫莉·布卢姆。她皮肤黝黑，体态丰满，有着“所有犹太人的焦虑”，他说，“非常感性与神经质”。一个来自都柏林的犹太公主。

“还有你的妻子，她是怎样的人?”（到这时，我们完全迷路了，很绝望，于是靠边停了下来。）

“天主教徒，”他说，“一名利物浦天主教徒。”

“她做什么工作？”

“助产师。”

这个信息有点奇怪。我不知道该如何做出反应。

“他娶了一位利物浦的天主教助产师。”我想象着自己这样写道。（在小说中，我要把阿德里安的名字改得奇异些，把他写得高一些。）

“你为什么娶她呢？”

“因为她让我觉得有负罪感。”

“很不错的理由。”

“是很不错。在医学院时，我真是有罪的混蛋。一个真正新教道义上的寄生虫。我是说，我记得有几个女孩，她们让我感觉很舒服……可是这种舒服的感觉把我吓坏了。有个女孩，她常常租用一个大谷仓，请大家都去那里轮换着做爱。她让我感觉很舒服——当然，我并不信任她。而我的妻子让我觉得有负罪感，因此，我当然就娶了她。我像你一样。我不相信快乐与冲动。快乐把我吓得屁滚尿流。当我吓破了胆的时候，我结了婚。就和你一样，宝贝。”

“是什么让你觉得我是因为恐惧而结婚的呢？”我很气愤，因为他说对了。

“嗯，也许你觉得自己因为不知道怎么说不，而与太多男人做了爱；也许有时你也喜欢，但又为乐在其中而有罪恶感。老天给我们安排的就是磨难，而不是快乐。受虐心理在我们很小的时候就已植入。我们应该工作与受苦——问题在于，大家都相信这一套。唉，这是一派胡言。我用了三十六年的时间才意识到，这全然是胡说八道。如果说我想为你做点什么，那就是把这一切都告诉你。"

"你给我做了各种各样的计划，是不是？你想教我自由，教我快乐，你想和我一起写书，改变我……男人为什么总想改变我呢？我一定看上去像个可以被改造的人。"

"你看上去是一个想让人拯救的人，宝贝儿。这是你自己索要的。你把你那双近视眼睁得大大地看着我，似乎我是好爸爸式的心理医生。你终生都在寻觅一位导师，后来你找到了他，就深深地依赖他，过度的依赖又使你开始憎恨他。或者你等待机会，让他暴露他的弱点，再因为他具有人性的弱点而鄙视他。你整天坐在那儿筹划着，做心理笔记，把人们想象成书本或一个个病例——我清楚这样的玩艺儿。你告诉自己，你正在收集资料。你告诉自己，你在研究人性。艺术在任何时候都高于生活。另一个清教徒胡言乱语的版本，只是你对其重新进行了扭曲。你认为，你是个快乐主义者，因为你擅自离开与我一起到处乱跑。但这依然是那该死的古老的工作伦理，因为你在想着把我写进你的书里。因此，事实上，那是工作，n'est-ce pas[1]？你可以与我做爱，称其为诗歌。好不聪明。你用这种办法漂亮地欺骗着你自己。"

"你一口气给了两个分析报告，真是个了不起的分析师，对不对？一位真正的电视节目里的神经科医生。"

1 法语，是不是。

阿德里安哈哈笑了起来。“你看，宝贝儿，我这是在推己及人。心理分析玩的是同样的游戏。他们就像作家一样。方方面面都很相似，一个病例，一项研究。同样，他们也恐惧死亡——就像诗人一样，医生痛恨死亡，那是他们进入医学界的原因。他们始终在激发事物的活力，整天忙忙碌碌，只是为了证明他们并没有死。我清楚你的游戏，因为我自己也在玩，它并不如你想象的那样神秘。你事实上十分透明。”

这让我怒火中烧。他看我比我看自己更加一针见血。我总以为，我用尽可能苛刻的目光审视自己，是在保护自己，以免受到他人看待我的观点的影响。而此刻我突然意识到，即使是这种最苛刻的目光也有自我夸耀的嫌疑。受伤时，我退回到高中法语：

“Vous vous moquez de moi[1].”

“你说得太对了，我是在开你的玩笑。瞧——你此刻与我坐在一起，因为你的生活是不诚实的，你的婚姻要么已经死亡，要么濒临死亡，或者充满了谎言。这些谎言是你自己编织的。你必须拯救你自己。你正在搞砸的是你的生活，不是我的。”

“我以为你是说我想要你来拯救我呢。”

“你确实想。但我不会陷入这样的圈套中。在某些关键的地方，我会让你失望的，然后你会讨厌我，甚至比讨厌你的丈夫更厉害……”

“我并不讨厌我的丈夫。”

1　法语，你在与我开玩笑。

“没错。但他让你感到腻烦——而这更糟糕，对不对?”

我没有回答。现在我真正感到情绪低落。香槟酒劲正逐渐消退。

“你为什么一定要在干我以前就开始改变我?”

“因为这正是你真正想要的。”

“狗屎，阿德里安。我真正想得到的就是你干我。不要管我心里怎么想。”但我知道，我在说谎。

“太太，如果你想要我干你，那么你会如愿以偿的。”他发动了汽车，“你看，我宁愿叫你太太。”

但是，等到我们终于开到了他的住处才发现，我没有避孕套，他没有勃起。多次迷路后，我们都筋疲力尽了。

我们躺在他的床上，抱着对方。我们仔细看着对方裸露的身体，目光中带着温情与欣喜。经过那么多年的婚姻生活，与一个新认识的男人做爱中最美妙的地方就是重新发现了男人的身体。一个人的丈夫的身体其实就像自己的身体，上面的一切都清清楚楚：所有气息，味道，线条，胎记。而阿德里安像一片新的国度。不用引导，我的舌头便在这个国度上进行了一番游览。我从他的嘴巴开始，然后往下游去。粗大的脖子，晒得黑黑的。肚子有点凸起——不像黝黑的贝内特的苗条腰身。弯弯的红色阴茎略有些尿臊味，不愿在我的嘴里竖起来。两个睾丸很红，毛茸茸的，我嘴里一次含一个。强健的大腿。两个晒得黑黑的膝盖。他的那双脚。（我没有吻他的脚。）肮脏的脚趾头。（同前。）然后我从头再来。从他可爱的湿漉漉的嘴巴开始。

“你的那些小尖牙是从哪里来的?”

“从我母亲那只白鼬那里继承来的。”

“那只什么?”

“白鼬。”

“哦。”我不知道白鼬意味着什么，我不在乎。我们正吻着对方。我们相互颠倒地躺在那儿，他的舌头在我的下身弹乐。

“你有一个可爱的下身,”他说,“还有一个我所见过的最不同凡响的屁股。可惜没有乳头。”

“多谢。”

我不停地吻着他的全身，但是他一硬起来，就又疲软下来。

“我真不想干你。”

“为什么?”

“不为什么——我只是不想。”

阿德里安想受人爱抚的是他自己的身体，而不是他的黄色毛发。(也不是他的红色阴茎。)

事实上，这是很让人心动的。他不想当一部做爱机器。

“我喜欢时，能够与最出色的姑娘做爱。”他不服地说。

“你当然能。”

“你现在说话俨然一副该死的社工口气。”他说。

我曾在床上充当过两三次社会工作者。一次是与布赖恩，在他从精神病房释放出来以后，他身上满是氯丙嗪气味（而且精神相当不稳定），不可能做爱。长达一个月时间，我们只是手握着手躺在床上。“像是汉塞尔与格蕾特兄妹。”他说。那相当美好。你不难想象，当道奇森[1]与爱丽丝泛舟于泰晤士河上时他会对她做什么。在布赖恩差点掐死我的疯狂时期结束之后，那倒也是一种解脱。甚至在他发狂之前，布赖恩喜欢无性的生活也是有点古怪的。他只喜欢吸吮，不喜欢做爱。当时，我缺乏经验，没有意识到男人并不是那样的。我二十一岁，布赖恩二十五岁，我记得曾听说，男人十六岁时性欲最旺盛，而女人则在三十岁，我猜测，那是因为布赖恩的年龄关系，他处于性功能的衰退阶段。已经过了旺盛时期了，我想。尽管我也变得擅长吸吮他。

我还曾在查理·菲尔丁身上扮演过社会工作者的角色。他是一名乐队指挥，他的指挥棒持续疲软。他感激涕零："你真是个尤物。"第一个晚上他不断这么说（意思是，他以为我会冷落他，而我没有那样做）。后来，他弥补了我。只是在开始的几个晚上，他就是疲软无力。

那么阿德里安呢？性感的阿德里安啊。他是我速交的选手啊。出什么问题了？有趣的是，我并不真正在乎。他躺在那里，美不胜收，他的身体闻起来味道好极了。我想，多少个世纪以来，男人崇拜女人的身体，却鄙视她们的心灵。回到我崇拜伍尔夫夫妇与韦布夫妇的青少年时代，当时我觉得那简直不可思议，但现在我理解了。因为那就是我对男人常有的感觉。他们的头脑混乱，不可救药，但他们的身体是那么美妙。他们的思想叫人忍无可忍，他们的阴茎却魅力无限。我一辈子都是女性主

1 《爱丽丝漫游奇境》作者的原名。

义者（一九五五年乘坐第七大道地铁的一个夜晚是我开始“变得激进”的日子，当时与我约会的男孩问，我是否打算将来当一名秘书。他是一个愚蠢的贺拉斯·曼[1]式的男孩），可问题是如何调和你的女性主义思想与你对男人身体的那种难以抑制的渴望。这很困难。而且随着年龄的增长，你越来越清楚，男人基本上都惧怕女人。有的暗中害怕，有的则开诚布公。一个思想解放的女人与一根疲软的阴茎，还有什么比这更具有讽刺意味呢？永恒的女人与永远疲软的阴茎，历史上所有的重大问题与这两种精髓般的东西相比都显得无比苍白。

“我把你吓坏了吧？”我问阿德里安。

“你？”

“你看，有些男人说，他们怕我。”

阿德里安哈哈笑了起来。“你很可爱，”他说，“一只温柔的小猫——照你们美国人的话来说。但那不是问题所在。”

“你常出现这样的问题？”

“没有，医生太太，该死的，你不要再问下去了。这太荒唐了。我没有性功能问题。我只是被你惊人的屁股惊呆了，就不想干了。”

这个极端的男性至上主义者放下了武器：他的阴茎怠工不干了。两性战争中的最具威力的武器，成了疲软的阴茎。敌人营地的旗帜，是这个挂半旗式的疲软阴茎。世界末日的标志，

1 Horace Mann（1796－1859），十九世纪美国教育家，是美国公立学校运动的杰出组织者和领导者。此处以其名字代指公立学校。

这原子弹弹头般的阴茎，自我毁灭了。那是一种永远无法纠正的根本性的不公平：不是因为男性有一个叫阴茎的额外美好的迷人之物，而是女性有一个适应各种气候变化的美妙的阴部。不论狂风暴雨，不论风霜雨雪，也不论天昏地暗，都影响不了它。它始终在那儿，时刻准备着。想想这种不公平，多可怕。难怪男人要憎恨女人。难怪他们要编造出女人无能的故事。

“你不能置我于骑虎难下的境地，”阿德里安说，没有意识到这种说法会令人马上联想到一语双关，“你无法把我归类。当你最后决定坐下来写我时，你无法知道我是个英雄还是个狗熊，无法知道我是个恶棍还是个圣人。你无法把我归类。”

就在这一刻，我疯狂地爱上了他。他那根疲软的阴茎竟穿透了坚挺的阴茎永远也不可能穿透的地方。

六

迸发的激情或床下的男人

在一切形形色色的荒唐的勇敢行为中，最显著的是姑娘们的勇敢。否则，婚姻就不会这么多；否则不顾一切——即使婚姻也可以不顾——的疯狂冒险就会更少……

——科莱特

疯狂地坠入情网对我来说并非是不同寻常的事。整年里，我一次次坠入情网，爱上了每一个人。我爱上过一名爱尔兰诗人，他在艾奥瓦的一个农场里养猪。我爱上了一个六英尺高的小说家，他看上去像一个西部牛仔，只写关于辐射效应的寓言故事。我爱上了一位碧眼书评家，他曾热情洋溢地谈论我的第一本诗集。我爱上过一位脾气暴躁的画家（他的三个妻子都是自杀身亡的）。我爱上过一位彬彬有礼的教意大利文艺复兴哲学的教授，他喜闻胶水，爱操大一女生。我爱过一名联合国译员（希伯来语、阿拉伯语、希腊语），在他位于晨边路上的宽敞的公寓里，住着他的六个孩子与一个身患疾病的母亲，还有他的七部未发表的小说。我爱上过一位脸色苍白、英国新教出身的生物化学家，他带我到哈佛俱乐部去吃午饭，他娶过两个作家妻子——两人都有慕男狂倾向。

但是一切都毫无结果。哦，纵然在汽车后座上搂搂抱抱。纵然在到处是蟑螂的纽约厨房里喝了几大杯热马提尼酒后，长时间醉醺醺地接吻。纵然在吃会增肥的可报销午餐时打情骂俏。在巴特勒图书馆一排排书架中相互掐捏。在诗歌朗读后拥抱。在画廊开幕式上捏着对方的手。意义非凡的长时间的电话交谈，一封封叫人肉麻的书信。甚至有公开的求婚（通常是由那些一点也不讨我喜欢的男人来提出）。但是一切毫无结果。

相反，我会回家去，给那个我真正爱慕的男人（不论他是谁）写诗。毕竟我干过不少男人，足以清楚一个男人的下身与另一个男人的下身没有什么不同。那么，我在寻找什么呢？我为什么如此烦躁不安？我不愿以做爱结束这些调情，也许是因为我清楚，我真正想得到的那个男人还没有出现，也许我会以失望告终。然而，我真正想得到的男人是谁呢？我所知的是，从十六岁开始，我就一直拼命在寻找他。

十六岁时，我自称是一名费边社会主义者；十六岁时，我拒绝与那些喜欢艾克[1]的男孩亲亲抱抱；我十六岁时，读着《鲁拜集》就哭了起来；我十六岁时，一面读着埃德娜·圣·文森特·米莱的十四行诗，一面流泪——常常梦想着一个完美的男人，他长着同样令我爱的头脑与身体。他长着一张保罗·纽曼[2]的脸，英俊帅气；他有着迪伦·托马斯[3]的嗓音，充满磁性。他有着米开朗基罗的《大卫》的身躯（“那些起着波浪的小块大理石肌肉”，我常这样对我的好朋友皮娅·威特金说，她最喜欢的男性雕像是《掷铁饼者》；我们两人都是炽热的艺术史学生）。他的脑袋像萧伯纳（至少我十六岁时的心里想到的是萧伯纳的大脑）。他喜欢拉赫马尼诺夫的《第三钢琴协奏曲》与弗兰克·辛纳屈[4]的《在凌晨时分》，胜过人世间所有其他的音乐。他分享着我对独角兽织锦、电影《战胜恶魔》、修道院艺术博物馆、西蒙娜·德·波伏瓦的《第二性》、巫术、巧克力奶油冻等事物的热爱。与我一样唾弃乔·麦卡锡参议员、猫王埃尔维斯·普雷斯利以及我那一对俗不可耐的父母。我始终没有遇见这样的男人。十六岁时，没能遇到这样的男人，这似乎是叫人难以承受的。后来，我学会了取现，不管信用，更不在乎远处的隆隆雷声。我知道，我（对保罗·纽曼、劳伦斯·奥立弗、亨弗莱·鲍

1　Ike，美国第三十四任总统艾森豪威尔的昵称。在其任美国总统期间，推出“艾森豪威尔主义”、“和平渗透”等反社会主义的政策。

2　Paul Newman（1925－2008），美国著名演员，一九八六年因出演《金钱本色》获奥斯卡最佳男主角奖。

3　Dylan Thomas（1914－1953），威尔士天才诗人，曾于一九五〇至一九五三年间三度前往美国，为公众朗诵诗歌。

4　Frank Sinatra（1915－1998），美国男歌手，二十世纪最重要的流行音乐人物。

嘉、米开朗基罗的《大卫》等）的种种幻想与我所认识的那些脸上长着雀斑的男孩子之间的反差荒诞可笑。我伤心地哭了，皮娅也哭了。我们待在她父母位于河滨路的阴郁的公寓里，相怜相哀。

“我把他想象成一个非常——你知道——把《哈姆雷特》中的劳伦斯·奥立弗与《战胜恶魔》中的亨弗莱·鲍嘉加在一起的人，长着粗野的白牙与绝顶迷人的身体……有点像是《掷铁饼者》。”她指着她自己那个装得饱饱的肚子。

“你穿的什么？”我问。

“我把它看作有点像——你知道——中世纪的婚礼。我戴上这只尖顶白帽，一块薄绸面纱从上面飘挂下来……还穿一件红色天鹅绒礼服……也许还有酒……还有尖头的皮鞋。”她用她那支黑墨水的速效绘图笔把整套着装画了出来——法国式腰身的礼服，低领，长紧袖。衣服穿在一个英俊迷人的模特身上，他的两腿叉开的地方性感地隆了起来。（当时，皮娅自己身体超重，但她的胸却是平平的。）

“我眼里这一切都是在隐修院里发生的。”她继续说，“如果你认识了该认识的人，我肯定你可以租下隐修院。”

“你将在哪里生活呢？”

“啊，我看到在佛蒙特的这幢真正神秘的老房子——一幢废弃的修道院或者是教堂之类的房子……”（对在佛蒙特是否有废弃的修道院与教堂这样的事实，我们两人都没有提出质疑。）“……房子的地板完全是乡下地板，屋顶上有扇天窗。那里有一个大房间用作画室，卧室里有一张大的圆形床，放在天窗下面……

还有黑色缎子床单。我们会养许多暹罗猫……它们起着——你知道——约翰·邓恩、莫德·冈以及迪伦这样的名字。”

我知道。起码我以为我是知道的。

“不过……”她接着说，“……我把自己看作综合了吉纳·罗洛布里吉达与索菲娅·罗兰的特点……”（皮娅长着深色的头发。）“……你觉得呢?”她把她那头油光发亮的褐色头发都捋到头顶上，用手抓着，将脸颊往里吸，睁大她那双蓝色大眼睛，看着我。

“我有点觉得你更像安娜·马尼亚尼[1]的类型。”我说，“朴实，本色，但是非常性感。”

“也许吧……”她若有所思地说。她正在镜子前搔首弄姿。

“啾，真恶心，”过一小会儿后，她说，“我们从没遇见过一个身上有那么一丁点值得我们去爱的人。”她做了一个鬼脸。

在我们读音乐艺术高中的毕业班时，我与皮娅打开了我们两人为伍的少数派队伍之门，精选吸纳了几个不相称的同学。这是我们最能称为“一群人”的时候。尼娜·诺诺夫与众不同的理由是她对迪伦·托马斯的鬼魂有着恋尸狂般的热情，据说她熟知汉语与日语中的粗俗不敬的用语，她与一名真正的耶鲁大学的学生有“关系”（我们都想象着周末的足球比赛——但不幸的是，这种“关系”事实上属于她哥哥认识的朋友的朋友这

1　Anna Magnani（1908－1973），意大利著名女演员。因《玫瑰纹身》获一九五五年奥斯卡最佳女主角奖。

类关系）。同时，尼娜的母亲也有许多有关“性”的书籍，我们把《萨摩亚人的成年》[1]与《性别与气质》[2]包括在这些有关性的书中：任何带有“青春期”这个词语的书都可归入其中。最后，那就是尼娜的父亲曾在一九四〇年代创办了《蓝色黄蜂》系列广播节目。从另一方面说，吉尔·西格尔被吸纳成为我们中的一员，不是因为她的出众，而是因为我们的仁慈。她没有尼娜那些复杂的社会关系，但是她以对我们的盲目忠诚以及对我们的恭维作为补偿。她狂热地模仿着我们最华而不实、装腔作势的行为。格雷丝·巴拉托是个若即若离的成员，她是音乐专业的学生，我们不敢恭维她的才智，但她给我们讲述了神奇的性方面的故事。尽管她否认，但我们私下议论说，她很可能讲述的就是“她自己的事情”。“至少她是一个 demi-vierge[3]。”皮娅说。我会意地点点头，之后在词典里查了这个词。

我们这群人中，只吸纳了两个男孩，我们尽可能地鄙视他们，目的就是要他们明白，他们参加进来只是来受苦受难的，由于他们是我们同班同学，不是“大学生”，我们希望他们清楚，我们只会把他们当作“柏拉图式”的朋友。约翰·斯托克是我父母的老朋友的儿子。他圆圆胖胖的，长着一头金发，会写

1　美国人类学家玛格丽特·米德（Margaret Mead 1901—1978）于一九二八年出版的作品。该书探讨了正值青春期的萨摩亚少女的性和家庭风俗，针砭美国社会对待青少年的方式，轰动一时。

2　作者同上，一九三五年出版。该书在当时对西方社会中的“性别”话题似投下了一颗炸弹，影响了整个时代的女权运动，成为现代女性主义的重要理论依据，奠定了米德的性别文化决定论思想。

3　法语，言谈举止轻浮的处女。

短篇小说。他最喜欢的词语是“激情喷发”。他写的每一篇短篇小说中这个词至少会冒出来一次。罗恩·珀克夫（而我们当然就叫他杰克夫[1]）爱上了我。他高个子，很瘦，长着一个大鹰钩鼻，一种真正令人难以置信的类型：黑头发加上雀斑（我很想用手掐这些雀斑），他喜欢英国的一切。他订阅了《笨拙》画报以及航空版的《曼彻斯特卫报》，携带着一把卷得紧紧的雨伞（不论是晴好还是雨雪天气），说“banal”[2]（他最喜欢的一个词）时喜欢把重音放在第二个音节上，谈话里充满了“该死的无赖”与“到处乱混”这类字眼。

经过了大学理事会的各种麻烦，等待录取通知的痛苦结束之后，我们六人主要在我父母的公寓里乱混，消磨那漫长无聊的春季学期，迫不及待地等着毕业。我们坐在起居室的地板上，吃掉了几吨的水果、奶酪、花生酱三明治、饼干，听弗兰克·辛纳屈的专辑，一起创作史诗，我们努力尽我们有限的人生体验，把史诗写得充满色情。我们在我的手提式奥利维蒂打字机上写作，把打字机在一个个人的腿上传递过去。每当约翰在的时候，“激情迸发”是不可少的。

这些共同创作的作品没有多少留存下来，但最近我看到了一个片断，它多少传达了其他那些杰作的精神。我们的习惯是开头尽量短，直接进入故事情节，因此叙事结构总是有点高低起伏。我们的一条规则是，每一位作者写作三分钟时间后，把

1　原文“Jerkoff”，即手淫。

2　意为“平庸”。

打字机传递给下一位，这自然增加了文字的高低不平。由于通常由皮娅开头，她总是享有勾勒人物轮廓的特权，而我们都不得不包容她：

道林·费尔切斯特·法丁顿四世是个滥交的蹩脚诗人，甚至他的好朋友也声称，他“不是在上床，就是在写诗”。虽然说在性取向方面他是个杂食家，有时喜欢骆驼，但就像十之八九的医生一样，一般而言，他的兴趣在于女人。埃尔米奥娜·芬格福思是一个女人——或者她喜欢这么假定——只要她一遇到道林，不用多少时间，他们的嘴唇就会以一系列有趣的姿势相接在一起。

“肌肤是人体最大的器官。”她曾经淡淡地对他说道，这时他们正一起裸着身子在她那位于福莱特布什的屋顶公寓的露台上晒日光浴。

“说你自己吧！”他一面说，一面激情喷发，扑向她的身体。

“滚开，从我身上他妈的滚开！”她一面喊，一面推开他，用一块镀银阳光反射屏护住了她大肆渲染的贞操。

“我以为，你为了要对我的行为进行考察，想要我呢。”他找借口说。

“上帝，”她生气地说，“男人只在射精时才对女人有兴趣。”

当时，我们都觉得这是我们所写出来的作品中最有意思的。这段对话后面还有内容——什么房顶上来了一架观察交通的直升机，里面有两个电台播音员，于是房顶上出现了狂欢般的景象——可是没有留下来。但是上面的片断确实在某种程度上传达出了我们那段生活的精神面貌。表面上是貌似聪明实质愚笨的冷嘲热讽以及装出来的世故，而本质上却是那种自爱德华·菲茨杰拉德[1]模仿欧玛尔·海亚姆以来掺水最多的浪漫作品。我与皮娅都需要有一个人可以一同在荒野中呐喊，我们也知道约翰·斯托克以及罗恩·珀克夫都不是我们心中的人选。

我们两个人都是书虫，当生活令我们失望时，我们转向文学——或者至少转向电影文学。我们把自己看作女主角，但无法明白，男主角们怎么了？他们都存在于书中。他们都存在于电影中。他们在我们的生活中明显缺席了。

芳龄十六眼中的历史与文学

I

道林·格雷满头蜷曲的金发。

白瑞德英俊，潇洒，大胆……

于连·索莱尔对激情了如指掌。

1　Edward Fitzgerald（1809—1883），英国诗人，翻译、改写及整理了欧玛尔·海亚姆的《鲁拜集》。

渥伦斯基伯爵具有俄罗斯男人的迷人风采。
我说，还有不少让我甘愿五体投地的男人——
可是他们个个都——在小说中忙得没有歇息。

II

朱丽叶未及十六却让两个世仇家族握手言和。
娜娜早已在巴黎酒吧里与酒鬼、流浪汉鬼混。
海伦的脸，据说，使许多征船启程扬帆。
莎乐美不得不揭开她的七层面纱。
以斯帖的美貌拯救了她的人民。
马利亚的英名在每一个教堂里得到颂扬。
路易的牧羊女妻子差点倾国倾城。
而这儿的我十六有加，却太平无事。

诗的韵律崎岖不平，但表达的意思清楚明白。如果我们能找到值得我们爱慕的男人，我们甘愿拜倒在他们面前。

我们在大学里所见到的男生，在某种程度上说，更加糟糕。约翰和罗恩虽是性格温和的讨厌鬼，他们至少崇拜我们。他们虽然没有萧伯纳的头脑，没有米开朗基罗的《大卫》的体魄，但他们深爱着我们，把我们当作闪耀着智慧与通晓世事的人。但是大学里真正开始了两性之间的战争，我们的头脑越来越游离于身体，两者间的距离越来越远。

在大一新生里我找到了我第一任丈夫，四年后大学毕业时嫁给了他，在这期间偶然会走走岔道，体验尝试。到我二十二岁时，我已是有过一次婚姻的老兵，第一次婚姻在极度痛苦的情况下崩溃了。皮娅找到了一连串的恶棍，他们与她做了爱，最后却令她失望。她在大学里写了长长的书信体史诗，用她那种很小的巴洛克风格的字体，详细描写了每一个恶棍，但是我几乎无法将他们区分开来。他们似乎都是颊骨凹进，金发平直。她迷恋中西部的非犹太男人，就像一些犹太男人迷恋非犹太女人一样。他们似乎都是同一个人。都是哈克贝利·费恩，只是不撑木筏。金色的头发，蓝色的粗衣，还有牛仔靴。而最后他们总是弃她而去。

渐渐地，我们两人变得越来越有幻灭感。当然，考虑到我们一开始的那些荒诞的幻想，幻灭是必然的，但是我认为，我们与其他青少年时期的女孩没什么区别（尽管我们喜好文学，当然也就更加自命不凡）。我们所想得到的是可以与我们分享一切的男人。为什么说我们想得到的太多了？难道男人与女人根本就是不可兼容的？或者只是我们还没有找到适合的男人？

到一九六五年的夏天，我们两人都二十三岁，一同到欧洲去旅游，但我们的幻灭感达到了这样的极限，以至于我们与男人睡觉主要是为了可以相互夸耀我们的皮带上敌人头皮的数量。

在佛罗伦萨，皮娅篡改了勃朗宁的诗句：

打开我的下身，你会看见
铭刻在里面的是：意大利[1]。

1　原诗是：“打开我的心，你会看见／铭刻在里面的是：意大利。”

我们与在乌菲齐艺术馆外面兜售钱包的小贩睡觉，与住在广场对面的膳宿公寓里的两名黑人艺术家睡觉，与意大利航空公司的售票员睡觉，与美国运通公司的邮件收发员睡觉。我与那个名叫亚历山德罗的已婚意大利人有了一周的情史，他喜欢在我们做爱时听我在他耳旁低声说“狗屎”“操你的”这样的话。这常常让我大笑不止，失去做爱的兴趣。后来与一位中年的美国艺术史教授有过一周之情，他的名字叫迈克尔·卡尔林斯基，他在情书上的署名是“米开朗基罗”。他在菲耶索莱有一位酗酒的美国妻子，他光秃的头闪闪发光，留着一撮山羊胡子，酷爱冰沙咖啡。他要从我的下身里吃一片片橘子，因为他在《香园》[1]里读到过。接着是一名意大利声乐学生（男高音），他在我们第二次约会时告诉我，他最喜欢的书是萨德的《贾斯廷》，问我想不想重演书中的情景。我与皮娅信奉为体验而体验——但是我没有再去见他。

这些冒险经历中最痛快的部分，似乎是我们相互描述时的那种疯狂。要不然，它们大多无快乐可言。我俩喜欢男人，但是当涉及理解力以及交谈时，我俩高不了对方。渐渐地，男人们沦为做爱的对象。

这里有令人非常伤心的东西。我们渐渐完全接受了其中的谎言、角色扮演以及各种妥协让步，于是它们不存在了，甚至我们自己也感觉不到它们的存在了。我不由自主地向男人隐瞒。例如，我们永远也不会让他们知道，我俩一起谈论他们，谈论

1 古阿拉伯人的性学经典，约成书于公元十六世纪。

他们做爱时的样子，模仿他们走路、说话的样子。

男人总是痛恨女人在一起闲聊，因为他们对真相心存疑虑：对他们尺码的大小之比较。在患妄想症最严重的社会里（如阿拉伯、犹太东正教），女人用围巾完全包裹起来（或者戴假发），尽可能使她们与世隔绝。但她们还是会闲聊：这是提高意识的最初形态。男人可以对此嘲讽，但是他们无法阻止。闲聊是被压迫者的鸦片。

但是谁是被压迫者呢？我与皮娅是"自由女性"（不放在引号里该词毫无意义）。皮娅是画家。我是作家。我们生活中不只有男人；我们拥有我们的工作、旅游、朋友。然而，为什么我们的生命似乎沦落为一连串的，有关男人的忧伤之歌？为什么我们的生命似乎沦落为猎获男人的生命？真正自由的女人在哪里？不是把终生花在从一个男人跳到另一个男人那儿的女人在哪里？不论有没有男人都觉得人生完满的女人在哪里？我们转向那些我们不敢肯定的女强人，想从她们那儿寻找答案，我们找啊找——西蒙娜·德·波伏瓦不猜想一下萨特会怎样想，决不会有什么行动。而莉莲·海尔曼[1]则希望自己像达希尔·哈米特[2]一样是个男子汉，这样后者就会像爱他自己一样爱她。多丽丝·莱辛笔下的安娜·沃尔夫除非有爱，否则不会出现性高潮，而爱却非常难得。其余的女性——女作家、女画家——她们大多是腼腆、畏缩、分裂的。她们在生活中羞羞怯怯，只是在艺术里

1 Lillian Hellman（1905－1984），美国女剧作家。

2 Dashiell Hammett（1894－1961），美国著名侦探小说作家，被称为"冷硬派"推理小说开创者，著有《马耳他之鹰》《玻璃钥匙》等。

勇敢无比。埃米莉·狄金森，勃朗特姐妹、弗吉尼亚·伍尔夫、卡森·麦卡勒斯……弗兰纳里·奥康纳饲养孔雀，与她母亲生活在一起。西尔维娅·普拉斯一头扎进了传说中的炉子里。乔治亚·欧姬芙[1]独自一人待在沙漠里，显然是个幸存者。这是怎样的一群人啊！郁郁寡欢，自我毁灭，稀奇古怪。女乔叟在哪里？一个健康的女性同时也具有活力、欢乐、爱情、才情吗？我们到哪里去寻找指路人？向顶着个高卢蓬松发型的科莱特吗？向我们几乎一无所知的萨福吗？“我饥渴／所以我憔悴。”她说。这是我顺手翻译的。我们也饥渴，也憔悴！几乎我们崇拜的所有女性都是老处女，或是自杀身亡的。难道那是必然的结局吗？

于是，继续进行寻找这个不可能找到的男人的旅程。

皮娅一直没有结婚。我两度结婚——但是还在继续寻找。我的每一位心理医生都告诉我，我是在寻找我的父亲。难道不是每一位吗？这种解释并不使我满意。不是因为这种解释有什么问题，只是似乎太简单了。也许这种寻找事实上是一种仪式，其中的过程比结果更重要。也许，这是一种追寻。也许根本不存在这样的男人，那只是我们的渴望与空虚所虚构出来的一座海市蜃楼。当你在饥肠辘辘中睡觉的时候，你梦到了吃饭。当你膀胱满满地睡去时，你梦见起床去小便。当你色迷迷地睡觉时，你梦见了做爱。也许这个不可能的男人只是我们自己的渴望所创造出来的幽灵。也许他像那个胆大妄为的擅自闯入者，

1　Georgia O'Keeffe（1887－1986），美国画家，以给人感官享受的花卉特写绘画而闻名。

一个女人希望在她们的床下或者在她们的衣橱里发现的虚幻的强奸者。或许，他实际上就是死神，这位最终的情人。我在一首诗里，把他想象成床底下的男人。

床底下的男人

这个男人多年来一直在那里等待
这个男人等待着我飘然而至的光脚丫
这个男人像乘着黑暗飞舞的尘埃默然无语
这个男人的气息是小小白蝴蝶的气息
我拿起电话听到了这个男人的呼吸
镜中这个男人的呼吸变银色为漆黑
衣橱里的骷髅弄得卫生球咯咯作响
在队列尽头的后面的这个男人
今天夜里我遇见了他　我总是遇见他
他站在酒吧金灿灿的空气里
当龙虾像示意的手指弯曲起身子
插在牙签上从空中游过
当冰雪消融我差点跌进窟窿
他让他的脸出现在空洞的周围
他睁开没有瞳孔的眼睛看着我
他已经等待多年要拖得我筋疲力尽
现在他告诉我
他只是等待着带我回家

我们像死神与少女跳着华尔兹穿过大街
我们从我房间墙壁的墙壁里飘荡而过

如果他是我的梦想他会返回我的身体
他的气息在我脸颊的玻璃上写着水雾的字母
我像黑暗把自己包裹在他的四周
我把气息吹进他的嘴里
将他变成鲜活的人

七

神经性咳嗽

我们所记得的事物缺乏事实的清晰棱角。为了有助于我们了解事实真相，我们虚构了一个个的故事，这些相当微妙与个性化的情景，表明与体现了我们的经验。记忆中的事件便成了一个故事，成了符合某些情感的一种结构。这对于我来说是明显的。如果不是因为这些结构，那么艺术便会过分个性化，艺术家便很难创造，观众也就很难理解。即使是电影这种最为求实的艺术形式，也是经过编辑制作而成的。

——耶日·柯辛斯基[1]

贝内特睡着了，脸朝天，手臂放在两侧。玛丽·温克尔曼并没有和他在一起。我溜到自己的床上，窗外的蓝色灯光暗了下去。我兴奋得难以入睡。但是早上我该对贝内特说什么呢？我躺在床上，心里想着阿德里安（他的车子刚开走，现在一定又绝望地迷路了）。我非常喜欢他。他越是迷路，我眼里的他就越是完美。

我醒来时七点钟，又继续躺了两个小时，等待贝内特醒来。他哼唧了一下，放了个屁，然后起床。他默默地穿衣，在房里脚步很重地走来走去。我唱着歌，在房间与卫生间之间快速地跑来跑去。

“你昨晚消失到了哪里？”我愉快地说，“我到处找你。”

“我消失到了哪里？”

“在那家舞厅——你突然离开。我与阿德里安·古德洛夫到处找你……”

“你们到处找我？”他讽刺挖苦地说，“你与你的危险关系[2]吗？”他说。他发音错了。我突然同情起他来。“你应该编一个更好的故事。”

我想，一种良好的进攻就是最好的防卫。巴斯妇人[3]对淫荡的妻子的忠告是：始终先责骂你的丈夫。

“你到底与玛丽·温克尔曼失踪去了什么地方？”

他恶狠狠地看了我一眼：“我就在隔壁那一间里，看着你们在舞厅里做爱。后来你们离开……”

“你就在那里？”

“就在屏风后面，坐在一张桌子旁。”

---

1 Jerzy Kosinski（1933—1991），波兰裔美国小说家。

2 原文法语。《危险关系》是一七八二年出版的法国书信体小说。

3 乔叟《坎特伯雷故事集》中一个结了五次婚的女性人物。

“我甚至都没看到有屏风啊。”

“你什么也看不到。”他说。

“我以为你们离开了。我们开车开了几个小时到处找你们。后来我们就回来了。路上不时迷路。”

“我相信。”他带着他特有的那种神经质清了清喉咙。是那种低低的临终时的“嘎嘎”喉鸣，但没有说话。这是我们这场婚姻中我最痛恨的东西。是我们在一起时最糟糕的时刻的主题曲。

我们吃早饭时没有说话。我半是卑躬屈膝地等待着遭受打击，但贝内特没有继续责骂我。他的煮鸡蛋撞击着杯子。他的调羹在咖啡杯里“叮当”响起。在我俩之间那死般的沉寂中，每一种声响以及每一个动静似乎都是夸张的，如电影里的特写镜头。他剥鸡蛋顶部的壳的动作可以成为安迪·沃霍尔的史诗般的作品。可以取名为《鸡蛋》。一个男人的手用六个小时剥鸡蛋顶部的蛋壳。慢动作。

我想，他现在的沉默是如此陌生，因为他常常会因一些小事而对我大吼大叫：早上我没有准时给他冲咖啡，我没有去做某件事情，在国外城市迷路时我没有指出道路指示牌。可是现在，什么话也没有。

他只是不时神经质地清喉咙，凝视着他的那个被打开头顶的鸡蛋。他的咳嗽是他唯一的抗议。

这种咳嗽把我带回到我们在一起时最痛苦的时刻。我结婚后的第一个圣诞节，我俩在巴黎。贝内特情绪特别恶劣，他这种低落的情绪几乎是从我们结婚后的第一周就开始的。他痛恨军队。他痛恨我，似乎这一切都是我的错。冰川般的怨恨一直深入到表层海水之下。

从海德堡到巴黎的整个车程中，贝内特几乎没有对我说过一句话。沉默是最生硬的钝器。它似乎硬生生地将你锤入地底下。它将你越来越深地驱赶入你自己的罪孽之中，使得你脑海中的各种声音在狠毒地指责你，甚于任何外部的声音。

记忆中的这整个事件，在我看来似乎是一部清晰的黑白电影。也许是由伯格曼导演的。我们在电影版本里扮演着我们自己的角色。但愿我们能从总是不得不扮演我们自己的角色这样的境地逃离！

巴黎的圣诞夜。那天灰蒙蒙，白乎乎。他们早晨行走在凡尔赛宫里，对那些裸体的雕像心生怜悯。这些雕像白得耀眼，影子是蓝灰色的。修剪得平整的绿篱与它们的影子一样平淡。风寒冷刺骨。脚冻得发麻。他们的脚步声与他们的心脏一样空洞。他们结婚了，但他们不是朋友。

现在，夜晚降临了。在奥德昂酒店附近。在圣叙尔比斯教堂附近。他们沿着地铁的台阶往上走。冻僵的脚的脚步声在周围回响。

两人都是美国人。他高个，修长，头很小。长着乱蓬蓬的黑发，像东方人。她金发，小个子，郁郁寡欢。她常常会绊脚。他从不绊脚。他不喜欢她绊脚。现在我们已经把一切都告诉了你。除了故事。

我们从一家左岸旅馆的旋转楼梯的顶部往下看，他们这时爬到了五楼。她跟在他身后一圈圈地旋转。我们看着他们的头顶向上移动。接着,我们看到了他们的脸。她脸上是生气与忧伤的神情。他的下巴固执地沉在那儿。他不断地神经质地清嗓子。

他们上了五楼，找到了一个房间。他没费什么力气就把房门打开了。这是巴黎一家普通的破旧旅馆的房间。里面的一切都散发出霉味。印花棉布床单褪了色。地毯的四角的线是拆散的。洗脸池与浴盆在纸板屏障的后面。窗子下面很可能能看到屋顶，但是它们上面挂着厚重的褐色丝绒。天又开始下雨了，可以听到雨水在窗外的平台上敲击着轻轻的莫尔斯电码。

她自言自语道，巴黎所有的二十法郎的旅馆怎么都是想象力相同的室内装潢师啊。她不能对他说这样的话。他会觉得她被宠坏了。但她与自己说话。她讨厌中间凹陷的狭窄双人床。她讨厌没有枕头，只有垫子。她讨厌掀起的被子里有扑鼻而至的灰尘。她讨厌巴黎。

他正一边脱衣服。一边发抖。你会注意到，他的身体多么漂亮啊，上面没有一点儿茸毛，他的背脊笔挺，细细的小腿上肌肉又长又黑，他的手指修长。可是，他的身体不是给她的。他非难地穿上睡衣。她穿着袜子站在那儿。

“你为什么总要这样对待我？你让我觉得很孤独。”

“那是你造成的。”

“你说是我造成的，什么意思？今晚，我想快乐些。今晚是圣诞夜。你为什么要冲着我来？我做了什么啊？”

沉默无语。

“我做了什么啊？”

他看着她，仿佛她的无知是又一种伤害。

“好了，我们现在睡觉吧。让我们忘了吧。”

“忘了什么?”

他没有言语。

“忘记你对着我发火?忘记你无缘无故地惩罚我的事实?忘记我感到孤独和心寒这样的事实？今天是圣诞夜，你再一次毁了它？难道那就是你要我忘记的吗?”

“我不想谈它。”

“谈什么？你不想谈什么?”

“闭嘴！不想听到你在旅馆里又喊又叫。”

“我不明白,你不希望我做什么。我希望你像个谦谦君子般地对待我。我希望你至少像个绅士样地告诉我，你为什么这副熊样。别那样看着我……”

“哪样?”

“似乎我不明白你的心思是我最大的过错。我不明白你的心思。我不明白你为什么这样不高兴。我不可能知道你的每一个愿望。如果那是你希望一个妻子必须具备的，那么我不具备这样的能耐。”

“我当然没有这样的要求。”

“那么你希望什么呢？请告诉我。”

“我没这个必要。”

“老天啊！你是要告诉我说，我应该有猜透你心思的能耐?你想得到就是那样母爱般的关怀吗?”

“假如说你对我能心领神会……”

“可我事实上能啊。天哪，你只是不给我机会。”

“你不明白。你充耳不闻。”

“那是电影里的吧，是不是?”

“什么，电影里?”

“又要测试我。你难道一定要像测试罪犯那样测试我，你难道非得审问我？……是在葬礼上……那个小男孩正看着他死去的母亲。事情就是从那里开始的。你就是从那个时候开始郁郁寡欢的。”

沉默。

“喂，是不是啊?”

沉默。

“嗨，贝内特，说吧，你叫我很生气。请告诉我。请说吧。”

（语言对他来说好像是一个个珍贵的小礼物。像是一个个坚硬的小屎蛋。）“你说的那情景与我何干?”

“别考我了。告诉我!”（她用手臂搂住了他。他抽出身子。她朝地板倒去，只抓住了他穿着睡衣的腿。看起来不像是一个拥抱，更像是一个营救的场面：她在下沉，他不情愿地让她抓住了他的一条腿。）

“起来!”

（哭着说）“那你告诉我啊。”

（他把他的腿抽了出去。）“我要上床了。”

（她的脸倒在冰冷的地板上。）“贝内特，请别这样，请告诉我。”

“我太生气了。”

“请说吧。”

“我做不到。”

“请说吧。”

“你越是求我，我越是感到心寒。”

“请说吧。”

他们躺在床上，各自想着心事。她那一侧的垫子潮湿了。她一边哆嗦，一边抽搐。他好像没有听到。当他们滚到了床中央凹陷下去的地方时，他总是首先退缩回去。这情景连续出现。这张床像一只木筏，中间被掏空了。

她喜欢他背部的温暖和结实。她想伸出手臂抱住他。她想把刚才的一切全都忘掉，假装它从没发生过。当他们做爱时，他们有一阵子是一起的。可是他不让她抱他。他把她放在他睡衣胸襟上的手一把抓住，把她推开。她滚了回去。他把身子移到他那外侧的边缘。

“那不是解决办法。”他说。

雨在滴滴地下。在外面街上，偶尔可听到喝醉酒回家的学生们的嚷嚷声。湿漉漉的鹅卵石。巴黎会不停地下雨。看了午间电影后，他们去圣母院。他们被挤在湿淋淋的羊毛大衣和裘皮大衣之间。半夜的弥撒。雨伞尖头滴下的水滴入他们的鞋子里。他们无法后退，也无法向前。一群人堵死在那儿，把过道堵住了。“世界和平。”[1]一个电子扩音器在高声说。再没有比潮湿的裘皮还要味道难闻的了。

他在华盛顿高地的家中。他的父亲刚去世。他心中毫无感

1　原文法语。

觉。很奇怪，他毫无感觉。当有人去世时，你不应该是毫无感觉的。

我告诉你，我没有感觉，你为什么还要不断问我？因为我必须了解你。你从没有失去过谁。你从没有遭遇过亲人的死去。那就是你恨我的原因吗？当时我们靠救济金生活。我们靠救济金生活时你们住在中央公园西。那是我的过错吗？你知道佩尔街的华人殡仪馆吗？当华人去世时他们回到他们的殡仪馆去。种族主义者的死亡。他从不相信上帝。他从不上教堂。华人用汉语进行祷告。我想：我的天哪，一个字也听不懂。棺材打开着。那很重要。否则你不愿相信死亡。从心理学上看，这是合理的。虽然似乎很可怕。于是亲朋好友来了，拿走了我们最后的钱。他们说，生意会赚回来的，可是生意垮了。我正读高中一年级。福利发放处的女人说，我毕业后可以去上班赚钱。但是我却认为：到时我要做饭店服务员。而我甚至当不了中国餐馆的服务员，因为我不懂汉语。我想，那我会成为一个工具，一个可怜的笨蛋。我必须上大学。在这同时，你住在中央公园西。你在坎布里奇过周末，我在医学院里喂养实验室里的动物。圣诞节那个夜晚，大家都出门去了。我在实验室里，给那些该死的耗子喂饭。

她非常安静地躺在他的身边。她碰碰自己，证明自己没有死去。她想起了她腿骨折后的最初的两周时间。她当时常常手淫，为了让自己确信，她除了疼痛以外，还有其他的感觉。当时追求的就是感觉。全心全意。

她把手伸到她的肚子下面。她的右食指触碰她的阴蒂，而她的左食指深入她的身体里，假装是阴茎。阴茎四周的肉柔软、高低不平，那是什么样的感觉？她的手指太小了。她放了两根手指进去，撑大它。但是她的指甲太长，会刮痛。

要是他醒来怎么办？

也许她希望他醒来，明白她是多么孤独。

孤独。孤独。孤独。她有节奏地移动着她的手指，感到里面两只手指湿乎乎的，阴蒂变得又硬又红。你的手指能感觉到颜色吗？这就是红色的感觉。她感到体内的洞穴变成紫色。皇家的颜色。仿佛那下面的血是蓝色的。

“你手淫时，心里想到了谁？”她的德国心理医生问道。“你像（想）到了谁？”我想故我在。事实上，她没有想谁，一个人也没想。想她的心理医生以及她的父亲。不是，不是她父亲。她不可能想到她的父亲。想一个在火车上遇到的男人。一个在床底下的男人。一个没有容貌的男人。他的容貌是空白的。他的阴茎上有一只眼睛。它会流泪。

她感到她手指周围高潮的痉挛在剧烈地抽搐着。她的手跌落到了她的身旁，接着她睡死过去。

她梦见她返回了她长大的那个公寓里，但是这次，那公寓是由梦幻建筑师设计的。

通向三面都是墙的卧室的那些过道，弯弯曲曲，像古老的河床；厨房餐具室是一条风道，挂着高高的橱柜手都够不着。管道呼哧呼哧，像老人在喘息；地板在叹息。在她的寝室里，门口的磨砂玻璃上尽是一张张的脸，用圆形的嘴巴对着月亮哭诉着它们的痛苦。一个月光般的长音节向前滑动，把地板照得一片银白，然后用玻璃碎裂的声音震得粉碎。门口的那些脸蛋如狼似虎。它们的嘴角上凝着血块。用人的卫生间里有一只爪形底浴缸，在这样的浴缸里，孩子会想象自己被淹死。四盏铜提灯吊在起居室的天花板上。天花板高深莫测，整个上面都是失去光泽的金叶。在起居室上面有一个阳台，阳台上的螺旋栏杆柱子之间的宽度刚好够一个孩子的身子通过，然后开始在空中飘荡。再往上走一段楼梯，她就到了画室，那里散发着松脂的味道。天花板是尖顶状的，像是女巫的帽子。一盏穗状花序铁吊灯挂在天花板正中间的一根黑色链子上。风在梯形北窗与梯形南窗之间嘶嘶作响，吊灯在风中轻微摇晃。

贝多芬的石膏死亡面具挂在墙上。他的圆形眼睑闭合着。她爬上一张椅子，用手指抚摸着这双眼睑。石膏面具上出现了一条条黑色灰尘。现在她已将她的手指印留在了贝多芬的眼睛上。一定会发生可怕的事情。

桌上有一个头盖骨。旁边是一个烛台。这是她外公布置的一幅静物。有静物这样的东西吗？

画架上有一幅画了一半的头盖骨与烛台的画。哪一个更静呢？头盖骨？还是头盖骨的静物画？哪一种静持续的时间更长？

在房间的角落里有一个橱。她丈夫的绿色军外套挂在里面，里面空空如也。衣袖在风中飘动。他死了吗？她害怕极了。她跑着穿过画室的活动门，沿着台阶往下跑。突然，她摔倒了，知道在摔到底部时她会死去。她拼命挣扎着喊叫，在挣扎之中，她把自己弄醒了。她吃惊地发现原来自己在巴黎，而不是在她父母的家里。他依然躺在她身旁，像死人一样。她看着他睡着的脸，长长的嘴巴，弯弯的嘴角，浓浓的眉毛像中国的书法，她心想，明年这个时候他们要么已经分手，要么有了一个看上去长得并不像她的孩子。

“圣诞快乐。”他睁开眼睛说。

他们满怀希望地做了爱。

天气寒冷，昨晚的雨使街道看上去亮光光的。他们穿上衣服，出去走走。他紧紧地搂着她，但她不时从他怀里滑出来。他告诉她要“迈小步子”。

“好像我的脚缠了小脚。”她说。

他没有笑。

他们沿着圣路易岛走着，欣赏着建筑。他们指了指连栋住宅二楼上的精巧的石雕。他们停下来，观看三个老头在灰色的上涨的塞纳河里抓那些东逃西窜的小鱼。他们在阿尔萨斯饭店吃了二三十个牡蛎，然后吃洋葱饼，喝葡萄酒，喝得酩酊大醉。他们又沿着明晃晃的大街行走，拼命抓住对方。她如果离开了他，她不知道她可以到哪里去。她昨晚梦见的那个家又零星地浮现在她脑海。她知道，她无法到那个家去。她没有地方可去。没有地方。她紧紧地抓住他。“我爱你。”她说。

暗下来时，他们停了下来，进了圣母院对面的一家小餐馆，吃了圣诞树干蛋糕，喝了咖啡。他正考虑离开她吗？她从来都不知道，他在思考什么。他们假装这是一个快乐的无忧无虑的日子。在他们一起穿越寒冷的街道时，他始终紧紧地搂着她的腰，没有松开手。

“迈小步子，”他不断说，“你会摔跤的，并拉着我一起摔倒。”

“没有你，我该怎么办?”她说。

他神经质地清了清喉咙，但没有说什么。

电影将在这里结束，也许就停在他咳嗽的声音上。但我记得接下来的那些事情：汽车坏了，不得不坐火车返回海德堡；有四个法国士兵和我们坐在同一个卧铺车厢里，他们在返回德国的一路上又是打嗝又是放屁，仿佛是他们在给火车提供动力；从（我睡的）最高的床铺急促地降落到地板上。急性痢疾使得我那个晚上费劲地上下了不止六次（而且有一次踩进了底部铺位里的那位法国士兵的裤裆，他倒格外和蔼，还过得去）。

然后，回到海德堡，圣诞节又结束了，不得不重新面对军队的那一切。(在假期里，我们努力假装，我们只是无缘无故生活在欧洲的美国夫妇。)

接着是元旦。小美国营地里所有的男人都在专心致志地把自家的汽车擦得铮光鲜亮，所有的女人都戴着卷发器走来走去，在歌德街另一侧的德国人早已开启第一瓶杜松子酒，准备过新年……那是个凄凉灰色的星期六下午。这时，电报来了，这样的电文总是混乱不堪：

外公死于星期二六点十五分。

人工按摩苏醒。心力衰竭。

直肠出血。无能为力。

葬礼一月四日。

爱你的母亲

我先看了电报，然后递给了贝内特。我有一种不舒服的感觉，当我知道可怕的事情将转嫁到我身上时，我总有这样的感觉。我知道贝内特总会想法子把他外公的死亡迁怒到我身上。我母亲的父母双双健在。

我伸出双臂，抱住贝内特，他抽出身子。我记得当时心里在想，我并不为他外公的死亡而感到非常忧伤，但是我忧伤的是，我将不得不为他外公的去世而在忏悔中离死亡更进一步。贝内特坐在沙发上，手里拿着电报。我坐在他身旁，在他的肩头重新看了电报。“写字的手指在动，还有字拼写错了。”我心想。我几乎不认识贝内特的外公（一个年迈的华人，不是九十九岁，就是一百岁了，看上去像是一个黄色象牙雕像，几乎不会讲英语）。我假装那是我自己的外公死去了，开始哭起来。事实上，我是在为我自己哭泣，在二十五岁的年龄，正缓慢地死去。

贝内特全身心地沉浸在死亡之中。他双肩扛着忧伤，像是扛着无形的旅行背包。如果他转向我，如果他让我安慰他，我也许会与他一同扛。但是他把忧伤责备于我。他的责备将我推开。但我又害怕离开。我留下来，变得越来越谨小慎微。我越来越多地陷入幻想，越来越多地转向写作。那就是我如何开始发现我自己。他退缩到他的忧伤中，把自己封闭在其中，我退缩到我的房间里去写作。在那个漫长的冬天里，他一直在为他的外公悲伤，他为他的父亲、他的在十六岁去世的妹妹、他的在十八岁死去的天生弱智的弟弟、他的在十四岁死于脑灰质炎的朋友悲伤，他为他的贫穷悲伤，他为他的沉默寡言悲伤。他为军队哀痛，为他失去的纽约的生活哀痛。他哀痛死者，哀痛他对死亡的沉溺。他哀痛他的哀痛。他脸上呆滞的表情是一副死亡面具。他曾深爱着的（也是他痛恨的）那么多的人都死去了，他戴着这样的面具以示忏悔。为什么他们都死去了而他独自活着？于是，他使得他的生活像死亡一样。而他的死亡也就是我的死亡。我学会了用写作保持自己的活力。

就在那个冬天，我认真开始写作。我开始写作，似乎这是我生存与逃避的唯一希望。我过去也一直勉强在写作。我始终崇拜作家。过去当我读完一本书时，我常常会亲吻封面上作家的照片。任何印刷出来的东西，我都视为神圣的遗迹，把作家视为拥有超人的知识与智慧的生物。赛珍珠、托尔斯泰或者《南茜·朱尔》的作者卡罗琳·基恩[1]。那时我不加区分，以后你才学会分门别类。我可以快乐地读完《爱丽丝镜中奇遇记》后去读恐怖小说，读了《远大前程》或《秘密花园》后读《疯狂》幽默杂志。

在我那个乱七八糟的家里长大，我很快就知道，在你的面前端正地捧着一本书，那就是一块刀枪不入的盾牌，一垛石棉墙壁，一件隐身披风。我学会捧着书避难，成为我父母所谓的“心不在焉的教授”。他们朝着我又喊又叫，但我听不到。我正看书。我在写作。我是安全的。

1 Carolyn Keene，一个写作班子的笔名，他们的系列侦探小说《南茜·朱尔》（又译“少女妙探”）从二十世纪三十年代开始在美国风靡一时。

贝内特的外公，那个有胆量的老人，二十岁时离开中国，一个传道士答应说要教他英语（却一直没有教他），这个传道士向中国西北矿区的劳动者传布福音故事，使他的外公皈依了基督教，但他外公最后在佩尔街上开了一个礼品店，在他整个九十九年或者一百年里，从没学会讲几个让人听得懂的英语词，更不要说写了。然而他却以他的死开启了我的作家生涯。有时，死亡是事情的开端。

当贝内特在那个漫长的冬天默默哀伤的时候，我在写作。我把我所有大学里写的诗全都扔了，甚至把那些已经发表的诗也扔了。我把我写的所有故事与小说的虚假开头扔掉。我想重新塑造自己，想用写作为自己创造一个新生命。

我沉浸到其他作家的创作中。我常常从伦敦的福伊尔书店订购图书，或者请我的朋友以及父母从纽约寄书来。我会在一个时段里阅读一个当代诗人或小说家的作品，对他们的书读了又读，仔细研究他们一本本书之间所发生的变化，隔几个月便换一个作家的风格进行模仿。整个过程中，我惊恐万状，认为自己是一个失败者。曾经在我大约十八岁的时候，认为三十岁就是老人了，我信誓旦旦地对自己说，如果到了二十五岁还没有出版我的第一本书的话，那么我就自杀。而现在我已经二十岁了！才刚刚开始。

把作品寄到杂志社去发表，完全是不可能的。虽然大学里我是班里诗人，已获得常规性的奖项，现在我相信，我写出的东西没有一件出色到足以寄出去的程度。我眼中的季刊杂志的编辑是神明一般的人物，他们不屑去看那些不出色的作品。尽管我订阅季刊，虔诚地拜读里面的作品，但是我相信这一点。虽然我不得不承认，里面的作品常常不怎么好，但是我依然肯定，我自己的作品一定还要更加、更加糟糕。

我生活在一个充满着幻影的世界里。我会与那些我常常在季刊里读到其作品的诗人进行着想象中的恋爱。有些作家的名字对我来说似乎是鲜活的。我会读他们的生平故事，感到自己认识了他们。你会与一个素昧平生的人建立起一种非常亲密的关系，这是非常奇怪的事，你的印象也可能是错误的。后来，当我返回纽约开始出版诗歌的时候，我遇到了这些充满魔力的名字中的一些人。他们通常与我曾经想象的完全不同。书卷里的聪慧之士，也许事实上本人并不那么聪慧。写死亡的忧郁诗歌的作家，也许事实上是非常阳光有趣。迷人的作家，可能在生活中是个毫无魅力的人。慷慨、开明、无私的作家，实际上也许是个吝啬、难驾驭、好嫉妒的人……不是因为这里存在什么绝对的规律，而是通常会有惊奇出现。以作家的作品来衡量作家的为人，是最为危险的事。但是那样的现实是我后来才明白的。在我待在海德堡的那些日子里，我沉浸在一个想象的文学世界里，这个世界与污秽不堪的现实世界隔开了，令人颇感舒服。其中一点是我与《纽约客》发生了奇特的关系。

在我写作的期间，《纽约客》（与其他所有的平庸杂志一起）常常得越过大西洋。也许这就是一大堆的三四期《纽约客》杂志同时到达的原因。我常常像一个着迷的人那样，在那儿出神地撕开包装纸。拿起这份神圣的杂志，我怀着一种参加典礼的心情。当时这份杂志还没有目录——只有吝啬的署名行放在一个个战战兢兢的破折号后面——而我往往立即从后往前看，先浏览那些长篇文章下的名字，仔细看那些短篇小说的名单，气喘吁吁地纵览那些诗歌。

这一切是在浑身直冒冷汗、心脏剧烈跳动中完成的。让我担心的是，看到我认识的人写了一首诗、一篇小说或者一篇文章，而这个人在大学里却是一个白痴、一个挖鼻孔的人、一个（加上前面一、二点以外还）比我年纪小的人。哪怕只小一两个月。

我并不只是读读《纽约客》；我私下里体验这本杂志。我为自己创造了一个《纽约客》的世界（它位于西港以东、科茨尔德以西）。在这个世界里，彼得·德·弗里斯[1]始终高举着一杯彼斯波特[2]（略有点谐音），（穿着深红色天鹅绒礼服的）尼科洛·图奇[3]讲着意大利语与米里埃尔·斯帕克[4]调情，纳博科夫从一只棱柱形高脚酒杯里品着陈年波特（小手指上高耸着一颗红宝石），约翰·厄普代克在这位大师的瑞士鞋上绊了一下，儒雅地说了声抱歉（嘴里却一直在反复说，纳博科夫是当前拥有美国公民身份的最好的英语作家）。与此同时，印度作家们聚集在一个角落，操着做买卖的口音，七人八张嘴地说开了（咖喱气味随之弥漫开来），而令人难忘的爱尔兰作家（穿着渔夫的毛衣，嘴里是威士忌气息）正忙着斥责谨小慎微、穿着粗花呢衣服的

1 Peter de Vries（1910－1993），美国作家。

2 德国名牌葡萄酒。

3 Niccolo Tucci（1908－1999），用英语和意大利语写作的小说家。

4 Muriel Spark（1918－2006），苏格兰女作家，最后定居意大利。

令人难忘的英国作家。

哦，我也把其他的杂志和文学刊物视为神话，但是《纽约客》是我自孩提时代起的神殿。（例如，《评论》举办相当卑鄙龌龊的聚会，在会上，脾气暴躁的犹太人——他们都名叫欧文——在那里针对犹太人身份、黑人身份以及民族意识这些焦点，拼命互相撕咬，同时手不停伸到碗里取切成块的肝，捧着新斯科舍的碟子在那儿大快朵颐。）这些晚会让我觉得好笑，但是我对《纽约客》保留着我的敬畏。我永远没有胆量把我自己微不足道的努力结果寄到那里，因此发现有哪一个我确实认识的人出现在那些页面上时，我气愤，我讶异。

反正，我对成为一名作家意味着什么怀抱着完全崇高的观念。我把他们想象成神秘的充满情谊的人，他们行走时比别人敏捷、轻盈——仿佛他们的肩上插着隐形的翅膀。他们带着嘲讽的笑，使用某些东西——也许是类似蝙蝠所拥有的超声波吧——相互辨认。当然不是通过如秘密握手这样原始的手段。

贝内特也间接参与了我的写作，尽管他对我所写的东西几乎一个字都不读。当时我并不真正需要谁来读我的作品（因为那时的作品只是为以后的作品做准备的），但是我非常需要有人赞同我的写作行为。他做到了。有时，不清楚他是赞赏我写作，这样我就不会在他心情低沉时去打扰他，还是他喜欢扮演塑造我这位伊丽莎·杜利特尔[1]的亨利·希金斯。但事实上，在我

1　爱尔兰戏剧家萧伯纳的作品《卖花女》（又名《匹格马利翁》）中的卖花女。语言学教授亨利·希金斯试图把她改造成一个谈吐高雅的贵妇。

相信自己之前他早就相信我能写作。似乎在我们结婚的那段漫长而糟糕的时间里，我们通过我的写作，间接地理解对方。虽然我们没有一起阅读我的作品，但是通过它，我们一同从这个世界撤离出去。

我们一同学习如何去摸索无意识。贝内特几乎是一动也不动地坐在那儿思索着他父亲的死亡，思索着他外公的死亡，思索着所有那些在他几乎还没有长大到能把握住自己生命之时就一起成堆地压到他肩头的死亡。我待在我的书房里写作。我正在学习如何沉下心，深入到自我中去挖掘过去的点点滴滴。我正在学习如何暗中摸索无意识，如何冷不丁地捕捉住我那些表面上看是散漫的思想与幻想。通过把我封闭在他的世界之外，贝内特却打开了我自己心里各式各样的世界。我开始渐渐地意识到，我所写诗歌的主题，没有一个是关于我内心深处的情感世界的；意识到我所关心的与我所写的之间存在着巨大的沟壑。这是为什么？我害怕什么呢？最主要的，我似乎害怕我自己。

我在海德堡开始着手写两部小说。叙述者都是男性。我只是假定，没有人会对女性视角感兴趣。再说，女性作家常被人奚落成“机智、诙趣、聪明、感人，但缺乏眼光”，而我不想冒这样的风险。我想写整个世界。我想写出一部《战争与和平》——否则就不写了。我不写“女性题材”。我要写战争、斗牛以及丛林狩猎。只是我对战争、斗牛、丛林狩猎一无所知（大多数男人也是一无所知）。想到我所熟悉的那些题材都是“琐碎的”以及“女性化的”，而对那些“深刻的”以及“男性的”题材，我却是两眼一抹黑，于是我灰心不已，垂头丧气。我觉得，不论我怎么做，失败是不可避免的。不是因写作而挫败，就是因不写作而失败。我呆若木鸡。

由于我的运气、我的悲伤、我与我丈夫奇怪的关系、我的（那时我根本不相信我所拥有的）执拗与决心，在接下来的两年时间里，我写出了三本诗集。我把其中两本扔掉了，出版了第三本。接着开始出现一些没有遇到过的新问题。比如，我不得不学会应付我对成功的恐惧，而那几乎比对失败的恐惧更难处理。

如果说我学会了如何写作，也许就学会了如何生活吧？阿德里安似乎想教我如何生活。贝内特似乎想教我如何死去。而我却不知道我想要的是生还是死。或许我对他们的归类是错误的。也许贝内特意味着生，而阿德里安是死。也许生活就是妥协与忧伤，而狂热的结果必然是死亡。就算我是摩尼教徒，没有记分卡我也无法告诉队员们分数。如果我能区分善与恶，也许就能作出选择，但现在我比以往任何时候都感到迷茫。

八

来自维也纳森林的故事

婚姻的责任非常沉重，需要两个人一起来扛——有时需要三个人。

——大仲马

从那时起，开始了旋转木马式的生活。我会伴着贝内特去参加会议，但满心期盼留下来，对自己发誓说，我再也不见阿德里安了，一切都结束了，我已及时行乐了一回，它结束了——接着我会再去见阿德里安，然后关系破裂。我不知不觉中在身体力行流行爱情歌曲的歌词，最为拙劣的好莱坞电影里的那些陈词滥调。我心跳加速。他出现在近旁，我就神志不清。他是我的阳光。我们的心在牵手。如果他与我在一个房间里，我便骚动不安，无法安静地坐下。这是一种痴迷，一种纯粹的执迷。我忘记了自己应该要写的文章。我把其他一切都忘记了，心中只有他。

我过去惯用的办法，似乎全都不奏效。我使用“忠诚”以及“淫荡”这样的文字责骂自己，努力使自己远离他，告诉自己说，他会干涉我的写作，如果拥有了他，我会快乐得无法写作。我竭力告诉自己说，我正在伤害贝内特，伤害我自己，将自己置于非常难堪的境地。就是这样。但是毫无办法。我中了邪。他一走进房间，朝我一笑，我就完了。

代表大会第一天午饭后，我告诉贝内特，我要去游泳，与阿德里安一块儿去。我们驾车到我们的旅馆，我拿了泳装，戴上子宫避孕帽，带上我其他的行头，然后与阿德里安一块到他的膳宿公寓去。

在他的房间里，我片刻之间就脱个赤条条的，躺到了床上。

“急不可耐了，是不是？”他问。

“是的。”

“老天，这是干吗？我们有的是时间。”

“有多长时间？”

“你想要多长，就有多长。”他含糊其辞地说。简而言之，如果他离我而去，那就是我的问题。心理分析师就是那个样子。永远不要与心理分析师做爱，这是我对你们没有陷入其中的年轻人的奉劝。

不管怎样，那没有用。或者说没有多少用。他只是旗杆半竖，他在我身子里拼命地捣鼓，希望我没有注意到他的状态。结果我的高潮只是微澜涟涟，下身却很疼痛。但我还是感到满意。我想，现在我可以毫无牵挂地离他而去。他并不是个情场好手。我可以忘记他了。

“你在想什么?”他问。

“想我好满足，真正干了一回。”我想起曾经有一次对贝内特说过同样的话，可当时说的是真话。

“你是个骗子，虚情假意。你为什么要说谎？我知道我并没有让你满意。我可以做得比这出色。”

我被他的坦诚打动了。“行，”我沮丧地承认说，“你没有让我满意。我承认啦。”

“那还差不多。你为什么老是努力扮演该死的社会工作者?安抚我的自尊?”他把“自尊”说成了“自蹲”。

我略微思索了一下。我为了什么？我只是以为，你必须这样对待男人。如果你不这样，他们就会崩溃，或者发疯。我不想再让一个男人发疯。

“我想，我总是以为男人的自尊心非常脆弱，你不得不娇惯它——”

“可是我的自尊心没有那样脆弱。你可以告诉我说，我没有让你满意——特别是在铁一般的事实面前。”

“我想，我只是从没有遇到过像你这样的男人。”

他高兴地笑了。“是的，你没有遇到过，宝贝儿，而且我敢说，你再也遇不到了。我告诉过你，我不是英雄。我不是英雄救美来了——骑着一匹白马来将你救走。”

我想，那么他干什么来了？当然不是来做爱的。

我们到维也纳郊区的一个巨型公共游泳场去游泳。我一辈子都没有见过这么多被太阳晒黑的脂肪。在海德堡，我故意回避公共泳池与桑拿浴室；我们外出旅行时，总是回避德国人常去的海滨胜地。我们特别强调要绕开拉韦纳[1]以及其他条顿人[2]的地盘，而常常不无羡慕地凝视着法国里维埃拉[3]凹下去的中心地区以及卡普里岛[4]那些富足的中部地区。然而在这儿，我们处在由大山似的食物与奶油蛋糕转化成的脂肪的包围之中。

"这像是米开朗基罗的壁画《最后的审判》[5]，"我告诉阿德里安说，"那幅在西斯廷礼拜堂最末端的壁画。"

他朝我吐了吐舌头，扮了个鬼脸。

"所有这些人都在这儿痛快地享乐，痛快地游泳，你却用嘲讽的目光看着他们，看到四处尽是堕落与沦丧。我应该叫你萨伏那洛拉[6]太太啦。"

"你说得没错。"我轻声说。我难道能视而不见，不加以批判分析，不把这一切都摧毁吗？我不能。

"可是他们太像《最后的审判》里的那些人了，"我说，"上帝对有着猪一般德行的德国人的报复就是使他们长得像猪。"

1　意大利东北部城市，古代罗马的海港。

2　即日尔曼人，此处指德国人。

3　沿地中海的旅游胜地。

4　位于意大利那不勒斯湾南部的美丽岛屿。

5　画家花了六年时间在梵蒂冈的西斯廷礼拜堂完成的巨作。这幅巨大的壁画描绘了四百多个人物，史无前例地把人物不论善恶都描绘成有醒目生殖器的裸体。

6　Girolamo Savonarola（1452－1498），一四九四年至一四九八年佛罗伦萨的精神和世俗领袖。他反对文艺复兴艺术和哲学，焚烧艺术品和非宗教类书籍，毁灭被他认为不道德的奢侈品。他以严厉的布道著称，对当时的教皇亚历山大六世以及美第奇家族的骄奢淫逸之风进行口诛笔伐。

天哪，他们确实像猪：不仅身子肥胖，不仅长着圆滚滚的脖子、肥粗的手臂、两个下巴以及亮闪闪的大腿——还都是粉红色的。烤猪肉脆皮。烧得红红的。比中国的红烧肉还红。他们看上去像乳猪。或者像胎猪，在上动物学（Ⅱ）课程时，我不得不解剖的那种胎猪——那课程几乎是我大学生涯的滑铁卢。

我们在其他那些该诅咒的灵魂中间游泳、接吻。我穿着黑色的有肩带泳衣，V字领领口一直开到我的肚脐，不赞赏的女人与好色的男人都睁大着眼睛直直地看我。我能感觉到阿德里安的精液从我两腿之间黏糊糊地漏出来，滴进了含氯的游泳池里。一个美国人捐出英国人的精液给德国人。一个荒唐的马歇尔计划。让他的精液给德国人的水赐福，给他们洗礼。洗净他们的罪孽。施洗者阿德里安。而我则是抹大拉的马利亚。但我也在想，做爱后游泳会不会使我怀孕。也许水会让精液往上涌，涌到子宫避孕帽后面。突然，我害怕起怀孕来。我又突然想怀上孩子。我连续不断地想象着我们一起造就的漂亮孩子。我想得入了迷。

我们坐在一棵树下的草坪上，喝着啤酒。我们谈论着我们的未来——不论未来是什么样的。阿德里安似乎认为，我应该离开丈夫，在巴黎住下来（他就可以不时飞过来看我）。我可以租一个小单间，在那里写书。我可以来伦敦，与他一起写书。我们可以像西蒙娜·德·波伏瓦和萨特那样：既在一起，也是分离的。我们会学会抛弃嫉妒之类的愚蠢行为。我们相互做爱，与我们所有的朋友一起做爱。我们将不为财产与占有而操心。最后有一天，我们将为精神分裂症病人、诗人以及激进的心理分析师们建立一个公社。我们会像真正的存在主义者那样生活，而不只是停留在口头讨论。我们都将一起生活在同一个网格球顶的房子里。

“像一艘黄色潜水艇。”我说。

“是啊，为什么不呢？”

“你是一个不可救药的浪漫主义者，阿德里安……瓦尔登湖之类的。”

“嗨，我不明白，你生活中的那一套虚伪有什么意义。佯装相信那些忠诚与白头偕老的扯谈，生活在无数的自相矛盾之中，被丈夫当作一个宠坏的天才宝贝，从来不独立处事。至少我们会以诚相待。我们会生活在一起，开宗明义地与所有人上床。没有人会利用别人，大家不会因为没有依赖他人而感到内疚……”

“是说诗人以及精神分裂者以及心理分析师吗？”

“他们没什么区别吧？”

“根本没区别。”

阿德里安在巴黎一周的课程里，马蒂娜——进过疯人院的法国女演员——给他讲授了存在主义的思想。

“那太神速了，”我说，“把存在主义简明扼要化了。有点像加大马力的贝利兹[1]课程。她是怎么做到的？”

他描述了他如何在巴黎见到了她，马蒂娜与路易丝和皮埃尔两个朋友一同到奥利来见他，这让他很吃惊。他们要在一起

1　纽约的一家国际语言学校。

度过整个星期，不再分开，相互倾诉心中的一切，以各种方式一块儿上床，永远不找什么“愚蠢的道德借口”。

“只要我一谈及我的病人、我的孩子，或者我在家里的女友，她就会说：‘没意思。’

“只要我抗议说，我需要去工作，需要谋生，需要睡觉，需要逃离这种狂烈的体验，她就会说，没意思。别拿出那些普通的借口。事实上，一开始这一切很吓人。”

“听起来像法西斯。却都是以自由为名。”

“对。我明白你的意思，但是那并不是法西斯，事实上，她的意思是，你必须拓展你承受能力的范围。你必须深入经验的本质，即使其本质事实上是恐惧。马蒂娜曾经发过疯。她进过医院进行治疗，她亲身经历了这一切，获得各种各样新的启示。她使自己重新恢复了神志，比以前更加坚强了。这就是我在那一周里所获得的。我必须在没有计划的这种可怕的感觉下生存，不知道我们接下来到哪里去，没有隐私，始终依赖其他三个人。这样的状况使得我儿时的一切问题重新浮现出来。还有性——起初性是让人恐惧的。成群结队上床比你想象的困难。你必须直面你自己的同性恋倾向。我想，这是很有启发的。”

“那有意思吗？听起来没什么意思。”然而，我被吸引住了。

“在经历了开始两天的艰难以后，一切变得很美好。我们手挽着手，一同到任何地方去。我们在大街上高歌。我们分享着吃的，花的钱，分享着一切。没有人担心工作以及责任。”

“那么你的孩子怎么办？”

“他们在伦敦，与埃丝特在一起。”

“因此说，由她来操这份责任心，而你却去扮演你的存在主义者，就如玛丽·安托瓦内特[1]扮演牧羊女那样。”

“不——情况根本不是那样，因为我们两人都会操心。埃丝特常常会与其他的男人出去鬼混，把孩子扔给我管。不只是我让她一人操心。”

“是啊，他们是你们的孩子啊，对不对？”

“拥有，拥有，拥有，”他说，厌恶我这询问的口吻，“你们犹太公主是不是都一样啊。”

“我把‘犹太公主’这个词语教给了你，而你却第一次使用就用来说我。我母亲告诫我，要警惕你这样的男人。”

他把头放在我的腿部，用鼻子拱我的下身。另一棵树下的两个肥胖的德国人在偷偷地笑。我没有放在心上。

“好黏啊。”他说。

“你的黏液。”我说。

“我们的黏液。”他纠正我说。

接着，他突然说：“我想让你体会玛蒂娜让我体验到的经历。我想教你不要害怕你身体里的东西。”他用牙齿咬我的腿。腿上留下了牙齿印。

当我在五点三十分返回旅馆的时候，贝内特正等在那儿。他没有问我去了哪儿，但他伸出手搂住我，开始脱我的衣服。他与我做了爱，与阿德里安的精液做了爱，与包含了一切意义上

1 Marie Antoinette（1755—1793），法国王后，路易十六的妻子，法国革命时上了断头台。这位王后入宫时年方十四，据说她常常会扮成牧羊女在凡尔赛宫里玩耍。

的我们这种三角关系做爱。他从没有如此充满激情与温柔过，我几乎从没有如此激动过。显然，他比阿德里安要强得多。同时，也很显然，阿德里安使得我们之间的柔情发生了变化，使我们以全新的方式更加珍惜对方。我们完全触动了对方。突然，贝内特觉得我是珍贵的，似乎他第一次爱上了我。

我们一起洗了澡，相互泼着水。我们给对方的背擦肥皂。我对自己的滥交感到有点恐惧，我竟然可以从一个男人的怀里出来，投入到另一个男人的怀里，还感到容光焕发，心花怒放。我知道，我以后会怀着只有我才清楚的深深的负罪感与巨大的痛苦，为此付出代价。但眼前我是快乐的。我第一次感受到真心实意的爱。是不是两个男人加起来才构成一个完整的人？

代表大会最难忘的场合是在维也纳的市议会大厅举行的招待会。难忘，因为它提供了一次无与伦比的机会，可以观看两千多名心理医生在那儿狼吞虎咽，似乎他们在比夫拉[1]饿了整整一年。难忘，是因为它提供了一次观赏几位稳重、年长的心理医生跳扭摆舞的无与伦比的机会。难忘，是因为我整个招待会都跳着华尔兹，身穿一件红色苏格兰佩斯利花纹呢礼服，衣服上都是亮闪闪的金属片，当我从一个舞厅跳到另一个舞厅时，地上一路撒下了这些金属片。我一会儿与贝内特跳舞，一会儿与阿德里安跳舞，依然无法做出决定。不论我到哪里，都会留

1 尼日利亚东南部一地区。

下一串串的证明。

维也纳市的女市长矮胖个子，其貌不扬，她给予了安娜·弗洛伊德热烈的欢迎[1]，喋喋不休地说着德国废话，说什么维也纳这座城市看到大家的归来是如何高兴之类的话。当然只字不提心理学家们在一九三八年是如何离开的。那时，没有五十人的乐队为他们演奏《蓝色多瑙河》，没有人向他们表示热烈的欢迎，提供免费的白兰地。

当佳肴端出来时，一群衣冠楚楚的心理医生发出“哞哞”、“呜呜”的声音朝桌子走去。

“快——他们都挤到队伍的前面了！”一个有点年纪的女人痛苦呻吟道，带着弗拉特布什[2]的口音，初听却似斯卡斯代尔[3]与新学院的口音。

“隔壁房间里已经端上了蛋糕。”另一个女人说，这是个体重有二百磅的美人，她穿着一身淡黄色绸缎套装，衣服上闪着人造钻石的光彩。“不要挤！”一位年高的绝代（或许是绝迹吧）名流般的心理分析师说，他身穿过时的礼服和格子呢腰带。他被挤压在一个朝火鸡盘冲过去的女人与一个跑向开胃菜的男人中间。在桌子的上面与下面，你只看见一条条的长手臂，在用银餐叉抓食物。

在这些惊人的表现过程中，舞厅上方的阳台上，感伤的小提琴依旧持续不断地演奏着。高耸入云的天花板上的仿哥特式

1　原文德语。

2　纽约布鲁克林区地名。

3　纽约北部郊区地名。

圆拱门被无数支仿蜡烛照得通明，一些不愿罢休的舞者依然还在舞池里旋转，跳着间歇式的维也纳华尔兹。啊，旅游，冒险，浪漫！我脸上闪耀着健康和幸福，一个女人在一天里与两个不同的男人上了四次床，她当然会神采飞扬，但是我觉得我的心里翻滚着种种矛盾。

有时，我会抗议地想，我完全有权利去攫取我苦短的人生所赋予我的一切快乐。我为什么就不应该获得快乐，成为一个快乐主义者呢？这有什么错呢？我知道，那些获得人生（以及从男人那里获得）最多回报的女人是那些追求最多的女人；如果你表现得你是无价之宝，惹人疼爱，那么男人就会觉得你是个宝贝，惹人疼爱；如果你不愿当门前的地毯，那么就没有人敢践踏你。我知道卑躬屈膝的女人遭人践踏。但是我那些反抗的情绪过后，就会坠入满心的凄凉和绝望，我会为可能失去这两个男人，成为孤家寡人，而满心恐惧。我会为贝内特感到难过，怒斥自己的不忠，对自己所作所为充满鄙视。于是，我想跑到贝内特跟前，乞求他的宽恕，跪倒在他的面前，提出马上就给他生十二个孩子（主要为了加固我们的婚姻），答应做他俯首贴耳的奴隶，不管他提出什么条件，只要包括婚姻安全就行。我会做到唯唯诺诺，无比温柔，无比甜蜜：把世上关于女人的所有谎言全都说给他听。

事实上，不论是及时行乐还是俯首贴耳，这两种人生态度都没有意义，我也清楚。两种态度都当不了操纵者，也成不了被操纵者；两者既谈不上放荡，也谈不上奴性。两者都是陷阱。两种人生态度的最后结局就是你本来就想逃避的孤独。可是我又能怎么办呢？我越是痛恨自己，就越恨自己这种痛恨。无可救药。

我不断浏览着人群中的一张张脸，寻找阿德里安。只有他的脸才能让我感到满意。其他的脸在我眼里是那么粗俗与丑陋。贝内特清楚我心里的想法，可让我快发疯的是，他很同情我。

“你现在的情形与电影《去年在马里昂巴德》里一样，”他说，“发生过还是没有发生过？只有他的心理医生最清楚。”

他相信，阿德里安只是代表我的父亲，那样的话，是符合犹太教教义的。只是！简而言之，我只是在给我的德籍医生哈佩“表演”一个俄狄浦斯情景，一种未完成的移情。还有我刚刚离开的科尔纳医生也是这样认为。贝内特可以理解。只要是俄狄浦斯情结，不是爱。只要是移情问题，不是爱。

从某种程度上说，阿德里安情况更糟。

我们在一个哥特式拱门下的侧梯处遇见了，他也有很多解释。

“你不断地在我们两个男人之间来回折腾，”他说，“我想，我们两人中谁是母亲，谁是父亲？”

我突然有一个疯狂的念头与冲动：拿起我的行李，离开他们两个人。也许这不是在他们两人中进行选择的问题，而是彻底逃离他们两个人的问题。摆脱他们，由我自己进行监管。停止这种从一个男人跑到另一个男人那里的乱七八糟的事。这一次你要独立自主。为什么独立如此让人害怕？其他的选择更加糟糕，不是吗？不是一辈子给你进行弗洛伊德式的解释，就是一辈子给你进行莱恩般的解释！这是什么选择啊！我还不如参加一个宗教狂热组织，做一个信仰疗法的怪人，或者做一个教条主义的马克思主义者。如果你完全一本正经地坚持遵守一种制度，那么任何制度都是一件紧身衣。我不相信制度。任何人为的东西都是不完美的，是终将变得荒诞不经的。那么我相信什么呢？相信幽默。相信对制度、对人、对自己的嘲讽。甚至对相信自己一直需要嘲讽的嘲讽。相信看到的生活充满矛盾，存在许多不同的方面，变化莫测、趣味无穷、充满悲剧色彩以及生活有时却是极其美丽的。相信眼中的生活像水果蛋糕，里面有美味的李子和难吃的花生，原本是想如饥似渴地美餐一顿，而你却不可能在美餐了一顿李子的同时，不受花生之毒。（我把其中一些内容告诉了阿德里安。）

“生活是一个水果蛋糕！你的口欲很强烈，是不是？”阿德里安说，这与其说是在问我，不如说是陈述一个事实。

“这有什么新奇的——你想大做文章啊？”

他口水四溢地吻了我，他的舌头就是水果蛋糕里的一颗李子。

“你要继续这样伤害我到什么时候？”当我们返回旅馆时，贝内特问我，“我不会永远这样忍受下去。”

“对不起。”我说。听起来很无力。

“我想，我们应该离开这里，坐下一班飞机回纽约去。我们不能再这样神志不清了。你着魔了，发疯了。我要带你回家去。”

我开始哭泣起来。我不想回家去，我永远也不想回家。

“不要，贝内特，不要，不要，不要。”

“不要什么？”他厉声说。

“我不知道。”

“你甚至都没有勇气和他待在一起。如果你爱他——你为什么不全心全意地爱，去看他的孩子，跟他到伦敦去。但是你做不到。你不清楚你想得到什么。”他停顿了一下，“我们必须现在回家去。”

“有什么用？你不会再相信我了。我把它毁了。没有希望了。”我认为，我确实相信情况就是这样的。

“也许我们回家去，你马上回到你的分析师那里，如果你弄明白你为什么要这么做，如果把这事情解决了，也许我们可以挽救我们的婚姻。”

“如果我返回心理分析师那里！那是不是条件啊？”

“不是对我的条件——而是对你的条件。这样你就永远不会再做这样的事情。”

“我以前做过这样的事吗？有过吗？甚至在你对我非常糟糕的时候，甚至在德国的那些我非常不快乐的日子里，当我需要找个人倾诉的时候，当我感觉非常孤单、被你以及你时常有的抑郁孤立在外的时候——我一直没有与任何人有染。一直没有。你那时当然也刺激过我。你常说自己不清楚是否想与我结婚。你常说自己不清楚是否想要一个作家。你常说，你并不同情我的问题。你从没有说过，你爱我。当我因缺少亲近与爱而哭泣与痛苦的时候，你让我去看心理医生。你用心理医生来替代一切。每当有亲密关系来威胁时，你让我去看该死的心理医生。”

“没有心理医生，你现在他妈的不知会在干什么！你会还在那里一遍遍地改写同一首诗。你依然还不知道把作品寄往哪里去。你依然还会对一切都充满恐惧。我遇到你时，你像一个疯子一样团团转，不能持续地做任何事情，心有成千上万个计划，可一个也做不成。我赋予你一个工作的地方，当你厌恶自己的时候鼓励你，在你对自己没有信心的时候相信你的能力，我为你支付了心理医生的费用，这样你就可以像常人一样正常成长与发展，而不是像你家里其他人那样踌躇不前、晕头转向。你把所有的问题都推到我的身上。我是唯一给你支持与鼓励的人，而你就这样报答我——跟在一个狗屁的英国人屁股后面，向我哭诉说，不知道你想得到的是什么。见他妈的鬼去！你跟他去吧，随便你到什么地方去，我要回纽约去了。”

“可是我想要的是你。”我哭着说。我想得到他。这是我最希望得到的。我想到了我们一起度过的那些时光，我们一起经历的痛苦日子，我们能相互安慰与相互鼓励的那些时候，想到当我似乎快要从某个悬崖上摔出去的时候他在我身后支持我的工作，稳定我的情绪。想到我与他是如何一起经历军队生活的。再加上那么多年的时间。我想到了我们相互了解的事情，想到了我们如何为了待在一起而努力；想到了那些当其他一切都无济于事时将我们紧紧连在一起的顽强与决心。即使是我们一同经历的痛苦似乎都比我与阿德里安一起拥有的任何东西都具有更大的约束力。阿德里安是一个梦想。贝内特是我的现实。他是不是很无情？可是现实就是无情的。如果我失去了他，我就不能记住我自己的姓名。

我们伸出手臂，搂住对方，开始一边流泪，一边做爱。

“我要在那里给你一个孩子。”他说，一边越来越深地进入我的身体里。

第二天下午，我又回到了阿德里安那里，在维也纳树林里，躺在一张毯子上。太阳穿过树林，照了下来。

“你是真的喜欢贝内特，还是你只是在念着他的优点？”阿德里安问。

我采了一根长长的野草，放在嘴里嚼了起来。“你为什么问这样尖锐的问题？”

“我一点也不尖锐。只是你很透明。”

“好。”我说。

“我是认真的。你难道不认为生活中的乐趣很有意义吗？还是像‘我的分析——他的分析’‘爱我，就要爱我的病’这种病态的胡扯？你与贝内特确实好像抱怨起来没边没际，又常常互相道歉。你们都充满着责任心。他为你付出许多。他为什么就不应该为你付出？你是一头野兽吗？”

“有时我想是的。”

“天晓得，这是为什么？你长得既不丑，也不蠢，你是一个可爱的女人，你有一个漂亮的小肚子，满头的金发，维也纳与纽约两地最大的屁股——纯粹都是肥肉——”他拍打着它作为强调，“你有什么好担心的？”

“我担心一切。我依赖性很强。我常常情绪低落。我会极其忧郁，几乎透不过气来。再说，没有男人喜欢与一个女作家厮守在一起。她们是负担。在应该做饭的时候，她们在做白日梦。她们不为生孩子焦虑而为写书焦虑。她们常常忘记该打扫屋子……”

“上帝啊！你是一个纯粹的女性主义者。”

“哦，我只是说得好听。我甚至认为，我相信女性主义，但暗地里，我像《O的故事》中的O姑娘。我想献身于那一个野蛮人。‘所有女人都崇拜法西斯’，西尔维娅·普拉斯如是说。在我本该做饭的时候，我却在写诗，这让我感到内疚。你如果想让女人感到内疚的话，你不必棒打她们。那是伊莎多拉·温关于两性之间的战争的第一条准则。内疚是自我折磨的主要武器。你知道泰迪·罗斯福曾说过什么吗？”

“不知道。”

“告诉我，哪一个女人不感到内疚，然后我会给你指出一个不内疚的男人。”

“泰迪·罗斯福从没说过这个话。”

“是的，是我说的。”

“你只是被他吓倒了——你就是这样的人。”

“被谁？泰迪·罗斯福？”

“不是——你这个白痴——贝内特。你不会承认。你害怕他离开你，然后你会崩溃的。你不清楚，没有他，你照样可以生活下去，而你害怕弄清楚，因为到那时，你整个不堪一击的理论会纷纷垮掉。你不得不停止认为自己是软弱的，好依赖人的。你讨厌这一点。”

“当我快要崩溃的时候，你永远也见不到我。”

“废话。”

“你应该明白，你会跑得离我几英里远。”

“为什么？你那么让人忍无可忍吗？”

“贝内特这样说的。”

“那么，他为什么没有跑远？事实上，那都是为了控制你的胡言乱语。瞧，玛蒂娜精神崩溃时，我曾与她生活过。我肯定，你不会更糟糕。你不得不听人们胡扯一通才能悟出点有益的内容。”

“嘿，那非常有益——我可以把这录下来吗？”

“录制成录像带怎么样？”于是我们长时间地接吻。当我们停下来时，阿德里安说：“你知道，对一个聪明的女人来说，你是一个白痴。”

“那是别人对我说过的最美好的话。”

“我想说的是，你可以得到你想得到的东西——只是你不明白。你可以摆布世界。你应该跟我一起走，然后你会发现，你很少会想念贝内特。我们将拥有一次奥德赛般的艰难旅程。我将发现欧洲——你会发现你自己。”

“就那样？我们什么时候动身？”

“明天或后天，或者星期六。等代表大会一结束。”

“我们到什么地方去？”

“那就是问题的关键。没有计划。我们只是出发。那会像《愤愤的葡萄》。我们成了流动人口。”

“《愤怒的葡萄》。”

“愤愤。”

“愤怒，如《上帝的愤怒》里说的。”

“愤愤。”

“你错了，亲爱的。你自己承认没有文化。斯坦贝克是美国作家——《愤怒的葡萄》。”

“愤愤。”

“好吧，你错了，但不管它了。”

“我早就不管了，亲爱的。”

“你是说我们不需要计划，只要出发就行?”

“你的计划是要弄清楚，你有多么坚强。你的计划是要开始相信，你可以独立自立——那对谁来说都是很不错的计划了。”

“那么贝内特怎么办?”

“如果他足够出色的话，他就会另找个人去筑巢。”

“他会吗?”

“反正那正是我会去做的事。很显然，你和他到了重新安排的时候了。你们不会一辈子都这样相互抱怨。在贝尔法斯特与孟加拉国的人们也许正濒临死亡，但是你就更有理由去争取快乐——生活至少有某些时候应该是快乐的。你与贝内特听起来像一对疯子：‘放弃一切希望：穷途末路即将来临。’你们除了在那里担忧以外付出了什么努力呢？这完全是浪费。”

“他用最难听的词骂你。”我哈哈大笑地说。

“是吗?”

“他骂你是一个‘部分客体’[1]。”

“他真那样说？他也是个该死的‘部分客体’。这个只会心理分析的畜生。”

“你也干心理分析这一行，亲爱的。有时我想，我应该离开你们两个人。女人会在术语里窒息死亡。悬而未决的问题是：情人还是丈夫。”

阿德里安哈哈大笑，手抚摸着我的屁股。那可没有什么术语可言。那是一个完整的客体。一个臀部，事实上只是半个臀部。我从来没有像与阿德里安一起时那样对自己肥胖的屁股感到满意。但愿男人都能明白！所有的女人都认为自己长得丑，即使是长得俊俏的女人也一样。懂得这一点的男人，就能够与很多的女人上床，赛过唐·乔瓦尼[2]。女人们都觉得自己的下身长得丑陋。她们都对自己的形体感到不满。她们都以为她们的屁股太大，乳房太小，大腿太肥，脚踝太粗。甚至是模特儿与女演员，甚至是那些大家都觉得长得美丽无比、无可指摘的女人，也始终充满着焦虑。

“我好爱你的大屁股，”阿德里安说，“要养成这样一个肥臀，你得吞下多少东西啊。啊呜！”他的牙齿咬了下去。这个食

1　“客体”一词最初是弗洛伊德在讨论本能驱力和早期母子关系时采用的，他认为客体是本能得以满足的对象。这个客体既可以是人，也可以是物。“部分客体（part object）”，即指出生的婴儿只能根据他所体验到的客体的“好”或“坏”来代表这个客体，此时，他所体验到的只是客体的部分特征，故称之为部分客体。当婴儿能够同时体验到客体既能给他带来满足，又会使其受到挫折的多面性时，他是将客体作为一个完整的整体在体验，这就是所谓的“完整客体（whole object）”。

2　唐·璜的意大利名。

肉动物！

“你婚姻的问题，”他朝着我的屁股说，“都是工作惹的祸。你们有没有在一起快乐地玩？”

“当然有啊……嗨，好痛啊。”

“比如说什么时候？”他坐了起来，“告诉我，你们什么时候一起很开心。”

我搜肠刮肚地想。在巴黎的吵架。在西西里的车祸。在佩斯敦的吵架。为了选什么样的公寓而吵架。因我不去做心理分析治疗而吵架。为滑雪而吵架。为吵架而吵架。

“我们有过许多开心的事。你不必盘问我。”

“你是个骗子。如果你还是这样一直自欺欺人地骗下去，那么你所有的心理治疗事实上都是浪费。”

“我们在床上很开心。”

“那当然，只是因为我不能使你满足。”

“阿德里安，我觉得你真想破坏我的婚姻。那是你玩的游戏，是不是？那是你的把戏，那是你迷恋做的事。我也许沉溺于自责。贝内特也许沉溺于他的心理学术语。但是你却沉溺于三角关系。那是你的特长。你迷恋的是：玛蒂娜当时与谁生活在一起？埃丝特正在与谁上床？你是一个婚姻食尸鬼，你就是那样的人。你是一只凶残的秃鹰。”

“不错，当我发现有腐尸的时候，我就想要把它清理干净。这是你说的，不是我说的。是你用秃鹰这个比喻的，宝贝。腐尸肉也是你的。还有贝内特的。”

“我觉得，你对贝内特的喜欢程度超过你所承认的那样。我觉得，他让你着迷了。”

“说不准我是不是个同性恋者。”他咧开嘴，笑着说。

“那一定没错。”

“想想，你喜欢什么，宝贝。远离真正享受生活。继续受苦受难。我太了解你这种人了。纯粹的犹太受虐狂。事实上，我相当喜欢贝内特，只不过他是一个彻头彻尾的华人受虐狂。如果你离他而去，对他会有好处。这也许会让他明白，他不能继续这样生活下去了，整天受苦受难，把弗洛伊德召来，当他的证人。”

“如果我离他而去，我会失去他的。”

“除非他不值得拥有。”

“你为什么这么说?”

“再明显不过了。如果他离开了，那么他就不属于你。如果他重新接你回家，那就是一个全新的开始。不再需要卑躬屈膝。不再是整天带着负罪感相互面对。你不会失去什么。同时，我们都会过得很愉快。”

我对阿德里安装出一副无动于衷的神情，但事实上，我却动心了。而且是十分动心。当我对此认真思考时，似乎觉得，贝内特对生活什么都明白，就是不明白，欢乐应该是生活的一部分。生活是一种慢性病，得靠心理分析来治好。

我也许无法治好它，你最终还是会死亡。沙发的底部会从你身体四周向上升，形成一口棺材，于是六名身穿素服的心理医生将把你抬走（并把术语铲进你打开的坟墓里）。

贝内特对心理学术语能清楚区分：部分客体与完整客体、

俄狄浦斯恋母情结与伊莱克特拉恋父情结、学校恐惧症和幽闭恐惧症、性无能与性冷淡、弑父行为与弑母行为、阴茎羡慕症与子宫嫉妒症、全程治疗与自由联想、忧伤与忧郁、心灵深处的冲突与心灵外部的冲突、病理学与病因学、老年痴呆症与早发性痴呆症、投射作用与内投作用、自我分析与群体治疗、症状的形成与症状的恶化、健忘与失忆、梦中的病理哭泣与笑声、失眠症与贪睡症、神经症与精神病，等等，直到你对它们都耳熟能详了。但他好像弄不清笑声与玩笑、俏皮话与双关语、拥抱与亲吻、唱歌与跳舞等等的差别，简言之，他对生活中有重要意义的所有东西都弄不清楚。仿佛你可以通过心理分析使得生活快乐起来。仿佛只要有心理分析，没有笑声你照样可以生活下去。阿德里安笑声朗朗，为了这一点，我随时准备出卖我的灵魂。

微笑。微笑是生活的秘诀。这话是谁说的？阿德里安的笑滑稽可笑。我也一直在笑。我们在一起时，觉得只要通过笑，我们就能够战胜一切。

“你必须离开他，”贝内特说，“重新接受心理分析治疗。他不适合你。”

“你说得对。”我说。我刚才说了什么？你说得对，你说得对，你说得对。贝内特说得对，阿德里安也说得对。男人总是喜欢我，因为附和着他们。不只是嘴上说说。在我说话时，我确实同意他们的看法。

“代表大会一结束，我们马上回纽约去。”

“好。”我说，心中也这样想。

我看着贝内特，心想，我对他了解多少。他严肃认真，清醒冷静，有时简直让人发疯，但是这些也是我爱他的理由。他是绝对可靠的。他相信，生活是一个谜，只有通过刻苦努力和决心，才能最终解开这个谜。我与他分享着这种信仰，正如我与阿德里安分享着笑声一样。我爱贝内特，心中也清楚我爱他。我知道我的生命是与贝内特连在一起的，不是与阿德里安。那么，是什么东西在使劲拉着我，让我离开他，随阿德里安走？为什么阿德里安的观点深入到了我的骨髓里？

“你可以在我不知情的情况下弄出风流事，”他说，“我给了你足够的自由。”

“我知道。”我低垂着头。

“你确实是因为我的缘故才那样做的，是不是？你一定很生我的气。”

“但他大多数的时候都硬不起来。”我说。现在我把他们两个人都出卖了。我把贝内特的秘密告诉了阿德里安。把阿德里安的秘密告诉了贝内特。把两个男人的事相互传来传去。而且被出卖得最严重的是我自己。我这个背叛者赤裸裸地暴露了出来。难道我就没有一点忠诚吗？我想去死。死亡是对背叛者唯一合适的惩罚。

“我应该想到，他性无能，否则就是同性恋者。不管怎样，他显然憎恨女人。”

“你怎么知道？”

“从你那里知道的。”

“贝内特，你知道我爱你吗？”

“知道，那只会让事情更糟糕。”

我们站在那儿，眼睛看着对方。

“有时，我觉得总是一副严肃的样子，非常疲惫。我想哈哈大笑。我想开心快乐。”

“我猜想，我的严肃神情最终会把所有的人都赶跑。”他忧伤地说。接着，他罗列出了被赶跑的所有女孩。她们的名字我都知道。我伸出手臂抱住了他。

“我本可以在去风流时，不让你知道。我知道不少的女人都这么干……”（事实上，我只知道有三个这样风流成性的女人。）“但是那样做的话，从某种程度上说，更加糟糕。一方面拥有着自己的秘密生活，一方面回家来到你的身旁，像什么事也没发生一样。那样更难让人接受。至少，我是无法忍受的。”

“也许我本该理解，你是多么的孤独，”他说，“也许那是我的错。”

接着，我们做了爱。我没有假装贝内特不是贝内特，而是别人。没有这种必要。我要的就是贝内特。

他错了，后来我想。这场婚姻是我的失败。如果我足够爱他的话，那么我就治愈了他的忧郁，而不是任他被忧郁吞噬，渴望着逃离。

“没有什么比婚姻更艰难的了。”我说。

“我确实认为，是我逼迫你到这地步的。”他说。

我们睡着了。

“他如此善解人意，从某种程度来说，只是让我感到更加难受。老天啊，我觉得自己是有罪的！”

“还有什么新的内容？”阿德里安说。

我们在格雷津已找到了一个新的游泳池，一个诱人的小游泳池，那里德国胖子相对少些。我们坐在泳池边上喝啤酒。

“我是不是很烦人？我是不是老是重复同一件事？”都是设问句。

“是的，”阿德里安说，“但我喜欢让你烦我。这比让其他人来烦要开心愉快。”

“我喜欢我们一起时顺畅的交流。我从来不操心要给你留个好印象。我心里想什么，就对你说什么。”

“那是说谎。就在昨天，你认真地告诉我说，我是一个床上英雄，事实上我不是。”

“你说得对。”我毫不迟疑地说。

“但我明白你的意思。我们交流得非常顺畅。之间没有沟沟坎坎。埃丝特会久久地沉默不语，我从来都不知道，她心中在想什么。你敞开胸怀。你经常自相矛盾，但我喜欢那样。人就是这样的。”

“贝内特也会久久地沉默不语。我宁可他漏洞百出，但他太完美了。他不会费神说一句话，除非他确信这句话是确凿无疑的。你不能那样生活——努力做到永远确凿无疑——死是确凿无疑的。”

“我们再去游一会儿吧。”阿德里安说。

“你为什么对我那样生气？”贝内特后来在那天晚上问。

“因为我觉得，你把我当成拥有的财产来对待。因为你说过，你对我没有同情心。因为你从未说你爱我。因为你永远也不会放下身段亲吻我的下身。因为你把你所有的不快都归咎于我。因为你常常久久地沉默无语，又不让我来安慰你。因为你侮辱了我的朋友。因为你把自己封闭起来，不愿进行任何人际交往。因为你让我觉得，我似乎快窒息而亡了。”

“是你的母亲让你感到窒息，不是我。我给予你一切你想要的自由。”

“这话自相矛盾。如果一个人的自由必须是‘别人给予’的，那么他就是不自由的。你‘给予’我自由，那你是谁啊?”

“你给我指出一个完全自由的人来。谁?有人吗?你父母使你感到窒息——不是我！你几乎是在把你母亲的所作所为归罪于我。”

“不论何时，当我批评你的时候，你就给我进行心理分析。总是拿出我的母亲、我的父亲说事——而不是说你我之间的问题。我们难道就不能把它限制在我们之间吗?”

“我希望限制在我们之间。但是做不到。不管你承认与否，你总是在重新体验你的童年时代——你以为你与阿德里安·古德洛夫究竟在干什么?他长得完全与你父亲一模一样——也许你没有注意到。”

“我没有注意到。他长得一点也不像我父亲。”

贝内特“哼”了一声。“那太可笑了。”

“你看——我不想与你争论，他是不是长得像我父亲，可这是你开天辟地第一次，表示你对我有点兴趣，或者说表现出你似乎是爱我的。我一定要让你亲眼目睹我与别人上床了，否则你根本就想不到我。那很可笑，是不是？你的心理分析理论难道没有对此作什么解释吗？也许现在是你自己的恋母情结在作怪了吧。也许我是你母亲，阿德里安像你的父亲。我们大家为什么不坐下来，一起来弄清楚？事实上，我觉得，阿德里安爱上的是你。我只是媒人。他真正希望得到的是你。”

“我丝毫不觉得奇怪。我告诉过你，我觉得他是个同性恋者。”

“我们为什么不睡到一起弄个水落石出？”

“不必了，谢谢。但是如果那是你想做的事，我不会妨碍你的。”

“你妨碍不了我。”

“那你去吧！”贝内特大声叫了起来，我从没见过他有如此的激情，“随他去好了！你再也不可能认真做事了。我是你人生中唯一能够这么持久地使你集中精力做事的人——但你要跟他走！你会全身心地投入到与他上床做爱中，再也做不成任何有意义的事情。”

“如果你对新的生活体验如此充满恐惧，你怎么能希望写出有意义的东西来？”阿德里安问。我刚刚告诉他，我不跟他走了，而是决定随贝内特回家。我们当时坐在阿德里安的凯旋牌车里，车子停在大学附近的一条小街里。（贝内特正参加一个以“大群体内部的攻击”为议题的会议。）

“我一直都在投身新的生活体验。只是害怕麻烦。”

“瞎说。你是一个吓破了胆的小公主。我给你提供一种生活体验，它能真正改变你，你确实可以对此进行写作，而你却逃跑了。要逃回到贝内特身边，要逃回纽约去。逃回到你小小的婚姻安乐窝。天哪——如果结果是这样的话，那我很高兴，我不再是一个有婚约的人。我以为你的胆量远不止这样。在读了你所有的‘情爱与性爱’诗歌后——这要加引号——我对你的看法比现在好。”他鄙夷地看了我一眼。

“如果我的时间全都是身处于情爱与性爱之中的话，我就会疲惫不堪，无力写诗了。”我恳求般地说。

“你是个冒牌货，”他说，“一个彻头彻尾的冒牌货。如果你不成长的话，你永远不会获得有意义的素材进行写作。勇气是第一条原则。你只是胆小怕事。”

“不要威逼我。”

“谁在威逼你？我只是把实话告诉你。如果你不学会勇敢，你永远也不会知道写作是怎么回事。”

“你对写作究竟又知道些什么呢？”

“我知道我读过你的一些作品，它们写出了一些你个人的点滴生活感受。稍不留神，你就会变成各种各样遭受挫折的人的偶像。世界上所有的疯子怪人都会加入到你的阵营里。”

“从某种程度说，那样的事早已发生了。对那些心智失衡者来说，我的诗歌是一个快乐的狩猎场[1]。”我引用乔伊斯小说

1　借用了詹姆斯·乔伊斯的《尤利西斯》第十章中的一句话：“对那些心智失衡者来说，莎士比亚是一个快乐的狩猎场。”

的话，可是阿德里安却不知道，他没有文化。在我第一本书面世之后的几个月里，我曾从男人那儿收到了大量稀奇古怪的电话与书信，他们都以为，我书中写的一切，都是我本人的亲身经历，以为我与每一个人都上床，随便在什么地方。突然之间，我成了小范围内的公共财产。这是一种异样的感觉。从某种意义上说，你这么写就是在引诱这个世界，但是当事情真正发生的时候，你开始觉得自己成了一个婊子。你的生活与你的作品之间的距离原来是相当大的。受你作品引诱的那些人通常是因为那些不正确的理由受到了诱惑。还是说那些其实是正确的理由呢？世界上所有那些疯子怪人确实有你的号码吗？或许不仅仅只拥有你的电话号码。

“我以为我们确实会有一番不错的体验，”阿德里安说，“但现在一切结束了，因为你已吓得屁滚尿流了。我真对你失望……不过，我想这不是我第一次对一个女人感到失望。第一天，当我看到你在登记处争吵时，我心想：那真是一个出色的女人——一个真正的战士。她没有被生活打倒在地。但我错了。你并不是冒险家。你是个公主。请原谅，我曾想打搅你安全的婚姻生活。”他转动钥匙，发动了汽车，作为他说的话的强调。

“操你的，阿德里安。”听起来很无力，但这是我所能想到的话。

“别操我——回家去操你自己吧。回去当你的安全可靠的小资式的家庭妇女吧，空闲的时候还可以写写文章。”

那可是最残忍的伤人话。

“你以为你是谁啊——一个安乐的小资式的医生，空闲的时候还扮演存在主义者？”我几乎是在尖声喊叫。

“继续喊叫好了，我根本就不在乎。我根本没有必要向你解释什么。我清楚我在做什么。你是一个根本没有果断性的人。你是一个连自己是想成为伊莎多拉·邓肯、泽尔达·菲茨杰拉德还是马乔里·莫宁斯达[1]都决定不了的人。”他让发动机在那儿发疯般地空转。

“送我回家。”我说。

“巴不得呐，你只要告诉我家在什么地方。”

我们在那儿坐了一会儿，谁都不说话。阿德里安继续让马达在那里空转，但没有开动汽车的打算，我只是默默地坐在那儿，我心中的两个恶魔正把我撕碎。我是不是将成为一个在空闲的时候写写文章的家庭妇女？那是不是我的命运呢？我是不是要拒绝这些赋予我的冒险体验呢？我是不是要继续过着一种谎言般的生活呢？或者，我是不是要把我的幻想变成我的生活，哪怕仅仅只尝试一次？

“如果我改变主意了呢？”我问。

“太迟了。你早已把它给毁了。永远不会有同样的感觉了。坦率地说，我现在都不知道我是否还想要你。”

“你真是一个残酷的人，是不是？片刻的犹豫不决，就使你放弃了我。你希望我放弃一切——我的生活、我的丈夫、我的

1　赫尔曼·沃克（Herman Wouk，1915—2019）写于1955年的小说《初恋》（*Marjorie Morningstar*）中的女主角，一个有明星梦的美国犹太少女。

工作——而且不能有片刻的犹豫，只是跟随着你，遵照莱恩的那种半生不熟的体验与冒险思想，去游历欧洲。假如你至少爱我……”

“别把爱搅进来，把一切都搅浑了。如果我没听错的话，那是一种逃避。爱与这件事有什么相干?”

“完全相干。”

“胡说。你嘴上说爱——但你的意思却是安全感。不过，不存在安全感这样的东西。即使你回家去，到你那个安全的小丈夫那里，也说不准他明天会不会犯心脏病倒地而亡，或许他伙同另一个鸟人滚蛋了，或者就是不再爱你了。你能预测未来吗?你能预测命运吗？是什么让你觉得你的安全感就那么的安全?可以完全肯定的是，如果你错过这次的经历，你将永远不会有另一次机会了。死亡是确凿无疑的，正如你昨天所说的。”

“我还以为你当时没有在听我说话。”

“那就是你所知道的。”他眼睛盯着方向盘。

“阿德里安，除了爱以外，你对其他一切都是正确的。爱确实意义非凡。贝内特爱我，你不爱我，这是意义非凡的。”

“那你爱谁呢?你有没有叫你自己想一想呢?还是这是一个这样的问题：你可以利用与操纵哪一个？哪一个可以给予你更多？这归根结底是不是一个钱的问题呢?”

“简直胡说八道。”

“是现在变成了胡说吗？有时我想，只是因为你知道我很穷，只是因为我想要写书，没有考虑去行医——不像你们有钱的美国医生们。”

“刚好相反，你的贫穷吸引了我的反势利性格。我喜欢你的贫穷。再说，如果你干得像罗尼·莱恩一样出色的话，你不会贫穷的。你会前途无量的，我的年轻人。精神变态者总是前程远大。”

“现在你听起来在引用贝内特的话。”

“我们一致认为你是个精神变态者。”

“我们，我们，我们——这个自鸣得意的堂皇用语‘我们’。天哪——这叫人生厌的婚姻以及使用堂皇语‘我们’，一定非常温馨吧。但是这对艺术有益吗？所有这样的温馨是不是显得很愚蠢？现在是不是该改变你的生活了？”

“伊阿古——你就是这样的人。或者你就是伊甸园里的那条蛇。”

“如果你所拥有的是天堂的话——我要感谢上帝，我从没有过那样的经历。”

“我必须回去了。”

“回到哪里去？”

“回到天堂去，回到我那个温馨的令人厌烦的婚姻中，回到我堂皇的‘我们’中，回到我的愚蠢中。我像需要麻醉剂一样需要它。”

“正如你厌倦了贝内特时，像需要麻醉剂一样需要我。”

“你看——你说过了——一切都结束了。”

“是结束了。”

“那么，开车送我回旅馆去。贝内特很快要回来了。我不想再次晚回去。他刚听说一篇关于‘大群体内部的攻击’的论文。它也许会对他有所启示。”

“我们是一个小群体。”

“没错，但谁说得准。”

“你确实喜欢让他把你揍得半死，对不对？然后，你就会觉得像个殉道士。”

“也许。”我模仿着阿德里安的冷静。这让他很气愤。

“我说，我们也可以有一个公社般的东西——你与我与贝内特。我们可以来一个‘三人行’，驾车同游欧洲。”

“我没问题，但是你必须要说服他。那可不简单。他只是一个资产阶级的医生，而且娶一个在空闲时写作的小家庭妇女。他并不花心——不像你。现在请送我回家。”

这一次，他认真地发动了汽车，并开动了起来。我们开始了在维也纳的小街里那些熟悉的弯弯曲曲的行进路线，每逢转弯就会迷路。

这样开了大约十分钟的时候，我们又在哈哈大笑，热情洋溢了。我们各自的愚蠢行为始终都能让我们相互开怀大笑。当然，它不可能长久持续下去，但让我们暂时很陶醉。阿德里安停住了车子，探过身子吻了我。“让我们别回去……让我们今晚一起过。”阿德里安说。

我内心矛盾起来。我是什么样的人—— 一个吓破了胆的家庭妇女？

“好。”我说（可马上就懊悔了）。但是一个晚上又有什么关系呢？我反正将要与贝内特一起回纽约了。

接下来的那个晚上是又一个梦幻般的朦胧之夜。我们从环城大道的一家工人咖啡厅开始，在那里不是喝啤酒，就是不停地接吻，他把嘴里的啤酒吻进我的嘴里，我把我嘴里的啤酒吻入他的口里，竖直耳朵倾听一个年老的女酒鬼对美国航空计划各种花费的批评，她批评说，他们应该把那些钱花在地上（建更多的火葬场吗?），而不是浪费在月球上。后来，我们到一家室外花园餐厅吃饭（一边吃饭一边接吻），一口口的 Leberknödel[1] 与 Bauernschnitzel[2]，激情似火地喂到对方的嘴里，等喝得烂醉如泥时，我们开始返回阿德里安住的公寓，在那里，我们第一次尽情地做爱。

"我想，我会爱上你的，"他一边与我做爱一边说，"如果我相信有爱的话。"

半夜三更，突然想起来，贝内特在旅馆里等了六个小时了，我下了床，光脚下楼，来到了付费电话旁，从睡眼蒙眬的门房那儿借了两先令，给他打了电话。他不在。我留了一个残忍的口信说"早上见"，然后让总机接线员写下我的电话与地址。接着，我回到床上，阿德里安睡得像猪一样，鼾声雷动。

我大约有一个小时的时间，痛苦地睡不着，耳听着阿德里安的鼾声，心中怀着对自己的不忠的憎恨，没法让自己放松地睡觉。在凌晨一点钟，门开了，贝内特闯了进来。我看了他一眼，知道他要把我们两个人一块儿解决了。我心底里

1　德语，肝泥丸子。
2　德语，炸肉排。

暗自庆幸——我该死。阿德里安也该死。

然而，贝内特却剥光了衣服，就在那儿，在阿德里安旁边的小床上，猛烈地操了我。在这一个异样行为的过程中，阿德里安苏醒了过来，他观赏着，眼睛里闪着拳击迷在观赏一场极其残酷的拳击比赛时的那种光芒。当贝内特的性高潮到来的时候，他躺在我的身上，气喘吁吁，阿德里安探过身子，开始抚摸着他的背脊。贝内特没有反对。最后，我们三个人流着汗，拥在一起睡着了。

我尽可能不加修饰地讲述这些事情，因为不论我用什么样的文辞来修饰，都无法使它们更加令人震惊。整个事情发生中没有人说一句话——似乎我们三个是在演一场哑剧，各自的角色已排演了许多年，都已经是习惯成自然了。我们只是在做着那些我们已经多次在梦幻中做过的动作。整个事情——从我把地址留给总机接线员到阿德里安抚摸着贝内特漂亮的褐色后背——像希腊悲剧一样是必然的——或者像一场木偶戏表演。我记得一些细节：阿德里安的那种间歇性的呼噜声，贝内特进入房间时的满脸怒气（以及他飞快进入了我的身体内），我们三个人手臂缠绕在一起的睡觉，那只把我们三个人的血融会于一体的大蚊子不时把我咬醒。在蓝色的晨曦中，我醒来发现，我在半夜什么时候翻身时把这只蚊子压死了。它在床单上留下了血色的罗夏墨迹，像一个小妇人的月经血斑。

早上，我们相互予以否认。什么事也没发生。是一个梦。我们沿着公寓里的巴洛克风格台阶走下去，似乎我们都只是单独住的房客，碰巧在旋转的楼梯上首次相遇。

五名英法代表在楼下大厅里用早餐。他们像一个人一样，一同转过头来，目瞪口呆。我过度热情地与他们打招呼——鲁本·芬克尔是一位满头红发、留着大胡子的英国代表，说话时带着一口可怕的伦敦腔。他看人时像亨伯特·亨伯特[1]一样斜睨着眼，曾在游泳场和咖啡馆无数次叫我吃惊；我常觉得他正用望远镜跟踪我们。

“嗨，鲁本。”我招呼说。阿德里安也一起招呼他，可是贝内特一言不发。他走前面，似乎在发呆。阿德里安跟在他身后。我突然想到，也许夜里，这两个男人之间还发生了什么事，但我很快就丢弃了这样的想法。为什么呢？

阿德里安提出开车送我们回旅店。贝内特生硬地拒绝了。但是后来，当我们无法叫到出租车的时候，贝内特最后也让步了——甚至没有说一句感谢，也没朝阿德里安点头示意一下。阿德里安耸了耸肩，坐进驾驶座。我挤进窄小的后座。这一次贝内特引路，我们没有迷路。可是整个行车过程中，我们陷入了可怕的沉默之中，只听到贝内特的指路声。我想说话。我们一起经历非同寻常的事情，没有必要装出这件事没有发生。这也许是我们之间出现某种理解的开始吧，但是相反，贝内特死心塌地要加以否认。阿德里安也没有多少希望。他们关于分析与自我分析的心理治疗的议论纯粹是一派胡言。面对他们生活

1 纳博科夫小说《洛丽塔》的男主人公。

中的真实事件，他们甚至无法加以谈论。当一个分析型的偷窥狂，解析别人的同性恋欲望、别人的恋母三角关系、别人的淫乱，是很不错的，但当直面他们自己的情况时，他们便失语了。他们两人的脸都朝着前方，就像一对连体孪生兄弟，靠脖子侧面的一个关键却无形的连接点连接起来。血亲兄弟。我，他们的姐妹，坑害了他们。我，这个女人，毁了他们。潘多拉与她邪恶的盒子。

九

潘多拉的盒子或我的两个母亲

女人是她的母亲。

那是主要的。

——安妮·塞克斯顿[1]

当然一切都始于我的母亲。我的母亲：朱迪思·斯托洛夫·怀特，也叫朱迪。她并非无名[2]。但很难形之于文字。我对她的爱与恨令人难解地交织在了一起，于是我几乎很难看清她。我永远也不知道谁是谁。她是我，我是她，我们是一体的。连接我们的脐带始终没有剪断，于是它变得病态了，腐烂了，成了黑色。正是我们强烈的互相需求，使得我们相互指责。我们都想吞噬对方。我们都想用爱使对方窒息。我们想大声尖叫地逃离对方，心中充满着恐惧，以免那样的事真正发生而逃之不及。

当我想到我的母亲的时候，我羡慕亚历山大·波特诺伊[3]。

但愿我有一个真正的犹太母亲——容易给其分类归档——真正的文学财富。（我总是羡慕作家们的家人：纳博科夫、洛威尔以及图奇，他们的橱柜里摆满了高雅贵族的骨骼，罗斯、贝娄以及弗里德曼都有大名鼎鼎的父母，这样的父母像逾越节葡萄酒一样深厚，像硬面丸汤一样滋补。）

我的母亲身上散发着“喜悦”和“迪奥之韵”香水味，她不经常下厨做饭。当我努力把她给我的生活教导提炼成形时，我发现包括以下这些内容：

1. 首先，永远不要做一个平凡的人。

2. 这个世界是一个你争我夺的世界：下手动作要快！

“平凡”是她在世界上所发现的最大侮辱。我记得，她带我去购物，当萨克斯百货店的女售货员说哪一件衣服或者哪一双鞋子“非常流行——我们本周已经售出五十件 / 双”时，她一脸的鄙夷会让她们的热情凝固成冰。难道她所需要听到的就是那样的话。

“不要，”她常会说，“我们没有兴趣。你们有没有什么略为非凡一些的？”于是，女售货员会拿出所有色彩稀奇古怪的东西——那些应该特价出售的东西——那些除了我母亲外无人会购买的东西。后来，我会与她大吵一场，因为正如我母亲

1　Anne Sexton（1928－1974），美国自白派女诗人，现代妇女解放运动的先驱之一，诗集《生或死》获普利策奖。

2　暗指托马斯·哈代的小说《无名的朱迪》（*Jude the Obscure*），又译《无名的裘德》。

3　美国小说家菲利普·罗斯的小说《波特诺伊的怨诉》（*Portnoy's Complaint*，1969）的主人公。这部小说通篇是三十来岁的波特诺伊对心理医生的自白。

强烈地渴望做到非同寻常一样，我渴望平凡的东西。

“我无法忍受你的发型，”（当我与皮娅一起去理发厅，直接模仿《十七岁》杂志上的齐肩内卷的发型做了头发，回来时，她这么说）“太平凡了。”她不是说难看。不是说不适合我。而是平凡。平凡，那是一种瘟疫，你必须想方设法，将它拒于千里之外。你通过经常装修来避免平凡。事实上，我母亲认为，美国所有的室内装修师（以及服装及配件设计师）都组成了一个间谍网，想打听她最新的装修或者服装制作的理念，想使它们一下子流行起来。确实，她对即将到来的时尚有一种神奇的感觉。（或者说我受她的魅力影响，这仅仅是我的想象?）在古金色即将成为窗帘、地毯以及室内装潢的最流行色彩之前，她用古金色装修了房子。后来，她疾呼，大家都“剽窃”了她的理念。她在大厅里铺设了西班牙瓷砖，后来西班牙瓷砖开始风行于“中央公园西的所有长舌妇中”——她小心谨慎地把自己与这群人划清界线。她从希腊买回了白色裘皮地毯，接着所有的商店都进口这种地毯。她发现了适用于浴室的熟铁花吊灯，先于所有的“童话风装潢设计师”，她这样鄙视地称呼他们。

她用古铜色床头板与窗帘，与墙纸以及浴室里的粉红色与红色毛巾搭配，而这个时候粉红色与红色依然还被视作一种先锋组合。她对平凡的恐惧在她的服饰上体现得最为强烈。在我们四个孩子长大一些后，她与我父亲常常外出做生意，于是她到处买稀奇古怪的衣服与饰品。她穿着中国的丝绸睡衣上剧院看戏，穿着凉鞋的脚上戴着巴厘岛的趾环，耳朵上晃荡着小玉佛。她手拿一把油纸雨伞行走在雨中，她穿日本织锦制成的西班牙斗牛士的裤子。在我青少年时代，有一段时间我觉得，她宁可看上去古怪与丑陋，也不愿意看上去平凡与漂亮。她经常做得很成功。她是一个身材很高、很苗条的女人，她长着高颧骨，红长发，她的古怪着装以及浓妆艳抹有时使她看上去像查尔斯·亚当斯的漫画人物。很自然，我渴望有一个长着淡金黄色的头发、身穿貂皮大衣的母亲，她会打桥牌，或者至少像"家长教师联谊会（PTA）"里的矮胖的黑皮肤的母亲那样，戴着丑角眼镜，穿着红十字会的鞋子。

当她穿着织锦的西班牙斗牛士裤子、一件普奇牌粉红色丝绸汗衫以及一条墨西哥的艳丽披肩，要去出席家长日时，我央求她："你可不可以穿别的衣服？"（我的记忆一定有点夸张了——但是大家对她有了一个大概了解。）我当时上七年级，正在充满热情地追求大众化。

"我穿的衣服有什么问题？"

什么没有问题啊！我退回到她的步入式衣柜里，枉然地寻找平凡普通的衣物。（一件罩衫！一件女便装！一件安哥拉羊毛衫！一件适合贝蒂·克罗克[1]广告中的母亲穿的衣服，一件适合所有母亲穿的衣服！）橱柜散发出香水与樟脑丸的味道。里面有天鹅绒斗篷、长围巾、山羊皮裤、阿兹特克人的棉长袖衣、日本人的丝绸和服以及爱尔兰人的花呢短裤，但绝对没有像安哥拉羊毛衫那样的东西。

"只是我希望你能穿普通一点的衣服，"我胆怯地说，"一件

1　美国著名食品品牌，推出了许多家常烹饪食谱。

大家不会盯着看的衣服。”

她阴沉着脸看着我，把她五英尺十的身子拉得笔挺。

“你为自己的母亲感到羞愧吗？如果感到羞愧的话，那么，伊莎多拉，我为你难过。我真正为你感到难过。平凡没有什么好处。人们不会因此而尊敬你。最重要的是，人们追随那些非凡的人，那些对自己品味充满自信的人，那些不随大流的人。你会明白的。屈服于大众粗俗口味的压力，不会有任何收获……”说着，我们坐上计程车，到学校去。身后是阵阵“喜悦”香水味以及墨西哥花边在风中的飘动声，极富象征意味。

当我想到我的母亲把她所有的能量、错位的艺术攻势都投入到她对奇装异服以及新装修设计的热情中的时候，我宁可她是一位成功的艺术家。三代失败的艺术家：我的外公操了模特儿，咒骂了毕加索，执拗地用伦勃朗的画风作画；我的母亲放弃了诗歌与作画，追求艺术风格的服饰以及室内装饰强迫症；我的姐姐兰迪从事孩子孕育，似乎这是她发明的一种艺术形式（于是拉拉赫与克洛艾像信徒一样追随着她）。

没有人比一个失败的艺术家更壮怀激烈的了。精力犹存，但没有释放的地方，于是体内爆发了一个愤怒的黑色大屁，将灵魂的所有窗子全都熏黑。虽然成功的艺术家常常让人恐惧，但是再没有比一个失败的艺术家更为残忍，更为虚荣的人了。如我所说，我的外公过去常常在我母亲的画布上作画，而不是出门去买回自己的画布。我母亲为了逃避他，有一阵子转向了诗歌，但接着她遇到了我的父亲，父亲是个歌词作者，剽窃了她的形象比喻，写入歌词中。艺术家是可怕的。“绝对、绝对不要与想当艺术家的人有任何牵连。”我母亲过去常这么说，谁知道。

还有另一件有趣的小事。每当有人似乎正投入地做一件事情，或者正有了一点小小的成就的时候，我的母亲与我外公都有本事贬低他们的努力。例如，有一位中等偏优秀的小说家（我不想提他的名字），他碰巧是我父母的朋友。他已写了四部小说，没有一部风格突出，没有一部是畅销书，并且没有一部获过奖，尽管如此，他似乎对自己还相当满意，似乎沾沾自喜于作为鸡尾酒会上的贤达以及某大专学校校内作家的身份，我不记得该学校的名字。也许他确实喜欢写作。有些古怪的人喜欢写作。

“不知道他是怎么把这些小说挤出来的，”我母亲会这样说，“他是如此普通的作家。他并不愚蠢，他不是傻瓜……”（我的母亲从来不说人“聪明”，她最多会说“不愚蠢”。）“……但他写的书是那样一般……而且还没有一本书是真正赚钱的……”

这问题就来了！因为当我母亲声称她把创造力看得高于一切的时候，她真正看重的是赚钱与获奖。而且她对其他艺术家的所有评头论足都意味着，如果只是获得那些蝇头小奖，那么他们坚持不渝的努力几乎是没有多大意义的。如果她的小说家朋友获得了普利策奖或者获得了国家图书奖——或者有一本书卖给了电影公司——那就是一件不可小视的事情了。当然啦，她也会加以贬低，但是她的敬佩之情会写满她的脸。另一方面，做事本身的卑微对她来说没有意义；内心的发现，工作时的愉悦，没有意义。具有这样的一种心态，难怪她转向了室内装潢。

请看她对损人利己的兴趣。开始时，我想，她是那个时代的普通的普罗温斯敦艺术学生联盟中的一名共产主义成员，但是她渐渐富有了，患上了动脉硬化症（一般情况下，两种情况是并存的），于是开始拥有她自己的信仰，她对独特品牌的信仰由两部分构成，一部分是人类学家罗伯特·阿德里，另一部分是心理学家康拉德·洛伦茨。

她以阿德里以及洛伦茨的名义，获得了一套新霍布斯哲学思想，证明生命肮脏不堪，卑贱、残忍、短暂；对地位、金钱、权力的欲望普遍存在；领地防卫行为是本能的；因此，自私是生命的根本法则。但我认为，阿德里与洛伦茨两人都没有她所谓的那些观点。（“不要扭曲我说的话，伊莎多拉；即使人们所谓的利他主义也只是自私的另一种称谓而已。”）

显然，所有这一切都围堵了我的每一种富有创造性与充满反叛的表达：

1. 我不可能是一个嬉皮士，因为我的母亲早已穿得像个嬉皮士（同时相信领土防卫行为以及战争的普遍性）。

2. 我不可能反抗犹太教，因为我无教可反抗。

3. 我不可能责怪我的犹太母亲，因为这个问题远比犹太人问题以及母亲问题更深奥。

4. 我不可能成为一位承受画作被人涂抹之痛苦的艺术家。

5. 我不可能成为一位承受作品遭人删除之痛苦的诗人。

6. 我不可能成为其他什么人，因为那太普通了。

7. 我不可能是一个共产党人，因为我母亲曾经隶属其中。

8. 嫁给贝内特，我就不可能是一个反叛者（至少不是一名遭遗弃者)，因为我母亲会认为，那“绝不是平凡之举”。

我还剩下什么是可能的呢？我能在哪个狭小的角落里将我狂妄地称之为“我的生活”付之于行动呢？那些有吸大麻的父母的孩子，成了古板守旧的人。我觉得自己就像他们一样。也许，我可以与阿德里安·古德洛夫逃离去周游欧洲，永远不再回到纽约。

但是……我还有另一个母亲。她又高又瘦，她的脸颊比柳树叶梢还温柔，当我回家途中把脸依偎在她的裘皮大衣里时，我觉得自己永远不会受到任何的伤害。她教会了我百花的名称。在有人（一个精神科医生的儿子）在操场上欺负我，抢走我的新英国牌三轮自行车，让它滚下小山，撞进操场的篱笆墙之后，她抱住我，亲吻我。她一个又一个晚上听我朗读我为学校写的作文，虽然我还只有八岁，可是她认为，我是史上最伟大的作家。听了我讲的笑话，她会哈哈大笑，似乎我集米尔顿·伯利、格劳乔·马克思以及欧文·科里三位名笑星于一身。她带着我、兰迪、拉拉赫、克洛艾，与我们的十个朋友到中央公园湖上去溜冰；当其他孩子的母亲坐在家里打桥牌，只是委派家里的女佣去叫孩子回家时，她却（用冰冷的手指）给我们所有孩子的溜冰鞋打好结，陪伴着我们绕湖溜冰，指出危险（冰薄）的区域，教我们作“ 8 ”字形滑动，她有说有笑，脸冻得红红的。我为她感到骄傲！

我与兰迪向我们的朋友吹嘘说，我们的母亲（留着飘逸的长发，长着棕色的大眼睛）很年轻，从来都不需要化妆。她可不像其他的母亲守旧古板。她像我们一样，穿着高领衫与滑雪裤。她用一根天鹅绒丝带把她的长发结起来，就像我们一样。我们甚至不喊她“母亲”，因为她是那么趣味无穷，她与其他人不一样。

在我生日三月二十六日，白羊星座，春之节日之时，早上醒来突然发现，我的房间变成了花团锦簇的花亭。床的四周是一盆盆的水仙、蝴蝶花、海葵。地上放着成堆的礼物，用奇特的纸包裹着，上面扎着纸花作为装饰。礼物中有复活节彩蛋，那是我母亲手绘而成，看上去像法贝热彩蛋。有一盒盒的巧克力和果冻蛋（“祝你甜甜蜜蜜。”她一面拥抱我，一面说），而且总少不了一张巨大的生日贺卡，用水彩画制而成，把我画得光彩照人：世上最美丽的小姑娘，长长的金发，蓝蓝的眼睛，怀里抱着一束鲜花。我的母亲夸耀我，美化我——还是她眼中的我确实是那个样子？我很得意，我很迷茫。在她看来，我确实是世上最美丽的姑娘，是这样的吗？或许并非如此？那么，我的姐姐与妹妹们又是怎样的呢？可她朝我吼叫时，声大如雷，足以把屋顶掀翻，那又是怎么回事呢？

我的另一个母亲从不吼我，我的一切都归功于她。十三岁时，我跟随她访遍了欧洲所有的艺术博物馆，我通过她的眼睛，欣赏了透纳的暴风雨、提埃坡罗的蓝天、莫奈的草堆、罗丹的巴尔扎克纪念像、波提切利的《普里马维拉》以及达·芬奇的《岩间圣母》。十四岁时，我获得了《埃德纳·圣文森特·米莱诗集》作为生日礼物，十五岁的生日礼物是卡明斯的诗集，十六岁是叶芝的诗集，十七岁得到埃米莉·狄金森的诗集，而十八岁，我与我母亲相互间不讲话。她向我介绍了萧伯纳、科莱特、奥威尔、西蒙娜·德·波伏瓦。她吃饭时，与我就共产主义进行激烈的争辩。她让我上了芭蕾舞课以及钢琴演奏课，她给我买了纽约爱乐乐团演出的周票（而我却觉得无聊，把大部分时间花在女厕所里，用露华浓粉红色亮光唇膏涂抹我十三岁的嘴唇）。

我每星期六上艺术学生团去，我的母亲不辞辛劳地对我的画作进行评价。她精心看护着我的人生，仿佛那是她自己的人生：我必须先用炭笔学画石膏人物画，然后学用彩色蜡笔画静物画，最后学画油画。当我申请音乐艺术高中时，我的母亲与我一起为我的个人资料而担心，送我去参加考试，当我担心地向她概述每一部分的考试时，她又鼓励安慰我。当我决定既想当艺术家，也想当医生的时候，她开始给我买生物学的书籍。当我开始写诗时，她听我朗诵每一首诗，并加以赞扬，仿佛我是叶芝。在她耳里，我青少年时的一切絮聒都是美丽的。在她眼里，我所有的绘画、贺卡、漫画、招贴画、油画都预示着未来的伟大成就。确实，没有一个女孩能有一个更富有奉献精神的母亲了，没有一个女孩能有一个更关注她成为一个全面发展的人，成为——如能让她遂愿的话——一个艺术家的母亲了。那么，我为什么要对她如此生气？为什么她让我觉得，我只是她的一幅模糊的炭笔画复制品？觉得我从来没有自己的思想？觉得我根本没有自由，没有独立，没有个性？

也许，性可以解释我的愤怒。也许，性是真正的潘多拉的盒子。我的母亲相信爱的自由，相信布洛涅森林的裸舞，相信希腊诸岛的舞蹈，相信春之节的表演。然而，她当然没有去做，否则她为什么要说，除非我“故意装得难以接近”，男孩子才会尊重我；如果我表现得“明明白白我的心”，男孩就不会追我；如果“把自己变得廉价”，男孩就不会给我打电话呢？

性。它对我产生巨大的威力，把我吓坏了。它所带来的能量、兴奋、威力，使我感到完全疯狂了！那是怎么回事？你怎么理解“故意装得难以接近”这样的玩笑？

我从未有勇气直截了当去问我母亲。我感觉到，纵然她说话时一副放荡不羁的波希米亚风格，她对性是不赞同的，从根本上说，性是不能言及的。于是我把兴趣转向D. H. 劳伦斯，转向《没有恐惧的爱》，转向《萨摩亚人的成年》。玛格丽特·米德没多大用处。我与那些野蛮人有什么共同之处呢？（当然有很多，只是那时没有意识到。）尤斯塔斯·切瑟医生对精彩细节写得很好（“如何管理性行为”，插入，前奏，余晖），但是对我所处的道德困境——欲望范围多“大”？乳罩内还是外？裤内还是裤外？嘴里还是嘴外？什么时候吞咽？——他似乎没有多少可说。这些对女性来说似乎太复杂了。我想，我主要是恨我母亲，恨她不教我如何成为一个女人，不教我如何协调我下身的强烈渴望与我心中的渴望这两者之间的关系。

于是，我从男人那里了解女人。我从男性作家的目光里看女人。当然，我并不把他们看作男性作家。我仅把他们看成作家，看成权威，看成上帝：他们有学识，是完全值得信赖的。

很自然，他们说什么，我就信什么，即使是他们把我视为低等的人也是如此。我从伪装成查泰莱夫人的D.H.劳伦斯那里了解到了什么叫性高潮。我从他那里知道，所有的女人都崇拜"菲洛斯"[1]——他用了如此古怪的名称。我从萧伯纳那里知道，女人永远不能成为艺术家；从陀思妥耶夫斯基那里明白，女人没有宗教情愫；从斯威夫特与蒲柏那里了解到，女人宗教情感太强烈（因此她们不可能有理性）；从福克纳那里知道，女人是大地母亲，是与月亮、潮汐与谷物庄稼合一的；我从弗洛伊德那里知道，女人缺乏超我，永远是"不完整"的，因为她们缺少一件在这个世界上值得拥有的东西：阴茎。

但是这一切与我又有什么关系呢？我上学读书的成绩比男生好，能绘画，善作文，星期六在艺术学生团画静物，以及在工作日的每天下午编辑高中校报（我是特稿编辑；从来没有女生当主编——尽管我们当时也从来没有想到对此提出质疑）。月亮、潮汐、大地母亲以及劳伦斯的"菲洛斯"崇拜与我何干？或者说与我的生活何干？

在我十三岁零十个月的时候，我遇见了我的第一个"菲洛斯"。那发生在父母客厅的鳄梨绿沙发上，是在鳄梨绿的鳄梨树树荫下，而这棵鳄梨树是我喜爱园艺的母亲种下的。这个"菲洛斯"属于史蒂夫·阿普勒鲍姆，一名艺术专业二年级学生，而我当时是艺术专业新生。他的"菲洛斯"拥有最让人难忘的抽

1　劳伦斯用"菲洛斯（phallos）"代替了"菲勒斯（phallus）"。菲勒斯，源自希腊语，是男性生殖器的图腾，亦是父权的隐喻和象征。

象结构，上面都是青筋，下面是康定斯基紫色。回想起来，那真是个神奇的标本：割过包皮、硕大（当你没有参照系时，硕大又有什么意义?），有着独有的迷人活力。当它在史蒂夫的斜纹棉布裤的紧闭的拉链下，开始以鼓丘样子出现时（我们一起拥抱热吻，并如人当时常说的那样“在下身抚摸起来”），他慢慢地拉开拉链（为了不钩住它?），他的一只手（另一只手伸到我裙子下面，往上摸我的阴处）从他的短裤，他的蓝色布鲁克斯兄弟衬衫下摆以及缝着那条冰冷的亮闪闪的金属拉链的裤子的夹层间拉出这个硕大的紫色东西。这时，我会把一只手伸进玫瑰花瓶里——我那爱花的母亲总在咖啡桌上放一个玫瑰花瓶——手里蘸着水与玫瑰花茎上的黏液，接着我对史蒂夫手淫。确切地说，我是怎么做的呢？用三个手指吗？还是用整个手掌？我想，开始时我一定非常生硬（尽管后来我很熟练）。他会兴奋地抬头后仰（但那是有节制的兴奋：我的父亲正在餐厅里看电视），把精液射进他的布鲁克斯兄弟衬衫下摆里，或者射进他飞快地拿出来的一块手帕里，那是他特别为此准备的。我虽然已经忘记当时的手法，但是当时的感觉依然存在，部分来说，这是互益的事（公平合理，或者说半斤八两），但是这里也有权力。我知道，我当时所做的，赋予我一种控制他的特别权力，一种绘画或写作都不能获得的权力；而且我也有了高潮——也许不像查泰莱夫人，但它很特别。

在我们浪漫曲的终结时刻，史蒂夫（当时十七岁，我十四岁）要我把“它”含到嘴里。

“人们真会那样做吗?”

“当然。”他说，尽可能装出毫不惊讶的样子。他走到我父母的书架跟前，寻找范·德·维尔德[1]的书（被小心翼翼地藏在了《文艺复兴的艺术宝藏》的后面）。但这书对我来说太难了。我甚至连音都发不准。而且这会使我怀孕吗？还是我对他的拒绝，也许与我母亲一直以来在给我灌输艺术历史的同时给我持续灌输的社会观念是有关的？史蒂夫住在布朗克斯区[2]。我住在中央公园西的一个复式公寓里。如果我要崇拜哪个“菲洛斯”，那它一定不是一个布朗克斯的菲洛斯。也许是一个萨顿广场[3]的菲洛斯？

最终，我告别了史蒂夫，开始了手淫、禁食与写诗。我不断自我安慰道，手淫至少使我保持纯洁。

史蒂夫还是不断用一瓶瓶香奈儿五号、弗兰克·辛纳屈的唱片以及文辞漂亮的叶芝诗歌引文来诱惑我。他一喝醉酒就开始给我打电话，并且，他在接下来的五年时间里，持续不断在我每一个生日都给我来电话。（是不是因为我使他射了精，而导致他如此忠贞不渝？）

但是，在这同时，我为自己的放纵忏悔，经历了一种类似宗教皈依的转变，这过程中包括绝食（我甚至不准自己喝水）、研读悉达多以及减了二十磅体重（随之，我的月经也不来了）。

1　Van de Velde（1873－1937），荷兰性研究者，他写的《理想的婚姻》一书非常流行，几乎被看作性知识大全。

2　纽约五个区中最北面的一个，居民以非洲和拉丁美洲后裔居民为主，是纽约有名的贫民区。

3　纽约一个富裕街区。

同时，我还患上一种类似约伯氏综合征[1]的皮疹，被送到了我的第一位皮肤病医生那儿。那是一位德国女难民，她说起话来让人很难忘："尼的皮肤是尼的灵魂的咆哮。"她将给我推荐我许多精神科医生中的第一位，一个矮小的医生，名叫施里夫特。

施里夫特医生（与跟我们一起飞往维也纳的那位施里夫特医生的名字一模一样）是威廉·施特克尔[2]的追随者，他把鞋带塞到鞋子的脚趾部位里。（我不清楚，这是否属于施特克尔疗法之一。）他的位于麦迪逊大街的公寓楼，门厅黑暗，狭窄，墙壁上贴着金色的海贝斑点的墙纸，你可能会在拉奇蒙特村[3]一座老房子的浴室里看到这样的墙纸。在等待电梯的时候，我常常呆呆地看着墙纸，心里在猜想，这位房东是不是正好赶上墙纸大清仓而捡了个便宜，否则为什么要在门厅里贴金色海贝与粉红色小鱼的墙纸呢？

施里夫特医生有两幅郁特里洛[4]张贴画与一幅布拉克[5]的画。（那是我的第一位心理学医生，因此我没有意识到，这些画是得到美国心理学家协会批准的标准画。）他还有张丹麦现代风格的桌子（同样得到美国心理学家协会的批准），一张淡褐

1 以《旧约》故事命名的一种疾病。在《旧约》中，上帝为了测试约伯的忠诚，让撒旦带给他痛苦。这是一种罕见的病症，其特征是出现疖子、皮炎以及在肺中出现充满脓汁的囊肿。

2 Wilhelm Stekel（1868－1940），奥地利心理学家，曾是弗洛伊德早期的追随者，后与弗氏理论相左。

3 纽约郊县的一个村庄。

4 Utrillo（1883－1955），法国画家，以巴黎街景画著称。

5 Braque（1882－1963），法国画家，立体派的主要倡导者和理论家。

色“福姆莱”睡榻，睡榻的床脚有一个约束性塑料脚盖，床头有一个楔形硬枕，枕头上覆盖着一块纸巾。

他坚持认为，我不时梦到的那匹马是我的父亲。我那时十四岁，拼命让自己绝食，以忏悔自己曾在父母的鳄梨绿丝绸长沙发上手淫这样的勾当。他坚持认为，我不时梦到的那个棺材就是我的母亲。月经停止的理由可能是什么呢？一个谜。

“因为我不想做一个女人。因为这太让人费解了。因为萧伯纳说你不能既做一个女人，又做一个艺术家。生育孩子把你消耗尽了，他说。而我想当一个艺术家。那就是我所想的。”

因为我那时还不知道如何说出来，但是史蒂夫放进我阴处的手指让人感觉很舒服。与此同时，我清楚，那种柔软的情感是大敌。如果我屈服于这样的情感，就意味着与我想要的所有其他东西告别。“你必须做出选择。”十四岁时，我这样严厉地告诉自己。把你送进修道院去。于是，像所有善良的修女那样，我手淫了。“我是在让自己摆脱男人的权势。”我想，同时每个晚上都会将两个手指深深地伸入体内。

施里夫特医生不理解。“接受成为一个女人的命运吧。”他在卧榻后“嘶嘶”地说话。可是在十四岁时，我所能看到的全是当女人的不利因素。我渴望拥有像查泰莱夫人那样的性高潮。为什么月亮没有变得苍白，海水没有充盈着地球的表面？我的守林人在哪里呢？我所能看到的就是成为一个女人的骗局。

我漫步于大都会艺术博物馆，寻找一位女艺术家，让她给我指明道路。玛丽·卡萨特[1]？贝尔特·摩里索[2]？为什么这么多的女艺术家放弃了生养孩子，然后只能画以母亲与孩子为主题的作品？是绝望。如果你是女性，是才女，那么生活就是一个陷阱，不论你选择走向哪个方向。你不是淹没于生儿育女中（并拥有瓦尔特·米蒂[3]般的种种逃跑幻想），就是在你的所有艺术中渴望生儿育女。你永远也不可能逃离你的女性角色。你的矛盾冲突写进了你的血液里。

不论是我的好母亲，还是我的坏母亲，都无法帮助我走出这样的困境。我的坏母亲告诉我，要不是因为我，她会成为一名著名的艺术家；我的好母亲宠爱我，无论如何都不愿放弃对我的爱。我从她那里学到的是她的身教，而不是她的言传。这身教很清楚：成为一个女人意味着遭受折磨，灰心丧气，始终充满着愤怒。意味着被分裂成不可调和的两半。

“也许你会做得比我出色，”我的好母亲说，“也许你可以同时成为两者，亲爱的。但是对于我来说，我却永远也做不到。”

1 Mary Cassatt（1844—1926），美国画家。

2 Berthe Morisot（1841—1895），法国印象派画家。

3 Walter Mitty，美国作家詹姆斯·瑟伯（1894—1961）笔下的著名形象，一个不断做白日梦的小人物。

一〇

弗洛伊德故居

让女人完全进入与男人一样为生存而奋斗的境地，确实是一个没有生命力的想法。如果我把我可爱、温柔的女儿想象成一个竞争者，其结果只会像我十七个月以前做的那样，告诉她，我爱她，恳求她从奋斗的人生中退出，返回到我家中的那种宁静、没有竞争的生活中。

——西格蒙德·弗洛伊德

阿德里安让我们在旅馆门口下了车，没有说一句话，然后他的凯旋车便“轰隆隆”地开走了，去迎接又一次迷路。我们上了楼，洗去前一个晚上的罪孽。由于贝内特下午不用参加会议，我们决定一起朝弗洛伊德故居方向走走。在阿德里安出现之前，我们早已有此行的打算，但不知怎么搞的，这样的打算在混乱中被放弃了。

那天早晨，维也纳很美丽。天还没有热，但却晴空万里，天空湛蓝湛蓝的，到处是拿着公文包、行色匆匆一本正经上班去的人们（在公文包里，他们很可能并没有放什么公文，而是装着报纸与他们的午餐）。我们漫步穿行于人民公园，欣赏着整洁的玫瑰花树、种着修剪整齐的花木的花床。我们说，如果放在纽约的话，这些玫瑰花床一定会遭到亵渎。针对纽约对公物的野蛮破坏行为，我们看到日耳曼城市的这些遵纪守法的美德，两人都发出了“啧啧”声。我们又谈起了文明和克制，对比冲动与暴力的旧话题。在那么一小会儿的时间里，我们之间出现了那种舒服的心心相印，而这被阿德里安称作“无聊的婚姻”。在这点上，他错了。由于他只是一匹独狼，他不明白成双成对的感觉，只是将婚姻看成无聊之事。他所错过的是那种特别的耦合本能，它使两个人走到一起，填补对方灵魂中的缺陷，并因此而感到更加强大。耦合，并不总是涉及性生活。在那些生活在一起的朋友中，你能见到这种本能：在年老已婚的同性恋者中，你发现了它，而他们甚至已经很少再与对方性交。你在一些婚姻中看到了它的存在。两个人像飞拱相互支撑。两个人相互依靠，相互溺爱，相互保护，共同抵御外部世界。有时仅仅意味着在一个冷漠的世界拥有一个朋友，就值得去承受婚姻所有的不如意因素。

我与贝内特手挽着手，一同走向弗洛伊德的故居。我们谁都没有提起前一个晚上的事，这成了我们的默契。前一个晚上可能是一场梦，既然我们再一次在一起，走在了阳光下，那场梦就像晨雾一样被阳光驱散了。

我们走上楼梯，像两个去接受婚姻治疗的病人，来到了弗洛伊德的诊疗室。

我倾心于游历文化圣地：济慈在罗马去世时的故居、济慈在汉普斯特德住过的房子、莫扎特在萨尔茨堡出生时的屋子、亚历山大·蒲柏的石窟、阿姆斯特丹贫民窟的伦勃朗故居、卢塞恩湖上的瓦格纳别墅、贝多芬在维也纳的简陋两室公寓……任何地方，只要是哪一个天才曾经在里面出生、生活、工作、饮食、放屁、播种、爱恋或者死亡，对我来说，就是神圣的地方。像太阳神神殿德尔斐或帕台农神殿一样的神圣。事实上，这些地方更加神圣，因为日常生活中的一切甚至比那些神奇伟大的神殿以及寺庙更加让我着迷。贝多芬生活在维也纳简陋的房间，却写出如此的音乐——这简直是奇迹。我怀着敬意，看着他的世俗物品——越俗越好：他的污迹斑斑的盐盒、他廉价的时钟、他的那本翻烂的账本。他对物质的平凡需求，安慰了我，让我觉得充满希望。我像一只猎犬，绕着伟人的故居又闻又嗅，努力捕捉天才的气息。在浴室与卧室之间的什么地方，在吃好鸡蛋后开始拉屎的时候，缪斯女神大驾光临了。好莱坞的陈腐观念使你们最期望她出现的地方是在伊斯基亚的落日余晖中、在大瑟尔的惊涛骇浪之中、在德尔斐的山顶（那正好位于大地的脐部与俄狄浦斯弑父之地之间），而通常缪斯女神并不出现在那些地方。可是当你在剥洋葱的时候，或者在吃茄子的时候，或者在把《纽约时报》的书评部分与垃圾桶并排放的时候，她飞了进来。最有趣的现代作家知道这一点。利奥波德·布卢姆[1]油炸着羊腰，拉着屎，思考着宇宙世界。蓬热在一只牡蛎里看到人类的灵魂（如布莱克曾在一朵野花里看到的那样）。普拉斯切伤了她的手指，体验了启示。可是好莱坞却坚持要把艺术家想象成一个偶像般的角色，穿着便服，睁着想入非非的眼睛，胸前飘着蝴蝶结，背景是德米特里·蒂奥姆金的音乐，头顶是浓艳的橘黄色晚霞——而从某种程度上说，我们（即使是我们中那些应该更加清楚的人们）都努力不辜负这样的形象。简而言之，我依然还想随阿德里安一块儿离开。贝内特感到了这一点，拉着我去了伯格街十九号，（再一次）努力让我恢复理智。

我赞同贝内特的意见，弗洛伊德是一个直觉型天才；但是不赞同他的是，认为弗洛伊德的心理分析原理是一贯正确的：天才总会犯错误，否则他们就会成神仙了。再说谁想要完美？谁想要一贯性呢？当你长大后，不再是青少年，不再读赫尔曼·黑塞与纪伯伦，不再相信你的父母具有先验性的罪恶之后，你甚至不应该再需要一贯性。但是，老天啊，我们那么多的人却还需要。就是因为缺乏一贯性，我们的生活都快要分崩离析了。像我一样。

因此，我穿越在弗洛伊德的故居里，寻找启示。我想，我

1 詹姆斯·乔伊斯作品《尤利西斯》中的男主人公。

们有点希望看到，蒙哥马利·克利夫特[1]穿着弗洛伊德的衣服、蓄着弗洛伊德的胡子，在探索着他自己阴湿寒冷的无意识屋檐。事实上，我们眼前所见的东西却是令人失望的。大部分的家具都随弗洛伊德搬到了伦敦的汉普斯特德，现在都属于他的女儿。维也纳的弗洛伊德博物馆不得不用照片凑合着，房间大多空荡无物。弗洛伊德在这里生活了近半个世纪，但是却没有留下他的半点气息——只剩下照片与一个候诊室。候诊室是用这个时代的家具重新布置的，都加了厚软垫。

有一张照片是那著名的心理分析诊疗室，上面有铺着东方毯的分析卧榻、埃及雕像、中国小雕像以及古代雕塑的碎片，只是诊疗室本身，伴随着整个时代，在一九三八年消失了。假装弗洛伊德从没有被驱逐出境，或想借助几张变黄的照片重建一个世界，多么奇怪啊。这让我想起我的达豪之行：纳粹的焚尸炉已拆除，长着浅黄色头发的德国孩子在新播了草籽的草地上又跑又笑，在那里野餐。“你不能只从十二年的历史来评判一个国家。”在海德堡时，他们常这么对我说。

于是，我朝那些缺乏生气得让人惊奇的房间张望，看着那些弗洛伊德生活的残留物：他的医学毕业证书、他的军队记录、他的助理教授的申请材料、他与一个出版商的合同、一份与升职申请书附在一起的作品表。接着，我们仔细地看了照片：手拿雪茄的弗洛伊德与首批心理分析学家的合影、弗洛伊德与一

1　Montgomery Clift（1920—1966），美国著名演员，曾出演电影《弗洛伊德》（1962）中的弗洛伊德。

个孙儿的照片、弗洛伊德与安娜·弗洛伊德的照片、去世前的弗洛伊德在伦敦靠在他妻子的手臂上的照片、年轻的欧内斯特·琼斯[1]的一张魅力男孩照片、山多尔·费伦齐[2]在一九一三年前后拍的傲视天下的照片、卡尔·亚伯拉罕[3]一副温文尔雅的样子、看上很像罗伯特·莫利[4]的汉斯·萨克斯[5]以及诸如此类的照片。这些东西依然在眼前，可是缺乏了整个事业的精神。我们顺着人群乖乖地从一件展览品走向另一件展览品，心里想着我们自己棘手的、依然还在撰写之中的历史。

我们一起静静地吃了午饭，再一次想弥补前一天晚上造成的伤害。我暗自发誓，再也不见阿德里安。我与贝内特相互表现出了极大的体谅。我们小心翼翼，不谈论任何有实质内容的事。相反，我们只闲聊弗洛伊德的琐事。按照欧内斯特·琼斯的观点，弗洛伊德不善于判别人的性格，一个糟糕的 Menschenkenner[6]。这个特点——识人时天真的特点——常常与天才为伴。弗洛伊德能够参透梦的秘密，但是他也会受到普通骗子的愚弄与欺骗。他能够发明心理分析理论，但他也会不可避免地相信那些出卖他的人。而且他还非常草率。他经常泄露秘密，而这些秘密之所以托付于他，其前提条件就是他不能说出去。

突然，我们意识到，我们又在谈论我们自己了。那个下午，

1 Ernest Jones（1879—1958），威尔士精神病学家，弗洛伊德的正式传记作者。
2 Sand or Ferenczi（1873—1933），匈牙利心理分析学家。
3 Karl Abraham（1877—1925），德国心理分析学家。
4 Robert Morley（1908—1992），英国演员，以扮演英国傲慢的绅士而著名。
5 Hanns Sachs（1881—1947），奥地利心理分析学家。
6 德语，识人者。

任何话题都无法做到中立。所有话题都会绕回到我们自身。

饭后，我们到霍夫堡宫，再次去聆听一篇关于艺术家心理的论文宣读。这篇论文对早已不在人世的达·芬奇、贝多芬、柯勒律治、华兹华斯、莎士比亚、邓恩、弗吉尼亚·伍尔夫等艺术家的心理进行了分析，心理分析师还对一位默默无闻的女艺术家，不点名地进行了心理分析。这位分析师给出的结论令人震惊，他所有的证据都证明，从整体来看，艺术家是软弱、依赖、幼稚、天真、自虐、自恋的一群，他们识人性，却很糟糕；他们淹没于俄狄浦斯情结中，无以自拔。由于他们像孩子一样特别敏感，他们对母爱或父爱的需求又多于一般人，因此，不论他们事实上获得了多少，总感到他们的母爱被人剥夺了。在成年后，他们注定要到处寻找母爱，如果（永远、永远）找不到的话，他们便通过他们的艺术创作，创造他们自己理想中的母亲。他们努力以理想化的形象，重塑他们自己的历史——甚至有的时候，他们的理想化与其说是理想化的创造，似乎更像是一种残酷的创造。简言之，没有哪一个家庭像现代自传体小说家（或诗人）那样，把他的家庭想象成充满先验性罪恶的家庭。批驳自己的家庭，从根本上说，与将自己的家庭理想化是同一回事。它说明你依然受到过去的束缚。

艺术家也试图通过追逐名誉，弥补自己早期的那种被剥夺母爱的感觉。但弥补效果始终不佳。受到全世界的关爱，不可能替代得了小时候一个人对你的关爱，再说，世界是一个糟糕的情人。因此名誉也是令人失望的。许多艺术家在绝望中开始沉溺于鸦片、酒精、同性恋、异性恋、宗教狂热、政治说教、自杀以及其他减压手段。但是所有这些都无法减轻心中的绝望，除了自杀——那毕竟还总是管用的。于是，我想起了分析师曾不无智慧地引用过的安东尼奥·波尔基亚[1]的警句：

> 我相信，灵魂是由许多痛苦构成的，
> 因为那个抚平痛苦的灵魂死去了。

艺术家也一样痛苦。而且更加痛苦。

在聆听对艺术家的软弱、依赖、天真等特征的所有描写时，贝内特使劲捏着我的手，并向我投来心照不宣的目光。回家去，回到爹爹那里去。他会理解一切。我多么渴望回家，回到爹爹的身边！但我又多么渴望自由啊！

“自由是一种幻想。”贝内特会说（这一次赞同与B. F. 斯金纳[2]的意见一致），从某种程度上说，我也会赞同的。理智、克制、努力工作、稳定……我也相信这些。但是什么是我内心深处的其他声音呢？它不停地催促着我向前，去进行速交、赛车、无尽的湿漉漉的接吻、大胆的冒险。那个不停叫我懦夫的另一个声音在哪里？向我扔鸡蛋，迫使我破釜沉舟，大口地吞下毒药而不是一滴滴地咽；使我坠入恐惧的深渊，看看我还能不能自己从深渊里走出来？

那是一种声音吗？还是一种心跳的怦怦声？一种甚至比言

1　Antonio Porchia（1885—1968），意大利诗人。

2　Burrhus Frederic Skinner（1904—1990），美国心理学家，新行为主义学习理论的创始人。

语更原始的东西。一种在我内心深处跳动的声音，我给它取了个绰号叫“饥饿之声”。仿佛我的胃把自身当成了心脏。无论我如何填补它——给它装进人、书籍、食物、人形的姜饼、如人的诗歌以及如诗的人——它都不愿保持安静。难以填满——那就是我。女色情狂的脑子。饥饿的心。

在我体内发出这种怦然之声的东西是什么？是一只鼓吗？还是一整段的打击乐？只是在拉紧的肌肤里的空气吧？那是一种幻听吗？也许是一只青蛙？它捶胸顿足要找一位王子吧？它不是觉得它就是王子吗？难道我注定要一辈子忍受饥饿？

在这篇有关艺术家的论文结束的时候，我们大家都从有金色椅背的摇椅里礼貌地站起身，拍手鼓掌，打着哈欠。

“我必须去要一份那篇论文。”我对贝内特说。

“你不需要它，”他说，“那就是你生活的故事。”

我可能忽略了这篇关于艺术家的论文的另一个方面的报道（我记得，这篇论文的作者是一位柯尼希斯贝格尔医生）。论文是涉及艺术家的爱情生活的，特别涉及艺术家（拼命）抓住十分不恰当的“爱之对象”，疯狂地将其理想化的趋势，比如他们觉得他们始终没有拥有的理想父母。这种不恰当的“爱之对象”主要是艺术家情人的一种影射。事实上，激情的对象在别人眼里常常相当普通。但是对艺术家情人来说，所爱之人却变成了母亲、父亲、缪斯女神，成了完美的化身。有时是恶之完美的化身，或是罪之完美的化身，但总是这样或那样的神灵，总是万能的。

柯尼希斯贝格尔医生想弄明白，这些迷恋的创作目的是什么？我们满怀着热切的期待，一心一意往前走。通过重新创造俄狄浦斯恋母情结的特征，艺术家可以重新创造他的“家庭浪漫史”，因而重新创造出他理想化的童年世界。艺术家有众多的、经常迅速变化的爱恋，他们以此使这样的幻想保持着活力。成年生活中所拥有的一种新的强烈的性迷恋，最接近于小孩对相反性别的母或父的那种激情。

听着论文的这部分内容，贝内特一直咧着嘴在笑。我则紧绷着脸。

但丁与比阿特丽斯。菲茨杰拉德与泽尔达。亨伯特与洛丽塔。西蒙娜·德·波伏瓦与萨特。金刚与费伊·雷。叶芝与莫德·冈。莎士比亚与黑夫人。莎士比亚与 W. H. 先生。艾伦·金斯堡与彼得·奥尔洛夫斯基。西尔维娅·普拉斯与收割者格里姆[1]。济慈与范妮·布劳恩。拜伦与奥古斯塔。道奇森与爱丽丝。D. H. 劳伦斯与弗里达。阿申巴赫与塔齐奥[2]。罗伯特·格雷夫斯与白色女神。舒曼与克拉拉。肖邦与乔治·桑。奥登与卡尔曼。霍普金斯[3]与圣灵。博尔赫斯与他的母亲。我与阿德里安？

那天下午四点钟，我理想化的对象又出现在另一个巴洛克风格的会议室里，主持了一个会议。这是大会结束前最后一件大事。第二天，安娜·弗洛伊德以及她的著名团队将再次进行演说，为新闻界、与会人员、体弱有病者、瘸腿者以及盲人，对

1 死神的别名。

2 托马斯·曼的作品《死于威尼斯》中男女主人公。

3 Gerald Manley Hopkins（1844—1889），英国诗人。

整个大会进行一个总结。接着，代表大会就结束了，我们都将离开。但是谁又将与谁一同离开呢？我与贝内特？我与阿德里安？还是我们三人一同离开？咚-咚-咚——三个接受精神分析的人在同一个浴缸里洗澡？

阿德里安出席了讨论下届大会议题的会议，内容大多很无聊，我甚至都不想听。我的眼睛看看贝内特，再看看阿德里安，努力做出选择。我内心非常骚动不安，于是坐了十分钟后，我不得不起身离开，到门厅里独自踱步。在这决定命运的最关键时刻，我撞见了我的德国心理医生哈佩博士。他似乎与埃里克·埃里克松进行了一次友好的交谈后，正在拥抱对方。他与我打了招呼，并问我，是否想聊一会儿天。

想啊。

医学博士京特·哈佩教授是一个身材瘦长的人，长着一个鹰钩鼻，满头的银发像波浪一般。他在德国可是个名人，经常在电视上露面，是多家畅销杂志的撰稿人，并以新纳粹的死敌而闻名。他是那些激进的、充满负罪感的德国人中的一员，在纳粹德国时期流亡于伦敦，后来返回了德国，努力想将德国从纯粹的兽性中拯救出来。他是你从来没有听说过的那种德国人：幽默，谦虚，对德国持批评态度。他阅读《纽约客》，给越共寄钱。他把“think”发成“sink”，把“business”发成“busyness”，但是他并不是漫画书里画的那种德国人。

在我开始每周四次到他位于海德堡的那个天花板很高、供暖很糟的办公室里，躺上卧榻的时候，我二十四岁，内心充满恐惧。我恐惧坐电车，恐惧写信，恐惧在纸上写字。我几乎无法相信，我竟然已经发表了一些诗歌，获得文学学士与硕士学位，赢得了各种荣誉。虽然我的朋友们羡慕我，因为我似乎总是那么快乐，那么自信，暗地里我却对一切都充满着恐惧。独自过夜前，我常常会把所有橱柜查看一遍。即使那样还是无法入睡。我常常清醒地躺在床上想，我是不是快把我第二任丈夫也逼疯了——或者说事情似乎看来正是如此。

我最别具匠心的自我小折磨，就是我写信的方式。也许倒不如说，我写不了信的样子，特别是写不了涉及我写作的书信。如果（正如有那么一、两次）哪一个编辑或代理给我来信，提出要看我的一些诗歌，我的反应就是彻底的绝望。我该说什么呢？这个棘手的请求叫我如何回答？写这样的回信，我该如何措词呢？

有一个这样的请求在抽屉里放了两年，而我一直犹豫不决。我试着打了不同的草稿。“亲爱的琼斯太太”，我开始写道。可是那样写是不是太冒昧了？也许我应该说“琼斯太太”；“亲爱”一词，也许看起来在讨好人？不写抬头怎么样？直接写信的内容怎么样？不行。那太生硬了。

如果说写寒暄的话都感到这样麻烦，那么你不难想象，我在写信的正文时所经受的痛苦。

> 对你善意的来信，让我把作品寄去，我表示十分感谢。但是……

不行，不行！这太低声下气了。她的来信并不“善意”，我为什么要讨好地对她说“十分感谢”呢？最好要充满自信与肯定：

你的关于请我寄上诗歌的来信，我刚收到……

太自负了！（我又将纸揉成了一团。）我曾经看到说，千万不要用人称代词开始写信。再说，我已经把她的信在手上捏了一年时间，怎么可以说“刚收到”呢？再试试。

我心中久久一直挂念着你一九六七年十一月十二日的来信。对不起，我在写信方面非常糟糕……

太亲密了。她想听你哭哭啼啼地向她诉说你神经兮兮的写信的麻烦吗？她在乎吗？

最后，在两年后，经过了多次的尝试，我终于给上面提及的编辑起草了一封谦恭、温顺、歉意得叫人作呕的信，在信发出前撕掉了十次，把我的诗一遍遍地重新打印了十五次（这些诗是一个字母都不能有错的，有一个打字错误，我就把整页都扔掉——而我还从没有学过打字），然后把那个该死的马尼拉信封寄到了纽约。我收到了一封真正热情的回信（即使我的妄想症也没有使我理解错这一点），同时还有一份接受发表的通知以及一张支票。如果说我收到的是一封退稿信，你想我还得花多少时间才会挤出下一封去信啊？

就是这样一个“自信”得让人眼花缭乱的家伙，开始在海德堡接受哈佩医生的分析治疗。慢慢地，我学会了如何安静地坐在桌边写作一段时间。慢慢地，我学会如何寄出我的手稿，如何给编辑写信。我似乎像一个患过中风的病人，在重新学写字，哈佩医生就是我的向导。他温和，耐心，有趣。他教会我不要再讨厌我自己。正如他是一个罕见的德国人一样，他还是一个罕见的心理医生。“嗨，我还是放弃这种胡扯的写作吧，生个孩子算了。”是我在不停地说这样的鬼话。而总是他打消了这样的所谓“解决办法”。

我已有两年半没有见到他了，但是我给他寄去过我的第一本诗集，他也给我回信谈论了这本诗集。

“所以说，”他像漫画书里的德国人那样说，事实上他并不像，“我看你不再有写信的问题了……”

“是的，可是我当然还有许多别的问题……”于是我把自从到达维也纳以来所经历的整个乱七八糟的经历都倒了出来。他说，他不会给我分析解释这一切。他只是要提醒我他以前曾多次说过的话：

“你不是秘书，你是个诗人。是什么让你觉得，生活不能是错综复杂的？是什么让你觉得，你能避免所有矛盾？是什么让你觉得，你可以躲开痛苦、躲开激情呢？激情对你有好处。何不接纳自己，原谅自己呢？”

“显然不能。麻烦的是，我事实上在内心深处是个清教徒。所有的登徒子都是清教徒。”

“你当然不是登徒子。”他说。

“是的，但听起来不错。我喜欢这两个‘徒’字。很押韵[1]。”

哈佩医生笑了。他理解“押韵”是什么意思吗？我想。我记得，我过去常常问他，是否听得懂我说的英语。也许在那两年半的时间里，他并没有理解我说的话。

“你就是一位清教徒，”他说道，“而且是最糟糕的那种。你行事随心所欲，但你并不开心，于是有了负罪感。事实上，问题出在哪里呢？”在哈佩流亡英国的时候，他获得了一些英语拾遗。我记得，他喜欢“事实上”这个词语。

“那正是我想知道的。”我说。

“最糟糕的是，你总是坚持要使生活正常化。即使你接受心理治疗，你的生活也不可能是简单的。你凭什么认为生活是简单的？也许这个男人就是不简单的生活中的一部分。为什么在允许自己有时间做出决定前，就必须把一切都扔开呢？何不等待看看后面会发生什么？”

“如果我做得到谨慎行事，我可以等待——但我担心我总是存在粗心的毛病。”

“除了在写信方面。”他说，“可你曾是个非常谨慎的人。”

“现在不再谨慎了。”我说。

这时，会议室里的人开始走出来，我们站起身，握握手，道了别。剩下我自己独自去理清自己的困境。这次没有好爸爸

1 此处作了一些翻译的变通。原文是“I liked those two *p*'s. The alliteration.（我喜欢这两个‘p’。押的是头韵。）”这两个“p”指英语的“清教徒（puritan）”与“登徒子（pornographer）”的首字母。

来救我了。

我与贝内特度过一个漫漫长夜，我们相互指责，我们想是要尝试分居还是尝试一同去自杀，我们袒露了相互间的爱慕、相互间的憎恨、相互间的爱恨交加。我们做爱，喊叫，哭泣，再做爱。没有必要详细地谈论所有这一切。我有一段时间似乎渴望一段机智的婚姻，像出自艾丽丝·默多克[1]之笔的一种奥斯卡·王尔德式的闹剧，剧中的关系很脆弱，通奸安排得很巧妙，但我不得不承认，我们争吵的性质更像萨特的《禁闭》——或者比这还糟，像肥皂剧《地球照转》。

早晨，我们疲惫地去参加大会，听取安娜·弗洛伊德以及其他权贵显要作有关侵犯的闭幕词。阿德里安被包括在权贵显要之中，他读了一篇几天前我为他写的文章。

大会结束后，当贝内特在与几个纽约朋友交谈的时候，我与阿德里安又拥抱到了一起。

“和我一起走吧，”他说，“我们会度过一段快乐的时光——一种奥德赛式的冒险。”

“你诱惑我啊，但我不能。”

“为什么不能?”

“让我们别再谈论这个——求你。”

“午饭后我再来，宝贝，万一你改变主意。现在我得与几个人去谈谈，然后回公寓去打点行李。我大约在午饭后两点左右

1 Iris Murdoch（1919－1999），英国小说家、哲学家。

来找你。如果你没有到，我会等个把小时。尽量下定决心，亲爱的。不要害怕。当然，也欢迎贝内特一块儿来。”他露出了他那独特的滑稽可笑的笑脸，向我吹送了一个飞吻：“再见，亲爱的。”说着，他匆匆地走了。一想到再也见不到他，让我膝盖软弱无力。

现在就看我如何决定了。他将等待。我有三个半小时来决定我的命运。他的命运。还有贝内特的命运。

但愿我可以说，我的决定做得漂亮，漫不经心，甚至充满歹意。纯粹的歹意可以说是一种风格。它自身充满锐气。但是我即使做一个婊子也是失败的。我哭泣流泪。我低声下气。我谨慎思考。我认真分析。甚至在自己眼里，我也是一个讨厌的人。

与贝内特在人民公园里吃午饭时，我内心痛苦极了。我为我的痛苦而痛苦。下午两点，在美国运通售票处，我们站在那里，努力决定是买两张到纽约的票，还是买两张到伦敦的票，还是买一张，或一张也不买。我痛苦极了。

这一切如此令人沮丧。这时，我想到了阿德里安的笑脸，想到了永远见不到他的可能性，想到了我们喝得醉醺醺，在维也纳街头做梦般开车的情景，于是我像一个疯女人那样，冲出美国运通售票处（把贝内特一人留在那里），沿街跑了起来。我的高跟凉鞋“咔嗒、咔嗒”地撞击着鹅卵石，扭了几次脚，大声抽泣，脸变了形，上面的化妆品成了一条条斑痕。我只知道，我一定要再次见到他。我想到他曾经嘲笑我总是想做到万无一失。我想到他说的有关勇气的话，他说你可以潜入内心深处，看看能在那里发现什么。我想到了我的生活所遵从的一切谨慎好女孩——好学生、孝顺女儿、内疚忠贞的妻子（只敢在心里有淫荡行为）——的守则，于是我决定，这一次不论结果如何，都要勇敢地跟着自己的感觉走。我想到哈佩医生的话："你不是秘书，你是个诗人。是什么让你觉得，生活不能是错综复杂的？"我想到了 D. H. 劳伦斯带着老师的妻子私奔，想到了罗密欧与朱丽叶为爱死去，想到了阿申巴赫穿过瘟疫流行的威尼斯追赶塔齐奥，想到了所有那些真实与虚构的人们，他们破釜沉舟，飞向自由的广阔天空。我就是其中一员！我，不再是胆战心惊的家庭主妇。我正在飞。

我只是担心，阿德里安早已离我而去。我拼命地跑，在那些偏僻小巷里迷了路，绕来绕去绕圈子，躲避着车马。在维也纳的这段日子，我始终处于迷茫状态中，于是几乎没有认准一个路标，尽管这些街道已经来来去去了几十回。恐惧中，我看不到街道路标，而是向前跑去，寻找我认识的建筑物。所有那些洛可可风格的宫殿看起来该死地相似！终于我看到了一尊骑手雕像，看起来很熟悉。接着，出现了一个院子与一条通道（我上气不接下气），然后又有一个院子，又有一条通道（我大汗淋漓），直到最后，我来到一个停满汽车的院子，看到阿德里安冷静地倚靠在他的凯旋车上，翻阅一本杂志。

"我来了！"我上气不接下气地说，"我害怕你离我而去了。"

"我会做那样的事吗，亲爱的？"

（他会的！他会的！）

"我们会有一段非常美妙的时光。"他说。

我们直接开车到旅馆，一次也没有迷路。上了楼，我就把我的衣服扔进我的行李袋里（镶着金属圆片的舞会礼服、湿漉漉的泳衣、短裤、睡衣、雨衣、旅行装……所有的衣服都皱巴巴地乱七八糟扔在一起）。然后，我坐下来，要给贝内特写一封信。我能说什么呢？汗水伴着泪水一齐流了下来。这封信与其说是一封绝交信，不如说是一封谈情说爱的信。我说，我爱他（我确实爱他）。我说，我不清楚我为什么一定要离他而去（我确实不清楚），只是我觉得我不得不离开（是的）。我希望，他会原谅我。我希望，我们可以思考一下人生，重新开始。我给他留了我们原准备一起去住的伦敦旅馆的地址。我不知道，我将往哪里去，但很有可能我们会到伦敦去。我给他留下了十多个人的电话号码，他们都是我计划到伦敦后要去看望的。我爱他。我希望，他会原谅我。（写到这里，信已经写了两页多了。）也许我不断地写是为了不要离开。我写道，我不知道我在做什么（我确实不知道）。我写道，我觉得像在地狱一般（是的）。而当我正在第十次写上“我爱你”几个字的时候，贝内特走了进来。

“我要走了，”我哭着说，“我正在给你写信，但现在没这个必要了。”我开始撕毁正在写的信。

“别撕！”他说，一把从我手里把信夺了过去，“这是你留给我的所有。”

接着，我真正开始长时间地哭泣起来。“请你千万原谅我。”我哀求。（刽子手在斧子砍下去前请求被砍头人的原谅。）

“你不需要原谅。”他厉声说。他开始把他的东西扔进一只旅行箱里，那是介绍我们认识的朋友送给我们的结婚礼物。祝婚姻永远幸福美满。祝人生的旅途永远相伴。

我是不是为了真切地感受这种情景才设计了这一幕？我从来没有比这时更爱他了。我从来没有比这时更想与他生活在一起了。那就是我为什么要走吗？他为什么不说“别走，别走——我爱你”？他没有说。

“没有了你，我再也不能住在这个房间了。”他说，把导游手册以及所有的垃圾都扔进他的旅行箱里。我们一起拖着行李，下了楼。在服务台，我停留了一下，付了款。阿德里安在外面等待。但愿他已经离开！可是他等在那里。贝内特想知道，我身上是否有旅行支票以及我的美国运通卡。我一切都没有问题吗？他想说的是“留下来，我爱你”。这是他说的方式，但是我却鬼迷心窍，理解成了：“你走吧！”“我必须离开一段时间。”我犹豫不决地再说了一次。

“你不是孤独一人——我是。”这是事实。一个真正独立的女人会独自进入山里去冥思苦想，而不是与阿德里安·古德洛夫一起乘坐一辆破旧的凯旋车离开。

我孤独无援。我犹豫了又犹豫。

“你究竟还在等待什么？你不是早就离开了吗？”

“你到什么地方去？我在什么地方可以找到你？”

“我到机场去。我回家去。也许我要到伦敦，看看是否能收回包机的钱，也许我会直接回家。我不在乎。你有什么好在乎的？”

“我在乎。我当然在乎。”

“当然啦。”

一边说，我一边拿起行李，走出了旅馆。我还能做什么呢？我把自己逼入绝境。我把自己写入了这样一个情节老套的境地。现在，这成了一场赌博，一种胆大妄为，一种俄罗斯轮盘游戏，一种女性成熟的考验。没有后退的道路。贝内特非常冷静地站在那里，保住了面子。他正穿着一件鲜红的圆领套衫。他为什么不跑出去给阿德里安的下巴重击一拳？他为什么不为属于他的东西而战斗？他们本可以在维也纳森林来一场决斗，把弗洛伊德的书籍与莱恩的书籍当作盾牌。他们至少可以来一场语言上的决斗。贝内特只要说一句话，我就会留下来。可是他什么也没有说。贝内特认为，离开是我的权利。而我不得不抓住这样的权利，即使现在这种权利让我恶心。

“你都磨蹭了一个小时了，宝贝。”阿德里安说，一边把我的箱子放进汽车旅行箱里，他称汽车行李厢为“旅行箱”。于是我们从维也纳撤出，就像从纳粹德国逃出的两名流亡者。在经过机场的路途中，我想说：“停下！把我放在机场！”我不想离开！我想到了身穿红色圆领套衫的贝内特，独自站在那里，等待着这架或那架飞机，飞向这个或那个地方。但是太迟了。不论结果是好还是坏，我已经踏上了冒险的征程，不知道在什么地方这个征程才会结束。

一一

对存在主义的再思考

……存在主义者声称
他们处于完全绝望的境地，
却在继续不停地写作。

——W. H. 奥登

当我把自己的命运与阿德里安·古德洛夫联结在一起，我就进入了这样一个世界，在这个世界里，他的规则就是我生活的规则——虽然，当然啦，他装出不存在什么规则。例如，不允许询问明天要做什么。存在主义者不应该提及“明天”这个词语。这个词被驱逐出了我们的词汇表。我们不可以谈论未来，不可以表现得似乎有未来存在的样子。未来是不存在的。存在的只是我们的驾车行路、我们安营扎寨的地方以及旅店。只存在我们的谈话以及（被阿德里安称为“风屏”的）车窗玻璃外的风景。过去——我们越来越多地援引来消磨时光的过去以及（像父母在漫长的行车过程中，为无聊的孩子们编地理游戏或猜歌名游戏那样）用来相互逗乐的过去——留在了我们的身后。我们讲述了有关我们过去的故事，用小说家的方式进行修饰、点缀与渲染。当然，我们假装是在讲述真实的事情，讲述全部的真实，只讲真话，但是没有人（如亨利·米勒所说的）能够绝对讲真话；甚至是我们表面上最充满自传内容的披露真实的部分也是捏造的东西——简而言之，是文学。我通过谈论过去，获得了未来。有时，我觉得自己像山鲁佐德，用故事中的故事在逗我的国王开心，以免主要情节突然中断而终结。我们每一个人（从理论上说）任何时候都可以服输，但是我担心，阿德里安比我更有可能服输，我的问题是让他保持高兴。当赌注已下，当我独自与一个男人连续几天生活在一起时，我意识到，我比任何时候都不自由。我天性中有拍马奉承的冲动。我所有的骄傲的叛逆只是我内心深处奴性的一种反映。

只有在禁止你谈论未来的时候，你突然意识到，未来通常大量占据着现在，日常生活中的不少时光通常就是在制订计划与试图控制未来中度过的。别在意你控制不了未来。对未来的想法是我们最大的娱乐、乐趣以及消磨时间的方法。把未来拿开，剩下的只是过去——以及溅满死臭虫的挡风玻璃。

阿德里安制定了规则，但是他也有不时改变规则的倾向，以适应他自己的需求。在这一点上，他让我想到了我的姐姐兰迪。那时我与她还都是孩子。我七岁（而她十二岁）时，她教我掷骰子，可是她常常根据她自己掷的结果，频繁地改变规则，于是前后一分钟里的规则都不相同。与她玩了十分钟后，我精心囤积在储蓄罐里的全部内容就没有了，而她（开始时身无分文）结束时就像斯凯·马斯特森[1]一样赢得十分富足。纵然幸运女神朝我露出了笑脸，我总是以输家收场。

“两点——我赢了！”我姐姐常常大叫道。

“你赢了？”（我常常像蚂蚁一样把我的零用钱积攒起来，而她却像蚱蜢一样把她的零用钱花得精光——可是她总是在结束时很富有，而我却身无分文。）头胎的危险。而我永远是第二胎。阿德里安实际上与兰迪生于同一年（一九三七年），也有一个让他花了几年时间学会如何欺负的弟弟。当我们穿梭于古老欧洲的迷宫里的时候，我们很快就理清了这些古老行为模式的脉络。

我们开始熟悉简陋的奥地利膳食公寓：客厅里挂着白色花边窗帘，窗台上摆满了仙人掌，老板娘（她总问我们有多少个孩子，仿佛她早已忘记我们在几公里前重复回答过她）脸色红润，一张特大号的床上的床垫横向分成三部分（低洼处是身体的战略地标——如乳房与生殖器——因此在半夜里醒来时你总是有一个乳头或一个睾丸夹在第一部分与第二部分之间，或者夹在第二部分与第三部分之间）。我们开始熟悉奥地利的羽绒床，它们让你在夜里刚入睡的几个小时里汗流浃背，当你睡熟时却魔术般地滑落到了地上，让你整个晚上都在拉被子，最后

1 歌舞剧《红男绿女》（*Guys and Dolls*，1955）中的人物，一个下大赌注狂赌的赌徒。

你醒来发现羽绒床里几百年的陈年灰尘（以及其他险恶的致敏物）弄得你嘴唇与眼睛都可怕地浮肿起来。

我们开始了解膳食公寓的早饭是又冷又硬的面包卷、工厂包装的小听罐杏酱、黄油薄卷以及超大杯的牛奶咖啡，咖啡表面有一层病态颜色的奶皮。我们开始了解更加简陋的露营地，那里的空气里弥漫着下水道的气味，用马口铁水槽来洗脸与刷牙，滋生蚊子的游泳死水潭（阿德里安总是在其中游泳），快活的德国公民对阿德里安的三角小帐篷精彩地议论纷纷（我们就是在小帐篷的铁青色尼龙的光亮下睡觉），并且像经验十分老到的间谍打探着我们的生活。我们开始了解德国高速公路的自动售货餐馆，那里供应一盘盘的泡菜与大香肠，打着啤酒广告的吸墨水纸杯垫，臭气熏天的付费厕所，出售肥皂、毛巾以及避孕套的售货机。我们开始了解德国啤酒公园，那里的桌子黏黏的，穿着紧身连衣裙的女招待体态丰满，当我步履蹒跚地走到卫生间去的时候，喝醉酒的卡车司机向我说着下流话。

我们通常是从中午起开始醉酒，驾驶着一辆右座驾驶的汽车摇摇晃晃地沿着高速公路开去，处处转错弯，被每小时八十英里的大众车尾随着，尾随的还有奔驰车，它们盛气凌人地闪着前照灯，每小时开一百一十英里，宝马拼命想超过奔驰。德国人不得不看到的是我们的英国车牌，他们跑出来，把我们赶离道路。阿德里安开车也像疯子，把车子开到了反向一侧，从卡车道上进进出出，任凭德国人责骂，拼命想开到这些德国人的前面去。一部分的我被这一切吓倒了，但是我的另外一部分却感到兴奋不已。我们身处危险的境地。我们可能会死于可怕的车祸，车祸会磨灭我们的脸孔以及我们罪孽的痕迹。至少我知道，我肯定不觉得无聊。

所有的人都担心死亡，讨厌乘坐飞机，对着镜子仔细端详他们最细小的皱纹，并且病态地恐惧生日，担心死于癌症或脑瘤或突发性动脉瘤。我像他们一样，暗地里爱上了死亡。乘坐从纽约到华盛顿的往返飞机，我会病态地感到痛苦，可是坐在跑车驾驶座上，我毫不犹豫地开到一百一十英里的时速，并且酷爱这可怕的每一分钟。知道你也许是你自身死亡的始作俑者的那种兴奋比性高潮还要强烈。这一定是神风特攻队队员所感觉到的：创造了他们自己的大屠杀，并被这种大屠杀所吞没，而不是安然地躺在广岛或长崎的床上，等待大屠杀在一个意想不到的早晨降临到他们身上。

我们大肆饮酒还有另一原因，那就是我的消沉。我常常时而兴高采烈，时而情绪低落（为我所做的事而痛恨自己，为自己与一个不爱我的男人独处而绝望，为我不允许提及的未来而痛苦）。于是我们醉酒，在我们醉酒嬉闹中，绝望就会变得模糊。当然，绝望不会完全消失，但是它会变得容易忍受。如在飞机上醉酒能减轻你的飞行恐惧一样。你依然相信，只要引擎的声音一发生改变，你就会死亡，但是你不再在乎。你几乎喜欢上这种念头。你想象着自己滑翔穿过羊毛状的云彩，进入一片蔚蓝色海洋，满怀着你最心爱的童年记忆。

我们开始熟悉了法式卡车停靠站，那里有意大利浓缩咖啡机，提供优质浓缩咖啡。我们开始知道了阿尔萨斯啤酒以及从路侧农民那里买一箱箱桃子吃所带来的快乐。当汽车头上的车灯从白色转变成了芥末黄色以及面包变得可口味美时，我们知道我们到了法国。我们开始了解法国最丑陋的地方：那片接近德国边境的穷山恶水，那里的道路路面破损，两列车队弯弯曲曲地向前，法国人拒绝修它们，他们说反正德国人到巴黎够快的了。我们开始了解一系列的便宜客栈，那里的灯泡是两瓦亮，坐厕上尽是灰黑斑点（我们在其中撒尿，因为我们不愿意长途跋涉到大厅肮脏的厕所去，在那里你弄破了指甲才好不容易能转动门锁，只有门开时灯才会亮起来）。我们开始了解拥有室内厕所的豪华营地，那里酒吧里的唱机高声放着披头士音乐。但是大多数时候（这是八月天，欧洲的每个公民都带上了他的两个半孩子在野营度假），我们发现那些好的露营地都满客了，于是不得不在路旁安营扎寨（而蹲着大便时，野草会扎痛我们的屁股，可恶的马蝇"呼"地飞近我们的肛门，停在新鲜的粪便上）。我们了解了太阳高速公路[1]，和它上面变幻莫测的帕维斯自动烧烤屋——费里尼版的玻璃纸包的糖果、山一样高的玩具、一桶桶银箔包起来的意大利节日糕点、飘着礼品丝带的果酱罐头以及尾随着棒棒糖飘带的三轮车。我们开始了解那些意大利疯子，他们飞一般地驾着他们的菲亚特 500，每小时开九十英里的速度，但看到路边基督教的募捐箱总是停下车，求上帝保佑。我们开始了解德国、法国与意大利的十几个大小

1　意大利最重要的高速路，即一号公路，它从意大利北部的米兰市直达南部的勒佐市，途中贯通了佛罗伦萨、罗马、那不勒斯等大城市，长达一千二百公里。

机场，因为当一天里第二个轮回的啤酒的酒力渐渐减弱，我巨大的消沉再次露出丑陋面目（同时出现了我的第二种症状：头痛与头晕）的时候，我常常会惊恐万状，要求阿德里安开车送我到最近的机场。他从来都不说不行。哦，他会沉默不语，表现得对我很失望，但对我明确表达出来的意愿，他从来不直截了当地反对。我们便朝最近的 Flughafen[1] 或 aeroporto[2] 去，一路上迷路了又问路，总有十多次之多。当我们最后到达机场时，我们势必得知，下一班飞机要在两天后才会有，或者飞机已客满（Europa in August:tout le monde en vacances[3]）。这时，机场一定有个酒吧，我们就会再喝啤酒，阿德里安会吻我，与我说笑话，用手抚摸我的屁股，谈论我们一起进行的冒险。于是我们就离开了，再一次暂时兴高采烈起来。毕竟，我并不敢完全肯定，我有什么地方可去。

我们的旅行几乎不是一种悠闲的快乐短途旅行。如果说我们来回往复，绕来绕去，兜着圈子，那是因为我们的线路不是根据标志物或米其林三星级景点，而是根据我自己令人眼花缭乱、瞬息万变的情绪——并且在较小的程度上，根据阿德里安的情绪变化。我们的线路没有地理上的节奏与理由，但是当然啦，我只是在回顾时，在我罗列我们去过的地方时才能看清这一点。我们降落在萨尔茨堡，有足够长的时间去参观莫扎特故居，用肝丸子把自己塞饱，断断续续睡会儿觉，然后继续前往

1 德语，机场。

2 法语，机场。

3 法语，八月的欧洲：每个人都在度假。

慕尼黑。我们信步穿过慕尼黑以及远处的阿尔卑斯山，参观了由巴伐利亚的疯王路德维希建起的各式各样的城堡，在突降的一场湿透衣衫的倾盆大雨中，攀登着通往新天鹅堡的弯曲的道路，参观了这座城堡。一群穿着矫形鞋、拥有马铃薯体态的家庭主妇们用手肘从我们身旁挤过，她们用灵活的舌头打着喉音，因瓦格纳、大众汽车以及野猪这些他们光荣的民族遗产而骄傲得满脸通红。

我记得，新天鹅堡周围的乡村几乎是噩梦般的清晰：风景如画的阿尔卑斯山、锯齿状的山头上白云缭绕、陈年旧雪雕刻出的险峭山脊像患关节炎的手指、面对着烟雾弥漫的蓝天沉默无语的山峰尖角、那些（初学者冬季滑雪场的）山谷里天鹅绒般的绿草地，以及那些如出现在儿童游戏里一般的具有牧人小屋屋顶的褐色与白色的房子。

德国最著名的城堡既不在施韦青根，也不在施派尔；既不在海德堡，也不在汉堡；既不在巴登-巴登，也不在罗滕堡；既不在贝希特斯加登，也不在柏林；既不在拜罗伊特，也不在巴姆贝格；既不在卡尔斯鲁厄，也不在克兰尼希斯坦；既不在埃林根，也不在埃尔茨——而是在加利福尼亚的迪士尼乐园。令人惊奇的是，沃尔特·迪士尼与巴伐利亚的疯王路德维希在智力上相似。路德维希的新天鹅堡是一座从没存在过的中世纪城堡的再现，一个十九世纪冒牌货。迪士尼的城堡是一个冒牌货的冒牌货。

特别令我着迷的是路德维希的卧室与书房之间的中央供暖的石窟、他那些用霓虹绿射灯照亮的石钟与石笋、他的齐格弗里德[1]与汤豪泽[2]壁画（其特点是肥胖的女神们个个露着像环氧树脂一样光滑的乳房，长着金色胡子的勇士斜倚在绿树茂密的幽谷里的青苔岩石上）。我被路德维希那双有着偏执狂眼睛的肖像画深深吸引住了。城堡到处都是粗野、多愁善感、叫人反胃的德国文化的证明——特别是那种夸耀他们的“种族”精神的自鸣得意的信念：我们的人民是 geistig[3] 的人民，我们感情深厚，我们热爱树林，我们热爱行军脚步的声音……

请看在汤豪泽四周盘旋的爱神丘比特们与鸽子。汤豪泽斜靠在一块灰白的岩石上，他的一只画得光滑如绸的手肘放在模仿过度的织物上，这些织物从维纳斯养得太胖的腰部流垂下来。但是特别要注意，在这座城堡里，在这些画品中，在这个国家（如在迪士尼一样）——想象力已经没有什么余地了。每一片树叶都清晰勾画出来，颜色深浅分明；每一头野兽都把乳头对着你，像白痴的一只眼睛；丘比特翅膀上的每一根羽毛的细小抖动都清晰可见。没有想象力——野兽就是这般构成的。

经过慕尼黑以及其周边地区后，我们向北驶去，一直开到海德堡（一路上行行停停、来回往复以及曲折前行），沿高速公路驶到巴塞尔（瑞士巧克力、瑞士德语以及一座俯瞰莱茵河的阴森森的砂石大教堂），接着继续向前开到斯特拉斯堡（肥鹅肝与上等啤酒的产地），一段或多或少通向巴黎的偏僻小路上的旅

1　德国民间史诗《尼伯龙根之歌》中的英雄人物。

2　Tannhäuser，德国十三世纪的吟游诗人。瓦格纳根据传说中的故事，将这位诗人的情爱生活写成了著名的三幕歌剧。

3　德语，注重精神生活。

程，疯狂，弯弯曲曲；然后往下行，通过法国南部，进入意大利（途经里维埃拉海滨），一直到南面的佛罗伦萨；然后再往北走，到维罗纳和威尼斯，越过阿尔卑斯山，穿越提契诺州，再次进入奥地利；然后再次向北穿过德国，接着进入法国，最后到巴黎，在那里，最后一次向我揭示了事实的真相（或者说事实真相中的一种），但并没有（暂时没有）使我获得自由。

这种低效的行进线路也许听起来令人难以置信，但是当你意识到，整个旅程只用了两个半星期，会觉得更让人难以置信。我几乎什么都没有看。我们大多数时候就是开车与讲话。还有做爱。当我私底下要阿德里安时，他很无能，但他在大庭广众之下：在海滩小屋、在停车场、在机场、在废墟、在寺院与教堂，却变得贪得无厌与精力旺盛。除非他可以用一种行为打破至少两个禁忌，否则他一点兴趣也没有。真正会使他亢奋的一定是在教堂里鸡奸他母亲的机会。尔在众女子中受赞颂，尔胎之果并受赞颂[1]，云云。

·

我们谈了又谈。我们不停地交谈。行车时的心理分析。追忆似水年华。我们罗列了消磨时光的明细表：我以前的男友、他以前的女友、各种各样的性交（群交、爱的性交、负罪的性交等等）、性交的不同场所（在波音七〇七的浴室里，在老伊丽莎白女王遗弃的犹太教堂里，在约克郡的荒废的修道院里，在划艇上，在墓地）……我必须承认，一些是我编撰出来的，但

1 取自罗马天主教颂扬圣母马利亚的《圣母经》（*Hail Mary*）。

是主要是逗乐，而不是在意事实真相。当然，你也不会认为我在这儿讲的是事实真相吧？

阿德里安像我认识或性交过的其他每一个心理医生一样，想从我过去的生活中找到模式。最好是重复型模式、自我毁灭型模式——不过随便什么模式都可以。当然，我努力满足他们的愿望。这也不难做到。涉及男人的地方，我总是缺乏一种简单的品质，这种品质被称为谨慎，或者你也许会称其为常识。我遇见了一个会令任何自重的女人都要躲开他几英里远的男人，却从他所有令人疑惑的特点中，成功地寻找到了可爱的东西；从他的狂热中，寻找到了十分诱人的东西。阿德里安喜欢听到这样的话。当然，他把自己排除在我所认为的其他精神病患者的行列之外。他从未想到，他也是一个模式中的一部分。

“在你认识的人中，我是唯一一个你无法分类的人。”他得意地说。接着，他就等待着我对其他人进行分类。我顺了他的意。哦，我知道，我正在将我的生活变成一种常规表演，一个生产编号，一条绒毛狗的故事，一个恶心的笑话，一个小玩意。我想到了所有的渴望、痛苦、（发出与未发出的）信件、哭泣中的狂欢、电话独白、磨难、理性化过程、分析过程，它们都是这些关系中的一分子，这些系统中的一分子，这些谱系中的一分子。我知道，我描写它们的方式是背叛了它们的复杂性、它们的人性、它们的混乱。生活没有情节。它远比你能对它的描写有意义，因为语言按照自身的性质，给事物以秩序，而生活事实上是没有秩序的。即使是那些作家，他们对生活的美丽无序怀着敬意，努力将其都写进他们的书中，结果却使其似乎比任何时候都有秩序，最终没有讲真话。因为作家任何时候都不可能对生活讲真话，那就是说，生活比任何书本更有意思。作家无法讲出人们的真实——因为人们比任何作品人物都有趣得多。

“所以不要再讲要命的写作的道道了,向我谈谈你第一任丈夫的事吧。”阿德里安说。

“好。好。”

一二

疯子

情人与疯子大多神志不清，
幻想起来如此稀奇古怪，
清醒的理性难以理解。
疯子、情人和诗人，
凝聚了所有想象的能力：
疯子眼中看到的妖魔，多于广阔的地狱容量；
情人万分疯癫，
在埃及人的额头看到了海伦的美丽；
那诗人的眼睛狂热地一转，
从天上看到地上，从地上转到天上。
于是，当想象的力量喷涌向前
未知事物的形状，诗人的笔墨
赋予它们生动的形象，赋予那飘渺的虚无
一个寓所与一个名字……

——莎士比亚《仲夏夜之梦》

你必须对他进行一番想象：个矮，肤黑，棕色的胡须浓密——（我与皮娅会说）集彼得·洛尔[1]、阿尔弗雷德·德雷克[2]以及亨弗莱·鲍嘉于一身，或许有时还应把演《小恺撒》的爱德华·G. 鲁宾逊[3]也包括在其中。他喜欢像他年轻时所看的电影里的男主角那样说粗话。如他所说，他是一个电影迷，即使在读大学时，他有时一天去看两三场电影，最好是在（如他所谓的）“让人呕吐的房子”——那些在四十二号街的破房子。被遗弃的人睡在那里，变态者（布赖恩的母亲称他们是“扁态者”）在那里说着梦话，那里有两倍或者三倍价格的战争片、西部片或罗马史诗片。

尽管布赖恩热衷于劣质电影以及爱德华·G. 鲁宾逊的动作片，但他是一个天才，一个真正智商在两百以上的孩子。他到哥伦比亚大学时，创造了学校自主命题考试的最高分纪录，获得过辩论社奖、他在加利福尼亚上的每所学校所授予他的“公民”奖，还有令人刮目相看的始于十六岁的精神崩溃史。只是我很晚才知道这些，是在我们结婚后他再次住进医院时才知道的。这与其说是他在欺骗我，不如说他从不认为自己是疯狂的。疯狂的是这个世界。对于这一点，我当然赞同他的看法——直到他想从窗口飞出去，并想带我一起飞翔为止。

1　Peter Lorre（1904－1964），犹太裔著名演员，以出演反派著称，曾在电影《卡萨布兰卡》中与鲍嘉演对手戏。

2　Alfred Drake（1914－1992），百老汇著名音乐剧演员。

3　Edward G.Robinson（1893－1973），以在动作片中饰演强盗角色而出名的美国电影演员。

很可能是因为布赖恩的出色与他滔滔不绝的雄辩口才，最先使我爱上了他。他是一位了不起的模仿者，一位魅力无穷的健谈者，似乎是从爱尔兰酒吧或 J. M. 辛格[1]的戏剧里出来的一位天才能言善辩家。他巧舌如簧；他就是西方世界的花花公子（直接来自洛杉矶）。我总是十分看重文字功夫，经常会犯相信雄辩而不相信事实的错误。一个精辟的词组，一行美妙的文字，一个简洁的对句或者一个令人热血沸腾的比喻，都能捕获我的心（以及我的身）。你有没有听说过那首名叫《宝贝让我干你》的摇滚歌曲？那首在电台中播出了短暂的时间就被打入永远禁播行列的歌曲？它的歌词是这样的：

宝贝让我干你
宝贝让我来
弹奏你这架琴……

不过，用在我身上，歌词应该这样写：

亲爱的让我干你的
比喻
亲爱的让我安睡在你的
诗文的停顿中……

1 J. M. Synge（1871 — 1909），爱尔兰剧作家，他的戏剧以爱尔兰乡村生活为题材，《西方世界的花花公子》（1907）是其代表作。

一定是布赖恩的聪明才智让我选择了他。你可不知道，那个时候哥伦比亚大学的其他聪明男孩都是什么样子：他们在法兰绒衬衣的胸前口袋里插了二十五支圆珠笔，厚厚的眼镜镶着肉色的镜框，耳朵患有黑头病，脖子上长着脓包，穿着打褶的裤子，头发油腻，（有时）头戴一顶单靠一只发夹别住的圆顶小帽。他们在布朗克斯喝了他们母亲做的逾越节煎饼球汤后，便来到了位于晨边高地的摩西·哈达[1]以及吉尔伯特·海特[2]的教室里听课。在那里，他们饱读文学与哲学，成绩优异，但是他们似乎始终不失笨拙的样子，不失书生的拘谨，没有半点魅力与风度。

布赖恩学习成绩同样优异，但他却拥有那些男孩所没有的东西：风度。他似乎从不把时间花在学习上。当他有一份十页纸的论文作业要做的时候，他就从纸袋里拿出十页邦得可擦抹牌打印纸，直接就在纸上打出来，直到一口气打好十页为止。他经常在规定交论文的那个上午把这十页论文奇迹般地打出来。他知道的东西很多，很多，很多。不仅知道中世纪的历史与罗马历史，知道文艺复兴时期的哲学家以及早期的教会神父们，知道世俗与神职方面的事情、财政卷筒卷宗[3]与奥古斯丁的政治思想、狮心王理查与诺曼底公爵罗洛，知道阿伯拉尔与阿

1　Moses Hadas（1890－1966），美国教师，经典著作学者，翻译家。长期任教于哥伦比亚大学。

2　Gilbert Highet（1906－1978），美国学者及作家，一九三八至一九七二年任哥伦比亚大学古典文学教授。

3　专指十二至十九世纪的英国财政部年度记录，亦称财政部大档，后来意义扩大到如宗教等其他领域的财政记录。

尔昆、亚历山大大帝与阿尔弗雷德大帝，知道布克哈特与《贝奥武甫》、阿威罗伊与阿维尼翁、吟咏诗歌[1]与教皇格雷戈里的改革、狮子亨利[2]与赫拉克利特、异教邪说的本质与托马斯·霍布斯的著作、叛教者尤里安[3]与雅各布内·达·托迪[4]、《尼伯龙根之歌》与唯名论[5]史——还知道葡萄酒的酿制与餐馆，知道中央公园里所有树木的名称，知道晨边车道上银杏树的雌雄，知道飞鸟的名称、花草的品名，知道莎士比亚的孩子出生的日期，知道雪莱沉船的确切地点，知道查理 · 卓别林的影片拍摄的时间顺序，知道奶牛解剖的细节（以及如何在超市里挑选一块块的肉），知道吉尔伯特与沙利文写的每一首歌的歌词、每一个莫扎特曲目的克歇尔[6]编号，知道在过去二十年里每一种体育项目的奥林匹克冠军，知道美国每一个主要棒球队员的击球平均数、狄更斯笔下每部小说中的人物、米老鼠手表最初推销的日期、老爷车的风格以及每一款老爷车品牌还剩下多少辆车以及谁拥有它们（布加迪与伊斯帕诺-苏莎是他的最爱）、人们在十

1 专指十二、十三世纪的宗教讽喻诗，由法国、德国、西班牙、意大利和英国大学里的教会学生创作来反抗教会内部日益加深的矛盾。

2 Henry the Lion（1129 — 1195），德意志诸侯和统帅。

3 Julian the Apostate（331 — 363），君士坦丁王朝的罗马皇帝（361 — 363）。他是罗马帝国最后一位异教皇帝，因恢复罗马传统宗教并宣布与基督教决裂，而被基督教会称为“叛教者”。

4 Jacopone da Todi（1236 — 1306），意大利修士，写过赞美诗，是意大利戏剧的先驱。

5 中世纪经院哲学围绕个别与共相的关系之争形成的两个对立派别（唯名论与实在论）之一。

6 Köchel（1800 — 1877），他在一八六二年出版了莫扎特作品的按年代与主题排序的排序表。莫扎特的作品编号经常以其姓名缩写 k 来表示。

六世纪穿的盔甲（及其与十三世纪的盔甲的差别）、青蛙如何私通以及针叶树如何交欢、《印度爱经》中所有的性交姿势、中世纪所有酷刑的刑具名称以及无穷无尽的诸如此类的内容。

我是不是把他说得叫人反感？有人反感他。但大伙都觉得他给人带来快乐。他是一个天生的小丑，一个杂耍演员，一个喋喋不休的人。他给人的感觉是始终充满热情。他一天里做的事比人们十天里做的事还要多,而且他总显得兴高采烈的样子。很自然，那深深吸引了我——对生活体验是那么如饥似渴与狼吞虎咽。在我新生生活的第二个星期（而他是大二的学生），我们相遇了，从此我们几乎形影不离。哦，我保留有时与别人一同外出的权利，但是他却做到了不时来到我的面前，与我交谈，送我礼物，帮我打印论文，翻遍书架寻找我需要的书籍，给我写信，给我打电话，为我送花赠诗，并信誓旦旦地说对我不变心，把我淹没在他爱情的海洋中。毫无疑问，其他的男生似乎就成了苍白无力的模仿者。

那个时候，到处是运动员、知识分子、兄弟会学生以及独立派人士。布赖恩不属于哪一党与哪一派，但具有了他们所有的特点。他是个有独创精神的人，是一个人物，也许是一部除了性以外通晓所有主题的知识的百科全书，他唯一不通的也许就是性了。在性方面，他首先知道的是理论，而不是实践。我们两人同时失去童贞，或者说几乎是同时。我说“几乎”，是因为经过那些年狂热的指交与频繁的手淫后，我怀疑我是否还留有童贞；而布赖恩在十六岁时有一次在提华纳，去过妓院——是他父亲给他的生日贺礼。他父亲开车送他及他十六岁生日宴的一车伙伴一块儿去的。

按布赖恩的描述，那可是一次惨败的经历。那个妓女一直在说:“快啊，快!”于是布赖恩硬不起来了，而他的父亲（正如俄狄浦斯那样）先与她性交了，他的伙伴们又在不停地敲门。那也说不上是性启蒙；如性交手册上所说，没有完成插入的动作。因此，我猜，你们可以说我们是一起丧失了童贞的。我十七岁（依然是个未成年少女，正如布赖恩优雅地提醒我的那样)，而他十九岁。我们刚认识两个月——这两个月里在河滨公园，粗暴地对待我们的本能；在摆放经典文库的桌子底下，我们“一块儿钻研”（在索福克勒斯、伯里克利以及恺撒大帝警觉而无光的目光注视下)；或是在我父母起居室里的沙发上，或是在勃特勒图书馆的书架之间（我后来吃惊地听说，一些亵渎神灵的学生真的在那里做爱)。最后，我们在布赖恩的河滨道上那套底楼公寓里相互获得了（用十八世纪那个迷人的说辞）“最后的恩惠”。在那里，蟑螂（也许它们是半翅类水虫）比我的拳头（或许说比他的阴茎）还大，而且布赖恩的两个室友持续不断地敲门，借口说如果我们读完了《周日时报》，就把它借给他们。

布赖恩的房间——那个零乱的临时住处的六个房间之一——与锅炉共享着一垛墙。那是唯一的取暖设施。一垛墙始终像火焰一样滚烫，另一垛墙则冷得（用布赖恩的话说）像巫女的奶头。你只有靠开窗（而窗子开向一条类似水泥沟的地方，沟比人行道低一个楼层)，把冷空气放进来，以调节室温。由于风是从河面上吹来的，非常寒冷，足以抵消锅炉的热量——

但不是我们的热量。

正是在这样一个浪漫的环境里，我们初次享受了对方。二手床在我们身下“吱吱”直响，那是两个星期前布赖恩从哥伦比亚大街上一个波多黎各的旧货商那里，怀着期盼、战战兢兢地买下的。

当然，最终，我不得不去怂恿他。我保证，自从有伊甸园以来，情况没有多少变化。后来，我哭了，布赖恩上来安慰我，就如处女们多少世纪以来勾引男人，而男人安慰她们一样。我俩躺在烛光下（布赖恩出于他的浪漫情怀，也许是出于他天生的象征主义感受，他在我们给对方脱去衣服前，在床头柜上点亮了一支小蜡烛），倾听着满是灰垢的黑乎乎的窗子外面的水泥井里的巷猫在那里“喵呜”的叫声。有时，其中一只猫会跳到堆得满满的垃圾箱的垃圾堆上，把上面的一只空啤酒罐踢到地上，于是房间里回响起空罐头落到人行道上的响声。

开始，我们之间的浪漫是美好的，精神性的，充满童稚气息。（在后来那些时间里，我们听上去将会更像是斯特林堡戏剧中的对话。）我们常常在床上给对方读诗，讨论生活与艺术的不同，思考着如果莫德·冈真嫁给了叶芝，叶芝是否会成为伟大的诗人这样的问题。春天，你会看到我们一起选了一门莎士比亚课程，我想所有年轻的恋人都会这样做的。在四月一个阳光明媚但依然有点春寒料峭的日子里，我们坐在河滨公园的一个长凳上给对方朗读《冬天的故事》[1]。

1　莎士比亚的喜剧。

当水仙花露出脸蛋张望，
嗨！山谷那边多情的姑娘——
迎来了一年里最美妙的时光，
白花花的严冬换来热血狂潮……

百灵鸟快活地鸣啭放歌，
嗨！嗨！还有画眉与喜鹊——
尽是我与姨娘们的夏日歌谣，
当我们在草堆里翻滚的时候。[1]

布赖恩忙着向我这位珀迪塔[2]扮演弗罗利泽[3]（“你这些不寻常的装束使你每一个地方／都有了生命——不像一个牧羊女，而像花神／出现在四月之初……”[4]），一大群顽童——八九岁的黑人与波多黎各孩子——被我们的朗诵吸引住了，零零散散地坐在长凳上，坐在我们身旁的草地上，似乎沉浸在我们的表演中。

一个孩子坐在我脚旁，虔诚地抬头看着我。我兴奋极了。诗毕竟是最普遍的声音啊！莎士比亚的戏剧确实意义非凡，它甚至能够吸引最天真无邪、没有教养者的耳朵。我的一切信念似乎得到了证实。我带着新的激情朗诵了起来：

1 出自《冬天的故事》第四幕第三场。
2 《冬天的故事》中的女主人公。
3 《冬天的故事》中的男主人公。
4 出自《冬天的故事》第四幕第四场。

然而天工没有办法改善
天然就是天工。因此，在那种艺术上
增添了天工，是一种天然所为的艺术
你看，亲爱的姑娘，我们把
温良的物种配接到野树上
用一种高贵的果实孕育了
一种低劣的树木。这是一种艺术
确实弥补了天工——改变了天工；
然而，这艺术本身就是天工。

（是莎士比亚在呼吁公开征婚与/或高低种族间通婚？）

听了几页后，孩子们开始耐不住了，再说，一动不动地坐在同一个地方也太冷了，于是我们拿起东西，在孩子们离开后不久便也离开了。

“那不是很有意思吗，亲爱的？”在我们走出公园时，我问道。

布赖恩哈哈大笑起来。“人们的心声基本上只是一句牢骚。”他说。这是他最喜欢的名言，我不清楚他从哪里引来的。后来我发现，我放在手提包里的钱袋丢失了，在我们朗读的时候，我的手提包放在长凳上，没有合上。我不能肯定是那群孩子偷走了呢，还是我早就弄丢了没有注意到。有那么一会儿，我疯狂地认为，也许是布赖恩拿走了，用以证明一个关于“普通人”的观点。他像我的母亲一样，是一个霍布斯主义者。至少到他发现他是耶稣基督并经历了性格与信仰的转变为止。

他的疯狂呢？他疯狂的最初迹象是什么？这很难说。一位大学同学最近告诉我，她一开始就清楚，布赖恩有点古怪，而“从不愿意与他待在一起”。可是，确切地说，我喜欢的正是布赖恩的古怪。他古怪，他不像任何其他人，他以一个诗人的眼光看世界（虽然他没有写诗的才赋）。他的眼里宇宙是有生命的，由精灵们居住着。水果会对他讲话。当他削苹果时，他会使得苹果似乎通过腹语术在那里哭泣。他在橘子与橙子上施用同样的腹语伎俩，甚至还用在了香蕉上——使得它们又是唱歌，又是说话，甚至还朗诵起诗歌。

他改变着他的声音与脸部表情，以配合他的情绪。他一会儿是爱德华·G. 鲁宾逊演的阿尔·卡彭，一会儿是演福尔摩斯的巴兹尔·拉恩伯恩，一会儿是精灵格林姆鹰（我们一块儿杜撰出来的人物），一会儿是莎士狼（又一个想象出来的角色：部分是莎士比亚，部分是依偎蜷伏的牧羊犬——一只写诗的猎犬）……我们共处那些漫长的日日夜夜都在上课、角色扮演、演小剧——布赖恩经常是演出者，我是一个忠实的观众！我们常常漫步走啊，走啊，走啊，从哥伦比亚走到格林尼治村，跨过布鲁克林大桥（当然，一边背诵着哈特·克莱恩的诗歌），然后再一路返回曼哈顿——而且从不厌倦。在餐馆吃饭时，我们从不沉默寡言，像那些严肃的青年已婚夫妇那样。我们始终在那里有说有笑。

直到我们结婚。婚姻毁了一切。四年里我们是恋人、密友、莎士比亚专家——我们结婚了，把这一切全毁了。我从没想要结婚。婚姻似乎总是在将来有足够时间去面对的事情。

在遥远的将来。但是布赖恩想拥有我的灵魂。他担心我会飞走。于是他给我发出了最后通牒：嫁给我，否则我就要离开你。我一方面害怕失去他，一方面又想离开家，而且即将大学毕业，也不知道究竟还有其他什么事可做——于是我就嫁给了他。

事实上，我们没有钱生活。我读研究生的奖学金，是一小笔信托基金，几年里我都不能使用，还有我二十一岁生日时父母送我的几只股票，它们正在飞快地下跌。布赖恩因对学校当局不满而一气之下从研究生院辍学了，现在他突然觉得他不得不找一份工作。我们的生活发生了巨大的变化。我开始意识到，成了家的夫妇一旦爬进了中产阶级的笼子里，相互见面的时间就很少。我们抒情诗般的生活终结了。长时间的漫步，一块儿的学习，懒洋洋躺在床上的那些下午，都属于已逝去的黄金时代。布赖恩现在每一个白天（以及大多数的夜晚）都在一家市场研究小公司里辛勤工作，对着电脑大汗淋漓，焦急地等待着人们的答复，而问题都是那样惊天动地，如读过两年大学的女人是否比大学毕业的女人购买的清洁剂多。他以他曾投入中世纪历史以及其他事情上的狂热与激情投入到市场调查中。他必须知道一切，他必须比其他人更努力，包括他的老板——他在布赖恩住进精神病院后不久便以几百万美元现钞把他的公司出售了。后来事实证明，整个操作流程都是在欺骗。但到真相大白时，布赖恩的老板早已生活在瑞士的一个古堡，有一个年轻的新妻子相伴，而布赖恩却“被证明患有精神病”。虽然布赖恩聪明绝顶，但他不知道（或者说他不想知道），他的老板是个骗子。他常常坐在那儿，注视着电脑，一直注视到深夜十二点钟。在这同时，我埋头于勃特勒图书馆的书架之间，大汗淋漓地写一篇关于英国诗歌中的脏话的滑稽可笑的论文（我那异常保守的论文指导老师给这篇论文起的题目是“英国十八世纪中叶诗歌中的性俚语”）。早在那个时候，我就是一个学究式的色情作品作者。

我们的婚姻越来越糟糕。布赖恩不再与我做爱。我乞求他，恳求他，问他，我有什么过错。我开始憎恨自己，开始感到自己长得丑陋，感到得不到宠爱，感到自己身上有臭味——想到丈夫不与之做爱的妻子的所有典型的症状；我开始产生了与看门人、流浪汉、西区酒吧的服务生、大学里的研究生等进行速交的非分之想，甚至还想到了（上帝啊！）教授们。我会坐在“十八世纪英国文学高级研讨会”上，一边听着一位古怪的研究生唠唠叨叨谈论着内厄姆·泰特对莎士比亚戏剧的改写，一边想象着与班里（嘿嘿）每一个男生进行着口交。有时，我会想象自己真正与哈林顿·斯坦顿教授做爱，那是一位五十来岁的纯正的波士顿人，他出身新英格兰的名门——一个以政治、诗歌以及精神病而闻名的家族。斯坦顿教授笑声朗朗，他总是把詹姆斯·鲍斯韦尔[1]称作鲍兹——仿佛他们晚上在西区一块儿喝过酒（我确实怀疑他们喝过）。曾经有人说起斯坦顿时称他“非常出色，只是没有完全接通电源”。说得很恰当。虽然他往来于

1 James Boswell（1740 — 1795），英国文学大师，传记作家，现代传记文学的开创者。

社会名流之间，但他却在神志清醒与糊涂间来回跳跃，从不长时间保持一种状态，叫人有点摸不着头脑。斯坦顿教授会怎样做爱呢？他深深迷恋于十八世纪的脏话。也许我们做爱时，他会在我的耳边悄悄地说“阴”与“睾”（代表“女阴”与“睾丸”）这样的字眼？也许我会发现，他把他家族的纹章文在他的包皮上？我坐在那儿，对自己这些想入非非感到好笑，而斯坦顿教授则会朝我粲然一笑，以为我是因为他的妙语连珠而格格发笑的。

可是这些可怜的想入非非又有什么用呢？我丈夫停止与我做爱。他认为，他那样工作已经够辛苦了。每晚我独自含泪而睡，或者趁他入睡后，走进卫生间手淫一番。我年方二十一岁半，充满着性饥渴。回溯时，事情似乎再简单不过，我为什么不找别人？我为什么不来一段婚外情，或者离他而去，或者坚持搞什么性自由？但是，我是一个五十年代的好女孩。我是在一面听着弗兰克·辛纳屈的歌曲《凌晨时分》，一面手淫中长大的。除了我的丈夫外，我从没有与其他的男人睡过觉。虽曾按某些神秘的不成文的行为规范行事，摸过“腰部之上”与“腰部之下”的区域，但是，与别的男人有婚外情似乎就做过了头，我甚至想都不会想。再说，我相信，布赖恩不与我做爱，过错在于我，不在于他。我要么是一个荡妇（因为我想一个月不只做爱一次），要么缺乏吸引力。也可能问题出在布赖恩的年龄上。我是在听惯了五十年代多种性爱传说中长大的。这些传说是——

1. 不存在强奸这样的事。除非最终得到女人的首肯，否则无人强奸得了她。

（我读高中时的女生们常常虔诚地相互反复传达这个想法。只有上帝知道我们是从哪里获得的。它成了大家认可的智慧，于是我们像机器人一样相互传达。）

2. 存在着两种性高潮：阴道性高潮与阴蒂性高潮。一种是“成熟的”（即善的），另一种是“不成熟的”（即恶的）。一种是“正常的”（即善的），另一种是“神经质的”（即恶的）。

（这种伪嬉皮、伪心理学的道德准则属于加尔文主义信徒的准则，而不是加尔文主义本身。）

3. 男性在十六岁达到性高峰，之后就开始衰退……

布赖恩二十四岁。毫无疑问，他已经过了高峰期。过高峰已有八年了。如果他在二十四岁时，每月与我做爱一次——不难想象，在三十四岁时，他与我做爱将多么难得！想想也吓人。

要不是我们婚姻的其他方面都出现了问题的话，也许，性爱也不是什么大不了的事。我们相互间从不见面。他在办公室一直待到夜里七点、八点、九点、十点、十一点、十二点。我料理着家事，在图书馆十八世纪的性俚语研究中腐烂。理想的中产阶级的婚姻。丈夫与妻子没有在一起共度的时光。婚姻夺去了我们之所以结婚的一个理由。

这种状况持续了几个月光景。我越来越沮丧，我觉得早晨越来越起不了床。我通常昏睡到中午。我开始削减几乎所有课程，除了最为神圣不可削减的：高级研讨班。研究生院的学习对我来说很滑稽可笑。我是因为热爱文学，所以上了研究生院，但在研究生院不学文学，在那里学习的是文学批评。有的教授写了一本书来“证明”《汤姆·琼斯》事实上是一本马克思主义的寓言小说。另一位教授写了一本书来“证明”《汤姆·琼斯》事实上是一本基督教的寓言书。还有一位教授写了一本书来“证明”《汤姆·琼斯》实际上是一本工业革命的寓言小说。你应该记住所有这些教授以及所有的文学理论，这样你就能通过有关它们的考试。没有人在乎你读不读《汤姆·琼斯》，只要你能滔滔不绝地说出各种理论的名称以及谁创立了这些理论就行。所有的文学批评书目都有着类似《笑的修辞》《亨利·菲尔丁小说的喜剧性限定词》或《讽刺辩证的审美内涵》这样的书名。菲尔丁都会在坟墓里辗转反侧起来。我的反应就是尽可能在上课时睡觉。

事实却是，我总是一个优等学生，测试对我来说很容易；可是在研究生院，胡说八道太多，让你简直无法听而不闻。因此，我就在胡说八道时睡大觉。我睡过了五月份综合考试。应该写论文时，我睡着了。在罕有的几次，我去上课的时候，坐在教室里，在笔记本上涂写着诗歌。有一天，我鼓足勇气，把我的麻烦向斯坦顿教授倾诉了出来。

“我想，我并不想成为一个教授。”我说，穿着紫色绒革靴的脚在发抖。这是对神圣的亵渎。我拿的伍德罗·威尔逊奖学金就是要让我到大学教书的。这就像是公然宣称放弃对上帝、国家以及国旗的信仰一样。

“可你是一个如此优秀的学生，斯托勒曼太太，否则你能做其他什么事呢?”

（确实，还有其他什么事呢？除了《讽刺辩证的美国内涵》

外还会有什么呢?)

“嗯，我想，我要搞写作，”我说，口气充满着歉意，似乎这是值得道歉的事，“我想，我要打败我的母亲。”

斯坦顿教授一脸迷惑。“哦，那个……”他说，满脸狐疑。学生们大概总是怀着像想搞写作这样的毫无意义的志向来找他。

“你知道，斯坦顿教授，我酷爱讽刺，所以我开始学习十八世纪英国文学，但是我想，我是想创作讽刺，而不是对讽刺进行批评。而且文学批评似乎并不非常令人满意。”

“令人满意!”

我喘着粗气。

“是什么让你觉得，研究生院应该是令人满意的? 文学是一份工作，不是一种乐趣。”他说。

“是的。”我怯声怯气地说。

“你因为热爱读书，因为热爱文学，所以来读研究生——可是，读文学很辛苦！它不是一种娱乐!”斯坦顿教授似乎找到了真正的主题。

“是的，但是恕我冒昧，斯坦顿教授，所有这些文学批评确实看上去与菲尔丁、蒲柏或斯威夫特的精神实质是不相一致的。我是说，我常常想象这些作家躺在他们的坟墓里对我们大加嘲笑。这正是他们会觉得可笑的事情。我是说，我读过蒲柏、斯威夫特以及菲尔丁，他们使得我想要写作。他们首先使得我想写诗歌。文学批评对我来说似乎有点愚蠢。对不起，我这样说，但它确实是如此。”

“谁委派你担当起蒲柏、斯威夫特或菲尔丁的精神保护神了？”

“没有谁。”

“那么，你究竟有什么好忿忿不平？”

“我不是忿忿不平。我只是在想，我也许犯了个错误。我想，我确实想写作。”

“斯托勒曼太太，等你把哲学博士学位稳稳地揣进怀里之后，你有足够时间写作。而且万一你成不了埃米莉·狄金森，你也总有可依靠的东西。”

“我想，你说得对。”我说，然后回家去睡觉。

布赖恩在六月里“轰然”一声将我惊醒。我不敢肯定具体是什么时候开始的，但是在六月中旬的某个时候。我注意到，他比平时更加狂躁。他已经完全不睡觉了。他要我也整个晚上与他一起不睡觉，讨论上苍与地狱。这在布赖恩并不反常。他始终对上苍与地狱兴趣极其浓厚。但是现在他常常谈论基督重临，他用全新的方法谈论这个话题。

如果基督以一个默默无闻的市场研究人员的身份重返地球怎么办（他问）？

如果人们不再相信他怎么办？

如果他在中央公园的湖上行走，努力证明他的身份怎么办？哥伦比亚广播公司的晚间新闻会报道这样的事吗？会被当作人们感兴趣的故事来安排吗？

我哈哈笑了起来。布赖恩也笑了。那只是供写科幻小说的一个想法，他说。那只是一个玩笑。

在接下来的日子里，玩笑越来越多。

如果他是天神宙斯，我是天后赫拉怎么办？如果他是但丁，我是比阿特丽斯怎么办？如果我们每一个人同时是两种存在，既是物质又是反物质，既是三维的又是无维度的，怎么办？如果乘地铁的人们确实通过心灵感应与他交流，并请求他拯救他们怎么办？如果基督回来将中央公园的动物园里所有的动物都释放了怎么办？如果牦牛跟在他身后走过第五大街，群鸟停栖在他肩上唱歌怎么办？那时人们会相信他是谁吗？如果他祝福计算机，而计算机不是吐出一张张打印纸（纸上写着妻子们购买最多的清洁剂），而是开始吐出面包与鱼，那可怎么办？如果这个世界确实受一台巨大的计算机控制，而又除布赖恩以外谁都不知道，那怎么办？如果这台巨大的计算机是靠人血为动力运行的怎么办？如果像萨特所说的那样，我们现在都身处地狱之中怎么办？如果我们都受其他复杂的机器控制怎么办？这些复杂的机器受其他复杂的机器控制着，它们又受着其他的复杂机器的控制怎么办？如果我们根本没有自由怎么办？如果人类只有通过在十字架的死亡来主张自由怎么办？如果你整整一个星期都是闭着眼睛，朝着红灯，穿过一条条纽约的街道，而没有一辆汽车将你擦伤，怎么办？那是不是证明你就是上帝呢？如果你随意打开一本书，书中每一个段落都写有“上帝”的字样怎么办？那是否就是足够的证据？

夜复一夜，这样的问题持续不断。他像一个问答式教育者一样对我重复说：怎么办？怎么办？怎么办？听我说。别睡觉！世界都快完蛋了，你还要睡觉！听我说！

在他极其渴望有一个始终忠实的听众的时候，他甚至还抽打过我的脸颊一两次，唤我醒来，不要睡觉。我蒙蒙眬眬，睡眼惺忪地听啊听。听啊听。在第五夜以后，不可能再怀疑了，布赖恩并没有写科幻小说的计划。他自己就是重临的基督。这种觉醒是慢慢到来的。一旦觉醒，我事实上不敢确定，他并不是上帝。但是，根据他的逻辑，如果他是基督，那么我就是圣灵。虽然我睡眼惺忪，但我清楚，那是疯了。

星期五，布赖恩的老板离城去度周末，委托他与一个生产一种名叫“神奇泡沫”的炉子清洁产品的厂家签订一项重大协议。布赖恩应该在星期六，在计算机中心与神奇泡沫厂的人会面，但他始终没有到达那里。神奇泡沫厂的人等待着。后来，他们给我打了电话。接着，他们再次打来了电话。布赖恩没有来。我给所有能想到的人打了电话，最后只好坐在家里，咬手指头，知道可怕的事情来了。

五点钟的时候，布赖恩打来电话说要读一首“诗歌”给我听，他声称，那是他穿越中央公园湖面时写的。诗歌是这样的:

如果神奇泡沫是一个气泡，
它为什么该死的要带来如此之多的麻烦?
我们如无所行动世界将成一堆瓦砾
都是因为一个愚蠢的气泡。

“你喜欢这首诗吗，亲爱的?”他问道，十分天真的样子。

“布赖恩——你有没有意识到,神奇泡沫厂的人一整天都想联系到你?”

“那不是太神奇了吗？它确实把整个的事情都进行了概括，我想。我打算把它寄给《纽约时报》。唯一让我担心的是，《纽约时报》是否会刊登一首带有‘该死的’字眼的诗歌。你怎么看？”

“布赖恩——你有没有意识到，我一整天都坐在这儿，回答神奇泡沫厂打来的电话？你究竟见鬼的去了哪里？”

“那确确实实正是我去的地方。”

“哪里？”

“见鬼去了。正如你在地狱，我在地狱，我们都在地狱一样。你对像神奇泡沫这样的气泡有什么好担心的？”

“我以上帝的名义问你，你如何处理这份协议？”

“就那样。”

“就哪样？”

“以上帝的名义，我要把它忘了。我不会去处理那个协议。你为什么不进城来见我，我要给你看我的诗。”

“你在哪里？”

“在地狱。”

“好，我知道你在地狱，但是我到哪里去见你？”

“你应该知道啊。你把我送到这儿的。”

“哪里？”

“地狱。那就是我现在所在的地方。那就是你现在所在的地方。你太慢了，宝贝。”

“布赖恩，请理智些——”

“我十分理智。是你在关心一个小小的气泡。是你认为神奇泡沫的电话很重要。”

“只要告诉我，到地狱的哪个角落去见你，我就会来了。我保证我会来的。只是要告诉我，在哪个角落。”

“你难道不知道？”

“不知道。我确实不知道。请告诉我吧。”

“我想，你是在捉弄我。”

“布赖恩，亲爱的，我只是想去见你。请让我去见你吧。”

“你现在就可以在你的心中见到我。你视而不见，那是你咎由自取。你与李尔王都咎由自取。”

“你是不是在一个电话亭里？还是在一个酒吧？请告诉我。”

“你早就知道了！”

谈话这样持续了一些时间。布赖恩挂断过两次电话，接着又打了回来。最后，他答应辨认一下他所在的电话亭，但不是说出它的名称，而是给了一个谜面。我不得不猜谜，排除可能项。这又花去了二十多分钟与一些硬币。最后弄清楚，他原来是在街头酒吧。我冲出家门，唤了一辆出租车，去接他。我得知，这一天他一直在中央公园湖上带着波多黎各孩子以及黑人孩子坐游船，给他们买冰淇淋，把钱给公园里的人们，筹划着从地狱逃跑的事宜。他并没有真正在水上行走，但他对水上行走想了很多。现在他准备改变他的生活。他已经发现，他受到一股巨大的超人的力量支配着。其他的人都需要睡觉，他不需要。其他的人都需要工作、学位以及日常生活的装备，他不需要。他将要开启一直在等待着他的那种命运——拯救世界。我将扶助他。

实话与你说吧，连这样的谈话都没有让我感到有什么不快。它使我很激动。想到布赖恩不再做市场研究，我不再上研究生院，我们一块儿去拯救世界，都让我觉得没有什么不对头。事实上，我始终怂恿他不要做市场研究。我曾企图诱惑他与我一块儿到欧洲去，只是去逛一阵子。但是布赖恩总是不同意。他似乎把从事市场研究当作最后一场伟大的十字军东征。

在那个星期六的夜晚，当我们步行穿过城市的时候，让我感到不安的不是他疯癫的言谈，而是他的行为举止。他要我俩都闭上眼睛，不管红灯绿灯，跨越街道（以证明我们是神）。他会走进商店，让店主拿来各式各样的商品，然后用手抚摸着每一件商品，兴高采烈地谈论着，然后走出商店。他会走进咖啡店，先摆弄着每一张桌子上的糖缸，然后才坐下。人们惊异地盯着他看。有时，店主或者服务员会说“不要紧张，伙计，放松些，伙计”，有时他们会把他赶出门。人人都感到他不对劲。空气中充满着他的骚动不安。对布赖恩而言，这只是神性的证明。

“你看，”他说，“他们知道，我就是上帝，他们不清楚如何来应对。”

对我来说，这很艰难，因为我对布赖恩的理论半信半疑。卓越的人在平凡的世界里常常被称作疯子。如果上帝确实重返人间，他很可能会最终来到精神病院。我在莱恩开始发表他的观点前就已经是莱恩思想者。但是我也吓得要死。

当我们最终在凌晨两点钟到家时，布赖恩依然疯疯癫癫，毫无睡意，但我却疲惫不堪了。他要向我显示他的力量。他要证明，他是可以让我满意的。他已经有六个星期没有与我做爱了，但是现在他却与我做爱不止。他像一台机器一样，不愿屈服于性高潮，而且一次次挑逗得我进入高潮。经过三次性高潮后，我疼痛起来，想停下来。我恳求他停止，但他不听。他不停地使劲操我，就像是一个残忍的连环杀手。我一面痛哭，一边求他。

“布赖恩，请你停下。”我哭泣着说。

“你以为我满足不了你！”他尖声喊道。他眼里尽是疯狂。

“你看！”他说着，身子插进了我体内，“你看！你看！你看！”

“布赖恩，请停下！”

“这还不够证明吗？这还不够证明，我是上帝吗？”

“请停下来。”我啜泣着说。

当他最后停下时，猛烈地从我体内抽出，把他那根依然坚挺的东西插入我的嘴里。但我正在痛哭，无法口交。我躺在床上哭泣。我该怎么办？我不想单独与他待在一起，但是我能去哪里？我第一次开始真正相信，他很危险。

突然，布赖恩崩溃了，他痛哭起来。他想把自己阉割了，他说。他希望我们的婚姻是纯粹的，不夹杂肉欲的。他要像阿伯拉尔，他要我像爱洛伊斯。他想净化一切肉体的欲望，这样他才能拯救世界。他想要像太监一样软弱。他想要像基督一样温柔。他想要像圣塞巴斯蒂安一样被许多支箭射中。他用手臂搂着我，匍匐在我腿上哭泣。我抚摸着他的头发，希望他最后能入睡。相反，入睡的是我自己。

我不清楚，我是在什么时候醒来的，但是布赖恩已经起来好几个小时了——也许是整个晚上。我步履蹒跚地走到卫生间，首先看到的就是用透明胶带贴在镜子上的一幅粗俗绘画。上面画着一个带着光环的矮男人长着一个巨大勃起的阴茎。另一个留着长胡子的男人正要与他口交。在他们两人的身后是一只巨大的鹰（像美国鹰的样子），只是这只鹰也明显出现了像人那样的勃起。布赖恩在画的上方歪歪扭扭地写着“圣父、圣子以及圣灵”的字样。

我来到房间里自己的书桌前。我的索引卡片的碎片（包含我论文的所有笔记）零乱地散落在书桌下的地上，像五彩纸屑。桌面上放着许多书：莎士比亚全集、弥尔顿全集都打翻在那儿，彩色墨水把词语与字母圈了出来。一眼望去，我看不出按什么秩序或什么符码，但在书页的边缘上写着充满怒气的旁注，是一些像“哦地狱！”“双背兽[1]！”或者“女人没人味！”之类的。一张被仔细撕碎的二十美元的纸屑洒在莎士比亚与弥尔顿的全集上。在书桌的其他地方放着从艺术书籍里撕下来的复制品。上面都画有上帝、耶稣或者圣塞巴斯蒂安。

我跑进起居室寻找布赖恩，发现他正在调音响上的扩音器。他正在放格伦·古尔德[2]演奏的《哥德堡变奏曲》，他开始将音量调得很响，然后突然把音量调到很轻，产生一种警报的效果。

“在这个社会里，你可以把巴赫的作品播放到怎样的响度？”他问道。“这么响？”他将音量调大。“这样轻？”他把音量调低，

1　最早出自拉伯雷《巨人传》，后来莎士比亚《奥赛罗》中引用。暗指男女面对面性交。

2　Glenn Gould（1932－1982），加拿大著名钢琴演奏家。

低到几乎听不到声音。“你看！在这个社会里，你几乎无法播放巴赫的音乐！”

“布赖恩，你把我的论文弄哪去了？”这是一个设问句。他把我的论文弄哪去了，这再清楚不过了。

布赖恩摆弄着音响，装出没有听到我说的话。

“你把我的论文怎么啦？”

“在这个社会里，你可以把巴赫的作品播放到怎样的响度而不至于把警察招来？

“你把我的论文怎么啦？”

“这样响吗？”他把音量开大。

“你把我的论文怎么啦？”

“这样轻吗？”他把音量调低。

“你把我的论文怎么啦？”

“这样响吗？”

“布赖恩！”我尽自己最大的肺活量大喊道。没有用。我走到我的书桌前，坐在那里，看着他留下的“杰作”，目瞪口呆。我想杀了他，或者杀了我自己。但我没有，我痛哭起来。

布赖恩走了进来。

“你觉得，谁会上天堂？”他问。

我没有回答。

“巴赫会吗？弥尔顿会吗？莎士比亚会吗？莎士狼会吗？圣塞巴斯蒂安这个畜生会吗？阿伯拉尔这匹骟马会吗？水手辛巴达会吗？裁缝丁巴达会吗？狱吏金巴达会吗？诺曼·梅勒会吗？捕鲸人卜巴达会吗？失败者施巴达会吗？骂人者马巴达会吗？

乔伊斯会吗？詹姆斯会吗？但丁会吗？还是他早已去过那里？荷马会去吗？叶芝会吗？哈代会紧接着去吗？拉伯雷会与乌合之众一块儿去吗？维庸会吗？莫扎特会轻松地去吗？马勒会笨拙地去吗？西班牙画家埃尔·格列柯会在电闪雷鸣中去吗？电灯泡会去吗？”我转过身子，看着他。他疯狂地挥舞着手臂，跳上跳下。

“电灯泡会进天堂的！”他喊叫起来，“一定会的！一定会的！”

“你要把我弄疯了！”我极度痛苦地喊叫着。

“你会进天堂的！”他尖叫着说，然后他抓住我的手臂，开始把我领到窗前，“让我们上天堂去！让我们走吧！让我们走吧！”他一把推开窗子，探出身子。

“住手！”我歇斯底里地大声叫道，“我再也无法忍受了！”说着，我开始摇晃他的身子。他一定完全吓坏了，因为他用手卡住我的喉咙，开始勒我。

“闭嘴，”他喊道，“警察会来的！”可是我不再叫了。他的手卡得越来越紧。我开始眼前发黑。

他为什么在卡死我之前就放开了我，我不清楚。也许纯粹是我的傻运吧。我不知道对此如何解释。我所知道的是，当他最终放开我时，我浑身发抖，拼命呼吸（并且我记得，后来发现自己脖子上青一块紫一块的）。我冲进大厅壁橱里，坐在那里，嘴咬住膝盖，哭泣起来。“哦上帝啊，哦上帝啊，哦上帝啊。”我喘着粗气说。然后，我略为平静下来后，给我的家庭医生打了电话。他在东汉普顿。我给我母亲的精神科医生打了电话。他在火烧岛。我给我现在的精神科医生打了电话。他在韦尔夫利特。我给姐姐兰迪的一个朋友打了电话，他是精神病学方面的社会工作者。她告诉我给警察或医生打电话——随便什么医生都行。布赖恩是个精神病人，她说，可能很危险。我不能独自与他在一起。

在六月里的一个星期日，如果你要生病的话，最好到一个海滩旅游胜地去生病，否则找不到医生。最后，我情急之中找了我的内科医生。他会马上过来，他说。五个小时后，他到了。在这整个期间，布赖恩静得出奇。他坐在起居室里，听巴赫的音乐，仿佛听得入了迷。我坐在卧室里，努力理清所发生的一切。我们装作不去理会对方。暴风雨后的宁静。

至少，布赖恩的问题现在有了名目。其重要性仅次于治愈。我被告知，他患有“精神病”，这使我有一种莫名其妙的轻松感。这里有一种疾病需要进行治疗，一个问题需要得到解决。给这个问题一个名目，使得这个问题变得不那么可怕。而且，它也减少了我的负罪感。精神错乱，不是谁的过错。那是上帝所为。这是非常令人安慰的事。所有的自然灾害都非常令人欣慰，因为它们重申了我们的无能为力，否则我们也许会不再相信这一点。有时，知道自己无能为力的程度，会让人感到莫名其妙的平静。

我们那个下午是与约翰·塞巴斯蒂安·巴赫一起捱过的。“音乐具有抚慰野蛮心灵的魔力。”引用康格里夫[1]的话说（他一

---

1 Congreve（1670－1729），英国剧作家。

定在天堂与莫扎特打牌）。当我想到所有那些巴赫帮助我度过的糟糕时光，我敢肯定，他也在天堂。

史蒂文·珀尔马特医生在五点钟的时候走了进来，他连连道歉，满手心都是汗水。从那个时候起，我们的生活就掌握在了医生们以及他们那些自鸣得意的小部属的手里。珀尔马特医生使我相信，我的丈夫布赖恩是“病得很重的年轻人”。他打算“努力救他”。他的努力从给他打一针氯丙嗪开始。在打针的时候，布赖恩跳了起来，冲下后楼梯（十三层楼之多），冲进了河滨公园。我与医生去追赶他，找他，拦住他，哄骗他，看着他再拔腿跳起来，再追他，再哄骗他，等等。其余的细节不仅普通，而且肮脏。从此开始，住院治疗是必然的了。布赖恩现在完全惊慌失措了，他的妄想变得越来越丰富多彩。接下来的几天简直是噩梦。布赖恩的父母从加利福尼亚飞过来，并立即声称，布赖恩完全没有问题，而是我疯了。他们竭力不让他吃任何的药物，他们还不时地嘲笑医生们（必须承认，这不是很难的事）。他们怂恿他离开我，回到加利福尼亚的家中去——似乎离开我会自然而然地让他精神健康起来。珀尔马特医生把布赖恩介绍给了一个心理医生，这位医生英勇奋战了五天，试图让他不必住院治疗，但毫无用处。在布赖恩的母亲与父亲、布赖恩的老板、神奇泡沫厂的人、布赖恩以前的那些善意的教授与医生中间，我们的生命不再属于我们自己。布赖恩遭到那些将成为他的看护人的家伙的缉捕，他每天出现更多次的神经错乱。

在珀尔马特医生造访之后的第五天早晨，布赖恩在中央公园的丽城大厦附近，把他的衣服全都脱下。然后，他试图爬到雅盖洛国王骑的青铜马上，与（手持交叉双剑的）青铜像雅盖洛国王一起骑马。最后警察将他送到西奈山医院的精神病区（一路上汽笛尖叫，氯丙嗪像酒一样流淌）。于是，除了几个周末以外，我们一直没有再待在一起。

又过了八个月左右，我们的婚姻才彻底结束。在布赖恩到西奈山后，他的父母搬来与我一起住，他们日夜指责我，每天晚上与我一起到医院去，从来不给我们哪怕十分钟的时间，让我们单独待在一起。探视的时间只是从六点到七点。甚至从那个时候开始，他们就决心要拆散我们了。再说，即使在我与布赖恩单独待一会的片刻，他也只是在抨击我。我是犹大，他说。我怎么可以把他锁起来？难道我不知道，我会进入地狱的第七层——叛徒们去的地方吗？难道我不清楚，我的罪孽在但丁的书中是最卑鄙的？难道我不知道，我早已入了地狱？

无论如何，地狱也不会比那个夏天差多少。吴庭艳政权刚刚倒台，这个小国家的名字——越南——变得越来越耳熟。巴里·戈德华特正在竞选总统，计划拿下整个东部沿海地区，并延伸到海上。约翰·F. 肯尼迪去世还不到一年。林顿·约翰逊是全国人民心中的击败戈德华特以及维护和平的希望。两个年轻白人，分别名叫古德曼与施韦尔纳，与一个名叫钱尼的年轻黑人一起，到美国南部的密西西比州进行黑人选民的登记工作，结果三人一同惨遭杀害，进了坟墓。哈莱姆[1]与贝德福德-斯特伊

1　纽约著名的黑人居民区。

弗桑特[1]在许多漫长炎热的夏天之初出现了暴乱。布赖恩与此同时正在医院里胡言乱语，他要拯救人类。当然，人类从没比这个时候更需要得到拯救的了。

我们慢慢疏远了。不是一下子就疏远的，也不是因为我与别人约会。在布赖恩住院期间，我根本就不出门。但慢慢地我开始意识到，没有他的日子我是多么快乐啊，他的疯狂能量大大地损耗了我的生命，他疯狂的幻想剥夺了我自己的幻想生活。我慢慢地开始珍惜倾听自己的思想。我开始倾听我自己的梦想。似乎我一直在回音室里生活了五年，然后突然有人把我放了出来。

这个故事的其余内容大多是结局性的。我爱布赖恩，当我意识到我与其说喜欢与他生活在一起，还不如说喜欢没有他的生活，这使我感到万分内疚。而且，在他试图卡死我之后，我再也不会完全信任他了。我说过，我原谅他，但是我的内心从没有原谅他。我害怕他，正是这种害怕最终葬送了我们的婚姻。

事情迟迟无法了结。像通常情况一样，钱是一个使情况发生急剧变化的因素。在布赖恩在西奈山住了三个月后，蓝十字医疗保险费用消耗完了，布赖恩不得不转院。他要么得转到一家州立医院（这种医院让我们两人都惊恐万分），要么转到一家私人医院（那里的费用大约是每月两千美元）。我们面临着巨大的经济压力。

这时，他的父母介入进来，不是来给予帮助，而是来增加

1 纽约布鲁克林的黑人文化中心。

困扰。如果我让他到加利福尼亚去，他们会支付私人医生的治疗费用。否则，他们分文不出。我在这个最后通牒发出后没有立即拿定主意，但最后我决定，我别无选择。

我们在九月份进行这次到加利福尼亚的朝圣之行。我们没有坐着大篷车“朝那块领地出发”[1]，而是乘坐七〇七飞机，并且有我的父亲与一位精神科医生相伴而行。如果没有精神科医生相伴而行，航空公司不让布赖恩乘坐。这也意味着，我们四人不得不乘坐头等舱，在服用安定药的间歇，咀嚼澳大利亚坚果。

这是一次让人难忘的飞行。

布赖恩十分激动，以至于我都把自己对飞行的恐惧感抛到了脑后。我父亲每时每刻都取出安定，同时试图劝我要勇敢，而那个心理医生（一个可爱的二十六岁的实习医生，他在我们看来完全不称职）神经过敏，需要我不时给予安慰。所有的神灵们，父辈们，都无能为力。

在拉霍亚的琳达-贝拉诊所，严格保持着自愿主义的幻想。所有的护士都穿着中短裤，所有的医生都穿着运动衫、灯芯绒裤子，戴高尔夫帽子。患者也同样穿戴得很悠闲，他们闲逛在像豪华旅馆一样的环境中，那里有游泳池以及乒乓桌。每个工作人员都必定兴高采烈，努力装得仿佛琳达-贝拉诊所是一个温泉浴场，而不是当你家里再也没有人知道如何对付你的时候，你必须去的地方。医生建议，分手时间不宜过长。我与布赖恩

1　lit out for the territory，引自美国小说家马克·吐温的小说《哈克贝利·芬历险记》中的最后一段，与“到西部去冒险”同义。

的最后一次见面是在空无一人的治疗室里，他在那里把一块黏土朝一张桌子的桌面上狠命地敲打。

“你不再是我的一部分了，”他说，“你过去是我的一部分。”

我正在想，成为他的一部分是多么痛苦啊，我几乎达到了忘了自己是谁的程度，但我不能那样说出来。

“我会回来的。”我说。

“为什么？”他突然问。

“因为我爱你。”

“如果你爱我，你就不会把我带到这里来。”

“那不是真的，布赖恩，医生们说……”

“你清楚，医生们对上帝一无所知。他们不应该清楚。但我以为你清楚。你和其余的人没两样。你把我卖了多少钱？”

“我只是希望你能好起来。”我低声说。

“比什么好呢？如果我是好的，可是他们自己都是有病的，他们怎么知道我是好的呢？你忘了你所知道的一切。他们也给你洗了脑。”

“我希望你能好起来，不用再吃药……”我说。

“那是屁话，你清楚这一点。首先是他们给你吃药，然后他们把其当作证明你健康状况的指数。当用药多时，你就糟糕。当用药少时，你就好起来了。这种推理是循环性的。谁一开始就需要该死的药物治疗？”他疯狂地猛击黏土。

“我知道。”我说。

在这个方面，我赞同他的观点。当然，医生对健康与疾病的分类，几乎比布赖恩还要疯狂。当然，他们平庸不堪，因此即使布赖恩是上帝，他们也不会知道。

“这都是因为信仰的问题，”他说，“这始终是一个信仰问题。你信我的话，还是信大众的话？你选择了大众。但是，那并不能证明他们就是正确的。而且——你清楚。我为你难过。你软弱透顶。你从来没有半点胆量。”他把黏土拍打成一层薄饼。

“布赖恩……你必须努力明白我的处境啊。我觉得我被压得都要崩溃了。你的父母整天朝我喊叫。医生们总在说教。我都不知道我是谁……”

“你有压力？你！是谁被锁了起来——是你还是我？谁服用了氯丙嗪——是你还是我？谁遭到出卖——是你还是我？”

“是我们两人。”我哭着说。大颗咸咸的泪滴从我的脸颊上滚了下来，滚到了我的嘴角。它们味道好极了。眼泪有一种令人舒服的味道。仿佛你可以哭出一个全新的子宫来，让你爬进去。爱丽丝在她自己的泪海中。

“我们两人！太可笑了！”

“这是事实，”我说，“我们两人都受到了伤害。你并没有独自垄断痛苦的权利。”

“走，”他说道，拿起那块被揍扁的黏土，开始将它揉成一条蛇的模样，“到修道院去吧，奥菲莉亚。[1]你去投河吧，我才不在乎呢……”

“你似乎根本就不记得，你曾经试图谋害我的生命，是不

1 莎士比亚《哈姆雷特》第三幕第一场中的名句。整句如下：“到修道院去吧，奥菲莉亚，为什么你非要生一群罪人出来呢？”

是?”你知道，我不该说这个话，但我只是太气愤了。

“你的生命！如果你爱我——如果你清楚奉献的意义——如果你不是这样一个被人宠坏的乳臭未干的孩子——那么你就不会对我说这种什么你的生命之类的废话!”

“布赖恩，你难道不记得了吗?”

“记得什么？我记得你是怎样把我锁起来——我记得的就是这个……”

突然，我明白了，我们经历了两种完全不同的噩梦——他的噩梦与我的噩梦——而且，我们经历的噩梦丝毫没有相同的地方。布赖恩不仅对我的不幸遭遇毫无同情之心；他根本就没有意识到我的不幸。

他甚至不记得那些使他进入医院治疗的一件件事情。我们的现实还存在多少种不同的版本呢?我的版本、布赖恩的版本、他父母亲的版本、我父母亲的版本、医生们的版本、护士的版本、社会工作者的版本……存在着无限多种类的版本，无限多种类的现实。我与布赖恩曾经一块儿经历了一场噩梦，而现在事实却证明，我们并没有一块儿经历什么事。我们从同一扇门进入一场体验中，但是我们却各自游离到了不同的通道，独自蹒跚地行走在不同的黑暗中,最后从地球的相反两端走了出来。

布赖恩冷冷地盯着我,仿佛我是他的死敌。为了我的生命，我不记得，我们相互说了什么道别的话语。

在我与父亲的班机返回纽约之前，我们还有一个下午与晚上的时间。我们租了一辆车，驾车到了提华纳，在那里购买了一个略为肮脏的皮纳塔——一头粉红得令人惊艳的毛驴。我们一起在大街上行走，对“地方色彩”品头论足，对人民的贫穷与教堂的富裕进行着预测。

我的父亲依然相貌堂堂，他看起来似乎比他六十岁的年纪要年轻十五岁左右，他对自己的体格以及逐渐稀疏的头发感到骄傲，走起路来一上一下地，很富有弹性，这也是我走路的特征。我们相貌相近，走路相同，而且都沉溺于双关语、俏皮话，但不知何故，几乎很难沟通。我们总在对方的面前略感窘迫，似乎我们各自都知道我们的关系中存在一个可怕的秘密，但是我们都不能谈及它。这可能是一个什么样的秘密呢？我记得，他曾经敲打我们房间之间的墙壁，安慰我，减轻我对黑暗的恐惧。我记得，在我三岁尿床时，他帮我换了床单，八岁失眠时，他给我送上热牛奶。我记得，（在我亲眼目睹了我父母一场激烈的吵架后）他曾告诉我，他们会“为了我的缘故”不离婚……但是否还有其他的——像一种童年引诱或者一场原始景象——我过度复杂的记忆力还是没有返回到那么久远的时候。有时，一块肥皂的气味（或者某一种其他普通的东西）会突然把久久遗忘的童年记忆呼唤回来。接着，我发现会自己情不自禁地想，还有多少其他的记忆隐藏在我的大脑深处，而我自己却不清楚；事实上，我自己的大脑似乎是最后一个伟大的未知领域，想到总有一天，我将在这个未知领域发现新大陆，心中便充满着惊奇。想象一下，那个沉落的亚特兰蒂斯以及所有那些童年时沉没的岛屿，都在那里等待着被人发现呢。我们对我们所拥有的内在空间从来没有进行足够的探索。世界内的世界内的世界。而神奇的是，它们正等待着我们去探索。如果我们无法发现它们，那只是因为我们还没有制造出合适的交通工具——宇宙飞船或潜水艇或诗歌——那些将引导我们去发现这些世界的交通工具。

我写作有一部分就是为了这一点。只有知道自己写了什么，才能知道自己心中所想。我的写作就是将我带到我脑海里的未知世界的潜水艇与宇宙飞船。而这种探险是无边无际、无法穷尽的。如果我学会建造适当的交通工具，那么我就可以发现更多的领域。每一首新的诗歌就是一种新工具，比以往的工具探索得更加深入（或更加高远）。

那天，当我与我喜欢说俏皮话的父亲穿过提华纳街头的时候，我与布赖恩的婚姻很可能就结束了。我的父亲使出浑身解数，努力显得很高兴，努力帮我排解心头的苦闷，但我深陷于自己的罪恶感之中。那是一种进退维谷的境地：如果我继续与布赖恩保持婚姻关系，努力再与他生活在一起，我会疯掉的，至少会放弃大部分的自我；但是如果我任凭他发疯，让医生去护理他，我就是在背弃他——在他最需要帮助的时候。从某种意义上说，我就是背叛者。已经到了在我与他之间做出抉择的时刻了。这一点上的罪恶感现在依然萦绕在我的心头。在我脑海深处的某个地方（带着所有那些淹没的孩提时的记忆）是一个理想女性的光辉形象，一个顺从的犹太女人。她集路得、以斯帖、耶稣以及圣母马利亚等于一体。她总是把另一个脸颊转过来。她就是一种交通工具，一艘行船，没有她自己的需要与欲望。当她丈夫痛打她时，她理解他。当他生病的时候，她护理他。当孩子们病倒时，她照顾他们。她煮饭、持家、开商店、记账、倾听每一个人诉说他们的问题、到墓地祭拜、扫墓、种花、擦地板，或者静静地坐在犹太教堂里的阳台上，听男人们背诵着有关女人低人一等的祷文。她除了自我保护以外，无所不能。暗地里，我总是为自己不能成为这样的女性而羞愧难当。一个好女人应该不顾自己的生命，一心一意护理她丈夫的疯病。我不是一个好女人。我有太多别的事情要做。

但是，如果我在布赖恩身上有所疏忽，那么我在查理·菲尔丁身上成倍进行了补偿。对于纯粹的自虐狂——优秀、健康的“正常的女性自虐狂”来说，你只是不能破坏我与查理·菲尔丁的关系（这是紧接着我与布赖恩的婚姻结束而发生的）。有意思的是，我们总是把在前一个人身上所剩余下来的情感全部给了后一个人。一种“滥情”的心理版。

一三

乐队指挥

是一场地震还是仅仅是一个震惊？
是美味的甲鱼汤还是只是嘲弄？
是鸡尾酒——这种欢乐的感觉，
还是纯正的威士忌？
我的预感是正确的还是错误的？
我将听到巴赫的音乐或者只是一首
科尔·波特的歌曲？

——科尔·波特，《持久的爱》（1938）

查理·菲尔丁（他签名时用“查尔斯”）个子很高，肩背佝偻，看上去像流浪的犹太人。他的鼻子又大又长，呈钩子状，长着一对引人注目的鼻孔；他的小嘴嘴角向下，总带着一种难看的表情，似是轻蔑，又似是忧郁。他的皮肤蜡黄，看起来很不健康，并且曾遭受过痤疮的摧残，现在依然不胜其烦。他穿着昂贵的斜纹软呢运动外套，而这身外套从他的肩膀挂下来，就好像挂在了晾衣架上一般，裤子的膝盖处呈袋状隆出。他那身旧切斯特菲尔德运动服的口袋里放了些平装书而膨胀得很大。他的那只破旧的猪皮公文包里，一个乐队指挥的指挥棒的尖头伸了出来。

如果你在地铁上看到他，或者看到他独自在施拉夫特餐厅用餐（他在那里吃饭的费用记在他父亲的账上），从他的表情上，你会以为他正在服丧。他并没有在服丧——除非他提前为他的父亲（他要继承他的财产）吊丧。

有时，在等待着他的晚餐（奶油鸡、热软糖圣代加巧克力冰淇淋）的时候，他会从公文包里拿出一本管弦乐乐谱，右手握着他的指挥棒，开始指挥起想象中的乐师们。他指挥时，全然没有半点羞涩，显然也没有任何要鹤立鸡群的欲望。他只是根本意识不到周围的人们。

查理（其母亲是根据邦尼王子查理[1]给他取的名字，查理毕竟是一位犹太王子）独自住在纽约东村的一个一居室公寓里。他可怜的祖先在两代以前也住在这个居民住宅区。百叶窗上满是油腻的黑烟尘，当你从光秃秃的地板上走过时，黑烟尘在你的脚下发出“嘎吱嘎吱”的响声。周围摆设很朴素：一个普尔曼式的装置紧凑的小型厨房，厨房里的柜子常常是空空的，除

1　Bonnie Prince Charlie（1720－1788），英格兰、苏格兰和爱尔兰的王位继承人，查理二世的孙子。

了几盒杏干以及几袋硬糖；一架租来的钢琴，一张单人床，一台录音机，一个便携式唱机，两箱唱片（这些唱片是他两年前从他父母的房子里搬来的，搬来后一直就没有打开过箱子）。窗外是安全楼梯，这道楼梯俯瞰着一个被煤烟熏黑的院子，院子对面住着两个中年的女同性恋，她们有时忘了拉上百叶窗。查理对同性恋有着一种防御性的轻蔑，是那些对自己的性行为感到窘迫的人们所拥有的一种心态。他始终欲火中烧，但他极其害怕显得粗俗。他所接受的哈佛大学的教育目的，就是要浇熄他基因深处暗自燃烧的一切粗思俗念，虽然他想与人性交，但他不想使自己显得很粗鲁——既不想粗鲁地对待自己，也不想粗鲁地对待那些他想要引诱的姑娘们。

然而，我注意到，哈佛的教育是一个人一份永恒的负担，除非他是一个真正的天才。进入哈佛，重要的不是他们获得了多少的学识，而是他们对自己今后的设定——成为哈佛人的那份沉甸甸的负担： 那种光环，那种氛围，那些发音问题，那些在查尔斯河畔的美好记忆。哈佛使得他们幼稚，使他们戴着领带“啪嗒啪嗒”地在广告公司的过道里东闯西闯。使得他们去忍受可怕的食物以及哈佛大学俱乐部破烂的室内装饰，为了用他们荣耀的学士学位去吸引某一个可爱的年轻人。

查理有这种哈佛障碍症。他毕业时平均成绩合格都不到，而我却是优等毕业生，但是他总觉得他比我这个从肮脏、下等的巴纳德学院毕业的人优越很多。他觉得，他在哈佛受到过高雅文化的熏陶，所以纵然他有很多不合格，他依然是个（应该让吉尔伯特-沙利文的合唱团唱出这个词语）：哈—佛—人。

大多数的早晨，查理都要一直睡到中午，然后才起床，到一个奶牛场饭店吃早饭，这样的饭店是老移民住宅区时代所遗留下来的。但一周中有两个早晨，他会吃力地在九点起床，坐上地铁，到住宅区的一所音乐学校去，他在那里教钢琴课，指挥一个合唱团。他从这份工作中挣到的钱是微不足道的，他主要靠他父亲给他设立的一个信托基金的收入生活。至于说他有多大一笔收入，他对此诡秘得很，仿佛那是一个肮脏的秘密。但是，我总是以为，要是这笔收入不与他的那点吝啬背道而驰的话，他本可以生活得比他的实际生活略为高贵些。

但是这里涉及一则龌龊的家庭秘密，也许正是因为这个秘密，才使得这笔钱那样令人难堪。查理家是通过查理的梅尔舅舅变得有钱的。这个舅舅是个出了名的假冒上等白人出入舞会场所的男人。他戴着黑漆光亮的假发，顶着一个整过形的鼻子，搂着一个会翩翩起舞的非犹太姑娘，在舞会中度过了二十世纪的三十年代。梅尔·菲尔丁立志要保守他是犹太人的这个秘密，并将终生为此而努力，他同意与这个家族分享他的财富，但条件是他们大家都要对鼻子整形，并把费尔德斯坦的姓改为菲尔丁。查理拒绝了对鼻子整形的条件，但改用了菲尔丁的姓。但是，查理的父亲确实切除了他的半个鼻子（结果是他成了一个长着小得荒唐可笑的鼻子的犹太人）。但主要的是，费尔德斯坦家离开了布鲁克林，出现于中央公园西区的贝雷斯福德大厦(那个镀了金的贫民窟，那个伪城堡)。

这个家族的生意是开办世界连锁舞蹈学校，这些学校给孤寡老人办理终身会员资格。像心理分析、宗教、会友团体或玫瑰十字会这些活动一样，这些舞蹈学校也不是胡闹的寻欢作乐的活动，它们承诺让人不再有孤单感、无援感与痛苦感，当然它们让不少人感到失望。在大学学习时，查理在办舞蹈班这种生意上干了几个夏天，但那只是做出一种姿态。他讨厌任何形式的日常工作——即使是与一位刚刚取得了价值达几千美元的终身会员资格的老太太在舞池里跳舞。当我认识查理时，他对舞厅里跳舞的话题非常敏感。他不想让大家知道，他的父亲是以此为生计的。然而，他却在他的朋友中间以及我的朋友中间经常不经意地提及他舅舅的姓名。模糊是一支美妙的舞曲。它拥有自身的节奏。

但是查理是干什么的呢？他正在为他的伟大事业做准备。他梦想着他的第一场指挥表演——对此他并没有在匆忙做准备——并且，他开始准备交响乐。其中每一首交响乐都是没有写完的。他同时也开始准备奏鸣曲以及歌剧（以卡夫卡以及贝克特的作品为基础）。这些都是没有完成的乐曲（但是他总是承诺要把它们献给我）。也许对其他人来说，他是个失败者，但是在他自己的眼里，他是一个浪漫人物。他谈论“沉默、流亡与狡猾”。（沉默，是未写完的交响乐。流亡，是他离开贝雷斯福德住到了东村的举动。狡猾，是他与我的关系。）他正经受着一切伟大艺术家最初所经受的各种各样的考验。作为一个乐队指挥，他尚未指挥过独奏华彩，并且他认为，他不是一个同性恋这样的事实更妨碍了他的事业。作为一个作曲家，现有的问题是学会应对困扰这个时代的风格危机。那同样得慢慢来。你必须用年代来思考问题，而不是用年月。

查理坐在钢琴凳上或在拉特纳[1]吃着一盘樱桃酱时都会想入非非，他想到了自己有天终于成功时，两鬓如霜，老于世故，穿着古怪。在大都会歌剧院指挥完他新写的歌剧后，他还是会迅捷地跑到二分音符俱乐部[2]，与满怀抱负的爵士乐音乐家们一块儿进行爵士乐即兴演奏。那里的女大学生认出了他，便聚集在他的周围，请他签名，而他则会妙语连珠地把她们打发走。在夏日，他会到他在佛蒙特的乡村住宅里隐居，他头顶着倾斜的天窗，坐在贝希斯坦钢琴旁作曲，有时他步出工作室，与那些跟随他左右的诗人与年轻作曲家们进行充满智慧的交谈。他会在一天里用三个小时来写他的自传——按他自己的描述来说，是用一种介于普鲁斯特与伊夫琳·沃（那是他最喜欢的两位作家）之间的风格在写作。接着就是女人。瓦格纳风格的女高音都长着丰满的屁股，像彼得·保罗·鲁本斯作品中的女人。（查理对丰满的女人——甚至是肥胖的女人——有着极大的偏爱。他总认为，我太骨瘦如柴了，我的屁股太小了。如果我们一直在一起的话，我很可能会成为一个“大象”女。）紧接着那些肥胖的女高音之后出现了那些文学女性，为他献书的女诗人，倾心于叫他赤身裸体做模特的女雕塑家，觉得他非常迷人而把他写成了她们真实故事中的主人公的女小说家。他也许永远不会结婚，即使是想生孩子也不结婚。（如他常说）孩子叫人觉得无聊。无聊（说话时仿佛也加了着重号似的）是他最喜欢用的一个词语。

1　纽约一犹太人餐馆。

2　纽约曼哈顿的一个爵士乐俱乐部。

但那不是他最终的谴责（平庸也不是，尽管他喜欢这个词语）。庸俗是他最鄙视的词语。当然，正像书籍、音乐以及绘画可以庸俗一样，人也是可以庸俗的——但是对查理来说，食物也可以是庸俗的。如他曾经说，当他著名的舅舅带他到法国勒帕维永餐馆吃饭时，“这些薄煎饼很庸俗”。他发这个词语时，在两个字之间留了很大的空隙——似乎在“庸”与“俗”之间，他正在泄露秘密的边缘上颤抖不止。对查理来说，发音也是重要的事情。

说了这些，我疏忽了应该说的最重要的事——那就是，我疯狂地爱上了他（疯狂要加上重音符号）。愤世嫉俗是以后的事。在我眼里，他并不是一个浮夸的长着青春痘的年轻人，而是一个充满传奇色彩的人物，一个未来的伦纳德·伯恩斯坦[1]。我知道，即使与我的家庭相比，他的家庭（带着他们那种香槟色丝绸与由装修师装修出来的充满塑料面料的起居室）都要庸俗上一百倍。我感觉到，查理与其说是聪明，莫如说是势利。我知道，他从来不洗澡，从来都不用香水，擦屁股都擦不干净（似乎还希望他的妈咪会来帮他擦），但是我疯狂地爱上了他。我让他向我献殷勤。毕竟他是最普及的艺术——音乐——的献身者。我是一个卑微、缺乏想象力的写作者。最重要的是，他会弹奏钢琴，像我会弹奏钢琴的父亲一样。当他坐到钢琴的琴键旁时，我的内裤就会潮湿。那些低音部！那些高潮！那些升

1 Leonard Bernstein（1918—1990），美国作曲家、指挥家。曾任纽约爱乐乐团的音乐总监。

高音！那些降半音！

你知道“拨弄琴弦”这个词语吧？查理就是如此使我疯狂的。有时，我们甚至会在琴凳上做爱，节拍器还在打着节拍。

我们的相遇很有意思。是在电视上。还有什么比在电视上朗诵诗歌更有意思的事？有意思的不是诗歌，不是电视；有意思的是所谓“教育性”——恕我冒昧用了这个词。

这是一档十三频道的节目，是一种七艺[1]混合在一起的节目——这些学科门类都缺乏趣味性。大家都在猜测，为什么这档节目称为教育节目。来了七位年轻的“艺术家”，每一位都有四分钟时间展现他的才艺。然后，一个眼睛浮肿、含着烟斗的老家伙，有着一个像菲利普斯·哈泰克这样的名字，他采访了我们每一个人，向我们提出了类似于“你认为灵感是什么？”或“你的童年对你的作品有什么影响？”这样的深刻问题。为回答这些问题（以及大约十个其他的问题），又给了四分钟时间。哈泰克除了主持这样的节目外，还写书评，做威士忌广告，开辟生计。这两种生计表面上似有天壤之别，实际上存在着不少的相似性。苏格兰威士忌总是“淡”与“柔”，书籍总是“浓”与“刚”。你所要做的就是为哈泰克做好准备，形容词随之就出来了。但是，有时他把两者混淆了，把一本书说成“淡”与“柔”的，而把苏格兰威士忌称为“浓”与“刚”。对二十年的威士忌以及已出版了回忆录的老年作家，哈泰克留下

1　在中世纪，七艺指语法、修辞、逻辑、算术、几何、音乐以及天文学。此处显然只是借用其名而无其实。

了“醇美”这个词。而对于年轻作家以及无名品牌的威士忌，哈泰克自然而然的反应是“圆润不足”。

那档节目中的大多数“艺术家”都无愧于哈泰克。有一个年轻的傻瓜，称自己是“电影制作人”，他放映了四分钟的电影，电影摇晃不定、曝光过度，电影里看起来有两条（可能是三条）变形虫在伪足对伪足地跳舞；一个黑人画家自称是一个活跃的画家，而他却只画椅子（对一个活跃画家来说，这可是一个稀奇古怪的和平主义主题）；一位长着满口黄龅牙的女高音（查理在那儿给她伴奏了四分钟颤抖的普契尼歌剧）；一段单人打击乐，乐手名叫肯特·布拉斯，他抽筋般地跳东跳西，一边还拍着鼓，弹着木琴，击打着玻璃鱼缸、锅、碗、瓢、盆；一个现代舞舞蹈者，他每次说“dance（舞蹈）”都要在前面加上定冠词；一个反社会的民谣歌手，他的本地布鲁克林方言中夹着演说课的内容，其怪异的结果就是把“上帝”发成了“享帝”；还有一个，那就是我。

他们把我设定在一个灰色的胶合板相框里朗读四分钟的诗歌，为了进入这个相框，我不得不站到一个脚手架上面。查理就在脚手架的下面，坐在钢琴旁，抬头盯着我的裙子。当我朗诵诗歌的时候,他的那双眼睛就成了我大腿上的两个燃烧的洞。一天后，他给我打来了电话。我不记得他。于是，他说他想给我的诗歌谱曲，因此我就与他相见，共进晚餐。对那样的伎俩，我总是非常天真。“到我的住处来，让我给你的诗歌写曲。”我总会来。至少会去。

但是，查理令我大为吃惊。当他来到我的家门口时，他看上去瘦弱，邋遢，长着个鹰钩鼻，但是在餐馆里他却展示出了他对科尔·波特、罗杰斯与哈特、格什温[1]的渊博知识：所有这些歌手的歌都是在我孩提时代，我父亲常在钢琴上弹奏的。即便是鲜为人知的科尔·波特的歌曲、那些几乎被人遗忘的罗杰斯与哈特的音乐剧中的歌曲、格什温的那些无人知道的歌曲，他全都知道。哪怕我把所有经典的歌词都回忆起来，他却比我还清楚。正是在这个时候，我荒唐地爱上了他，把他从一只邋遢的长着鹰钩鼻的青蛙变成了一个王子——一个会弹钢琴的犹太王子。当他背诵出了《让我们干吧》[2]的最后一节，把每一个词都背正确时，我就准备与他干了。这是简单的俄狄浦斯情结。

我们回家就上了床。但查理完全被他的桃花运怔住了，于是他萎靡不振了。

“你指挥吧。”我说。

“我似乎丢失了我的指挥棒。”

“那么，就像米特罗普洛斯[3]一样指挥吧——用手指挥。”

“你真是一个尤物。”他说，同时在盖被下面使劲扭来扭去。但是，不论是空手还是拿着指挥棒，都是徒劳。他的牙齿在“答、答、答”地打颤，巨大的颤抖震撼着他的双肩。他拼命地呼吸，就像一个患肺气肿的病人。

“怎么回事？”我问。

“只因为你是如此一个尤物，让我难以相信。”他一面抽泣，

1　George Gershwin（1898－1937），美国作曲家与钢琴家。

2　科尔·波特的歌曲，全名是《让我们干吧，让我们爱吧》。

3　Dimitri Mitropoulos（1896－1960），希腊指挥家、钢琴家与作曲家。

一面哽咽。

“虽然今天这样，但请你再次与我相见，”他恳求地说，“你答应我，不会因此而讨厌我。”

“你以为我是什么样的魔鬼啊？”我很吃惊。我所拥有的母性都被他这种无助感唤醒。“什么样的卑鄙之徒会把你赶出去？”

“这样相同的事情发生时，”他悲叹地说，“前一个女人把我赶了出来，并把我的衣服全都扔到了过道里。她遗漏了一只袜子。我不得不光着一只脚坐地铁回家。那是我一生中最丢人的事。”

“亲爱的。”我说，摇着他的身子。

我猜测，查理又是哭泣又是哽咽又是打颤，我本应该对他的情感不稳定有个警觉——但我没有。在我看来，这恰恰证明他非常敏感。王子与豌豆公主。这是可以理解的。首场登台演出把他吓坏了。我们可以不做爱，一直一起唱科尔·波特的歌曲。但是他并没有与我一块儿唱歌，而是在我的怀抱里睡着了。他睡觉时的样子与我认识的人都不同。他又是喘粗气，又是流口水，又是放屁，又是捶胸顿足。他呻吟，他打颤。他甚至睡着时去挖他的雀斑。我半个晚上没有睡着，万分惊讶地注视着他。

早晨，他满脸笑容地醒来，并像一头种马那样操了我。这就是对我的回报。

在接下来的八个来月时间里，我们都待在一起，晚上不是在他的住处过，就是在我的住处过。我正在办理与布赖恩的离婚手续，一面攻读哥伦比亚大学的硕士学位，一面在纽约城市大学教课。我还住在布赖恩发疯的那个公寓里，我不喜欢独自过夜，因此，当查理不能陪我住时，我就跟他到东村，与他一块儿睡在他那张窄小的床上。

他说，他爱我。他说，他疼我。但是，他总是有所保留。我感觉到，他的爱的誓言有点滑稽，有点谨小慎微，有点虚伪。这是第一次有人在我面前有所保留，我疯狂了。我习惯于操控，他的小心翼翼刺激了我。这让我越来越疯狂地爱他，他也因此更加谨小慎微。老一套。

我知道，他在巴黎还有一个前女友，那是拉德克利夫学院的学生，现在在索邦大学学习哲学。根据查理所说，他们只是朋友。都过去了，他说。

她长得很丰满，满头黑发，并且（据他所说）有做爱之后就沉睡不醒的十分恼人的坏习惯，她有一个法国男友，他们一块儿住在阿尔佩街（查理对一个他不再在乎的人，似乎了解太多的细节）。但是如果那都是真实情况，那么为什么她给他的信还要在落款时写上“我爱你”这样的话？那是不是意味着背后自有隐情？那么他爱她吗？她是不是他的隐情（或者隐痛）所在呢？还是我成了隐情？

我始终觉得，偷看他人的信件是卑鄙者的卑鄙行为，但是妒火中烧，驱使你去做傻事。在东村的一个可悲的上午，当查理早早离开去给他的学生上音乐课的时候，我像间谍一样，偷偷地从床上起来，（一颗心就像索尔·古德曼[1]的定音鼓那样隆隆

1　Saul Goodman（1907—1996），著名美国爱乐乐团的定音鼓手。

地响）搜查了他的住处。我当然是在寻找巴黎的邮戳——并且我找到了它们，就在查理那条泄密的灰色骑师短裤下面。

从来信看，萨洛米·魏因菲尔德（是随她爷爷取的名吗?）是一个文艺女性。她用点点滴滴的感情抓住他不放，也参与到这场让查理疯狂的嫉妒游戏之中。

亲爱的查理［她写道］:

我们［我们！］在这里住在一座被称为阿尔佩旅馆的迷人的破旧房子的六楼（对你来说是七楼）上，同时我们在寻找便宜一些的住所。巴黎是神圣的——让-保罗·萨特实实在在就近在咫尺，还有西蒙娜·德·波伏瓦、贝克特、热内——总之是 tout le monde[1]。

亲爱的，我爱你。不要以为，因为我与塞巴斯蒂安生活在一起（顺便提一下，他蒸粗麦粉做得超级好吃）——我就不再爱你。只是我需要有时间在没有你的情况下去体验，去呼吸，去生活，去伸展，去弯曲我的筋骨。[猜想一下是哪些筋骨!]

我日日夜夜都在思念你、想着你，甚至梦见你。你想象不到，与一个不知道 B.L.T.[2] 为何物的男人生活在一起是如何绝望啊，他从不吃热薄饼，他以为查理是英国以前的一个国王！不过，他（塞巴斯蒂安）人

1　法语，所有人。

2　是熏肉（Bacon）、生菜（Lettuce）以及西红柿（Tomato）三明治的缩写。

很好，一心一意，［这里整行都用墨水涂掉了］让我日益意识到，我依然深深地爱着你。

Attends-moi, cheri[1]

萨莉[2]

"亲爱的，等着我"——等着你自己去吧！

可是，我怎么能拿着这么一封从他不太干净的内衣里翻出来的信去质问他？于是，我采取了一种静观其变、等等再说的策略。我把不满藏在心里。我决定，要慢慢地把他从他的秘密笔友那里夺回来。

六月里，我们一块儿到欧洲去。查理将参加荷兰的一场指挥竞赛；我要到约克郡走访朋友，计划到南欧进行短途旅行，去看望我在佛罗伦萨的老伙伴皮娅，到中东探望我的姐姐兰迪。我与查理计划一起在荷兰待两个星期，然后各走各的。他应该要返回去参加某个艺术节，去指挥一场清唱剧，但这依然还没有确定。我暗自希望，我们都取消我们夏天的所有其他计划，只是一起出行。

我们乘坐了古老的"伊丽莎白女王"号，是经济舱。自负的丘纳德航船公司不肯给我们单独的船舱，除非我们拿出我们书面的婚姻证明（我们当然没有这样的证明）。再说，查理很拮据。出于经济考虑，他住进了与三个老人一起的四床位船舱，我

1　法语，亲爱的，等着我。

2　对萨洛米的昵称。

别无选择，也只得住进了四床位女客舱。自然，没有窗子，而且就在发动机的上方。我的室友里有一个德国女人，她的长相与谈吐就像“布痕瓦尔德的悍妇”[1]；一个骨瘦如柴的法国护士，她睡觉时打呼噜；还有一个五十岁的英国女校长，她穿着羊毛衫与花呢衣服，脚穿波纹底皮鞋，用亚德利的英国薰衣草香水，整个船舱都散发着这种香水的味道。

在这五天半越洋航行中，我们的问题是在什么地方做爱。我住的船舱是不可能的，那位法国护士似乎整天都在睡觉，英国女人与德国女人都在九点就睡觉了。有一次，我们想不吃午饭，趁查理船舱里的三个怪老头出去吃饭的时候，到查理那里去，但是那三个老怪物中的一个折了回来，正当我们刚开始做爱的时候，他气愤地把门敲得咚咚响。于是我们开始搜寻，寻找可以做爱的地方。我们满怀信心。你会认为，在像“伊丽莎白女王”号这样的旧船上，到处都是角落与缝隙，是很容易找到的，但是并不容易。织品衣橱被锁住了，救生艇太高无法爬进去，公共舱太公开，婴儿室满是儿童，我们无法找到空闲的船舱。我提议等头等船舱的人出去时，我们占用一下，但查理胆小如鼠。

“万一他们回来怎么办?”他问。

“很可能他们会尴尬得不好说什么——或者他们自然会觉得他们走错了船舱，等他们找了一圈，找到了乘务员，我们早

1　指二战时期德国布痕瓦尔德（Buchenweld）集中营指挥官的妻子伊尔莎·科赫（Ilse koch，1906—1967），她以残酷虐待囚犯之罪名被判刑。

已离开。”

天哪，与查理相比，我真是一个实用主义者！他真是胆小鬼！毕竟只要我愿意胆战心惊地承受整个飞行，那么我对飞行的恐惧还是会让我坐上飞机；但他极其恐惧飞行，这使得他甚至都不敢走近飞机。那就是我们开始陷入这样的困境的原因。

但是，我们最终找到了一个地方。船上唯一无人去的地方。一个绝对完美的地方——不论是从象征意义上说，还是从实际意义上看（只是那里没有床）：经济舱的犹太教堂。

“这太妙了！”当我们摸到了电灯，意识到我们找到的是一个什么样的房间的时候，我喊叫起来。这是一个怎样的背景啊！教堂的长凳！大卫之星！甚至是一本教律——看在上帝分上！我真是激动万分。

“我要装作我是处女。”我说，开始解开查理的拉链。

“可是门上没有上锁！”他不让我解。

“但谁会上这儿来呢？我们的那些上等白人伙伴们当然不会来，信奉英国国教的船员也不会来。再说，我们可以再把灯熄了。哪一个闯进来，他会以为我们在祈祷。他们对犹太教堂的仪式了解多少？”

“他们很可能把你错看成是燃烧的灌木丛。”他嘲讽地说。

“很有意思。”我正从我的内裤里跨出来，关掉了灯。

但是我们只在上帝的目光注视下做了一次爱，因为第二天，当我们返回我们小小的爱的殿堂的时候，我们看到它被挂锁锁住了。我们始终不清楚是怎么回事。当然，查理肯定（以他的偏执）有人（是上帝？）拍摄了我们激情澎湃的交合，并把我们所有的呻吟都进行了录音。在剩余的旅行中，他一直在恐惧中度过。他肯定，一支国际刑警组织的刑警队将在勒-阿弗尔[1]等候我们。

对我来说，接下来的越洋旅程相当无聊。查理坐在休息室里读他的乐谱，指挥想象中的乐队，而我注视着他，心中翻腾着对萨莉的怨恨，我肯定他到巴黎后想去看她。我努力不在心里想这个内容，但是它却不断冒出来，就像一张沉不到中央公园湖里的糖果纸。我有什么办法？我努力写作，但无法集中注意力。我所有的心思都是萨莉——那个超级骗子。她用钓钩钩住了查理，就像查理用钓钩钩住了我一样。所有的爱情问题都是分配不公问题，见鬼。有不少可分配的爱情，但是总是分错了地方，分错了时间，分错了人。被爱的人得到更多的爱，得不到爱的人越来越得不到爱。我们离巴黎越近，我就越把自己归类到得不到爱的行列中。

当然，查理在指挥竞赛中失败了。在第一轮中就败了下来。虽然他装出不停研读乐谱的样子，但他从来记不住乐谱。他也生来就不是指挥的料。在指挥台上，他似乎像他上床的第一夜那样萎靡不振。他的整个身体松弛耷拉下来。他双肩拱起，背部弯曲，似一只煮得时间过长而肉馅都没有了的肉卷。可怜的查理，没有一点魅力。刚好与布赖恩相反。（在看查理演出时）我常常想，但愿他可以有那么一丁点布赖恩的魅力，那他就很不一般了。当然，布赖恩没有音乐天赋。但是我要是能把他们

1 法国西北部一地名。

两人结合在一起多好啊！两个男人合起来可以成为一个非凡的人，我为什么总是落得这样的结果？那是不是我存有俄狄浦斯恋父情结的秘密所致呢？我恋我的父亲与我的外公？我父亲在兴奋时总是走开去弹钢琴，我的外公总是像一个挂在那儿的火球，争论着马克思主义、现代主义、达尔文主义或其他什么主义——似乎他是靠主义活着的。

我是不是注定要一辈子奔波于两个男人之间？一个是胆怯、温柔、几乎冷漠，而另一个是激情如火、焦虑不安，消耗了我所有的氧气？

在怀特-斯托洛夫晚饭桌上的情形就是一个典型。我的母亲朱迪尖着嗓子在谈罗伯特·阿德里及其领地观点。我的外祖父（大家心目中的“爸爸”）引用了列宁与普希金，证明毕加索是个骗子。我妹妹克洛艾叫朱迪闭嘴，兰迪向克洛艾叫喊，让她闭嘴，鲍勃与拉拉赫在楼上照看着五胞胎，皮埃尔与阿贝尔在争论经济学问题。克洛艾嘲笑着贝内特的精神病学，而贝内特则紧张得直咳嗽，感到前途叵测。兰迪抨击着我的诗歌，我的外婆（“妈妈”）一面做着针线活，一面提醒我们大家不要“像卡车司机一样说话”，而我则翻着一本杂志，似乎以此（总是靠印刷出来的文字！）作为与家人间阻隔的屏障。

克洛艾　伊莎多拉总是在读书。你就不能放下你那本该死的杂志吗？

我　为什么？那样我就可以和其他人一起叫喊了吗？

克洛艾　那也会比整天读一本该死的杂志强。

我的父亲　（嘴里哼着《太阳谷小夜曲》的插曲《查塔努加》）“读一读杂志，然后就到了巴尔的摩……”

克洛艾　（眼睛看着天上，似乎在祈求什么）而父亲总是哼着小曲，说着俏皮话。我们难道就不能在这里严肃地谈话？

我　（看着书）谁想要严肃谈话啊？

克洛艾　你这个心怀不满的泼妇。

我　对一个痛恨精神病学的人来说，你很适合这个术语。

克洛艾　操你的。

妈妈　（停下针线活，抬起头来）你们不害臊。我从来没有教出说起话来像卡车司机一样的孙女。

爸爸　（停止了与朱迪的争论，抬起头）恶心！

克洛艾　（竭尽全力地）**大家可不可以停一下，听我说！**

起居室里传来了钢琴声。是父亲在弹奏他自己对《跳起比津舞》的演绎版，这是多年前他在百老汇初次上演的《狂欢节》中演奏过的。

“当他们跳起……比津……舞……它唤回了动人的音乐温柔……无比……”

他的歌声从略有点音调不准的斯坦韦牌儿童钢琴上向我飘送过来。可是爸爸与朱迪甚至都没有注意到他的离开。

“在这个社会里，”朱迪在说，“艺术的标准是由媒体代理人以及公共关系部门的人员制定的，这就意味着没有标……”

“我始终说，”爸爸打断说，“世界划分成两种人：骗子与半骗子……”

而我父亲弹破了一个和弦，作为对以上两者的回应。

在阿姆斯特丹，我与查理泪汪汪地分手。中央火车站。他要到巴黎与勒阿弗尔去（他说之后马上回美国）。但是我不相信他说的话。我要到约克郡去——不管我愿意与否，而我一点都不愿意去。我们泪汪汪地说再见。我们吃着阿姆斯特丹鲱鱼，眼里流着眼泪——我俩都在哭。

“我们分手一段时间，那是最好的事情，亲爱的。”他说。

“是的。”我撒了个弥天大谎（嘴里满是鲱鱼）。我们接吻，交换着充满洋葱味的唾液。我登上了去荷兰角的火车。挥舞着一只带着鲱鱼腥味的手。查理送出了飞吻。他站在月台上，肩膀圆圆，一根指挥棒从他风衣口袋里伸出，手里拿着一只破旧的公文包，里面装满了管弦乐乐谱与荷兰鲱鱼。于是火车驰出了车站。在从荷兰角到哈里奇的一艘轮船上，我站在薄雾中哭泣，心里想着自己站在薄雾中哭泣的情形，寻思我是否能把这种经历写到书里。我伸出长长的粉红指甲，从牙齿间再剔下一块鲱鱼，煞有介事地扔进了北海。

在约克郡，我收到了查理的一封来信，他（当然）还在巴黎。“亲爱的，”他写道，“不要以为，因为我与萨莉在一起，我就不再爱你……”

我与疯狂的英国朋友一起，逗留在一个大的通风的英国乡村房子里，他们整天喝杜松子酒取暖，进行着奥斯卡·王尔德式的谈话，接下来的十天时间里，我始终是喝得天昏地暗的。我给皮娅发了电报，让她在佛罗伦萨见我，时间比计划的早。我们两人为了对我们不忠的恋人（她的恋人在波士顿）寻求报复，除了米开朗基罗的《大卫》以外，我们几乎与佛罗伦萨每一个男人都睡了觉。只是没有平息心头的恨。我们还是非常不快乐。在佛罗伦萨时，查理打来了电话，恳求我的原谅（他还在巴黎，与萨莉待在一起），而这促成了又一阵无快乐可言的纵酒狂欢……接着，我与皮娅感到悔恨，决心使自己纯洁起来。我们用意大利白基安蒂醋冲洗身子。我们到领主广场的珀耳修斯神像前跪拜，请求宽恕。我们到了乔托钟楼的顶上，向乔托的鬼魂（事实上，随便哪一个著名的老鬼魂都行）祈祷。我们绝食两天，只饮用圣培罗矿泉水。我们用圣培罗矿泉水洁身。最后，作为赎罪的最后一个举动，我们决定把我们的避孕膜寄给我们不守信的恋人，想使他们感到内疚。但是用什么把它们包起来？在我们如同遭过飓风袭击的房间里的床底下，皮娅找到了一个旧糕点盒。我找啊找，但找不到一只适合的盒子把我的避孕膜放进去邮寄，于是我就匆匆把这个念头打消了。(用一个糕点盒把我的避孕膜寄给查理与萨莉有什么用?)但皮娅毫不退缩。她到处寻找牛皮纸和胶带纸。她歪歪扭扭地写了地址以及回信的地址。她让我想起了自己十三岁时偷偷寄信求购“牛皮纸包装”的高洁丝卫生巾。

我们匆匆到了美国运通公司（我们曾在那里与佛罗伦萨一

半左右的色迷迷的邮局办事员睡过觉）。他们告诉我们要申报关税。但是申报单里写什么呢？“一个用过的避孕膜？”“一个过度使用的避孕膜？”也许可以写“旧衣服”？避孕膜可以被看作一件衣物吗？我与皮娅对此进行了争论。“你确实将它戴在身上。”她说。而我坚持说，她应该作为一件古玩邮寄到波士顿去，这样可以避免任何的进口税。要是那位误了她的男友必须为她的旧避孕膜付税，那怎么办？那会不会雪上加霜，弄巧成拙？

“操他的！”皮娅说，“让他为之付进口税，让他臊得下不了台。”她一边说，一边在邮包标签上写了“佛罗伦萨皮包一只，价值一百美元”。

之后不久，我与皮娅便分开了。我继续到贝鲁特去探望兰迪，皮娅到了西班牙。在西班牙，没有了避孕膜，她不得不在剩下的夏天里满足于口交。至于吸吮他人以及被他人吸吮，她一点儿都不觉得内疚。这似乎有点滑稽，但我非常理解这种感觉。毕竟，我们都是五十年代的好姑娘。

一四

阿拉伯人与其他动物

我是阿拉伯的酋长。

你的爱属于我。

深夜你熟睡的时候

我悄悄走进你的帐篷……

——摘自歌曲《阿拉伯的酋长》，由特德·斯奈德、弗朗西斯·惠勒以及哈里·B. 史密斯创作

我从佛罗伦萨坐快车到了罗马，在那里乘意大利航空公司的班机到贝鲁特。

回想起来，我当时相当担心——对一切都担心：自然担心飞行，还担心是否在兰迪家里有查理的来信在等着我，是否阿拉伯人会发现我是犹太人（即使我的护照上用黑体字清楚地写着“一位论派”[1]）。当然，如果他们明白那意味着什么的话，

我不敢肯定，他们不会觉得这比犹太人还要令人讨厌——因为一半的黎巴嫩人都是天主教徒。我担惊受怕，唯恐被人揭穿，说我是骗子，虽然我对犹太教全然无知，但我还是为自己在宗教上撒谎而鄙视自己。我肯定，由于我可怕的欺骗行为，我已丧失了耶和华通常会给予我的任何保护（保护也不多，这不可否认）。

我也确定，我已从那些异族佛罗伦萨人的身上染上了淋病。哦，我对所有的东西都充满恐惧，事实上对一切你所能想到的事物：飞机失事、淋病、吞食毛玻璃、食物中毒、阿拉伯人、乳腺癌、白血病、纳粹分子、黑色素瘤……不论我感觉如何健康，我的阴道没有任何酸痛与病变的感觉，我的淋病恐惧症还是存在的。我找啊找，找啊找，尽管找不到什么问题，但我依然肯定，我染上了隐性的无症状的淋病。暗地里，我知道，我的输卵管可能正与瘢痕组织一同愈合起来，我的卵巢像衰老的种子荚一样在干枯。我进行了一番详尽的视觉想象。我所有的未出世的孩子都干枯了！可以说，在藤蔓上枯萎了。作为一个女人，最糟糕的事情莫过于看不见自己的身体。你整个青春期都在那浴室的镜子前，身子往后，躬起背，努力要看自己的阴部。那么你看到了什么呢？那圈卷曲的阴毛、紫色的阴唇、阴蒂上的敏感点——但是从来都不够！最重要的地方看不见。一个未探索过的峡谷，一个地下洞穴，以及潜伏于其中的各种各样的隐患。

---

1 基督教中的分支，主张上帝是唯一的理论，反对三位一体学说。

结果证明，飞往贝鲁特的航程激起了我五花八门的狂想。我们飞进了地中海上空的巨大暴风雨中，雨点打击着窗子，机舱内的食物滑来滑去，领航员每隔几分钟就过来安慰大家，而我从不相信他的宽慰。（再说，意大利语听起来没有什么东西是让人觉得可信的——即使是Lasciate Ogni Speranza[1]。）当我在护照上写上了“一位论派”，我就已完全准备去死了。事实上，那正是耶和华安排你去做的出轨行为——那个与那些他妈的异教徒。

每次我们遭遇一个气穴，飞机就会坠落五百英尺（把我的胃都翻腾到了嘴里），我发誓，如果我能完好无损地返回陆地，我就不再做爱，不再吃烤肉，不再坐飞机。

再说，飞机上其余的人都不是我希望与之一块儿死去的有意思的人。当情况相当糟糕的时候，当我们像一群抓住纸做的滑翔机的蚜虫遭到连续冲击的时候，当我们坠落下去的时候，不知哪一个喝醉的白痴开始大声喊着“哎哟哟，黛西”，于是其他几个傻瓜歇斯底里地哈哈大笑起来。一想到会与所有这些可笑之徒一块儿死去，然后带着写有“一位论派”的护照到冥府去，我就不停拼命祈祷。在风雨飘摇的飞机上没有无神论者。

令人惊奇的是，当我们飞到塞浦路斯上空时，暴风雨停了（或许是我们将它抛到了身后）。有一个油光光的埃及人（没有其他人了吗?）坐在我身旁，一旦他意识到他已经从这次飞行中

1 意大利语，放弃一切希望。

幸存下来，便开始与我攀谈起来。他告诉我，他在开罗出版一本杂志，要到贝鲁特去办事。他坚持说，他一点也不害怕，因为他总是戴着这颗辟邪的蓝珠子。不管有没有蓝珠子，我觉得他当时吓得屁滚尿流。接着，他安慰我说，我与他都长着“幸运鼻”，因此只要我们在飞机上，它就不可能坠毁。他碰碰我的鼻尖，然后再碰碰他的鼻尖，说：“瞧，幸运鼻。”

“上帝，我碰上了一个恋鼻狂。”我想。而且，说我们鼻子长得很像，这一点实在让人高兴不起来。他长着一个硕大的鼻子，就像纳赛尔[1]的鼻子（我的眼里，所有的埃及人长得都像纳赛尔），而我的鼻子虽然没有长成一个真正的朝天鼻，至少是长得小巧笔挺的。也许它不是整形医生梦想中的鼻子，但它也不是纳赛尔的鼻子。肉乎乎的鼻尖，暴露出了在俄国犹太人居住区里发生的一场被遗忘的大屠杀中，某个长着像猪的脸的波兰暴徒强奸了我的某一代曾祖母，从而留下了这样的遗传基因。

但是，我这位埃及谈话人的话题不只是集中在鼻子上。他低头看着一份《时代》杂志，那是在暴风雨中我翻开了放在我的腿上（而并没有去读）的，指着上面（当时）驻联合国大使戈尔德贝格的一张照片，郑重其事地说：“他是犹太人。”他所说的就是这句话，但是他的语气以及表情表明，他所要说的就是这点。

我使劲盯着他（从我波兰鼻的上方看过去），即使不为什

1　Nasser（1918－1970），埃及的第二任总统，被认为是历史上最重要的阿拉伯领导人之一。

么，只要有一丁点的由头，我都会说“我也是犹太人”，但是没有人给我说这话的由头。就在这时，我们的意大利领航员宣布了在贝鲁特机场着陆的消息。

当我看到站在机场玻璃屏风后面怀着身孕的大腹便便的兰迪时，我还在因那段短暂的交谈气得发抖。我以为最糟糕的事情是过海关，但却没有遇到任何麻烦。我的姐夫皮埃尔似乎是机场所有工作人员的好朋友，我像贵宾一样迅速通过了。那是在一九六五年，情况并不像六日战争后的中东那样，时局时好时坏。只要你不是途经以色列，你就可以在黎巴嫩旅游，仿佛那里就是迈阿密的沙滩——事实上，那有点儿像，那儿也满是 yentas[1]。

兰迪与皮埃尔开着一辆灵车般的漆黑空调车凯迪拉克，带着我驶离机场，这辆车是他们专程从美国船运过来的。在去贝鲁特的路上，我们经过了一个难民营，那里的人们住在集装箱里，很多肮脏不堪的孩子半裸着身子，咬着手指，在那里走动着。兰迪立即不容分说地评论，这简直是丢人现眼。

“丢人现眼？就这些？”我问。

“哦，别装作该死的开明好人，”她厉声说，“你以为你是谁——埃莉诺·罗斯福[2]吗?”

“多谢恭维。”

“我对大家都为可怜的巴勒斯坦人担心不仅感到厌恶，而且

1　意第绪语，长舌妇。

2　Eleanor Roosevelt（1884—1962），福兰克林·罗斯福总统的夫人，支持她丈夫的“新政”，倡导并支持民权。

也感到厌倦，你为什么不反过来为我们担心呢？”

“我为你们担心啊。”我说。

贝鲁特城本身还不错，但听皮埃尔谈论起来，就没有你想象的那样神奇美妙了。几乎一切都是崭新的。那里有几百幢白色的玉米片盒形状的大楼，楼前是大理石的阶梯，到处可以见到街道被挖开，准备建造新的建筑。八月的天气，闷热难受，不论什么样的青草，都在烈日炎炎下枯黄。地中海是蓝色的（但没有爱琴海蓝——不论皮埃尔说什么）。从某些角度看，这座城市看起来有点像雅典——不把雅典卫城算在内。一座庞大的东方城市，崭新的建筑在衰败的旧建筑旁腾空而起。留在你记忆里的是，可口可乐的标志与一座座清真寺并行不悖；壳牌加油站用阿拉伯语做着汽油的广告；蒙着面纱的女士坐在拉上窗帘的雪佛莱汽车与奔驰汽车的后排座位上；背景音乐是嗡嗡响的阿拉伯乐曲，到处是苍蝇飞舞；女人们穿着超短裙、顶着蓬松金发漫步在哈姆拉街[1]上；在这条街道上，所有的电影字幕广告做的都是美国电影的广告，书店里满是企鹅出版社出版的书籍、Livres de Poche[2]、美国平装书以及哥本哈根与加利福尼亚的最新色情小说。表面上看东西方融合在了一起，但是它非但没有产生某种精彩纷呈的东西合璧，相反，两者都变得不伦不类。

全家人都在兰迪的公寓房等着我大驾光临——只有我的

1　贝鲁特城的经济、外交、文化中心，也是引领时尚之地。

2　法语，口袋本。

双亲不在，他们在日本旅行，但随时会到来。尽管兰迪无数次怀孕，但她还不断要表现得似乎她是历史上第一个拥有子宫的女人。克洛艾闷闷不乐的样子，她在等待阿贝尔的来信（她十四岁起，他们就一直是情侣）。拉拉赫得了痢疾，于是她要每一个人都听她讲她每次拉肚子时的每个细节——包括她所拉的屎的颜色与浓稠程度。孩子们犯上了人来疯，见来了那么多的客人，受到了那么多的关注，于是他们在露台上跑来跑去，用阿拉伯语谩骂女佣（使得她至少一天会有一次想打包走人）。皮埃尔——在他的自我吹嘘的自画像里看起来像卡里·纪伯伦——穿着真丝睡袍，在地面铺着大理石的宽敞公寓里走来走去，借古老中东地区的风俗开着低级的玩笑。他说，根据中东地区的风俗，娶了长女的男人，也有权娶所有的妻妹。他古老的中东习俗并没有把我们逗乐，于是，他就给我们朗诵他对自己写（似乎所有的阿拉伯人都会写诗歌）的诗歌的翻译，我觉得那听起来是他自费出版的：

> 我的爱就像一束束
> 鲜花怒放的麦子。
> 她的眼睛是空中的黄玉……

“问题是，”我一边喝着阿拉伯的特甜咖啡，一边对皮埃尔说，“麦子通常不会怒放出鲜花。”

“诗的破格嘛。”他一本正经地说。

“我们到海滩上去吧！”我想提议，但人人都太疲惫，太闷热，太困倦了。很显然，我也永远无法让他们到巴尔贝克[1]或雪松公园[2]去了。大马士革、开罗——想都别想了。过了边境就是以色列，但我们却不得不坐飞机经过塞浦路斯，有过上一次的飞行后，这次的经历难以想象。然后还有返回黎巴嫩的麻烦。我所能做的就是与大家一起在兰迪的公寓里逛来逛去，等待查理的来信——而他的来信却稀少，相反，其他的丑角却源源不断地给我写信：那对喜欢听我悄悄说脏话的已婚的佛罗伦萨夫妇、那位声称我改变了他的人生的美国教授、一个相信我是名女继承人的美国运通公司邮递员。我要的是查理，否则我就谁都不想要。而查理要的是萨莉。我绝望万分。我在贝鲁特的一大半时间都用来护理我的淋病恐惧症，我在镜子里检查我的下身，在兰迪的白色大理石浴盆里冲洗自己。

当我的父母从人们心目中的神奇东方满载着礼物到来的时候，情形变得更加糟糕。兰迪见到他们的最初三天很高兴，接下来，她与朱迪就开始了她们那种马拉松式的争吵，两人都会把发生在二十或二十五年前的陈年旧事挖出来。兰迪责备我母亲什么都有问题，一会儿说她换尿布不勤，一会又说她换得太勤；一会儿说她让她小小年纪就去上钢琴课，一会儿又说让她学滑雪学得太迟了。她们争吵起来就像是两个庭审律师，审问

1　黎巴嫩中部城市，以罗马时代的古迹而著称，保存着世界上最完整的罗马时代的神庙。

2　在首都贝鲁特附近海拔两千多米的山顶，园内有几百棵雪松，其中数十棵有六千多岁树龄，据说与《圣经》同时诞生。雪松是黎巴嫩国树。

着对方的过去。我不时地想——我究竟为何要回到她们身边来休息呢？我一心想再次远离她们。我觉得自己像一只人体乒乓球。为了逃离我的家人，我不断去找男人；接着想逃离这些男人，又急忙回到我的家人身旁。一旦到了家人那里，我又想离开；一旦我离开了，我又想回家。你将那称作什么呢？一种存在主义困境？女性的压迫感？人的境况？这种困境以前让人难以忍受，现在还是令人难以忍受：我在我自己的矛盾心理网上来来回回。一旦我接触到了地面，我又想弹跳起来，飞回去。因此，我该怎么办？我笑了。只是笑时感到心痛——但除我之外没有人知道这一点。

我父母只停留了一个星期左右的时间，然后他们就出发到意大利去检查一个冰桶工厂。令人庆幸的是，他们有进出口业务要做，这使他们在这场自相残杀的家庭战争升级到狂轰滥炸的程度时就可以整理行装离开了。他们飞来时满载着礼物与好心情，在情况糟到无法收拾时他们飞走了。整个过程大约一个星期。每年剩下的时间里，他们便思念着他们远方的孩子们，弄不明白他们为什么大多离家远行。当我在德国，兰迪在贝鲁特的那几年里，我母亲愁思满怀地想，为什么她的两个孩子宁可生活“在敌人的领地”。

“因为那里似乎比家里热情。”我说，这句话让她永远对我怀着不满。这句话确实很混蛋——我这么看——但是除了用语言来抵挡我母亲以外还能有什么办法呢？

我父母走后，还是非常拥挤：姐妹四个、皮埃尔、六个孩子（在一九六五年时还只有六个）、一个保姆以及一个清洁女工。

天气很热，我们都很少离开有空调的公寓。我一直想去观光，但是全家人的慵懒是会传染的。明天，我想，我要去开罗，但是我确实害怕独自一人去开罗，而不论是拉拉赫还是克洛艾都不愿陪我一块儿去。

这样叫人沮丧的境况又持续了一个星期。有一次，我们都到了一个海滩小屋俱乐部，那儿的海滩礁石嶙峋，皮埃尔对着蓝色的地中海诗兴大作，直到你作呕为止。（他总是大谈特谈贝鲁特的生活是如何美好，他是如何慢慢远离"美国的商业化气息"的。）

在俱乐部里，他向他的一位朋友介绍我们时，称我们是他的"四个妻子"，我听了直感到毛骨悚然，想当场就回家去。可是家在何处？在我家人在的地方吗？是皮娅在的地方吗？是查理那里？是在布赖恩那里吗？独个儿吗？

我们家人的慵懒似乎是漫无边际的，但事实上它也形成了一种规律。我们在一点钟起床，听孩子们嚷嚷，与他们玩上一会儿，吃一顿丰盛的早午餐：热带水果、酸奶、鸡蛋、奶酪以及阿拉伯咖啡，读巴黎《先驱论坛报》，读时眼睛得绕着检查人员剪出的洞眼。（任何提及以色列或犹太人的内容都遭到禁止——如那两位著名的犹太演员小萨米·戴维斯[1]与伊丽莎白·泰勒的电影遭到禁止那样。）接着，我们开始争论如何度过这一天。争论起来，我们正如阿拉伯人计划袭击以色列一样，行动相当一致。在任何情况下，你可以肯定，家里的每一个人都有

1　Sammy Davis Jr.（1925－1990），美国黑人艺人。

自己的独特想法。克洛艾建议去海滩，皮埃尔说去比布鲁斯[1]，拉拉赫说去巴勒贝克，大的孩子要去考古博物馆，小一些的孩子要去游乐场，而兰迪对所有建议都投否决票。到我们对每一个建议都进行了充分的讨论之后，不论想到什么地方去，都为时太晚了。于是，我们就吃晚饭，饭后不是看电视里的《大淘金》[2]（带阿拉伯语与法语字幕,但字幕大得差点占满整个屏幕），就是去哈姆拉街看模糊不清的电影。

有时候，我们下午的争论随着皮埃尔的母亲或姨妈们的到来而中断。这三个老女人穿着黑色的衣服（长着硕大无朋的胸脯与毛茸茸的“胡子”），长得很相像，很难分辨出长幼。她们可以组成一个极妙的歌唱组合，只是她们只有一首歌可唱。那就是:“你喜欢黎巴嫩吗? 黎巴嫩比纽约好吧?”而且她们一遍又一遍地唱着，只是要保证你听清了歌词。哦，她们人都很好，只是不是很容易与之交谈。她们一到达，路易丝（那位女佣）就拿出了咖啡，皮埃尔突然想起有一件事要处理，兰迪（请大家原谅她身体虚弱）消失到卧室里去午睡。留下我、拉拉赫以及克洛艾来应付，我们无数次地变化着重复唱着:“是的——黎巴嫩是比纽约好。”

我不知道，是因为天气炎热、空气潮湿、“在敌人领地”的缘故，还是因为我因查理一事而情绪低沉——我似乎没有起床

1　黎巴嫩城市朱拜勒的旧称，西亚腓尼基石城，被称为世界上至今一直有人居住的最古老的城市。

2　美国哥伦比亚广播公司一九五九年至一九七三年间播出的关于美国西部的电视连续剧。

做些什么事情的愿望。我觉得，我似乎被运到了食莲国[1]，在完全麻木中死于贝鲁特。一天接着一天，天气让人透不过气来，似乎没有必要打消全家坐在一起的意愿，打消全家在一起争吵的意愿，打消有没有患淋病的念头，打消看电视的念头。最后，一场危机的出现让我们大家都行动了起来。

不得不承认，这是一场小危机——但是只要是危机都行。开始时很简单。有一天，六岁的罗杰对路易丝说“ibn sharmuta”。粗略地翻译一下，这句话的意思是“你的母亲是婊子”（或者，相当于说，“你是个杂种”），并且不论你如何翻译，在中东，这都是最大的侮辱。

路易丝当时正想给罗杰洗澡，而罗杰在尖叫。与此同时，皮埃尔正在与兰迪争论，他说只有美国人才有这种每天洗澡的疯狂念头，他说那不自然（这是他最喜欢用的字眼），他还说，那会让你可爱皮肤里的油脂都被吸干。

兰迪大喊着回应说，她不想让她的儿子像他了不起的父亲那样，臭气熏天；她还指出，她并没有被他的脏习惯所蒙骗。

“你说脏习惯，究竟指什么?”

“我是说，在我说除非你洗个澡否则我不与你一起睡觉时，你却走进浴室，打开水龙头，人却只是坐在那里抽烟，坐在那该死的坐便器上，这一点我知道得清清楚楚。”她恶狠狠地说着这番话，真正引发了一场争吵。

1　希腊神话中奥德修斯被吹到的地方。这个地方有一种莲花，人食用后就不想回故乡了，因此也被称为食忘忧果而忘却往事的地方。

罗杰自然清楚为什么而吵架，因此在这件事提起上诉之后，在裁决下来之前，他不让路易丝将他关进浴室里。可是路易丝坚持让他去洗澡，于是罗杰怒不可遏，把一块湿毛巾朝路易丝的脸上扔了过去，嘴里喊着：“ibn sharmuta！”

当然啦，路易丝开始哭起来。接着，她说，她不干了，她走进她的房间去整理东西。皮埃尔摆出一副法国电影明星的架子，努力柔声细语地劝她留下来。可是没有用。她这时非常固执。皮埃尔顿时把火发到罗杰的身上——这确实不公平，因为他们开车出门时，罗杰不时听到皮埃尔大喊“ibn sharmuta”。（贝鲁特没有交通规则，但有许多谩骂声。）而且，皮埃尔常常认为，孩子们用阿拉伯语骂人是非常可爱的事。

自然，结果是整个下午只听到人人都在喊叫或哭泣，地上到处都是水，我们再一次没有出去观光，甚至连海滩都没有去成。但是，这件事给我们带来了一个任务。就是我们不得不把路易丝送回她山中的村庄（皮埃尔称其为他的“祖籍”的地方），去寻找一个更加天真的山野女孩，替换她。

第二天早晨，我们进行了必不可少的几个小时的喊叫后，鱼贯而入地上了汽车，沿着地中海行驶，朝山里驶去。我们在比布鲁斯作了停留，观赏了那里的十字军城堡，无精打采地追溯着腓尼基人、埃及人、亚述人、希腊人、罗马人、阿拉伯人、十字军人以及土耳其人的历史，在附近一个海鲜饭馆吃了饭，然后，我们沿着一条看似是又一个考古新发现的道路前进，朝受太阳蒸烤的山里进发。

卡卡比，皮埃尔大肆吹嘘的“祖籍”，是一个很小的村镇，小到你很容易连错过都不知道。这个村到一九六三年才开始通电，事实上，电塔在这个小村庄里是最显赫的建筑。(这也是村民们最热切地向你展示的热点。)

当我们来到主广场（那里一头瘦骨嶙峋的驴子正拉着一块石头打转，在碾小麦）的时候，确实每一个人都扑过来，想摸摸汽车，伸直了脖子要看我们，他们大多一副卑躬屈膝的样子，让人看了很沮丧。你可以说，皮埃尔酷爱这个样子。那是他的汽车，而且他很可能也希望大家都以为，我们四个都是他的妻子（尽管他们当然都知道我们并不是)。当你想到，几乎这个村镇里的每一个人都是皮埃尔的堂表亲，而且他们大多是文盲，整天光着脚，那真让人更加沮丧——所以说，吸引他们究竟又有什么困难?

当我们驶过时，皮埃尔（为了让所有的长脖子都好好观赏一番）放缓了车速，使汽车慢慢地爬行起来。后来，他在“祖居”前停了车。那是一座很小的白色粉墙的土坯房，顶上爬着葡萄藤，没有玻璃窗，也没有窗帘，只有带着铁栅的小方窗口(苍蝇在那里自由地飞进飞出——但结果必然是飞进去的多而飞得出来的少)。

我们的到达，让所有人都忙乱起来。皮埃尔的母亲与姨妈们忙着拼命做塔布利沙拉与烧烤酱。皮埃尔的父亲年已八十，整天喝亚力克酒。他出门去打鸟，供晚饭吃，差点打伤自己。与此同时，皮埃尔的英国姑夫加文——移居过来的伦敦人，他在一九二三年与弗朗索瓦丝姑姑成亲（一直生活在卡卡比，但自移居以来一直感到懊悔不已）——拿出一只他早上打来的兔子，开始清洗起来。

屋内只有四个房间，都是白色粉墙，所有床的上方都有十字架（皮埃尔全家都是马龙派天主教徒）以及光亮杂志纸上的，被人一次次亲吻过的各种升向天堂的圣人画，还有许多英国皇室的破烂杂志照片。然后是基督本人，他穿着长袍，他的脸在一片吻印下几乎都看不清楚。

在做晚饭的时候，皮埃尔把我们带了出去，给我们看“他的领地”。兰迪坚持要留在屋子里，把脚搁高，但我们其余人都顺从地一个挨一个地爬过岩石（身后跟着一队光着脚的堂表亲，他们不时满怀热情地指给我们看电塔）。皮埃尔用阿拉伯语骂他们；他是来找田园牧歌的。并且他找到了，就在下一座满是岩石的山上，在一棵长着虫的苹果树下，有一位实实在在的活生生的牧羊人正在放着一些实实在在的活生生的绵羊。那正是皮埃尔所想看到的。他开始“诗”兴大发，仿佛他是卡里·纪伯伦与埃德加·格斯特[1]的集合体。一个牧羊人！羊群！一棵苹果树！这太迷人了。这就是田园牧歌。这就是荷马，这就是维吉尔，这就是《圣经》。于是，我们就朝牧羊人走过去——一个十五岁左右的满脸雀斑的孩子——他正在收听一台日本小无线电收音机，收音机里先是在播放弗兰克·辛纳屈的歌曲，紧接着是一串阿拉伯语的广告歌。这时，长得胖墩墩的十七岁的克洛艾拿出她的一支薄荷卷烟，递了一支给牧羊人，他接过烟，竭力做出一副冷静与老于世故的样子。接着，这个迷人的牧羊人

1　Edgar Guest（1881—1959），美国诗人。

把手伸进他迷人的口袋里，拿出了一只迷人的丁烷打火机。当他点燃克洛艾给他的烟的时候，你知道他实际上整个人生都只是在看电影中度过的。

晚饭后，村里的所有亲戚（也就是说，几乎是整个村里的人）都过来了。许多人是来看电视的（因为皮埃尔的姑姑是卡卡比少数拥有电视机的人家），但那个晚上他们也是来看我们的。大多数时候，他们站在四周，盯着我们看，脸上带着羞涩，但有的时候，他们会摸摸我的头发（或摸克洛艾的头发与拉拉赫的头发），并且嘴里会发出"咂咂"声，表示他们确实非常喜欢金发。要不然，他们就满身地摸我们，仿佛他们是瞎子。天哪——让十多个长着胡子、体重有二百磅的黎巴嫩女人摸摸拍拍的那种感觉简直是无法形容。我惊恐万状。他们这样摸摸拍拍，就能弄清我们是犹太人吗？我肯定，他们能够弄清楚。但是我错了。因为到给我们赠送礼物的时候，我得到了一颗银念珠、一件手工编织的四十六号大小的粉红色兔毛毛衣（衣长一直盖过我的膝盖）以及一颗带链子的（避邪恶之眼的）蓝珠。在那种场合，我不能拒绝任何的护身符。各种神灵的所有祈福都被欣然接受了。

礼物赠送结束后，大家都坐下来看电视——大多是陈旧的美国电视节目的重播。露西尔·鲍尔[1]眨着她的假眼睫毛，雷蒙德·伯尔[2]扮演的佩里·梅森[3]，屏幕上铺天盖地的字幕。你几乎

1　Lucille Ball（1911－1989），美国女演员。

2　Raymond Burr（1917－1993），美国演员，曾在电视剧中扮演佩里·梅森。

3　美国探案小说、电影与电视剧中的律师角色。

看不到演员。

看到所有这些田园牧歌类型的人们喜欢露西尔 · 鲍尔与雷蒙德·伯尔，确实不由得让你相信艺术的普适性。我翘首以待美国将其光辉灿烂的文明普及到其他太阳系的那一天。在那些太阳系里，他们——所有那些星河系的生物种类——将狂热地观赏露西尔·鲍尔以及雷蒙德·伯尔。

这些亲戚一直坐在那里没走。他们喝着咖啡，喝着酒，喝着亚力克酒，一直喝到弗朗索瓦丝姑姑拼命搓她那双肥胖的手。我们都疲惫极了，都想睡觉，因此，皮埃尔的加文姑夫虽然没有赶大家走，但他悄悄地离开了这间房，爬到屋顶，胡乱摆弄电视机的天线，直到画面出现乱七八糟的斜纹。几分钟的时间里，来客便都离开了。按我的理解，加文姑夫爬到屋顶去摆弄天线是常有的事。

安排睡觉是个麻烦事。兰迪与皮埃尔以及孩子们将睡到山下皮埃尔父亲的屋子里。拉拉赫与克洛艾将睡到隔壁另一个姑姑家里的一张双人床上。而我睡在弗朗索瓦丝姑姑隔壁的一个小房间里的单人床上。在那个令人毛骨悚然的房子里，我事实上宁可与拉拉赫以及克洛艾睡在一起，而不喜欢独自睡在一个十字架与杰出女王的肮脏画片之下。但是双人床上睡不下三个人，于是只好一个人睡了。在我睡着前，想到了蝎子在墙上蹦蹦跳跳以及被蜘蛛致命地咬伤的情景，眼前出现了自己半夜起床去找室外厕所时因没有手电筒而摔断脖子的惨状，觉得很好笑。哦，对有恐惧症的大脑来说，在失眠的一个个小时里，有许多东西可以够它忙着去想。

我在那里足足躺了一个半小时，我的恐惧症全面开花了。突然，门“吱”地一声打开了。

“是谁?”我说，心在“怦怦”乱跳。

“嘘。”一个黑影向我移动过来。一个强奸犯。

“天哪!”我吓得魂不附体。

“嘘——只是我——皮埃尔。”皮埃尔说。然后，他走过来，坐在了床上。

“上帝——我以为是哪个强奸犯。”

他哈哈笑了起来。“上帝可不是强奸犯。”

“对，他不是……有什么事?”在这样的情形下，措辞糟糕得很。

“你好像很沮丧。”他说，怀着假惺惺的温柔。

“是的。去年夏天是布赖恩的发疯，而现在查理又……”

“我不喜欢看到我的小妹妹沮丧的样子。”他说道，用手抚摸着我的头发。不知何故，一声“小妹妹”说得我浑身打寒战。

“你知道，我总是把你看作我的小妹妹，对不对?”

“事实上，我不知道，不过，谢谢，我会没事的。不用担心。我正在想回家以及途中要在意大利逗留几天的事。我的机票可容我随意在罗马停留。我觉得这儿的气候不适合我。不过，拉拉赫与克洛艾会在下星期飞回纽约，天越来越热……”我紧张得唠唠叨叨说了一大堆。与此同时，皮埃尔正伸直身子，挨着我躺了下来，并用手搂住了我。我该怎么办呢?如果我把他当作一个普通的强奸犯与他抗争，我会冒犯他；但如果我选择不作任何的抗争，屈从于他，那就是乱伦。更别提兰迪很可能会杀了我这一事实了。但是我该说什么呢？在这样的情形下该用什么样的礼节呢？

“我觉得这，这不可以。”我无力地说。皮埃尔的手伸到了我的内衣里，在摸我的大腿。我的身体并不像我想装出来的那样无动于衷。

“什么不可以？”他满不在乎地问，“一个哥哥爱他的小妹妹毕竟是天经地义的事……”他继续做着所谓天经地义的事。

“你说什么啊？”我问道，并且身体坐了起来。

“说一个哥哥爱他的小妹妹是完全天经地义的事……”他也许是阿尔伯特·埃利斯[1]，在给人上课。

“皮埃尔，”我轻声说，“你读过《洛丽塔》吗？”

“我无法忍受他的那种假惺惺的说话风格。”皮埃尔说，他对我分散他的注意力感到不悦。

“可这是乱伦。”我一字一顿地说。

“嘘——你要把大家都吵醒了……别担心，你不会怀孕的。如果你高兴，我们用希腊方法……”

“上帝啊，我不是担心怀孕——那是乱伦！”我想跟皮埃尔讲道理，可是他心意已决，一点用也没有。

“嘘。”他说，把我按倒在枕头上。他像我在意大利遇到的一些男人。如果你因为确实没有兴趣而拒绝，他们以为你是因为怕怀孕才拒绝，于是不断建议其他的性交方式——肛交、口交、互相手淫——只是想不到“不”。皮埃尔向床头慢慢移动身

1　Albert Ellis（1913—2007），美国心理学家。

子，把他坚挺的阴茎送往我的嘴里……摊牌吧。一场战斗在我内心激烈地展开。确实，顺从是如此这般的简单。再进行一次口交对我的生活会有什么影响吗？

“不行。”我说。

“来吧，”皮埃尔说，“我来教你。”

“我不是那个意思。我的意思是不可以；从伦理道德上说，我不可以……”

“很容易的。”他说。

“我知道很容易。”我说。

“来，”他说，“你只要……”

“皮埃尔！”我大叫一声。皮埃尔抱着他睡衣的下摆，从房间里退了出去。

房间里回荡着我的喊叫声。我在那儿坐了一会儿，静观会有什么事发生。没有。房子里一片静悄悄。然后，我伸手拿起我的浴袍与拖鞋，去寻找拉拉赫与克洛艾。我决定尽快离开黎巴嫩。离开中东，永不再来了。

我沿着小山一路下去，朝她们睡的房子走去，几乎每走一步都会在山石与树根上绊倒。慢慢地，我的眼睛习惯了黑暗，能够看到许多卡卡比的房顶了，其中的电塔赫然醒目。文明！此时此刻，在卡卡比的一大半的谷仓与草场上，很可能男孩正在与羊儿性交，要不然就是与他们的姐妹。这有什么不对吗？我想，事实上也没有什么，只是我不能做那样的事。难道我是一个老古板吗？为什么这样一起肮脏的小小口交会产生如此一场道德困境呢？因为如果你开始与你姐姐的丈夫口交，你知道接下来你会与你母亲的丈夫口交——那多痛苦——那可是父亲啊！

但是你的心理医生却坚持说，你真正想要的是你的父亲。因此，为什么想要他是无法想象的事？也许你应该与父亲口交，并彻底了却此事？也许那是战胜恐惧的唯一途径？

我悄悄地经过西蒙娜姑姑屋子的前门（经过西蒙娜姑姑与乔治姑父门前时，他们两人都在极富音乐感地打呼噜），然后看到克洛艾正与拉拉赫一起坐在床上，朗读着一本名为《放纵的女孩》的色情平装书。床上放着大约有十本其他的书，书名分别是《少年乱伦》《对调：家庭风格》《我和我妹妹》《我的女儿，我的妻子》《切丽愿意》《长与短》《普迪卡特小巷》《从所有地方进入》《全世界之旅》，以及《欲望书信》。

拉拉赫正在朗读其中一段特别富有节奏感的文字。两人都没有注意到我的到来。

> 在高潮即将到来的时刻［拉拉赫在用演员表演时的声音朗读］，他的臀部开始快速移动。我感到，他紧贴着我的身体在砰然跳动，他坚硬的阴茎充满了我阴道的每一寸空间，我要快乐地叫喊。我感到我的身体正开始爆炸，我的阴道黏液开始沿着爱之渠一路流了下来，润滑了他的那根滚烫的茎干，使它滑动得自如……

……为什么色情平装书里的人物从来就没有遭遇到我所顾忌的那些困惑？他们只是巨大的性器官而已，在黑暗中盲目地伸向对方。

“你们难道不能停下那种玩艺儿，和我说说话？”我大声说。

“这让你受不了吗？”拉拉赫说，挥动着手里的书。

“听好了，孩子们，你们有现实的事情要处理，因此把你们的色情书先放一下，把你们的脏耳朵借我用一下……”拉拉赫看看克洛艾，克洛艾看看拉拉赫，接着两人哈哈大笑起来，似乎他们知道了什么我不知道的事情。

“哦——什么事？”她们诡秘地继续大笑。

“好了，你们这些白痴——怎么啦？”

“你将告诉我们，皮埃尔想勾引你……”拉拉赫还在咯咯笑。

“你他妈的到底是怎么知道的？”

“因为他也曾想勾引我。”她说。

“还有我。”克洛艾说。

“你们不是在开玩笑吧？”

“我们并不在开玩笑，”拉拉赫说，“但愿我们是在开……”

“告诉我怎么回事。”

“哦，我笑着把他从床上哄走了，克洛艾说，她也把他赶走了，但我并不完全相信她说的话……”

“你这个婊子！”克洛艾尖叫起来。

“好……好……我相信你。”

“而你是说，在那样的事发生之后，你们还留在这里？”

“嗯，为什么不呢？”拉拉赫满不在乎地说，“他完全不会伤害人……他只是有点好色，因为兰迪一辈子都处在怀孕后期。”

“只是有点好色？你把那种行为称为有点好色？我称其为

乱伦。”

“哦，上帝，伊莎多拉，你确实太过分。他只是你该死的姐夫……那不是真正的乱伦。”

“难道不是吗？”我想我很失望。

“根本称不上，”拉拉赫不屑地说，“但我敢肯定，你会写得耸人听闻。”（早在那个时候，拉拉赫就讨厌我的写作了。）

“我会写的。”我说。

在我们带着新的女佣离开卡卡比的途中，皮埃尔完全是一副沉着冷静、波澜不惊的样子。他指出那些地标。

阿拉伯人，我心想，该死的阿拉伯人。我对自己小小的性越轨行为的负罪感是多么巨大啊！但是，世界上有的人，许多人，他们想做什么就做什么，而且从未有片刻的负罪感——只要没人发现他们。为什么我要受这样一个巨大超我的诅咒？只因为是犹太人吗？摩西把犹太人领出埃及，赋予他们一神论的观念、逾越节面包丸子汤以及永久的负罪感吗？他难道不能让他们独自去崇拜猫、牛、秃鹰以及像其他灵长类生物（我姐姐兰迪常常提醒我，他们与这些灵长类生物非常接近）一样生活？人人都憎恨犹太人赋予世人的负罪感，这难道有什么奇怪吗？没有负罪感，我们不就能生活得更舒服吗？只是在原始的泥沼地里行走，崇拜着金龟子，欲望升起时就做爱？例如想想那些建造金字塔的埃及人。他们会坐在那儿焦虑地思索，他们是机会均等的主人吗？他们有没有想追问一下，他们的肉体拥有与成千上万条为建造他们的金字塔而死去的生命相同的价值？压抑，矛盾，内疚。“什么——我担心？”阿拉伯人问。难怪他们要灭绝犹太人。谁不想呢？

返回贝鲁特，我们筹划着回家。拉拉赫与克洛艾买了到纽约的包机票，因此她们不得不一起离开，而我还是用我原来的意大利往返票，从贝鲁特到罗马，再到纽约的肯尼迪机场。

我如计划的那样，在罗马作了逗留，在佛罗伦萨又待了一个星期，然后回家去面对查理的音乐。即使是在炎热、拥挤的八月时节，佛罗伦萨依然是世界上我最喜欢的城市之一。在那里，我又见了亚历山德罗，这次我们共度了完美的——即使相互间没有爱——六天时光。在我的请求下，他改掉了说脏话的嗜好，我们在菲耶索莱的一个旅馆找到了一个迷人的房间，我们可以在每天下午的一点到四点在这个房间里做爱（一个非常文明的午饭时光习惯）。也许是因为我对查理的愤怒，或者也许是因为皮埃尔确实撩拨起了我的欲望，这倒激发了我与亚历山德罗的做爱的欲火。这是我人生中唯一的一次，与人进行狂热与激情的做爱，尽管我相信我并不爱对方。我的本我与超我之间停战了六天。

晚上，亚历山德罗回家去，回到他妻子那儿，我便独自活动。我到皮蒂宫去听音乐会，会见上一次来时所见到的其他人，再一次受到了“米开朗基罗”（卡尔林斯基）教授的冒着火焰的胡子的炽热追求。尽管天气炎热，尽管那些男友五花八门，我还是热爱佛罗伦萨，甚至有些时候，我几乎都不想离开了。但是一份叫人沮丧的教书工作以及我痛恨的博士课程在纽约等待着我，而且我依然是一个十足的被超我缠身的女学生，只会选择我痛恨的东西，而不去选择我所爱的东西。也许事实上是因为查理：我虽然对他的背叛怒火万丈，但我又迫不及待想再见到他。

我与查理见面后不久便断绝来往。似乎我永远无法原谅他的那种暧昧态度，虽然事实上，我现在明白，那很像我自己，也许我本该更理解他。亚历山德罗不断从佛罗伦萨来信，谈论着“divorzio”[1]，但是我看过许多意大利电影，不会相信他的话。“米开朗基罗”来过一次，在纽约充满污染的阳光里，他看上去情况更糟，于是我没有勇气再与他继续往来。佛罗伦萨的褐色与琥珀色色调在他身上创造了奇迹——任何 E.M. 福斯特爱好者都很容易理解这一点。九月与十月阴冷沉闷，单调乏味。我与一群乱七八糟的人鬼混，其中有离了婚的男人、缺乏阳刚气的小男人、神经质的男人、精神病患者以及心理医生。我只是给皮娅写信，在信中详详细细地描述这些人，以此保持自己的精神状态。后来，在十一月份，贝内特·温自然而然地进入了我的生活，他看似是解决我所有问题的良药。像斯芬克斯一样沉默无语，非常温柔。是救世主与精神科医生的二合一。我像跌进床里一样，（在欧洲）坠入了婚姻。这看上去是一张温柔的床，钉子却都藏在下面。

1 意大利语，离婚。

一五

与我的反英雄出游

我要！我要！

——威廉·布莱克

我把一切都告诉了阿德里安。告诉他我疯狂寻找不可能存在的男人的历史，结果却总是回到原来的起点：我自己的内心。我为他扮演我的姐妹们、我的母亲、我的父亲、我的祖父母、我的丈夫、我的朋友们……我们一边开车一边谈话，一边谈话一边开车。“你病情预测得如何?”我问，始终是病人寻求完美医生的样子。

“你该做一点调整，宝贝，”阿德里安继续说，“你必须深入到你的内心深处，自己拯救自己的生命。”

难道我不是早已在那样做了吗？如果我不是在返回自己的过去，那么这种疯狂的旅行又算什么呢?

“你还没有做到足够的深入，”他说，“你必须触及内心深处，触及底部的岩石，然后再上来。”

“上帝！我觉得我好像早已深入到了底部！”

阿德里安露出了他那个美丽的傻笑，弯弯的粉红色双唇含着那根烟斗。“你还没有触及到深处。”他说道，仿佛他知道一些隐藏的惊人之事。

“你要把我送到那里去吗?”我问。

“如果你坚持的话，亲爱的。”

令我气愤、令我惊奇、令我沮丧之极的是他巨大的冷漠。尽管阿德里安热烈地拥抱我，使劲抓我的屁股，但他是如此冷静。我过去常常不时地盯着他那个漂亮的身躯，心想在他的脑袋瓜里究竟发生着什么样的事，心想我为什么无法测得它的深度。

“我想深入到你的脑袋里，”我说，“而我做不到。这让我发疯。”

“但是为什么你想深入到我的脑袋里？你认为那会解决什么问题?”

“我只是想真正地去亲近一个人，与这个人心心相印，有一次全身心投入的爱。我想真正爱一个人。”

“是什么使得你以为，爱可以解决一切?”

“也许，爱解决不了什么，”我说，“但是我想拥有爱。我想感受全身心的爱。”

“但是你曾经觉得，你是布赖恩的一部分，那也没有用啊。”

“布赖恩疯了。”

“当你深入到一个人的内心深处时，人人都是疯子，”阿德里安说，“只是发疯的程度有区别而已。”

“我猜想……”

“你看——你为什么不停止去寻找爱，努力过你自己的生活？”

“因为如果没有爱，我拥有的是一种什么样的生活啊？”

“你拥有你的工作、你的写作、你的教学、你的朋友……”

无聊，无聊，无聊。我心想。

“可是，我所有的写作都是在努力获得爱。我知道，那是疯狂的。我知道，这注定是失望。但是事实是：我希望人人都爱我。”

“你做不到。”阿德里安说。

“我知道，但是知道改变不了什么。为什么‘知道’永远改变不了什么？”

阿德里安没有回答。我想我并不是在向他发问，我只是冲着青黛色的山脉(我们正驾着凯旋车沿着戈达德山道全速行驶)发问。

“早晨醒来时，”阿德里安说，“我从来都想不起你的名字。”

那就是给我的回答。它像一把刀子穿透了我。于是，我夜夜睁着眼睛，躺在他的身旁发抖，一遍遍地念着自己的名字，努力记住自己是谁。

“存在主义的问题是，”(说这话时，我们正行驶在高速公路上)“你不得不思考未来。所有行为确实都会有后果。”

“我可以不考虑未来。”阿德里安说。

“怎么不考虑?”

他耸耸肩。“不知道。我只是可以不考虑。例如，我今天感觉好极了。”

“而你感觉好极了的时候，为什么我却感觉很糟糕?”

“因为你是个彻头彻尾的犹太人,”他哈哈笑着说,“上帝的选民嘛。在其他方面你们也许很平庸，但是你们在忍受磨难这点上始终是出类拔萃的。”

“滚蛋。”

“怎么啦? 就因为我对你说了真话? 你看——你想要爱，你想要激情，你想要感受，你想要亲近——然后你得到了什么呢? 痛苦。至少你感到了巨大的痛苦……病人热恋着她的疾病。她并不想被治愈。”

我的问题是，我总想在所有事情上都成为最了不起的人。最了不起的恋人。最了不起的饥饿者。最了不起的受难者。最了不起的受害者。最了不起的傻瓜……如果说我始终不停地把自己卷入麻烦之中，那就是因为我总想成为最了不起的人这个该死的缺陷。我不得不拥有最疯狂的第一任丈夫，不得不拥有最难以理解的第二任丈夫，不能不写出最为大胆的第一本书，不得不经受书出版后的恐惧……我做任何事都不会半心半意。如果我要与一个冷漠的毫无感情的混蛋有什么风流事，把自己弄成个傻瓜的话，那么，我也要在全世界整个精神分析界的面前与他鬼混。而且我还要与他一起醉酒后开车，那样我们也许可以一起出事死亡。最后放荡者与受惩罚者都被简单地装进了一个小小的邮包里。如果无法邮递出去，那就退回邮寄人。但谁会是邮寄人呢？我。我。我。

后来，抛开其他事不说，我开始相信我怀孕了。那正是我所需要的。我的生活炸开了锅。天知道，我的丈夫在哪里。我独自守着一个陌生的男人，而这个男人根本不在乎我。不在乎我怀孕。或不在乎其他的事，我想。我想证明什么？证明我可以承受一切事情？我为什么必须让自己的生活始终处在这样一种耐力的考验之中？

我没有真正理由认为自己怀孕了。我的月经并没有在哪个月停止。但是我从来都不需要真正的理由去想事情。我从来都不需要一个真正的理由去感到恐惧。我每次取下避孕膜时，都会摸摸自己的子宫颈，寻找某种线索。为什么我从不知道，我体内发生了什么变化？为什么对我来说，我的身体如此神秘？在奥地利，在意大利，在法国，在德国——我伸手去寻找子宫颈，思索着各种可能性。我常常会发现，我怀孕了。我将经历整个妊娠期，而始终不知道孩子将会像布赖恩那样金发碧眼呢，还是像贝内特长得像华人。我会怎么办呢？谁会要我？我已经离开了我的丈夫，他永远不会原谅我，再让我回去。我的父母如果不索取巨大的情感代价，让我再度变成孩子去依赖他们，是决不会帮助我的。我的姐妹们则会认为，我生活放荡，得到这样的下场，活该。我的朋友们，在他们假惺惺的同情后面则是嘲笑。伊莎多拉完了！

或者，我会流产。一场可怕的流产会置我于死地。败血病。

或是终生不孕。突然，我一心一意想有一个孩子。阿德里安的孩子。贝内特的孩子。我的孩子。任何人的孩子。我想怀孕。我想怀上孩子。我正睁着眼，躺在阿德里安的小帐篷里哭泣。他还在那里打呼噜。那个晚上，我们正睡在法国什么地方的一条路的旁边，也可能是因为月亮的关系，我感到非常孤独，全然无依无靠。

“没有人，没有人，没有人，没有人……”我呜咽道，抱紧自己，好像自己是个大小孩一样。我努力摇着自己，想让自己睡觉。从现在起，我心想，我必须当自己的母亲、自己的安慰者、自己的摇篮。也许这就是阿德里安所谓的要深入到自己的内心深处，然后再使自己走出来。学会如何使自己的生命存在下去。学会如何承受你自己的生存。学会如何关怀自己。而不是始终转向精神医生、恋人、丈夫、父母求助。

我摇晃着自己的身子，念着自己的名字，努力记住自己是谁：“伊莎多拉、伊莎多拉、伊莎多拉、伊莎多拉……伊莎多拉·怀特·施托勒曼·温……伊莎多拉·泽尔达·怀特·施托勒曼·温……学士，硕士，优秀大学生。伊莎多拉，前途无量的年轻诗人。伊莎多拉·温，前途无量的年轻受难者。伊莎多拉·温，女性主义者，将来的解放女性。伊莎多拉·温，才思敏捷，学术渊博，耶稣·基督的前妻。伊莎多拉·温，患有飞行恐惧症。伊莎多拉·温，体重少许超重，有着女性的魅力，心灵之眼患有重度散光。伊莎多拉·温，长着填不满的阴道，大脑与心脏里都有洞眼。伊莎多拉·温，极其饥渴之辈。伊莎多拉·温，她母亲希望她能飞翔。伊莎多拉·温，她母亲给她筑下了基础。伊莎多拉·温，职业病人，救世主、感官享受及确定性的追寻者。伊莎多拉·温，风车斗士，职业哀悼者，失败的女冒险家……”

我一定是睡着了。醒来时，我看到阳光透过小帐篷那灿烂的蓝色照了进来。阿德里安还在打呼噜。他的一条毛茸茸的金色手臂重重地落在我的胸脯上，压得我很不舒服，让我感觉呼吸吃力。百鸟在鸣啭。我们到了法国。在一条道路的旁边。我人生的一个转折点。我在那里干什么？我为什么与一个我几乎不认识的人躺在法国的一座帐篷里？我为什么没有与我的丈夫一起躺在家里？想到丈夫，我心头突然涌起了无数柔情的涟漪。他在干什么呢？他想念我吗？他忘了我吗？他找了其他女孩吗？一个不用去进行一次次的冒险以证明她的耐力的普通女孩，一个满足于做做早饭、养养孩子的普通女孩，一个生来就不具备豪华汽车、豪华住房的普通女孩，一个从《十七岁》杂志里走出来的普通美国女孩？

我突然有了想成为那个普通女孩的激情。成为那个可爱的小女人，那个令人称道的美国母亲，那个《小姐》杂志上的吉祥物，《麦考尔》杂志里的主妇，《时尚》杂志里可爱的姑娘，那个屁股上文着《好管家》印章，脑袋里装着电视广告歌曲的女孩。那就是解决办法！成为一个普通的人！不做非同寻常的人！要满足于折衷妥协，满足于冷冻快餐，满足于“这场婚姻能够得到拯救吗?”的台词。这时，我产生了一个幻想，自己成了一个幸福的家庭主妇。一个直接来自广告商小脑袋的幻想。我穿着围裙与方格衬衫侍候着我的丈夫与孩子，而无处不在的电视机歌唱着美国家庭的美德，歌唱着长着浆糊状的小脑袋的美国奴隶般的妻子的美德。

我想到前一天晚上我曾深深地感到无家可归与漂泊不定，解决办法突然一下子清晰了：成为普通人！做一个安全可靠的家里的一个安全可靠的小女人，你就永远不会在再次醒来时发现，自己在法国的一条道路旁满心凄凉。

但是这时，幻想破碎了。它像肥皂泡一样碎了。我想到了在纽约的那些早晨，我与我丈夫一同醒来，感到同样的孤独无援。在所有那些孤独的早晨，我们的目光越过橘子汁与咖啡杯，盯着对方看。所有那些孤独的时刻是用咖啡匙、洗衣单、用过的卫生纸卷、脏的碗碟、破碎的碟盘、取消的支票、空空的威士忌酒瓶等度量出来的。婚姻可以是孤独的。婚姻可以是凄凉的。所有那些为丈夫与孩子做早饭的幸福的家庭妇女都梦想着与情人出逃，梦想着与情人睡在法国的帐篷里！她们的脑袋沉浸在幻想中。她们做早饭，铺床，准备早午餐，然后她们去购物，去买登在《麦考尔》上的杰奎琳·奥纳西斯生平的最新一期连载。她们经常梦想着逃跑。她们经常充满着怨恨。她们的生活是浸泡在幻想中的。

就没有出路了吗？孤独是不是普遍存在的？烦躁不安是一个生活事实吗？是不是不断寻找虚假的解决办法，还不如承认那一点？婚姻治愈不了孤独。孩子长大了，离开了。情人不是灵丹妙药。性不是最终的解决办法。如果你把你的人生变成了一种慢性病，那么，死亡就是唯一的治愈办法。突然，一切如此清楚。我躺在那个帐篷里，睡在那个打呼的陌生人旁边，在那个双人睡袋里，不停地想啊想。接下来做什么呢？我如何度过我的人生？离开这里后去哪里呢？

到下午，我们喝得醉醺醺，乐呵呵的。我们灌足了啤酒。我们停下车，到路边一个农夫那里去买桃子，却发现他的桃子是论箱出售的，所以当我们离开时，凯旋车里装满了桃子。一大板箱的桃子就把汽车后箱装满了。我开始如饥似渴地吃桃子，发现几乎所有的桃子都长着虫子。我一边笑，一边咬着虫子周围的桃子吃。我把长虫子的半个桃子都扔到了乡下田间。我喝醉了，管不了什么虫子，管不了什么怀孕，管不了什么婚姻，管不了什么未来。

“我感觉好极了！”我对阿德里安说。

“对极了，宝贝儿。现在你有感觉了。”

可是到晚上的时候，当啤酒的醉意散去，我又一次陷入沮丧之中。我们的日子、我们的行车、我们的饮酒都是那么没有目标。我甚至不知道那天是星期几。自从离开维也纳，我还没有看过一份报纸。我甚至几乎没有洗澡或换洗衣服。而我最想念的事情莫过于我的写作。连续几周，我都没有写诗了，我开始觉得我再也不能写了。我想到了我那台静静地躺在纽约的红色旧电子打字机，于是身上涌来一阵渴望。那就是我所热爱的！我能够看到我自己为了这台打字机的保管权而回到贝内特身边。像那些“为了孩子们”而待在一起的人们，或者是因为他们不能够确定，谁将获得那套需付房租的公寓。

那个晚上，我们找到了一个真正的露营地，而不是路旁。

(Le Camping[1]，他们法国人所说的。)露营地不豪华，但有一个供游泳的深水潭、一个快餐店、一个你可以淋浴的地方。我迫不及待要冲个澡，当阿德里安打好了我们的露营帐篷的桩，我就朝淋浴的屋子走去。当污垢从我身上往下滚时，我心灵感应般地对着贝内特说话。“原谅我。”我对他说，不论他在哪里（我也对自己说，不论我在哪里）。

当我返回帐篷的时候，阿德里安已经交了一个朋友。事实上是交了两个朋友。一对美国夫妇。那女的漂亮但粗俗，红头发，脸上长着雀斑，胸脯丰满，犹太人，说话带着布鲁克林口音。那男的留着胡子，棕色的头发，毛茸茸的，有点肥胖，也带着布鲁克林的口音。他是一个活跃的股票经纪人，偶尔尝点致幻剂。她是一个活跃的家庭妇女，偶尔勾搭男人。他们在布鲁克林高地有一幢赤褐色砂石房子，拥有一辆大众野营车、三个出外野营的孩子以及十四年的欲火。阿德里安正操着一口英国口音与那个妻子（朱迪）“哇哇”地说话，谈论着莱恩的理论(这些理论在我这里已经失去了新意)。她看上去似乎随时准备与他进帐篷交欢。

“你们好。”我快乐地招呼着我的同胞与教友。

“你好。”他们异口同声地说。

“现在做什么?”阿德里安说，“先上床还是先喝酒?”

朱迪笑了起来。

“别管我，”我说，“我们不相信占有及拥有那一套。”我认

1 法语，露营地。

为，我对阿德里安那一套模仿得很好。

“我们有一块牛排，刚要烧烤，”那丈夫（马蒂）紧张地建议说，“想一起来吗？”心存疑虑时，就吃东西。我了解他这种类型的人。

“太好了。”阿德里安说。我不难看出，想到与朱迪在她丈夫的注视下做爱的情景，他确实激动起来。那是他的最爱。由于贝内特不在场，他似乎对我失去了兴趣。

我们坐下来吃牛排，听他们的人生故事。马蒂说，他们决定理智地处理问题，不会像他们一大半的朋友那样离婚。他们决定给对方足够的自由。他们已经在伊比沙岛上经历了不少“小组活动”，他说，他们在那里度过七月。可怜的杂种，他看上去不怎么快乐，像一个犹太教受戒仪式上的少年，在复述一些令人头晕的性教义。阿德里安在咧嘴笑。他已经是皈依者了。他可以从那里开始皈依。

“你们呢？”朱迪问。

“我们没有结婚，”我说，“我们不相信婚姻。他是让-保罗·萨特，我是西蒙娜·德·波伏瓦。”

朱迪与马蒂相互望了一眼。他们在哪里听到过这两个名字，但记不起是在哪里。

“我们是知名人物，”我假冒说，“事实上，他是莱恩，我是玛丽·巴恩斯[1]。”

1　Mary Barnes（1923－2001），英国女画家与作家。她不仅以病人身份参加了心理学家莱恩的治疗实验，而且把她的经历作了记录，并因此而知名。

阿德里安听了哈哈大笑，但不难看出，我的话让朱迪与马蒂感到丈二和尚摸不着头脑。纯粹是自我保护。我感觉到了危机即将到来，不得不滥用小聪明。这是我唯一剩下的东西。

“对啊，”阿德里安说，“我们为什么不与新手们对换一下？”

马蒂一副垂头丧气的样子。那可不是对我的恭维，但事实上，我也不想要他。

“你们做我的房客吧。”我对阿德里安说。我想看他搬起石头砸自己的脚——不论这意味着什么。（对此我始终不确定。）“我想，我坐着观看吧。如果你要我参加的话，我当观众。”我已决定在阿德里安自己设计的这场游戏中，要做得比他更绝。静观。不动声色。诸如此类的胡思乱想。

马蒂这时却跳起来，为他的男子气概抗议：“我想我们要么对换，要么就算了。”他结巴地说。

“对不起，”我说，“我不想扫大家的兴，只是我不在状态。”我刚想加一句说，“而且我也许有淋病……”，但我决定不去破坏阿德里安的雅兴。要让他尽兴。我不会有挫败感。我能接受。

“你们不觉得我们应该做出一个集体的决定？”朱迪说。

哦，她不会以前是女童子军吧！

“我早已做出我的决定。”我说。我虚荣心极强。我清楚自己想要的是什么，我不会让步的。我坚持说不，并且喜欢这样的坚持。甚至阿德里安也在为我感到骄傲。从他张开嘴笑的样子，我知道了这一点。塑造性格，那是他在做的事。他始终对我的自我拯救充满兴趣。

“嗯，”我说，“我们观赏你们呢，还是让我们坐在深水潭旁边聊天？我随便好了。”

“深水潭吧。”马蒂绝望地说。

“我希望那不是一语双关。”我说。

当阿德里安与朱迪爬进大众野营车，拉上窗帘时，我兴高采烈地向他们挥挥手。然后，我拉上马蒂的手，把他带到了那个深水潭旁边，在一块岩石上坐了下来。

“你想给我讲讲你的故事呢,还是只讲讲朱迪的风流韵事?”

他一脸阴沉。

“你是不是总是如此事不关己的样子?”他一面问，一面朝野营车方向点点头。

“通常情况下,我是一个焦虑的人,但是我那边的朋友正在塑造我的性格。”

“你什么意思?”

“他正努力教导我停止痛苦烦恼,他也许会成功——但不是因为他以为的那些原因。”

“我不明白。”马蒂说。

“对不起。我想，我省略了不少东西。这是一个漫长、悲伤的故事，而且情节一点也不新颖。”

马蒂若有所思地朝野营车方向看去。我握住了他的手。

“让我告诉你一个秘密——很可能那儿没有什么动作。他以为他是匹种马，事实上不是。”我说。

“阳痿?”

“常有的事。”

“那也没有让我感觉好多少，但我感谢你的关切。”

我看看马蒂。他长得并不难看。我想到自己曾一直都渴望遇到陌生的男人，来到陌生的地方，与陌生而硕大的阳物性交。但这时我所感到的却是冷漠。我知道，与马蒂做爱不会让我更接近我在寻找的真实——不论那真实是什么。我想要的是终极性的爱的美丽行为，在其中，每一个人都成为对方的祈祷轮、雪橇、火箭。马蒂不是这样的答案。会有这样的人吗？

“你怎么到了这儿？”他问，“你不是美国人吗？”

“这两者之间并不相互矛盾吧……事实上，为了这样的行动，我离开了我那位十分可爱的丈夫。”

现在马蒂抬头看着我。他的脸上涌过淡淡的震惊波澜。我的所作所为难道就是为了这个——只是为了能够厚颜无耻地说“我离开了我的丈夫”，为了看到我与哪个陌生男人之间涌过的震惊之波？那不就是出出风头吗？而且还是一种不体面的出风头。

“你从哪里来？”

“纽约。”

“干什么的？”

当我俩的同伴在野营车里做爱时，我们守候在外，这种怪诞的亲密情景促使我们坦诚相对，于是我一股脑儿吐了出来。

“纽约人，犹太人，出生于一个非常神经质的中上阶层的家庭，第二次婚姻嫁了一个精神科医生，没有孩子，年龄二十九，刚出版了一本诗集，被认为是色情的，使得陌生的男人在半夜三更打电话来不停地调情，引起人们对我大做文章——被邀到大学里去朗诵诗歌、采访、疯狂的人寄来了书信，等等。我快神经错乱了，开始读我自己的诗歌，努力成为诗中所写的那个形象。开始努力实现自己的幻想。开始相信我就是我自己创造出来的那个虚构人物。”

“不可思议。”马蒂说，他听得出神。

“问题是，幻想就是幻想，你不能在一年的每一天都生活在幻想中。即使你‘砰’的一声关上门，离开了家；即使你与每一个你所见到的人做爱，你都不可能接近自由。”

我听起来很像贝内特吧？好讽刺啊！

“希望你能让朱迪明白这一点。”马蒂说。

“没人能让别人明白什么。”我说。

后来，当我与阿德里安一起在帐篷里时，我向他问起了朱迪。

“无聊的女人，”他说，“她就躺在那儿，意识不到你的存在。”

“她喜欢你吗?”

“我怎么知道?”

“你不在乎吗?”

“你看，我与朱迪做爱，就像人们饭后喝咖啡一样。而且不是很好的咖啡。”

“那为什么还要喝?”

“为什么不喝?”

“因为如果你把一切都看得冷漠无趣，一切就会变得毫无意义。这不是存在主义，这是麻木不仁。其结果是把一切都变得毫无意义。”

“于是?”

“于是,你得到的结果与你想得到的东西刚好相反。你想得到激情，可是你得到了麻木不仁。这是弄巧成拙。”

“你在给我上课。”阿德里安说。

“没错。”我无道歉之意地说。

第二天早晨，朱迪与马蒂不在了。他们像吉普赛人那样，半夜拔营逃走了。

“我昨晚对你说谎了。”阿德里安说。

“说什么谎了?”

“事实上我根本就没有与朱迪做爱。”

“怎么啦?”

“因为我不想。”

我不怀好意地哈哈笑了起来。“你是说你做不了吧。”

“不是。我不是那个意思。我是说，我不想。”

“不论你做了还是没有做,”我说，“这与我无关。”

“胡说。”

“那是你的想法。”

“你很生气，因为我是你所遇到的第一个你无法把握的男人。如果有人或有事让你无法把握，你不能长时间忍受这样的局面。”

“胡扯。我想要的刚好比你想要的标准高一些。我看透了你的把戏。在自发情感与存在主义方面我与你意见一致，但这根本就不是自发情感——这是绝望。我们做爱的第一天你这么对我说，现在把它用到你的身上。这纯粹是绝望，是戴着自由面具的绝望。这甚至也不是快乐。这是悲伤。甚至这次旅行也是悲伤的。”

“你从来就不给事情留有机会。”阿德里安说。

后来，我们在游泳水潭里游了泳，在阳光下晒干。阿德里安伸直身子躺在草地上，眯着眼看着阳光。我头枕着他的胸脯，闻着他暖暖的肌肤气息。突然一块云彩从太阳前飘过，天开始下起了小雨。我们没有动弹。积雨云飘过后，我们身上留下了一大颗一大颗的水珠。当太阳出来再次照在我们的肌肤上时，我能够感觉到水珠的蒸发。一只长脚蜘蛛爬到阿德里安的肩膀上，爬进了他的体毛里。我一下子坐直了身子。

“怎么啦?”

“讨厌的虫子。”

“在哪里?”

“你的肩膀上。”

他斜着眼睛从胸口望去，抓住蜘蛛的一只脚。他摇晃着它，看着它在空中踩踏，那样子就像游泳者在水中踩踏一样。

“别杀死它!”我恳求他说。

“我以为你被吓坏了。”

“是的，但我不想看到你杀死它。”我身子往后退缩。

“这样如何?”他一面说，一面掰去了它的一条腿。

“哦，上帝——别！我讨厌人们这样做。”

阿德里安继续掰蜘蛛的腿，像掰雏菊的花瓣一样。

“她爱我，她不爱我……”他说。

“我讨厌这样，”我说，“请住手。”

“我以为你痛恨虫子。”

“我不喜欢它们在我身上爬动——但是我也受不了看到它们那样遭到杀害。看到你那样肢解它，我感到恶心。我不敢看了。”我站起来，跑回到游泳水潭那里。

“你让我无法理解!”阿德里安在我身后喊道，“你为什么如此敏感?”

我钻到水下逃走了。

我们直到午饭后才开始讲话。

“你把一切毁了，”阿德里安说，“用你的焦灼不安与过度敏感。”

“好啊，那么在巴黎把我放下，我从那里飞往罗马。”

“十分乐意。”

“我本来应该告诉你，如果我流露出任何的人类情感，你就会讨厌我的。顺便问一下，你想要什么样的人造女人?”

“别傻了。我只是希望你能长大。”

“按你的定义。”

“按我们两人的定义。”

“你可真民主啊。”我讥讽地说。

我们开始装车，把帐篷的撑杆及其装备弄得很响。大约花了二十分钟，这期间，我们两人没有说话。最后我们上了车。

“我很在乎你，为了你，我把我整个生活都搞乱了。但我想，这对你来说并没有什么意义。”

“你并不是为了我才把生活搞乱的，”他说，“我只是你的一个借口。”

“如果不是因为我那样强烈地爱着你，我永远也做不到。”这时，一阵颤抖传遍我的全身，我想起了在维也纳时，我对他如饥似渴的那种感觉。膝盖里软软的。五脏六腑在翻腾。心脏剧烈地跳动。呼吸短促。他在我内心所激起的一切，使得我跟随他走了。我渴望的他是我初次遇见的那个模样的他。他后来变成的那个人叫人失望。

“床底下的男人永远成不了床上的那个男人，”我说，“他们是互不相干的。一旦他从床底下出来，他就不再是你渴望的男人。”

“你究竟在说什么?”

“我的无拉链速交理论。”我说。于是我尽我的可能，清楚地解释了一番。

“你的意思是说，我让你失望了?”他问，伸出双臂抱住我，并把我往下拉，一直把我的头拉到了他的腿部。我闻到了他浓烈的脏裤子味。

“我们下车吧。”我说。

我们走到一棵树旁，在树下坐了下来。我的头枕在他的腿上。我开始毫无目的地用手玩弄他裤子的拉链门襟。我把拉链拉下一半，用手握着他软软的阴茎。

“它很小。”他说。

我抬头看着他，看着他金绿色的眼睛，看着他盖在前额的金色头发，看着他嘴角的笑纹，看着他被太阳照得发红的脸颊。在我眼里，他依然是美丽的。我对他充满着渴望，一种依然充满痛苦的渴望，因为其中有怀旧的情愫。我们久久地亲吻，他的舌头在我嘴里绕着圈圈，叫人兴奋得头晕目眩。不管我们持续亲吻了多长时间，他的阴茎始终是软绵绵的。他灿烂地哈哈大笑，我也大笑起来。我知道，在我面前他永远会退缩。我知道，我永远不会拥有他，那就是使他如此美丽的一部分。我可以写他，谈论他，记住他，但是永远不会拥有他。这个无法拥有的男人。

我们朝巴黎驶去。我坚持说，我要回家去，可是阿德里安努力劝我留下。他现在害怕失去我的忠诚。他感觉到，我正在游离他。他知道，我已经把他记到了我的笔记本里，作为将来的参考。当我们到达巴黎城郊时，我们看到公路桥下的涂鸦。其中一条写道：

FEMMES！ LIBERONS-NOUS！[1]

1 法语，女人们！解放自己！

一六

被引诱与被抛弃

我想，选票对女人毫无意义。

我们应该武装起来。

——埃德娜·奥布赖恩

又到了巴黎。

我们一路风尘仆仆地到达了。两个来自约翰·斯坦贝克作品的流浪者，两个从科莱特作品里走来的满身尘垢的杂耍演员。

在路边撒尿，非常吸引人，理论上属于卢梭的风格，但是，在身体力行时，它使你的裤裆变得黏糊糊的。而作为一个女人的不利因素是你会尿进你的鞋里，或尿在鞋上。

因而，我们到达巴黎时，身上黏糊糊的，满是尘土，而且还有些尿臊味。我们又开始相爱起来——在这个相爱的第二阶段里还带着对第一阶段的怀念。第二阶段的爱是在你的绝望中出现的，你感到你又要失恋了，而你却无法忍受再次失去爱情。

阿德里安抚摸着我的膝盖。

“你还好吧，亲爱的?”

“还好，亲爱的。”

我们不再清楚，多少是真，多少是假。在表演中，我们既是真的，也是假的。

现在我已决定去寻找贝内特，再努力一下，看看他是否愿意让我回家。但是我一点都不知道，贝内特在哪里。我决定尝试着给他打电话。我假定他一定返回纽约去了。他几乎像我一样，不喜欢在欧洲到处乱转。

在巴黎北站，我找到一台电话机，想打一个私人电话。但是我把我所知的法语忘得一个词都不剩了，接线员的英语远不理想。在一段可笑的对话后，其中错误百出，不时听到嘀嘀声与拨错号的声音，终于我拨通了自己家的电话号码。

接线员让“温医生”听电话，于是从很远的地方，似乎是从整个大西洋的底下传来的，我听到了那个夏天转租我们公寓的女孩的声音。

“他不在这里。他在维也纳。”

“Madame, le Docteur est à Viennaa[1]。”接线员复述道。

“Ce n’est pas possible[2]！”我喊道——但我的法语也只能说这句话了。当接线员开始与我争辩时，我变得越来越张口结舌。

1 法语，太太，这位医生在维也纳。

2 法语，这不可能。

几年前，曾经，当我还是一个初来乍到的大学生的时候，我还能说这门语言。现在我几乎连英语都说不了了。

“他一定在那里！”我喊道。他不在家里，那么他在哪里呢？没有了他，我的生活究竟该怎么办呢？

我很快给贝内特的一个老朋友打了一个电话，他叫鲍勃，我们的汽车夏天归他使用。贝内特一定会先联系他。奇怪的是，鲍勃竟然在家。

“鲍勃——是我——伊莎多拉——我在巴黎。贝内特在你那里吗？”

鲍勃那边回复的声音很轻：“我以为他与你在一起。”接着是沉默。然后电话断了。只是并不完全是寂静。听到的难道是海洋的声音吗，还是那只是我的想象？我感觉到一条小小的汗流沿着我的双乳之间往下流淌。突然，鲍勃的声音又出现了。

“出什么事了？你们……”然后被汩汩的水流声打断了。接着又是沉默。我幻想着一条巨大的海鱼正在噬咬大西洋的电缆。大鱼每次咬下去的时候，鲍勃的声音就听不到了。

“鲍勃！”

“我听不清你的声音。我是说，你们吵架了吗？”

“是的。很难说得清。情况糟透了。都是我的……”

“什么？我听不清楚……贝内特在哪里？”

“那就是为什么我给你打电话啊。”

“什么？我不明白。”

“见鬼！我也听不清你的话……那么听好，如果他打电话来，告诉他，我爱他。”

“什么?”

“告诉他，我在找他。”

“什么？我听不到你说的话。”

“告诉他，我想要他。”

“什么？我听不清你的话。”

“告诉他，我想要他。”

“什么？请你再说一遍好吗?”

“简直没办法。”

“我听不到你说的话。”

“只是告诉他，我爱他。”

“什么？这电话简直可怕……”

最后我们的电话断了。接线员的声音出来打断说，我欠费一百二十九法郎加三十四分。

“可是我什么也没有听到啊!”

接线员坚持让我付费。我到了电话收费员那里，朝我的钱包里看去，发现我根本没有法郎，不论是新的法郎还是旧的法郎，都没有。于是，我不得不颇费周折地去换钱，与收费员争吵，但最后我付了钱。继续争吵，实在太麻烦了。

我开始把一张张的法郎付出去，仿佛是在忏悔。只要能够回到家里，把这一切在宁静中来回忆，我愿意付出任何的代价。那正是我真正非常喜欢的一部分内容。为什么要开自己的玩笑？我不是个存在主义者。在我把这一切写下来前——边写边修改与润色——这一切似乎都不是真实的。我总是在等待着事情结束，这样我就可以回到家里，把它们写到纸上。

“出什么事啦?”阿德里安从男厕所出来说。

“我所知道的是，他不在纽约。”

“他也许在伦敦。”

“嗨——也许他就在那里。”想到会再见到他，我的心“怦怦”乱跳。

“我们为什么不一起开车到伦敦去,”我提议说,“然后在那里友好地分手?”

“因为我认为你必须独自面对这个问题。”道德家阿德里安说。

他的意见并没有什么歹意。再说,他说得对。是我把自己拖入这个泥潭的——为什么要寄希望于他把我从泥潭里救出去?

“我们去喝一杯吧，把事情仔细想想。”我说道，在拖延时间。

于是我们坐进凯旋车出发了,我的腿上放着一张巴黎地图,背面朝上，阳光照耀下的城市熠熠生辉，像是在我们的故事的电影版本里。

我指引着阿德里安朝米歇尔街开，发现自己还记得那些大街、地标以及转向，感到很高兴。渐渐地，我的法语又回来了。

“Il pleure dans mon coeur / Comme il pleut sur la ville ! [1]”我大声吟了起来,为还能记住这两行诗而激动不已,那是我在所有那些年的法语课上所记住的一首诗中的诗句。突然（没有

1　法语，泪水流在我心底 / 恰似那满城秋雨。出自法国诗人魏尔伦的诗作《泪水流在我心底》。

什么缘由，除了眼中的巴黎城）我高高地飞了起来，胜似风筝。“她出生时打了激素”，我母亲过去常这么说。而且确实如此——当我极度沮丧的时候，我总是浑身有用不完的力量，不停地笑，不停地说着俏皮话。

“你说‘秋雨’是什么意思？”阿德里安说，“这是几周里最最阳光灿烂的日子。”但是他被我的笑声所感染，未等我们到达咖啡馆，我们两人都十分亢奋。我们在学校街（我们所能找到的最近的停车地方）停了车，把我们所有行李都留在车里。我略有犹豫，因为没有办法把我们的东西锁住——凯旋车只有一个帆布盖——但是我究竟在意什么永恒或者财产呢？“自由只是一无所有的代名词”[1]——对不对？

我们一边朝圣米歇尔广场咖啡馆走去，一边互相唠叨说，回到了巴黎，真是太好了，巴黎从来都是那个样子，那里的咖啡馆还是你离开时那个样子，那里的街道总是保持着你离开时的那番景象，巴黎总是与你离开时一模一样。

两杯啤酒下肚后，我们更肆无忌惮地当众亲吻起来。（谁都会认为我们私底下是世上最热烈的恋人。）

“超我在酒精中消融了。”阿德里安说，再次成了那个充满自信的维也纳的调情高手。

“我的超我在欧洲消融了。”我说。我们两人都笑了起来，而且笑声十分响亮。

1 美国歌曲《我与博比·麦吉》（*Me and Bobby McGee*）中的一句歌词（Freedom is just another word for nothing left to lose）。

“我们再也不要回家了，” 我提议说，“让我们永远留在这里，天天都疯狂。”

“葡萄是唯一真正的存在主义者。” 阿德里安答道，紧紧搂住我。

“或者说是啤酒花[1]。是啤酒花还是啤酒香？我从来就吃不准。”

“啤酒花。” 他很权威地说，又痛饮了一杯。

“啤酒花。” 我说，也痛饮了一杯。

我们在啤酒的兴奋中在巴黎乱窜。我午饭吃粗麦粉，晚饭吃牡蛎，中间我们喝了无数杯啤酒，无数次地停车撒尿；我们穿越植物园，绕过先贤祠，穿过索邦大学附近一条条狭窄的街道。我们穿越了卢森堡公园。最后，我们在天文台喷泉附近的一张长凳上停下来休息。我们欢乐之极。我们观赏着那些巨大的青铜马在喷泉中仰起身子。我有着酒精赋予我的那种莫名其妙的刀枪不入的感觉，我觉得自己置身于浪漫电影之中。我觉得十分的轻松、放纵、头晕。纽约在九霄云外了。

“让我们找一个旅馆房间，上床睡觉。” 我说。不是出于强烈的欲望，而是出于友好的愿望，想让这种浪漫气息，这种云里雾里的感觉，达到至善至美。我们可以再尝试一次。只是有一次至善至美的做爱，让我将他铭记。以前我们所有的尝试都有点叫人失望。在我们这么久在一起的时间里，我们冒了如此大的风险，却收获得如此之少，真不能说不令人遗憾。或者那

1　这里是指以“啤酒花-葡萄（Hops and Grapes）”为名的一间酒类商店。

就是问题的关键？

“不要，”阿德里安说，“我们没有时间。”

“你说我们没有时间是什么意思？”

“如果我希望在明天早晨到达瑟堡，我必须今晚动身。”

“你为什么必须在明天早晨到达瑟堡？”虽然酒带来的快感依然还在，但我开始感觉到有可怕的事情即将发生。

“去见埃丝特与孩子们。”

“你不是在开玩笑吧？”

“没有，我没有开玩笑。”他看看手表，“我想，他们大约现在离开伦敦。我们计划在布列塔尼度个短假。”

我注视着他平静地查看他手表上的时间。他如此这般地背叛我，让我无言以对。瞧我——喝得醉醺醺的，脏得还没有洗澡，甚至弄不清今天是星期几——而他一直在关注着一个多月前定下的约会时间是否快到了。

“你是说你一直都知道这个约定的时间。”

他点点头。

“你让我以为，我们两人都只是存在主义者，而你却一直知道，你必须在某一天去见埃丝特？”

“嗨——随你怎么想吧。这并不像你以为的那样，是别有用心的。”

“那么，那是什么呢？你怎么可以让我以为我们两人都只是在随心所欲地满世界乱跑——而你却始终在想着要去赴埃丝特的约会？”

“是你改变了你的安排，宝贝，不是我。我从来就没有说，要改变我的生活，去陪伴你。”

我觉得我的下巴挨了一记重拳。好像你是个六岁的孩子，你的自行车被你以为的好朋友砸了个稀巴烂。这是我所知的最可怕的背叛。

“你是说，你坐在那里整天大谈特谈自由与不可预测性，同时你也知道，你有与埃丝特相见的计划？我从未见过如此这般的伪君子！”

阿德里安开始哈哈大笑起来。

“该死，这有什么好笑?”

“你的愤怒啊。”

“我要杀了你！”我尖叫起来。

“我敢肯定，你做得出来。”

这么说着，我开始拼命打他，连续不断地捶打他。他抓住我的手腕，抱住了我。

“我只是想赋予你一些写作的内容。”他笑着说。

“你滚蛋！”

“这是不是让你的故事有一个完美的结局了呢?”

“你真是头猪。”

“好了，亲爱的，别太往心里去。不管怎么说，这个故事里的道德意义是相同的，对不对?”

“你的德性就像阿尔卑斯山中的道路。整天出现急转弯。”

“我似乎以前在什么地方也听人那样说过。”他说。

“那好，我随你一起去。”

“去什么地方?”

“去瑟堡啊。我们必须在五点穿过布列塔尼。我们一起做爱，不寻找任何的道德借口——如你在维也纳时说的那样。”

“胡说，你不能去。”

“我要去。”

“你不能去。我不允许你去。”

“你说你不允许，什么意思？这是什么胡说八道的话？你在贝内特面前把一切都吹嘘上了天。你怂恿我打破我原来的生活模式，与你一起离开，现在你却要忙着去保护你的安全可爱的小家庭，使它不受到伤害！你觉得我成了什么狗屎？是你向我兜售了诚实与公开以及不要生活在矛盾重重之中这样的货色。我真他妈的要和你一起去瑟堡。我想去见见埃丝特与孩子们，我们到时随机应变吧。”

“绝对不行。我不会带上你的。如果需要的话，我真会把你从车里扔出去的。”

我难以置信地看着他。为什么我对他如此铁石心肠觉得难以置信？很显然，他会说到做到的。我知道，如果需要的话，他真会把我从车里扔出去的。甚至也许还会哈哈大笑地开了车离开。

“难道你不在乎自己是不是个伪君子吗？”我说话的音调里略带着恳求，仿佛我早已清楚我输了。

“我拒绝用这种方式打扰孩子们，”他说，“这是没有商量余地的。”

“显然你不在乎打扰我。”

“你是成人。你可以接受。他们接受不了。”

对此我能如何作答呢？我可以大喊大叫地说，我也是个孩子，如果他放手的话我会摔得粉碎的，我会精神崩溃的。也许我真会。但是我不是阿德里安的孩子，他没有营救我的义务。我现在不是任何人的孩子。解放了。完全自由了。这是我所知人生中最令人恐惧的感觉。就像站在大峡谷的边缘摇摇欲坠，希望在触底之前能学会飞翔。

只是在他离开后，我才能用我自己的双手抱住我的恐惧，拥有了它。我们并没有像仇人一样分手。当我知道我确实输了的时候，我就不再恨他了。我开始集中精力思考，如何承受独自一人的日子。一旦我不再寄希望于让他来营救我的时候，我就发现我还是能够理解与同情他的。我不是他的孩子。他有权利去保护他的孩子。决不会让我去伤害他们——如果他把我视为对他们的威胁的话。他是背叛了我，但是我一直隐约感觉，这样的事是会发生的，在某种程度上，我把他当作一个背叛者，就如他一定把我当作一个受害者一样。他故意成了我获得自由的工具。当我注视着他开车离去的时候，我知道，只要我们之间的距离足够大，我就会再爱上他。

他也没有不提供任何帮助就离开。我们一起去询问了到伦敦的航班票，发现接下来两天的票都已订完。我可以等到星期三，或者询问一下是否还有第二天的渡船火车票。我或许可以到飞机场去等退票。我有选择余地。我所要做的就是忍受我这颗疯狂乱跳的心，一直到我找到贝内特——或者找到一个谁。也许找到我自己。

我把我的行李箱拖回到圣米歇尔广场咖啡馆。突然，我意识到，没了一个男人，行李箱变得十分沉重。装箱时，我并没有想到我会一个人行路。我的箱子里装满了导游手册、为录制我一直没写出的那篇文章而准备的一个小型录音机、笔记本、电吹风、我第一本诗集的十份复印件。几本诗集打算送给伦敦的一个文学代理。其他几本，只是为了万无一失才带上的；万一遇上谁，它们就是身份的标志。它们是用来证明，我不只是个普通的女人。它们是用来证明，我是非同寻常的女人。它们是用来证明，我是一个不可被粗鲁地冒犯的女人。我可怜地抓住不同寻常的身份地位不放，因为没有了它，我只是又一个四处漂泊的孤独女人。

“我有你的地址吗?”阿德里安在开动凯旋车前问我。

“在我给你的那本书里。在最后的衬页上。”

可是他把那本书弄丢了。那本我用惊艳的粉红色墨水给他签名的诗集。不用说，他从来就没有读完。

“那么——我再给你一本。”于是，在大街中央，我打开我巨大的帆布箱的拉链。一罐罐的化妆品滚了出来。散装的材料、我正在写的诗歌笔记、录音带、胶卷、口红、平装本小说、一本翻烂的米其林导游手册。我把所有这些乱七八糟的东西全部塞回到那只柔软的意大利牌行李箱里，从中掏出一本我自己的诗集。我打开了新书。

赠与总会丢书的［我写道］

丢三落四的阿德里安。

满怀着爱与无数亲吻，
　　你来自纽约的
友好的社工赠——

然后我又在衬页上写了我纽约的住址以及电话号码，明知他很可能还会把这本诗集弄丢。我们就那样分手了。一次又一次的失败。我的人生撒满了大街，在我与虚无之间只剩下一本薄薄的诗集。

在咖啡馆里，我坐在我的旅行箱旁，又要了一杯啤酒。我既迷茫，又疲惫——疲惫得都不觉得凄惨了，而我知道，我应该感到十分的凄惨。我得去寻找一家旅店。天渐渐黑了。我的旅行箱万分沉重，我也许不得不拖着它徘徊于大街上，在那些旋转楼梯上爬上爬下，询问房间情况，而结果房间却都住满了。我把头伏在桌上。我想号啕大哭，用泪水把疲惫冲洗干净，但我知道，我不能让自己太丢人现眼。我早已引来了单身女人的猜疑目光。而且我疲惫不堪，满心烦恼，无法顾及得体与体面。如果现在有人想凑上来，我很可能会大声尖叫，用拳头捶他。我不可名状。我讨厌说理，讨厌争论，讨厌装聪明。谁第一个靠近我，不论他眼中是带着冷嘲热讽的神情，还是带着挑逗的神情，都会换得我要么用膝盖顶他的下身，要么揍下巴一拳。我不会像十三岁的时候，在上中学去的人迹稀少的地铁车厢里，当裸露癖们开始对着我打开他们裤子上的拉链时，只会坐在那里吓得胆战心惊。我过去实际上还常常担心，除非我一动也不动地坐在座位上，否则他们会受到侮辱，残酷地报复我。因此我就原地不动，眼睛转向别处，装出没有看到，装出心里不害怕，装着在看书，多少希望书本可以保护我。后来，在意大利，当男人在废墟中跟踪我，或者在大街上开着车追踪我（他们打开车门，轻轻喊着 vieni，vieni[1]），我总是在想，我为什么觉得受到了奇耻大辱，觉得受到玷污，觉得怒不可遏。这应该是一种恭维。这应该是我充满女性魅力的一种证明。我母亲总是说，她在意大利觉得自己女性魅力四射。然而，为什么它却让我觉得像是在被人猎捕一样？我一定出了什么问题，我想。我过去努力露出笑容，甩一下头发，表示我不胜感激。这时，我觉得自己像一个骗子。遭到猎捕，我为什么还要不胜感激呢？

但是，现在我只想一个人待着，谁要是误解了我的意图，那么我就会像一头野兽一样扑向他。即便是自以为具有心理学知识且富于判断力的贝内特也坚持认为，男人始终想接近我，因为我传达出我的“易于接近”——这是他用的词语。因为我的服饰非常性感。或者说，我的发型肆无忌惮。或者说，我身上存在某种东西。简而言之，遭到袭击，我活该。这是两性战争的老调重弹，还是换了面孔的五十年代的那一套：根本不存在什么强奸之类的事；女人，这是你们自找的。你们这些女人。

我抚摸着我的啤酒杯。我一抬头，附近桌子上的一个男人引起我的注意。他带着“宝贝，我知道你想要什么”的这种狂

1 意大利语，来啊，来啊。

妄自大的神情……那是阿德里安所拥有的那种令我倾倒的同样的挑逗神情，但现在这种神情令我恶心。这时，我从这种神情中所看到的只有欺凌与虐待。我突然想到，也许，炫耀这种表情的男人中有百分之九十的人，事实上都在掩饰他们的性无能。我也不想去验证这样的假设。

我锁紧眉头，目光低垂。难道他看不出来，我不需要什么人？难道他看不出来，我又累又脏又厌烦不堪？难道他不清楚，我死死抓着我的啤酒杯，仿佛那就是圣杯？为什么无论你何时拒绝一个男人，而且是真心实意、一心一意地拒绝他，他却总会坚持认为你是在卖弄风骚？

我回想起我在火车上对男人想入非非的那些日子。确实，我从来没有做过想入非非的事，也没有胆量去做。甚至在一开始也没有勇气写这些想入非非的事，真正写它们是很后来的事情。但是假如我走向那些幻想中的男人之一，假如他拒绝了我，把头转向一旁，脸上流露出厌恶或反感，然后呢？我立刻会把这种拒绝铭记在心头，相信自己做错了，责备自己是个邪恶的女人、一个妓女、一个荡妇、一个扰乱安宁的女人……更关键的是，我立刻会责备说，这是因为自己缺乏魅力，而不是因为男人不愿意，而且男人的拒绝会让我连续许多天都怀着一种毁灭的感觉。但是男人假定，女人的拒绝只是游戏中的一部分。或者说，至少许多男人是这样认为的。当男人说“不”，意思就是“不”。当女人说“不”的时候，意思是“是”，或者至少也许是“是”。甚至还可能是开开玩笑的意思。于是慢慢的，女人们自己也开始这样认为了。经过几个世纪都生活在这样假定的阴影下之后，她们最后都不再清楚她们想要的是什么，对事物不再有决断力。当然，男人的嘲笑与责备使她们更加缺乏决断力。男人嘲笑她们这样缺乏决断力，责备说那是因为她们的生物种类、荷尔蒙、经前紧张等因素引起的。

看着那个陌生男人朝我频送秋波的目光，我突然一下子明白，我在阿德里安身上所出的问题，他为什么会弃我而去。我违背了基本的规则。是我追求了他。经过几年对男人的想入非非，从来没有在他们身上将这种幻想变成现实——然后，这次，在我人生的第一次，身体力行了这样的幻想。我追求了一个令我如痴如醉地渴望的男人，于是结果怎么样了呢？他像一根水里浸过的面条软绵绵的，并且还拒绝了我。

男人与女人，女人与男人。永远都不行，我想。回溯过去，当男人过着狩猎生活的时候，女人一辈子就是为生育担忧，或者就是在生育中死去，她们经常不得不在违背意愿的情况下受男人的性侵扰。男人抱怨道，女人性冷淡，不热烈响应他们，呆板无味……他们希望他们的女人是放纵的女人。他们希望他们的女人是放荡的女人。现在女人们最后学会了放纵，学会了放荡——情况又怎么样了呢？男人们萎靡不振了。一点希望也没有。我渴望得到阿德里安的爱，这是我这辈子从没有过的如此热烈的渴望，可正是我的强烈渴望削弱了他的渴望。我越是强烈地表达出我的激情，他却变得越发冷淡。我越是冒险想与他在一起，他却越不愿意冒险与我在一起。情况事实上是不是就是这么简单呢？这一切是不是归根到底都验证了我母亲几年前所告诉我的叫“故作难以接近”？事实似乎确实如此，那些苦苦爱着我的男人都是我最随便应付的人。但那有什么意思？关键是什么呢？你能将“爱情”与“情爱”结合起来吗，哪怕就结合一小会儿的时间也行？这种不断变换的你得我失，这种渴望与冷漠、冷漠与渴望的不断循环的关键在哪里呢？

我必须找一家旅馆。天已晚，黑了下来，我的旅行箱不仅成了一个巨大的负担，而且它会让人觉得我随时都可以跟人走似的。我已经忘记，女人孑然一身是多么糟糕啊——那些频送秋波的目光，那些嘘声，那些提出的帮助。你不敢接受这样的帮助，害怕会带来一笔性债。那种脆弱的感觉好可怕啊。难怪我从一个男人转向另一个男人的结果总是结婚。我怎么可以离开贝内特呢？我怎么可以忘记了呢？

我拖着那个麻烦的旅行箱拐了个弯，走进了哈尔佩街道（联想到了查理的女友萨莉），我竟然在我尝试的第一家旅馆就找到了一个房间，这让我很吃惊。自我上一次到巴黎以来，房价急剧上升了，给我的房间是在顶楼，是剩下的最后一个房间（拖着沉重的箱子痛苦地爬了很长的楼梯）。这个地方是个消防死角，我怀着受虐狂般的愉悦对自己说，遇到火灾，我很可能会被困在旅馆顶楼。各式各样的景象撞入了我的脑海里：泽尔达·菲茨杰拉德在那家疯人院的大火中垂死挣扎（我刚读过她的传记）；电影《精疲力竭》中的邋遢房间（在我十九岁首次无人陪同、只身到欧洲前我父亲严肃地告诫我说，他看过了电影《精疲力竭》，了解了美国女孩在欧洲遇到的情况）；五个圣诞节前，我与贝内特在巴黎痛苦不堪地吵架；我与皮娅二十三岁时待在同家旅馆时的情景；我十三岁的首次巴黎之行（与我的父母与姐妹们一同住进了乔治五世旅馆的一个豪华套房，我们都用佩里耶矿泉水刷牙)；我外公讲述过当他是个身无分文的艺术专业学生时，在巴黎靠吃香蕉过日子的故事；我母亲在布洛涅森林里跳裸体舞（她说的）……

幸运地找到了一个住所，让我短时间里心情快活了起来，但是当我真正看到那个房间，并意识到我不得不独自一人在那里度过黑夜时，我的心又沉了下去。那实在是半个房间，是用三夹板隔出来的(天晓得隔板的另一边是什么情况)，一张塌陷下去的单人床上覆盖着印花布床单。墙壁上是旧的条纹墙纸，它们污迹斑斑，颜色陈旧。

我把旅行箱拖了进去，关上了门。我在门锁上摸索了一会儿，才将门锁上。最后，我一屁股跌坐进床里，开始哭了起来。我意识到，自己想痛痛快快、毫无节制地大哭一场，想让泪水汪洋肆意地流出，将自己淹没。但是即使是我的眼泪也受到了阻拦。在我的肚子里有一个奇怪的结，它纠结在那里，使得我不停地想念贝内特。似乎我的肚脐与他的肚脐是连接在一起的，因此，我如果不想念他，不担心他，就无法沉浸到泪水中。他在哪里？难道只有找到他后，我才能痛哭一场吗？

痛哭流涕时最奇怪的事情就是（也许这是从婴孩时留下来的)，如果没有听众，我们就无法号啕大哭——或至少得有一个可能的听众。我们不会让我们自己哭得死去活来。也许我们担心如果哭得死去活来，将自己淹没在泪水的海洋中，就找不到人来拯救。或者说痛哭流涕是一种交流的方式——就像言语一样——是需要听众的。

你必须睡觉，我严肃地告诉自己。但是我早已能够感觉到自己正陷入一种恐惧之中，它令我回想起自己孩提时代最糟糕的黑夜恐惧症。我感觉到我的内心正在慢慢地滑回到过去，尽管我成人、理性的自我不愿意这么做。你不是个孩子了，我大声地说，但是我的心脏在继续疯狂地跳动。我浑身都是冷汗。我一动不动地坐在床上。我知道，我需要洗个澡，但是不肯去洗，因为我害怕离开房间。我想撒尿想得要命，但害怕去厕所。我甚至不敢脱掉我的鞋子（唯恐床下有人会抓住我的脚）。我不敢洗脸（谁知道帘子后面躲藏了什么?）。我觉得，我看到窗子外面的露台上有一个影子在移动。灯光中幽灵车在天花板上掠过。过道里的一个厕所“哗”的一声冲水，我吓得跳了起来。过道里响起了脚步声。我开始想起了《摩格街谋杀案》中的一个个场景。我想起了大约五岁时在电视上看到一个无名电影，里面有一个吸血鬼，他能随意出入于墙壁，门锁都无法将他锁在门外。我想象他从这些肮脏、污迹斑斑的墙纸里跳进跳出的情景。我再次向成人的自我发出求助。我努力进行理性的评判。我知道，吸血鬼代表了什么。我知道，床下的男人一部分是我的父亲。我想到了格罗德克[1]的《它之书》。对闯入者的恐惧是对闯入者的渴望。我想到了我到哈佩医生那里去的一次次心理咨询，其中我们谈及我的黑夜恐惧。我想起了我少年时幻想遭到一个陌生男人用刀刺伤或用枪射击的情景。我坐在书桌旁写作，那个陌生男人总是从背后袭击我。他是谁？为什么我

1　Georg Groddeck（1866－1934），德国医生、作家，身心医学的创始人。

的生命里有幽灵般的男人出没？

“就没有办法走出自己的心灵了吗？”西尔维娅·普拉斯在她充满绝望的后期诗歌中问道。如果说我受困，那么我是受我自己的恐惧所困。渴望做一切事情是因为恐惧孤独。有时似乎我会做出妥协，忍辱负重，随便与哪个男人在一起算了，这样就不用面对孤独。但是为什么恐惧？孤独一人有什么可怕的？努力想出其原因，我对自己说。努力想想。

我 为什么独自一人如此可怕？

我 因为如果没有男人爱我，我就没有了身份。

我 但是，显然那不是真实的。你写作，人们读你的作品，你的作品对他们来说是重要的。你教书，你的学生需要你，他们在乎你。你有热爱你的朋友。你的父母姐妹热爱你——以他们各自不同的方式。

我 这些都无法改变我的孤独。我没有丈夫。我没有孩子。

我 但是你知道，孩子无法排解孤独。

我 我知道。

我 你知道，孩子只是暂时属于他们的父母。

我 我知道。

我 你知道，男人与女人永远都做不到占有对方。

我 我知道。

我 你知道，如果一个男人完全占有了你，占用了你所有的呼吸空间，你会厌恶的……

我　我知道——但我强烈地渴望这样的占有。

我　但如果你被占有，你会觉得困惑。

我　我知道。

我　你想得到相互矛盾的东西。

我　我知道。

我　你想要自由，你也想要封闭。

我　我知道。

我　很少有人能找到。

我　我知道。

我　在大多数人都不幸福的时候，你为什么希望幸福呢?

我　我不知道。我只知道，如果我停止对爱的希望，停止期盼爱，停止寻找爱，我的生命就会像做了外科手术的乳房般平坦无奇。我以这种希望为能量。我悉心呵护这种希望。希望使得我存活着。

我　但是女性解放呢?

我　女性解放怎么啦?

我　你主张女性独立吗?

我　主张。

我　然后?

我　如果有一个男人，他真正爱我，我怀疑，我会为此而把一切都放弃，我会不惜出卖灵魂、我的原则、我的信仰……

我　伪君子!

我 你说得对。

我 你不比阿德里安好多少！

我 你说得对。

我 发现自己是个伪君子，你难道不觉得不安？

我 觉得不安。

我 那么，你为什么不与你的虚伪做斗争？

我 我做了。我现在就在与它斗争。但我不知道哪一方会取胜。

我 想想西蒙娜·德·波伏瓦！

我 我热爱她的忍耐力，但她的书中充满了萨特、萨特、萨特。

我 想想多丽丝·莱辛！

我 安娜·沃尔夫只有恋爱才会出现性高潮……还有什么可以多说的？

我 想想西尔维娅·普拉斯！

我 死了。即使是成了圣人，谁想有她那样的生死？

我 你会为一种事业而献身吗？

我 二十岁时，会的；三十岁时，不会了。我相信为事业献身这样的事情。我相信为诗歌献身。我曾经崇拜济慈年纪轻轻就死去。现在我认为，年老时死去更为勇敢。

我 嗯——想想科莱特吧。

我 一个典型的例子。但她是稀有几人中的一个。

我　嗯，为什么不努力成为她那样的人？

我　我正在努力。

我　第一步是学会如何独自一人……

我　对，当你真正把那点学到了手，你就忘了如何放开去爱，如果还有爱降临的话。

我　谁说过生活是轻松的？

我　没有人。

我　那么你为什么如此害怕孤独？

我　我们在兜圈子。

我　那就是孤独的麻烦之一。

绝望。我无法说服自己走出这种恐惧。我急促地呼吸着，浑身大汗淋漓。努力描写恐惧，我对自己说。假装你正在写作。站在第三人称的立场写。可是无法做到。我正陷入恐惧的中心。我似乎正在被许多匹野马撕裂，我的手臂与腿向四面八方飞去。可怕的受折磨的情景萦绕在我心头，折磨着我。中国军阀在活剥他们敌人的皮。圣女贞德在火刑柱上受焚烧。法国新教徒在遭车轮碾碎。纳粹分子在用电击、针头、不上麻药的“手术”折磨犹太人。南方人在给黑人动用私刑。美国士兵在割下越南人的耳朵。印第安人在受折磨。印第安人在折磨人。整个人类历史血迹斑斑，血流成河，充满着受害者的凄厉哀号。

我让自己合上双眼，可是那些景象在我眼皮里面一幕幕地展现。我觉得自己似乎已经被人活剥了皮，似乎我体内所有的器官都朝着自然万象敞开着，似乎我的头顶被炸开了，我的脑子都露了出来。每一根神经末梢传达出来的只是痛苦。痛苦是唯一的现实。这不是真的，我说。想想你感到愉快的日子，想想你为活着感到高兴的日子，想想你乐开花的日子。可是，我想不起来。我被钉上了我想象的十字架。而我的想象就像世界历史一样令人恐惧。

我想到了我十三岁时第一次到欧洲旅游的情景。我们在伦敦逗留了六周，拜访我们的英国亲戚，浏览风景名胜，在克莱瑞奇酒店积下了大笔的账单，我父亲说，这些账单“由山姆大叔支付”。一个多么富有的大叔啊。但我一直是在恐惧中度过了这次旅程，我们在伦敦塔里所见到的那些迫害人的刑具以及我们在杜莎夫人蜡像馆所见的恐怖蜡像，让我惊恐万状。以前我从没见过拇指夹和拷刑架。我也从没意识到。

“还有人使用这些刑具吗?”我问母亲。

“没有了，亲爱的。人们只是在更加野蛮的古代使用它们。自野蛮时代以来，文明已经进步了。”

那可是文明的一九五五年，距纳粹的大屠杀只有十年左右的时间；那是原子弹试验与囤积的时代；那是在朝鲜战争结束数年后，刚刚经历了对共产党人政治迫害的激流，我父母的朋友中有许多人都被列入黑名单。可是，当我在货真价实的亚麻床单中吓得发抖时，我的母亲在那个伦敦的雨夜，一面用手抚平床单，一面坚持说文明进步了。她努力不伤害我。如果事实真相太难接受的话，她宁可对我说谎。

“那好。”我说，闭上了眼睛。

享受了许多东西减免税收的山姆大叔，两年前，以文明的名义，将罗森堡夫妇处了电刑。难道两年前是古代吗？当我与我母亲相互拥抱，然后熄灯的时候，我们合谋起来假装，那就是古代。

但现在我的母亲在哪里？她那时没有救我，她现在也救不了我，但要是她能出现就好了，那我就一定能捱过黑夜了。我们捱过了一夜又一夜。但愿我能够像斯佳丽·奥哈拉一样，把一切黑夜都看作崭新的明天。

一七

幻梦

对我来说，情况是这样的。这不是一件可怕的事——我的意思是说，如果没有做真正想要做的事情，这也许是可怕的，但并不是毁灭性的，不会让人中毒身亡……真正可怕的事情是，把二流的事物冒充一流的事物。当你需要爱情的时候却假装不需要；或者，当你清楚你能胜任更出色的工作时，却说喜欢你目前的工作。

——多丽丝·莱辛，《金色笔记》

当我明白我永远无法入睡的时候，我决定起床。作为一个经验老到的失眠者，我知道，有时与失眠战斗的方法就是与它斗智斗勇：你假装对睡觉毫不在乎。然后有时，睡眠就会被激怒，像一个遭到拒绝的恋人，悄悄地来到你的跟前，想来引诱你。

我笔直地坐在床上，用发夹将头发夹起，脱去满是尘埃的衣服。我大步走到帘子旁，以装出来的勇气将帘子拉到侧面，环顾了四周。没有人。我跨坐在坐厕上，小溪流水般地朝里小便起来，同时心里十分惊讶，我竟有那么长时间没有清我的膀胱了。接着，我清洗了既酸痛又黏乎的下身，清洗了坐便器。我将自来水洒泼到脸上，并草草地擦洗了一下身子。一条条污垢出现在我手臂上，如孩提时代在外面疯玩了一天后所出现的那样。我走过去想锁上门锁，确定门是安然锁着的。

当隔壁房间有人咳嗽时，我惊得跳了起来。放松，我对自己下命令说。但是我模糊地意识到，能起身去清洗至少是一种活力的标志。真正吓晕了头的人只会屁滚尿流地躺在那里不敢动弹。我多少有了些安慰。事实上，我正死死抓住救命稻草。你比有的人好些，我说道，忍不住笑了起来。

我光着身子，又因身上干净了些，胆子似乎也大了些，便站在破旧的长镜前。坐在敞篷车里好几天的我晒黑了，而且黑得十分稀奇。我的膝盖和腿红红的，晒得脱了皮。我的鼻子与脸颊红红的。我的肩膀以及前臂都快晒焦了。但是我其余的地方几乎还是雪白的。一条奇怪的百衲被。

我盯着我的眼睛看，一连几周戴太阳镜，留下了一圈白色的肌肤。我为什么始终无法确定我的眼睛是什么颜色？颜色重要吗？那是不是我问题的根本呢？灰蓝色加黄色斑点。不是纯粹的蓝色，不是纯粹的灰色。石板蓝，布赖恩过去常说，而你的头发却是麦子的颜色。“麦色头发，”他大声说，用手捋着我的头发。布赖恩的眼睛是我所见过的最纯粹的棕褐色——像马赛克镶嵌出来的拜占庭圣人的眼睛。他发疯时常常一连几个小时盯着镜子里自己的眼睛看。他会像一个孩子那样，一会儿开灯，一会儿关灯，努力想捕捉他的瞳孔突然放大的样子。那个时候，他会实实在在地谈论起一个镜像世界来，一个他可以进入的反物质世界。他的眼睛是进入那个世界的钥匙。他相信，他的灵魂可以从他的瞳孔里吸出来，就像可以从一个穿孔的鸡蛋里将蛋清吸出来一样。

我记得，布赖恩的疯狂深深迷住了我，他的意象深深吸引了我。那个时候，我没在创作超现实诗歌，而是在写相当传统的诗歌，写用词过分巧妙的描述性诗歌。但是后来，当我开始深刻一些，任想象的翅膀飞得更为自由一些的时候，我经常觉得，我是在透过布赖恩的眼睛看世界，觉得他的疯癫是我灵感的源泉。我觉得，我似乎曾与他一起发疯，后来恢复了理智。我们曾是那么亲密无间。如果我有什么内疚的话，那是因为我能够陷进去后，再一次爬出来，而他却深陷其中。仿佛我是但丁，他是乌戈利诺（《神曲·地狱篇》中他最喜欢的人物之一），我能从地狱里回来，讲述他的故事，可以从他的疯癫中选出诗歌来写，他却完全被疯癫所征服。你把每一个人都吸干了，我谴责自己说，你利用了每一个人。大家利用大家，我回答说。

我记得，当我与布赖恩的婚姻破裂时我曾感到十分害怕；我想到，我曾觉得我理应终生陷在他的疯狂中不能自拔。我的父母、布赖恩的父母以及医生们强行将我从中拽了出来。你只有二十二岁，布赖恩的精神科医生说，你不能浪费人生。而我还与他争吵。我骂他出卖我们两个人，骂他出卖我们的爱情。

事实上，如果不是因为钱的关系，如果不是因为父母的严正干涉，我也许可以轻松地留在布赖恩的身边。我觉得，我的心属于他。我觉得，我理应就那样失去自己的生活。那时，我从没有想到，我应该有我自己的生活。我从来都无法轻松地离开谁，不论他们对我如何糟糕。我内心深处总是坚持认为要再给他们一次机会。或许那是软弱。一种意志力薄弱的表现。我留下来，写出我的愤怒，而不是用行动表现出我的愤怒。离开贝内特是我的第一次真正独立的行为，甚至在这件事上一部分也是因为阿德里安，以及我对他所产生的疯狂的性迷恋的缘故。

显然，过分长时间地盯着自己镜子里的眼睛是危险的。我退后一步，端详起我自己的身体。我的身体止于何处？它周围的气场又始于何处？一篇我读过的写肉体形象的文章里写道，在紧张中——或者在兴奋时——我们丧失了肉体的界限。我们忘了，我们拥有肉体的界限。这是我经常有的感觉，我认识到，那是我恐惧的最重要的一部分。经常的痛苦也会这样。我的断腿使得我感受不到我肉体的界限。这是一对矛盾：肉体上的巨大痛苦或肉体上的巨大愉悦，都使你觉得你正游离你的肉体。

我努力端详着我的物质自我，评头论足，这样我就能记住我是谁——如果确实可以说我的肉体是我的话。我想起了一个关于西奥多·勒特克独自待在一个大的老房子里的故事，在他创作的过程中，他在镜子前把衣服穿上了又脱下，端详自己的裸体。这个故事也许真伪难辨，但是对我来说，它却是十分真实的。一个人的肉体与一个人的写作是密切相连的，然而这种关联的真实性与确切性十分奥妙，也许得经过数年才能明白这样的奥妙。一些又高又瘦的诗人创作了又短又丰满的诗歌。但这不是简单的逆反法则。在某种程度上说，每一首诗都是努力在拓展人体的界限。一个人的肉体成了一道风景，成了一片天空，最后成了宇宙。也许，那就是为什么我经常会不知不觉地赤裸着身子写作的原因。

在我们这次奇怪的旅行中，我的体重下降了，但是想要穿时髦漂亮的服装，我还是胖了些；不是肥胖，但大约重了十磅，不敢穿三点式的比基尼。中号的乳罩，丰满的屁股，深陷的肚脐。有的男人声称喜欢我的形体。我知道（就如有些事情你知道你不会相信的那样），有人觉得我漂亮，甚至有人觉得我的肥臀很迷人，但是我痛恨我身上任何一点赘肉。这已经是一辈子的奋斗：增肥，减肥，又连本带利地增了回来。每一盎司的赘肉都是我意志薄弱、懒惰以及自我放纵的证明，我是多么可恨、令人讨厌啊。赘肉是与性生活有关的——我再清楚不过了。十四岁时，我让自己挨饿，把体重降到了九十八磅，那是出于对性生活的内疚。甚至在我减了我想要减去的体重之后——而且多于我想减的——我仍不让自己喝水。我想感受空虚。除非饥肠辘辘到了极点，否则我讨厌放纵自己。显然是一种怀孕幻觉——如我心理医生的丈夫会说的——或者说也许是一种怀孕恐惧症。我的潜意识认为，我甩掉了史蒂夫而使得自己怀了孕，于是我变得越来越瘦，努力让自己相信，我没有怀孕。或者，也许我希望怀孕，原始地认为身体上所有的孔洞都是同一个，担心我吃下的所有食物，都会像精子一样在我的肠道里播下种子，都会从我的体内结出果实来。

饮食决定你成为什么样的人。Mann ist was mann isst.[1]两性间的战争是从男性的牙齿深入到女性的苹果里开始的。冥王普鲁托用六颗石榴籽引诱珀尔塞福涅进了地狱。一旦她吃了石榴籽，他们间的契约就牢不可破了。饮食决定了你未来的命运。闭上你的眼睛，张开你的嘴巴。请吃。吃吧，亲爱的，请吃。“就按你名字的字母吃。”外婆常常这么说。“我名字所有的字母?”“I……”她哄骗道……（一口可恨的肝脏）……“S……”（一团土豆与胡萝卜泥）……“A……”（又一口硬硬的、煮过头的肝脏）……“D……”（又一团冷冰冰的胡萝卜土豆泥）……“O……”（一朵软绵绵的花一样的花椰菜）……“R……”（她又把肝脏送到我的嘴边，我从桌旁跳起来逃走）……“你会得脚气病的!”她在我身后喊。我家里的每一个人都患有一连串的营养不良症（这一连串的病症几十年来在纽约都没有听说过）。我的外婆实际上没有受过教育，但是她知道脚气病、败血症、糙皮病、佝偻病、线虫病、蛔虫病、绦虫病……你说什么，她没有不知道的。她知道，吃什么或不吃什么，会引起什么样的疾病。事实上，她还让我母亲相信，除非我每天喝一杯鲜榨橘子汁，否则我会得败血症，而且她不时给我讲英国海军以及英国军人的故事。英国军人。饮食决定你成为什么样的人。

我记得在贝内特的一本医学杂志上有一个节食的专栏。似乎是说，某位小姐在进行节食，每天摄入的热量都严格地限制在六百卡，持续了几个星期后，又接着持续了几个星期，可还是

1 德语，意思同前一句。

没能减轻体重。起先，她的医生困惑地以为她在作弊，因此他让她把她吃的一切东西都详细地写出来。她似乎并没有作弊。“你肯定你绝对把吃过的每一口东西都罗列了出来?”他问。“每一口东西?”她问。“是的。”医生严肃地说。“我没有意识到那东西也有卡路里。”她说。

结果，当然啦，她是个妓女，每天至少要吞咽十至十五口的精液，只要吞下一大口的精液，就足以使她永远离开减肥的行列。一大口精液有多少卡路里？我记不清了。但是，事实证明，十至十五口的精液相当于在巴黎的银塔酒店吃了一顿七道菜的大餐；当然，你吃，他们付钱给你，而不是你付钱给他们。在世界各地，穷人因蛋白质匮乏而挨饿。但愿他们都知道！解决印度饥饿问题以及解决人口过多问题——只要这么一“咽”，两个问题都解决了！一“咽”不成夏[1]，但它却是妙不可言的宵夜。

我有没有可能真正使自己大笑一通?

“呵，呵，呵。”我朝自己的赤身裸体说。

于是，在那种虚假幽默小小发作的动力驱使下，我深深探入到我的旅行箱里，掏出了我的笔记本、写作活页以及诗歌。

“我打算仔细想想我是如何走到今天这一步的。”我对自己说。我是如何弄到现在这副样子，光着身子像一只烤得半熟的鸡站在这个破败不堪的地方？我以后到底要到什么地方去?

我坐在床上，把我所有笔记本以及诗歌都摆在我的四周，开始快速翻动一本厚厚的螺旋活页，这里记下了将近四年的事

1　此处戏仿谚语“一燕不成夏”。“咽”和“燕”在原文中皆为英文单词“swallow”。

情。记录得没有特别的规律。潦草的日记、购物清单、需要回复的信件的清单、从未寄出的愤怒的信的草稿、剪报粘贴、故事的构思、诗歌初稿——所有东西都混在了一起，乱七八糟，几乎难以辨认。这些条目都是用五彩缤纷的标签笔写的，但是采用的颜色符码同样没有规律可言。触目惊心的粉红色、鲜黄绿、地中海蓝似乎是首选的颜色，但也有许多黑色、橙色和紫色。几乎根本就没有忧郁的蓝黑色。而且从不用铅笔。我需要在写作时能感觉到墨水在我的指尖流淌。我希望化我的瞬间为永恒。

我疯狂地翻动笔记，寻找我目前困境的线索。这本笔记本的前面一些页码记录的是我在海德堡的日子。这里描述了曾发生在我与贝内特之间的那些令人苦恼的争吵，一字一句地记录我们之间最可怕的吵架，描述了哈佩医生的心理分析，描述了写作中的挣扎。上帝——我几乎忘记了，我当时是如何痛苦，如何孤独啊。我已经忘记，贝内特曾冷酷无比，吝啬小气。为什么一场糟糕的婚姻比没有婚姻更加吸引人？为什么我一直这样死死抓住我的痛苦不放？为什么我要相信糟糕的婚姻就是我所该拥有的呢？

我读着笔记，开始被笔记吸引住了，就像被一部小说吸引住了一样。我几乎开始忘记，我曾经写了这些。这时我才恍然大悟。我不再自我责备；事情就那么简单。也许我最终的逃跑并不是因为我的邪恶，也不是因为我需要表示歉意的不忠诚。也许那正是对我自己的一种忠诚。一个改变我生活的强烈而必需的手段。

你不必为想要拥有你自己的灵魂而道歉。你的灵魂属于你自己——不论它是好还是坏。在该说的说了、该做的做了之后，剩下的就是你所拥有的。

婚姻带有欺骗性，因为在某种程度上，它总是一场感应性精神病[1]。有时，你几乎不知道，你自己的疯癫何时何地结束，你配偶的疯癫又何时何地开始。你总是牛头不对马嘴地过多自责，或者不能足够自责。你总是混淆依赖与爱。

我继续读着笔记，每读一页都使我更加理智。我知道，我并不想倒退到那本笔记中所描述的那种婚姻状态中。如果我与贝内特再次言归于好，情况必须完全不同。如果不能言归于好，我知道我也能挺过去。

认识到这一点时，我的脑袋里并没有明灯闪亮。我也没有兴奋地跳起来大喊“尤里卡”。我十分宁静地坐在那里，看着我写的一页页笔记。我知道，我并不想被我自己的笔记困住。

同时，我看到自己在过去四年里的巨大变化，也感到欣慰。我现在能够把我的作品寄出去了。我不再害怕开车。我能够独自一人待上很长时间进行写作。我上课，做讲座，出门旅行。虽然我恐惧飞行，但是我不会让这样的恐惧控制我。也许有一天，我会完全摆脱这种恐惧。如果说一些事情是可以改变的，那么另外一些事情也是可以改变的。我有什么权利去预测未来，把未来预测得如此虚无呢？随着年龄长大，我很可能会在无数我

1　一种以系统妄想为突出表现的疾病，往往发生于同一环境或家庭中长期密切接触的亲属或挚友中。

无法预见的地方发生变化。我唯一能做的就是等着看结果。

在绝望中自杀是轻而易举的事情。扮演这样的殉道士是轻而易举的事情。不做这样的事才是困难的。忍受你的生活。等待。

我睡着了。我想，我实际上是脸压着螺旋笔记本睡着的。我记得自己是在凌晨的蓝色时光中醒来的，感觉到脸颊的一侧有螺旋印痕。然后，我把笔记本推开，又继续睡。

我做了许多梦。梦里充满了电梯、太空平台、十分陡峭的很滑的楼梯、我不得不攀登的金字形神殿、大山、高塔、废墟……我朦胧中觉得，我正在给自己分配梦，将其作为一种治疗方法。我记得有一两次醒来，然后再回到睡梦中，心想："现在我要做这样的梦，它将为我做出决定。"但是我寻求的是什么决定呢？每一种选择似乎都有这样或那样的不满。每一种选择都排斥了其他的选择。仿佛我在向我的梦追问，请告诉我，我是谁，我该怎么办。我会在怦然心跳中醒来，然后再沉睡过去。也许我在希望，在我醒来时变成另一个人。

我依然记得那些梦的片断。在一个梦中，我不得不从架在两幢摩天大楼之间的一条狭窄的木板上走过去，去营救一个人的生命。谁的生命？我的？贝内特的？克洛艾的？梦里没有说明。但很显然，如果我走不过去，我自己的生命就没有了。在另外一个片断里，我把手伸到我自己的体内，想将避孕膜取出，而在子宫颈上方漂浮的是一块巨大的隐形眼镜镜片。戴镜片的子宫。人的子宫颈事实上就是一只眼睛。而且是一只近视眼睛。

这时，我想起了那个我重返大学准备从米莉森特·麦金托什[1]手里接过学位证书的梦。我沿着一长段台阶往上走，这与其说是勒夫图书馆[2]的台阶，莫如说是墨西哥庙宇的台阶。我穿着高跟鞋，摇摇欲坠，还唯恐被自己的礼服绊倒。

当我走近讲台的时候，麦金托什夫人伸手递给我一卷东西，这时我意识到，我不仅毕业了，而且还将获得一个特别荣誉奖。

"我必须告诉你，老师们并不同意授予你这份奖学金。"麦金托什夫人说。这时，我知道奖学金委员会授予了我同时拥有三个丈夫的权利。他们都头戴黑帽，身穿黑袍坐在观众席中。贝内特、阿德里安以及另外一个面目看不清的人。他们都在等待我获得毕业证书后鼓掌。

"只是你出色的学习成绩使我们不能不授予你这份荣誉，"麦金托什夫人说，"但是老师们都希望你自觉自愿地拒绝接受。"

"可这是为什么？"我不满地说，"我为什么不能拥有他们三个？"

说完这话，我便开始了一大通合理化讲演，谈及婚姻、我的性需求、我是诗人而不是秘书。我站在讲台上，朝着观众大声嚷嚷。麦金托什一脸沉郁，露出不满神情。说完，我便择步沿着陡峭的台阶往下走，半蹲着身子，害怕摔倒。我朝人山人海中望去，突然意识到，我忘记拿我的那卷毕业证书。惊恐万状中，我清楚，我已经丧失了一切：我的毕业证书、我的奖学金、我的三个丈夫。

1　Millicent McIntosh（1898－2001），美国著名教育家、哥伦比亚大学巴纳特学院的第四任校长（1946－1962）。

2　哥伦比亚大学标志性的建筑，老图书馆，现已改为行政中心。

我所记得的最后一个梦稀奇古怪。我再次走上图书馆的台阶，重新去领毕业证书。这次站在讲台上的不是麦金托什夫人，而是科莱特。只是她变成了一位黑肤女人，一头红色的头发在她脑袋周围闪闪发光，像一个光环。

“想要毕业只有一条道路可走，”她说，“而这与丈夫的数目没有关系。”

“我该做什么？”我绝望地问，心里觉得我愿意做一切事情。

她递给我一本书，封面上是我的名字。“那只是一个基础不牢固的开端，”她说，“但至少你有了一个开端。”

我将其理解成，我还需要在以后的几年里继续努力。

“且慢。”她说，同时她脱下衬衣。突然，我明白了，与她公开做爱是真正毕业的途径，在那个时刻，做爱似乎是世界上最自然不过的事情。我大为激动，便朝她走过去。这时，梦消失了。

一八

血色婚姻或转瞬即逝

女人真正的麻烦是，她们总是必须不断努力去适应男人们的女性观。

——D.H. 劳伦斯

我在中午醒来，突然发现两腿间血涌了出来。如果我略为分开两腿，血就会流下去，渗透到床垫里。我虽然还有点睡眼蒙眬，但我知道要并拢双腿。我想起身去寻找丹碧丝卫生棉，但是如果一点都不分开腿的话，很难从那张下陷的床上起身。我一下子站了起来，深红的细流开始一点点地沿着我的腿内侧慢慢地往下流。一块黑乎乎的血掉在了地板上，亮晶晶的。我跑向我的旅行箱，地上留下了一条亮晶晶的血滴痕迹。我感觉到我的小腹处那种熟悉的沉重下垂感。

“他妈的。”我说，伸手去摸我的眼镜，戴了眼镜才能寻找丹碧丝。可是，我甚至连该死的眼镜都找不到。我把手伸入我的箱子里，开始到处摸来摸去。心急慌忙中，我开始把衣服往外扔，把它们全都扔到了地板上。

“见你们的鬼去吧！”我尖声喊叫。地板上便开始了像一场车祸之后的混乱。我该如何把那些血迹清理干净呢？我才不清理。我要在管理人员进来之前逃之夭夭，逃离巴黎。

我的箱子里装的都是一堆没用的废物。我可以把我的诗集当卫生巾用，是不是？迷人的象征。但不幸的是，它不怎么吸水。

哦——这是什么？一件贝内特的T恤衫。我把它折成尿布状，并且找到了一枚（只有一枚！）别针，把它别在我的身上——差强人意。别了一块尿布，我该如何逃离巴黎啊？我行走时不得不夹紧双膝。大家都会以为我急着要小便呐。哦，上帝——真是恶有恶报啊！我刚刚还一直在寻思，我与阿德里安出逃的惩罚是否是让我一路怀孕过去，却不知道那小婴儿是什么肤色；现在倒好，用尿布的人竟是我自己。为什么我的磨难就不能不那么难看？其他作家遭受的磨难是史诗，或宇宙般宏大，或属先锋派，而等到我遭受磨难时，竟是这般闹剧式的。

我穿着军用防水大衣，夹紧膝盖，不让尿布滑落，一蹦一跳地朝大厅里移动。这时，我突然想起，没有我的手提包里的一切：护照、美国运通卡、旅行支票，我会变得一贫如洗。于是我蹦跳回房间。然后，再夹紧双膝，光着脚，抓紧手提包，蹦回到大厅，接着一把抓住厕所的门把，开始转动。

“Un moment, s'il vous plaît[1]。”传来一个男人尴尬的声音。美国口音。毕竟这是八月，在巴黎方圆几英里内都没有法国人。

“没事。”我说，用大腿夹住我的尿布，不让它移动。

“Pardon[2]？”他听不清我的话。在他使劲挤出最后一块粪便时，依然还在努力搜肠刮肚地寻找法语词汇。

“没事，”我大声说，“我是美国人。”

“Je viens, je viens[3]。”他嗫嗫地说。

“Je suis Americaine[4]！”

“Pardon？”

这越来越叫人尴尬了。照这样的情况，即使他最后终于出来了，我们两人都将不知所措。我决定十万火急地跑到下一层楼去，试试那里的厕所。于是我又沿着旋转的楼梯蹦跳下去。下一层楼里的厕所门没有锁，但里面没有纸，因此再往下跳了一层。事实上，我开始动作麻利了不少。在情急之中，我们表现出了无限的适应能力！就像我断了腿的时候，虽然一条腿上了长长的石膏，还能想到那一切富有创造性的做爱姿势。

瞧！有纸！但纸的质量糟糕之极！从厕所来论世界历史——这个厕所非常像个密不透风的地牢，纸里似乎嵌有死掉的臭虫。我锁上门，把那扇小窗向上拉开，将贝内特的血迹斑斑的T恤衫抛到外面的院子里（瞬间想到了《金枝》中提到的交感魔法

1 法语，请稍等。

2 法语，你说什么？

3 法语，就好，就好。

4 法语，我是美国人。

以及部落时代的那些风俗……会不会哪一个魔术师发现贝内特的T恤衫渗透了我的血，就用它降符咒于我们两个人身上？）。然后，我坐在了便厕上，开始把一层层的卫生纸折成卫生巾那样的东西。

我们的身体让我们遭受了多少荒诞不经的事啊！除了患痢疾时在一个臭气熏天的公共厕所里佝偻着身子之外，我不知道还有什么比月经来时没丹碧丝卫生棉更让人难堪的事了。奇怪的是，对月经我并不总是怀着这样的感觉。事实上，我对我第一次月经充满着期待，渴望它来，想要它来，祈求它的到来。我曾经在字典里仔细琢磨像“月经”与“经期”这样的字眼。我曾经背诵一段这样的小祈祷：请让我的月经今天到来。或者怕被别人听到，我就说：P. L. M. G. M. P. T.[1]，P. L. M. G. M. P. T.，P. L. M. G. M. P. T.。我常常坐在便厕上哼这个，一遍遍地擦下身，希望看到哪怕一丁点儿的血。可是什么也没有。兰迪的月经来了（或者说“不舒服”，我解放了的母亲与外婆这么说），我七年级班里的所有女生的月经都来了。还有我的八年级班的全体女生。好丰满的乳房和大号罩杯的美登峰胸罩以及卷曲的阴毛！她们大谈着高洁丝、摩黛丝以及（那些最最厚颜无耻的人谈的）丹碧丝，听了多么让人心绪难安啊！可是我没有什么可谈的。十三岁时，我只戴一只瘪塌塌的“练习胸罩”（练习什么呢?），褐红色的卷发稀稀落落（甚至还不是金色的，虽然我天生是金发），性方面的知识都是从兰迪与她好友丽塔两人马拉

1　是 Please let me get my period today 的首字母组合。

松般的彻夜长谈中拾得。因此，便厕上的祈祷继续着。P. L. M. G. M. P. T.，P. L. M. G. M. P. T.，P. L. M. G. M. P. T.。

后来，当我十三岁半时(与兰迪的十岁半比真是老掉了牙)，当我们从那次贵到离谱的欧洲旅行返家的时候，在大西洋中途的“法兰西岛”号上，它终于“来了”。

我们四姐妹一起住在轰鸣的引擎旁的一个船内特等舱里(而我们的父母住在救生艇甲板的一个外船舱里)，在我们离开勒阿弗尔港两天半以后，突然我成了一个女人。怎么办？拉拉赫与克洛艾（她们同住一个上下铺）不能知道——太年幼（我母亲认为）——于是我与兰迪秘密策划，往返于药房，去买妇女用品，在船舱的四周悄悄寻找隐藏这些用品的地方。当然，这新玩意以及我在成人世界里受关注的新感觉都让我感到快乐无比，于是我一天里更换了十二次的高洁丝，消耗卫生巾的速度几乎比买来的速度还快。当乘务员（一个苦恼的法国人，脸像费尔南德尔[1]，脾气像主教黎塞留[2])发现厕所被塞得满到外溢的时候，终于真相大白了。在此之前，我没有特别觉得月经让人有压迫感。只是在这位乘务员（当他必须把船舱像女生宿舍一样进行打扫时，他当然不高兴）开始朝我大喊大叫的时候，我才成了未来激进派行列中的一员。

“你在便桶里放了什么?”他尖声喊叫起来（近似于尖声喊叫）。然后，他让我在旁边看他把融化中的高洁丝一团团地拉

1 Fernandel（1903—1971），法国喜剧演员、歌手。

2 Richelieu（1585—1642），法国历史上最伟大，最具谋略，也最无情的政治家。

出来。有没有可能他的确不知道那是什么？还是他竭力想羞辱我呢？难道那确实是一个语言难题？（Comment dit-on Kotex en francais[1]？）他是不是借我的月经初潮出气？我涨红着脸站在那儿，嘴里含糊不清地说着药店，药店，“高洁丝”这个词（我现在才明白）本来就是法语。

与这同时，拉拉赫与克洛艾乐开了怀。(即使她们不了解所有的细节，但她们知道它很肮脏。她们当然知道，肯定有什么事情，否则我为什么一天上厕所十多次，否则为什么那个可怕的男人朝我大喊大叫?）我们坐着轮船到纽约，留下了一路的血迹斑斑的高洁丝喂鱼吃。

在我十三岁的脑海里，这艘“法兰西之岛”是世上最浪漫的船，因为它在《这些愚蠢的事情》[2]中闪亮登场，那首充满浪漫与梦幻的歌曲（由我那位充满浪漫与梦幻的父亲钢琴演奏）:

隔壁人家的钢琴叮咚响起
那些断断续续的话在向你倾诉
我心里的衷情……

(这些伴我长大的歌词!）在这首歌的歌词里，“海鸥在‘法兰西之岛’号四周飞翔……”提及了它，如梦如幻。我不知道，

1　法语，高洁丝用法语怎么说。

2　歌曲的全称是“这些愚蠢的事情让我想到了你（These Foolish Things Remind Me of You）”。

海鸥会俯冲到大海里，追逐我那些带血的高洁丝。我不知道，等到我坐上这艘航船的时候，“法兰西之岛”号会严重破损，像一只旧浴盆一样颠簸摇晃，几乎颠得所有的乘客都晕了船。乘务员们晕头转向。每到吃饭的时候，餐厅里几乎是空无一人，客房服务的铃声响个不停。我看到十三岁胖墩墩的我自己，紧紧抓着手提包，里面装满了高洁丝，穿过湿淋淋的甲板，一路流着血，回到我曼哈顿的家。

女士们，先生们，这是我的月经初潮。

一年半后，我拼命地让自己挨饿，我的月经突然中断了。原因呢？害怕成为女人，施里夫特医生解释说。并不是害怕经血（事实上我企盼它——至少在有人因此朝我叫喊之前），而是害怕伴随它而至的一切胡说八道。类似于说，如果我生了孩子，我就永远无法成为艺术家，就像我母亲的怨恨，就像我外婆那样令人讨厌地把心思全都放在吃喝拉撒上，就像被一个脸长得像面团一样的男孩问是否计划当秘书。秘书！我决心永不学打字。（于是我从来就没有学。大学时，布赖恩帮我打论文。后来，我就用两个手指像鸡啄米那样地打字，或出钱请人打。嗨，不会打字让我很不方便，使我付了不少冤枉钱——可是在遇到原则性问题的时候，钱与不方便又有什么关系？这件事的原则就是：我过去不是、以后也不会是一个打字员。即使对我自己而言，不管那将给我的生活带来多少便利。）

因此，如果说月经来潮意味着你不得不学打字，我宁可不来潮！不学打字！或者两者都不要！我宁可不要孩子！我宁可自讨苦吃。我确实把孩子连同洗澡水一起倒掉了[1]。那当然是我到巴黎的另一个原因。我要让自己与一切都割裂——我的亲人、朋友、丈夫——只是为了证明我是自由的。自由得像一颗错射到太空里的卫星。自由得像一个劫机犯在跳伞时跳进了死亡谷。

我使劲拍打着那圈剩下的卫生纸，将其塞进我的包里，朝我的房间走去。但是我的房间在哪一层呢？我的大脑一片空白。所有的门似乎都是一样的。我向上跳了一段楼梯，盲目地朝角落里那扇门走去。我使劲将门推开。一个肥胖的中年男人赤身裸体地坐在一张椅子上剪脚趾甲。他略为吃惊地抬起头。

"对不起！"我说道，急忙"砰"地关上了门。我又向上跳了一段楼梯，找到了我的房间，把门闩上。我无法忘记那个男人脸上的表情。好笑，但不震惊。一种菩萨般的平静笑容。他一点都不惊恐。

所以说，世上有这样的人，他们中午起床，剪剪脚趾甲，光着身子坐在旅店房间里，不把每一天都看作世界末日。有趣！如果有人突然闯入我的房间，而我正光着身子在剪趾甲，我一定会惊恐万状。我会吗？也许我比自己以为的要坚强。

但我也比我以为的要肮脏。尽管奥登说人人都喜欢闻自己放的臭屁，但放屁的臭味让我的鼻孔受不了。由于我没有丹碧丝卫生棉，洗澡是不可能的，但我的头发蓬乱而油腻，我必须

---

1 出自谚语"Don't throw out the baby with the bath water（不要把孩子连同洗澡水一起倒掉）"，意为不要良莠不分，好的坏的一起丢掉。

处理一下。它已经开始发痒。好像长了头虱一样。一个新开始。我至少得洗一下头发，用香水把自己泡得像凡尔赛宫的宠臣那样，浑身香喷喷的，然后再出门。但我出门去什么地方呢？寻找贝内特吗？寻找阿德里安吗？寻找丹碧丝？寻找伊莎多拉？

“只是关上门，洗你的头发，”我说，“哪个重要先做哪个。”

幸运的是，我还有大量的洗发水。虽然水池很小，水很冷，但洗了头发，让我觉得有了自控能力。

一个小时后，我整理好行装，穿好衣服，打扮好自己，用一块头巾把潮湿的头发扎了起来。我戴上太阳镜，继续保护自己免遭邪恶之眼的伤害。我又用卫生纸临时做了一块卫生巾，别在我的内裤上。虽然是世上最不舒服的卫生巾，但我还是准备好去付房租，拖上我的旅行箱，面对整个世界。

当我走上大街时，心想，感谢上帝赐予我们阳光。我以前是个德鲁伊特[1]，我知道从小处感谢上帝。我竟安然度过了这个夜晚！我甚至还睡着了！有那么一会儿的时间，我允许自己沉溺于一切都好这样的奢望中。

不要思索，我对自己说。不要思索，不要分析，不要焦虑……只要集中精力，到伦敦去，振作起来。只要捱过这见鬼的一天。

我拖着旅行箱到了一家药房，买了丹碧丝，然后步履艰难地回到昨晚在圣米歇尔广场的咖啡馆。我把旅行箱留在一张桌子旁，到楼下的厕所去放入一个丹碧丝卫生棉条。把旅行箱留

1　见本书第 76 页注 1。

在那里，让我心里好一阵紧张，但接着我便决定，见鬼去吧。这将是一种预兆。如果等我（舒服地把丹碧丝塞好后）返回时，箱子还在原地，那么一切都会顺利的。

箱子还在原地。

我在旅行箱旁坐了下来，要了一杯卡布奇诺与一块奶油蛋糕。快到一点钟了，我觉得很平静，近乎于快乐。我们的快乐所依赖的东西是那么少啊：一家营业中的药房、一只没有被人偷走的旅行箱、一杯卡布奇诺！突然我强烈地意识到了活着所能享受到的这一切微不足道的快乐。咖啡的美味、洒满人间的阳光、在街角摆姿供你观赏的人们。看起来似乎整个拉丁区都让美国人占领了。在我的两边，分别听到有人谈论在密歇根大学选修课程的要求以及在西班牙海滩上睡觉的危险。一个黑人中年妇女旅行团，她们头戴花帽，正穿越圣米歇尔广场，朝塞纳河和圣母院方向走去。年轻的美国夫妇带着他们的孩子，背着背包。“毕加索当然有恋乳癖……”一个瘦瘦的穿紧身衬衫的奥斯卡·王尔德类型的人对他的伙伴说（这个伙伴的身上展出了所有皮尔·卡丹的最新款服饰）。在他的超短游泳裤上也有个皮尔·卡丹商标，我心中想。多美妙的一幅景象啊！像乔叟笔下的坎特伯雷教堂的朝圣者。巴斯妇人就是来到圣母院进行朝圣的美国黑女人；乡绅是一个手里拿着《预言者》的温文尔雅的金色胡子的大学生；女修道院院长是一个可爱的艺术史专业的学生，刚从休伊特女子中学来，刚跳了场沙龙舞，或刚从萨拉-劳伦斯学院来（她放下了她显赫的贵族地位与身份，穿着肮脏的牛仔）；好色的道士是一个在街角上大讲长寿与自然生活方式的传道士；修士是头戴饰品的崇信黑天意识的皈依者；磨坊主是芝加哥大学的前政治活动家，现在在分发妇女解放运动的资料……（“你为什么是个女性主义者?”我最近问一个人，我知道他非常热衷于这场运动。“因为这是当今有机会做爱的他妈的最好途径。”他说。）乔叟在此也会感到心安理得的。没有什么是他不能适应的。

这时，我觉得非常凉爽，头脑很冷静，因此决心在恐惧回来之前，好好痛快一下。所以说，我压根儿就没有怀孕。从某种意义上说，那是令人悲伤的——月经总是有点令人悲伤——但它也总是一个新的开端。我将拥有另一次机会。

我再添了点咖啡，观看着经过的旅行团队伍。那些出国旅行的无知者！一对恋人在街角处亲吻，我注视着他们，心里想起了阿德里安。他们注视着对方的眼睛，仿佛将要发现生活的秘诀。究竟恋人在对方的眼睛里看到什么？看到了对方？我想到了自己荒诞的想法，认为阿德里安是与我心心相印的，事实证明，我大错特错。那却是原先所希望的，一个使我完善的男人。帕帕盖诺与我的帕帕盖娜[1]。但也许，那是我所有妄想中最大的妄想。我们不是由他人来完善的。我们是自我完善的。如果我们不具备自我完善的力量，那么对爱的寻找就是寻找自我毁灭之路；而那时我们努力使自己相信，自我毁灭就是爱。

我清楚，我不会追随阿德里安到汉普斯特德去。我清楚，

1　帕帕盖诺是莫扎特的歌剧《魔笛》中王子的随从捕鸟人；帕帕盖娜是捕鸟人之妻。

我不会为了一种巨大的自我毁灭的激情毁了我的人生。我的一部分想要那么做，另一部分却鄙视伊莎多拉不是那种为爱甘愿付出一切的女人。但不必佯装。我不是那种女人。我没有完全自我牺牲的性格。我也许永远不是一个浪漫的女主角，我宁愿活着。那才是此刻至关重要的。我宁愿回家去，把阿德里安写出来。我宁愿以放弃他的方式来保存他。

确实，有的时候我无比思念他。我注视着那对接吻的恋人，我几乎能感觉到阿德里安的舌头在我嘴巴里。而且我还有其他一切多愁善感的症状：我不时觉得，我看到他的汽车就在街对面，也许过后我甚至会越过街道，去仔细查看汽车牌照。我有一阵子会觉得，我在咖啡馆里看到了他的后脑勺，后来突然发现自己盯着看的脸竟是一个陌生人的脸。在其他不同的时候，我不时想起他的气息、他的笑声、他说的笑话……

但随着时间的流逝，这一切会消逝的。不幸的是，一切总会消逝的。心灵的伤痛，开始时最轻微的触碰都会痛得不可思议，最后却变成了彩虹的七色光彩，不再疼痛了。我们把一切都忘记。我们甚至忘记我们还拥有一颗心，直到下一次再遇到心灵伤痛的时候才会想起，那时，我们会想，我们怎么可能忘得了。我们想：“这次伤痛更强烈，这次伤痛更……”事实上，是因为我们已经不能完全记起前一次的伤痛。

“你为什么不把爱忘了，只是努力过你自己的生活？”阿德里安曾问道。而我还曾与他争论。但是也许他说得对。爱情除了让我失望以外，还能给我带来什么呢？也许，我在爱情中寻找我不应该寻找的东西。我希望在一个男人身上把自己彻底忘了，不再成为我自己，想乘着借来的翅膀升到天堂去。我应该称自己为伊莎多拉·伊卡洛斯[1]。借来的翅膀在我需要时永远都不存在。也许我真正需要长出一对自己的翅膀。

“你拥有你的工作。”他曾说过。对此，他说得也是对的。哦，针对所有不恰当的理由，他说得都对。至少我有一份终生的事业，一份职责，一种引领我的激情。当然，这不是大多数人所拥有的。

我搭了一辆出租车，到了北站，寄存了旅行箱，换了钱，并询问了火车的班次。时间已经快到四点钟，在当晚十点，还有一班渡船火车。那不是一趟有着漂亮名字的快车，但那是我到达伦敦的唯一一班火车。我买了车票，心里依然不是很清楚，我为什么要去伦敦。我所清楚的是，我必须离开巴黎。而且在伦敦还有事要做。去见那个代理，去拜访不同的人。除阿德里安以外，还有其他人住在伦敦啊。

那整个下午是怎么过去的，我现在不很清楚。我看看报纸，吃吃饭。当天黑的时候，我返回车站，一边等我的班车，一边做笔记。住在海德堡时，我有很多时间是在火车站里写作的，我几乎是在那里开始再次有了那种在世上自由自在的感觉。

当火车进站的时候，站台上到处聚集了一小簇一小簇的人群。他们脸上是夜行人的愁眉苦脸，通常这个时候他们该在家里睡觉。一个老太太一边哭，一边亲吻着她的儿子。两个满身

1 希腊神话中的人物。传说他与艺术家的父亲代达罗斯使用蜡和羽毛造的翅膀逃离克里特岛时，因飞得太高，翅膀上的蜡遭太阳融化，跌落水中丧生。

污泥的美国女孩靠滚珠轴承拖着她们的旅行箱。一个德国妇女一面用一个罐头喂她的婴儿吃东西，一面叫他Schweinchen[1]。大家都很像难民。我也像难民。

我把我那只硕大的旅行箱拖上火车，沿着过道走去，寻找空的车厢隔间。最后，我找到了一个，里面充满了老陈屁和烂香蕉皮的气味。人的臭味。而在这样的臭味中，也有我的一份贡献。我一直就没有洗过澡！

我提起我的箱子，只是没有抬得足够高，没能使其滑到行李架里面。我的臂臼疼痛起来。正在这时，一个身穿蓝色制服的年轻乘务员出现在旁边，他从我手里接过箱子，向上一甩，就使箱子滑进了头顶上的行李架。

“谢谢。”我说，伸手去拿我的皮包。但他从我身边走了过去，没有意识到什么。

“你一个人?”他问得很模糊。不知他是指“你想要一个人，不受人打扰?”还是“你是一个人，没有人同行?”接着，他把所有帘子都放了下来。多好的人，我心想。他想让我知道，如何不受他人的打扰，如何可以独自拥有整个隔间。正当你想要放弃所有人的时候，有人却出现了，并且意想不到地帮助了你。他正在把扶手拉起，为我设置成一张床。然后，他用手拍拍座位，示意这个座位是可以躺下的。

“我实在不知道，这对其他人是不是公平。”我说，突然觉得独自霸占一个隔间，心里感到愧疚。但是他没有明白我的意

1　德语，小猪猪。

思，我无法用法语表达我的思想。

“Seule[1]？”他再问了一遍，展开他的手掌，放在我的肚子上，把我朝座位按下去。突然他的手伸到了我的两腿之间，想使劲按我躺下。

“你在干什么?”我尖叫起来，跳起身来，把他推开了。我很清楚他在干什么，但是没有一下子明白过来。

“你这头猪！”我冲口而出。他在歪着头笑，耸了耸双肩，似乎是说：“并不想伤害你。”

“Cochon[2]！”我喊叫起来，我为他翻译成了法语。他轻轻地笑了。确切地说，他并不想强奸我，但他也不明白我为什么义愤填膺。毕竟我是独自一人，对不对?

我不知哪来的一股劲，跳起来，跳到了座位上，抓起我的箱子，差点拖到自己的头上。我怒气冲冲地离开了隔间，而他只是站在那儿，歪着头笑，耸了耸肩。

我为自己轻信他人而恼怒不已。哪一个白痴都会知道，他早就设想好了，待他一拉下帘子就会来抓我，而我怎么还会感谢他的好心?我真是一个笨蛋——别看我装出一副经风雨见世面的样子。我的那种世故老成就是该死的八岁孩子的那种世故老成。伊莎多拉梦游奇境。永恒的幼稚儿。

“伙计，你真够傻的。”我一面说，一面沿着过道走去，寻找另一个隔间。这次我要找一个挤满人的隔间。一个坐满修女

1 法语，独自一人。

2 法语，下流坯。

的隔间，或者一个坐着一家十二口人的隔间，或者坐着这两种人的都行。但愿我有胆量用皮鞭狠抽他一顿。但愿我是那些聪明的女人，随身带着梅斯催泪毒气喷雾罐，或者学了空手道。或许我需要一条防身狗。一条训练有素的大狗，能替我干任何事。它很可能比人更容易掌控。

直到我安顿下来，面对可爱的一小家子——母亲、父亲、孩子——的时候，我才意识到，那个插曲很好笑。我所谓的无拉链速交！我所谓的火车上的陌生男人！在这里，有人想给我我自己想入非非的东西。我在海德堡的三年时间里，这种想入非非一直把我吸引到火车上摇晃的座位上，但它非但没有激发我的激情，还让我感到恶心！

颇令人费解，是不是？这是对心灵神秘性的礼赞。也许我的心灵在我没有意识到的情况下开始发生了变化。它不再对火车上的陌生男人充满浪漫的幻想。也许，它压根儿就不再对男人充满幻想？

到伦敦的旅程是炼狱般的。首先就是我车厢里的那些伙伴：一个沉闷乏味的美国教授、他那个懒散的妻子以及他们流口水的婴儿。那个丈夫以审问的口气发话。我结婚了吗？对之，我该如何回答呢？我确实不再清楚该如何回答。对一个沉默寡言的人来说，这是一个容易应付的情景，但是我偏偏是一个喜欢把自己的生平故事对任何过路人宣讲的那种傻瓜。

我使出我所有的意志力给了一个简单的回答："没有！"

"你这样一个可爱的姑娘为什么不结婚？"

我笑笑。伊莎多拉·斯芬克斯。我要不要开始大讲关于婚姻与妇女受压迫的主题？我要不要说我的恋人弃我而去来乞求同情？我要不要强挣面子说，我的丈夫在维也纳被术语吞没了？我要不要暗示那些让他们无法理解的同性恋倾向？

“我不知道啊。”我说，使劲挤出笑脸，把脸都挤歪了。

趁我还没有向他们吐出真情，赶快换话题，我想。如果说有哪一件事我比较擅长的话，那就是自我掩饰。

“你们到什么地方去？”我机灵地问。

他们是到伦敦去度假的。丈夫说话，妻子喂孩子吃东西。丈夫发布政策，妻子闭上了嘴。“为什么像你这样一个可爱的姑娘是单身？”我想。哦，闭嘴，伊莎多拉，不要捣乱……连火车的轮子似乎都在说：闭嘴……闭嘴……闭嘴……

那个丈夫是个化学教授。他因获得了富布莱特基金而到图卢兹讲学。他真的很喜欢法国制度。“讲纪律。”他说。我们在美国更需要纪律——你同意吗？

“不怎么同意。”我说。他一脸迷茫。事实上，我告诉他，我本人也在大学教书。

“真的吗？”这赋予我新的身份。我也许是一个奇怪的单身女人，但至少我不像他的妻子那样只是个洗瓶子的。

“我们美国的教育体制误解了民主的意义，你同意不同意？”他问道，充满着高傲与愤怒。

“不，”我说，“我不同意。”

哦，伊莎多拉，你性子又急了。你最后一次说“我不同意”是什么时候，而且还说得如此平静？我又开始爱上我自己了，我想。

“我们还没有真正明白如何在学校里实施民主，”我说，“但是那不足以成为返回到他们拥有的精英制度的理由……”(我迅速地朝窗外远处黑乎乎的乡村示意了一下)“……毕竟，美国社会是人类历史上第一个需要面对拥有不同人种的这些问题的社会。它不同于法国，不同于瑞典，不同于日本……”

“但是你真认为提高宽容度是解决办法?”

呵，宽容——清教的关键词。

“我认为，我们真正的宽容太少了，”我说，“而表面装成的宽容，实质是过多的官僚与混乱。真正的宽容，有建设性意义的宽容完全是另一回事。”谢谢你，D.H. 劳伦斯·温。

他一脸迷惑不解。我说的是什么意思?(他妻子正在摇晃婴儿，一言不发。他们之间似乎有一种不必言语的协定，她不说话，让他看上去像个知识分子。带着一个不发一言的妻子，很容易成为知识分子。)

我说的是什么意思？我当然是指我自己。我是说，真正的宽容促进独立性。我是说，我决定用自己的双手操控自己的命运。我是说，我将不再是一个女学生。但是我没有那样说。相反，我絮叨不休地大谈教育、民主以及各式各样泛泛而谈的垃圾。

在这种无聊透顶的谈话中，我们已经行过了前往加来的一半路程。然后我们关灯睡觉。

售票员在早得不能再早的时辰来唤醒我们去坐轮船。当我们下火车时，天气十分潮湿，我又十分瞌睡，如果有谁要挟持我跨入英吉利海峡，我也不会神志清醒地进行反抗。我记得，这之后我便拖着旅行箱走过了一个走廊，努力想在漆黑一团的甲板上的折叠椅里睡觉，在清晨的潮湿中排队等待，等移民局的官员检查我们的身份材料。我两眼迷茫地盯着多佛尔的白色悬崖足足两个小时，一边排队等待在护照上盖章。接着是一条约一英里长的水泥通道，我拖着旅行箱沿着通道走去，上了火车。最后，英国铁路终于把我们都救走了，可是火车爬爬停停、停停爬爬了四个小时，才到了滑铁卢车站。眼前的乡村一片荒凉，蒙着一层灰土。我想到了布莱克，想到了撒旦的黑磨坊[1]。这气味提醒我，英国到了。

1 撒旦的黑磨坊，出自英国诗人布莱克的诗，描绘了工业社会的景象。

一九

一个十九世纪的结尾

……不要去听作者的谆谆教诲，而要倾听徘徊在命运的黑森林里的人们的低声呼吁与呐喊。

—— D.H. 劳伦斯

那间旅馆是一幢坐落在圣詹姆斯附近的摇摇欲坠的老楼。电梯是一个古老的笼子，像发了疯的蟋蟀般"呼呼"响个不停，门厅凄凉寂寞，每一层楼道里都有一块巨大的穿衣镜。

我在前台询问，是否有位温医生入住。

"这里没有人叫这个名字，太太。"一个颀长、瘦弱的门房说，他看上去像鲍勃·克莱切特[1]。

我的心沉了下去。

"你确定?"

"喏，你可以看登记本——如果你想的话……"说着，他把登记本递给了我。在那个只有鬼魂出没的旅馆里大约只住了十个客人。你知道其中的原因。摇摆伦敦[2]不停步地从旁边晃过。

我顺着登记本往下看。斯特劳布里奇、亨克尔、哈贝洛、博顿、科恩、金尼、瓦茨、王……就是它。一定是这个“王”。他们拼错了。所有的华人看上去都很相像，所有华人都姓王。我觉得贝内特近在咫尺，尽管不得不容忍什么他的整个人生啦、不再受苦啦之类的废话。

“六十号房间的这位呢？”我问道，指着愚蠢的拼写错误。

“哦，那个日本先生吗？”

胡扯，我想。他们永远也区分不了。

“对，请给他房间打个电话好吗？”

“让我告诉他，是谁来的电话呢？”

“他的太太。”

显然，在十九世纪的此地，“太太”一词还是很有影响力的。我的朋友鲍勃·克莱切特确实马上抓起了电话。

也许那的确是一位日本先生。也许是三船敏郎？佩着武士刀，顶着发髻？《罗生门》里的一个强奸犯？三岛由纪夫阴魂的刀口是否还在流血？

“对不起，太太，没有应答。”接待桌上的人说。

“我可以在房间里等吗？”

1 狄更斯小说《圣诞颂歌》中的人物，一个受刻薄、吝啬老板欺压的雇员。

2 摇摆伦敦，常用于指二十世纪六十年代盛行于伦敦的时装与文化，有奇装异服、藐视传统的特征。迷你裙、比基尼泳衣、波普艺术、摇滚乐、“嬉皮士”等是其主要元素。

“你怎么方便就怎么做好了，太太。”

说完，他使劲敲着桌上的铃，叫来了搬运工。又一个狄更斯笔下的人物。这人的个子比我矮小，他头发上涂着凡士林，亮铮铮的。

我跟着他走进了电梯笼子。“呼呼”地响了好几分钟后，我们到达了六楼。

没错，那是贝内特的房间；他的短上衣与领带整齐地挂在衣橱里。梳妆台上放着一叠戏票，老式的水池边缘放着他的牙刷与洗发剂。地板上是他的拖鞋。暖气片上烘着他的内衣和短袜。我觉得，仿佛我根本就没有离开过。有吗？贝内特竟能如此适应没有我的生活，平静地去看戏，然后回来洗自己的袜子？床是单人床。没有整理，但看上去几乎没有辗转反侧的迹象。

我快速翻了一下那叠戏票。他把伦敦上演的每一出戏都看了。他没有发疯，也没有做出疯狂的事。他还是那个具有预见力的贝内特。

我放松地叹了口气，或者说是失望？

我为自己放了一浴缸的水，脱去我的脏衣服，随它们在地板上拖成一条长龙。

这是一款又长又深的有脚浴缸。一具十足的石棺。我沉到水里，水漫至下巴。

“你们好，我的脚。”我说道，这时我的脚趾在浴缸的另一头露出了水面。我的手臂因拖那个箱子，弄得又肿又痛，我的双脚起了水泡。水太热了，我一度以为自己会热晕过去。“溺死在已分居的丈夫的浴缸里。”我暗自为《国家调查者报》撰稿。我一点都不知道接下来会发生什么事，此时此刻我根本就不在乎。

在深深的浴缸里，我轻轻地漂浮起来，觉得有什么东西不一样了，有什么东西是陌生的，但我想不出来那是什么。

我朝下看着自己的身体。还是老样子。双腿间粉红色的V字形，卷曲的三角形毛发，丹碧丝卫生棉条的线像海明威笔下的某位主人公在水里垂钓，白皙的肚子，乳房半浮着，乳头被热气腾腾的水烫得红红的。可爱的身体。我的。我决定好好珍惜它。

我抱住了自己。我的恐惧消失了。二十九年来一直压在我心里的那块冰冷的石头消失了。并非突如其来。也许并不是永远消失。但它不见了。

也许，我只是来洗个澡。也许，我会在贝内特回来前就离开。也许我们会一起回家，把事情想清楚。又或许我们一起回家，然后分手。不清楚结果会怎样。在十九世纪的小说里，他们会结婚。在二十世纪的小说里，他们会离婚。有没有一个结局是他们既不结婚，也不离婚？我嘲笑自己如此充满文学情怀。“人生没有情节”是我最喜欢的一句话。至少在你还活着时，人生是没有情节的。而当你死去后，有的情节也不是你能关心得了的。

但不论发生什么事，我知道，我都能活下来。我知道，最重要的是我会继续写作。活下来，意味着一次次重生。这并不容易，总是充满痛苦。但没有其他的选择，除非是死亡。

如果贝内特走进来，我会说什么？“我只是来洗个澡？”虽然我光着身子，我可以态度暧昧吗？赤身裸体时能怎么暧昧呢？

“如果你卑躬屈膝，你就回到了事态的原点。”阿德里安曾说。我十分清楚，我不会卑躬屈膝。这就是我所知的全部。足够了。

我放了更多的热水，给头发擦肥皂。我想到了阿德里安，用肥皂泡给他吹了许多飞吻。我想到了无名的浴缸发明者。我有点确定，那是个女人。那么浴缸塞子的发明者会是个男人吗？

我哼着小曲，清洗了头发。正当我再一次往头上抹肥皂时，贝内特走了进来。

《怕飞》，三十岁生日快乐

三十周年版后记

三十年！《怕飞》出版不可能已经有三十年了。要么时间是个幻影（我常常有这样的怀疑），要么是我像瑞普·凡·温克尔[1]一样沉睡了二三十年。写这本书的女孩年纪很轻，都可以当我的女儿了。

我回头看着她，柔情满怀。她是多么疯狂啊。狂躁性荷尔蒙操纵着她的生命。她总是爱上不该爱的人，老是禁不住要写出来。我想对她说："慢慢来，静一静，好好想一想，练练瑜伽吧，一切都会好的。"但她听不见我说的话。没有时间机器能把我带回到她的身边，去修改她大脑里丰富的内容。不过，如果有的话，这本书也就不存在了。

二十多岁与十几岁一样，是一个狂躁的时期。你听到大脑里有一个声音重复说"我要，我要，我要"，但是你不知道，你要什么，又如何去获得。你几乎不清楚自己是谁。你凭本能行事。大多是你的本能促使你去冒险，而你不理解这些风险，直到回顾往事时才看得清。有个圣人说过，只有回顾往事才能理解生活，生活却无法倒过来过。

伊莎多拉想得到爱，但在被性疯狂蒙蔽之时，她又如何辨别什么是爱？她野心勃勃，但浪漫的幻想总是阻挡前行的道路。

她想与父母决裂，想寻找她自己——却被她不完全理解的家庭强力驱赶着。她想摆脱束缚，却不断被同样的由旧翻新的陷阱束缚住。她从一个男人的强权中逃出，又陷入另一个男人的暴政之中。大多数情况下，她遭受了自己神经官能症的折磨。她想同时获得一切。她不够从容。她迫不及待想成为一名作家，但她无法静静地坐下来。

我同情二十多岁的女人——我自己所创造的伊莎多拉·温就是其中一位。让时间回到过去，让我想想我是如何创造了她。

在六十年代末、七十年代初，我主要是一个写诗的学生。一个在哥伦比亚大学攻读博士学位的学生，方向是十八世纪的英国文学，同时在纽约城市学院教课。我步履艰难地行走在一百一十六街与百老汇以及一百三十五街与考文特街道之间，拿着一个公文包，包里塞满了我学生们的从乔叟到蒲柏的英国文学名人录和新生的作文本。我超负荷工作，收入微薄，对自己的未来充满焦虑。我刚刚经历了照料我的初恋的心碎过程：一场精神崩溃结束了我们的婚姻。我想成为作家，但不知如何开始。我一边听研究生课程以及去授课，一边写诗歌——诗歌至今依然是我创作的生命线，但几乎没有时间动手去写我很想写的小说。或许我只是害怕。如果说有人读你的诗歌，读者群往往是很小的。而一部小说也许会将我暴露在大庭广众之下。

我热爱纽约城市学院的学生们，但我不敢肯定，哥伦比亚

1 美国作家华盛顿·欧文（Washington Irving，1783—1859）的短篇小说《瑞普·凡·温克尔》（*Rip Van Winkle*）中的主人公。

大学的博士学位课程是不是适合我。我想写我自己的书，而不是去读别人写的关于书的书。我是一个好姑娘，一个好学的学生，不断地获得我并不真正想获得的奖学金，然而我没有胆量打破学术界的规矩。

像所有作家一样，我不敢赤身裸体地在街上行走。像所有作家一样，我害怕自己是个冒牌货。写作似乎是有风险的。做老师则是踏踏实实的。我怎么知道我的人生将证明反过来也是真实的呢？我想写一本后无来者的小说，可是我害怕失败，害怕跌倒，害怕飞翔。

于是我去做每当我陷入困境时常会做的事。我爱上了一个男人，我以为他是我逃避的港湾。

逃避，不论是以婚姻的形式还是以外国志愿军的形式，都是一场幻想。我们都知道，不论我们走到哪里，都无法摆脱自身的一切。我第二次婚姻对象（在嫁给一个神经官能症患者之后，似乎嫁一个精神科医生是安全可靠的）是一个年轻的精神科医生，这看起来像一种逃避的途径，但最后我又回到自己的陷阱里。

虽然在一九六六年大家还不怎么公开了解，但是越南战争早已开始。我的第二任丈夫自朝鲜战争起就被列入第一批医生征兵名册。他选择在陆军干了三年，这样他就可以去欧洲，而不是越南。我随他而行。

当我来到德国海德堡，远离自己的父母，远离研究生院，远离我纽约的朋友们，我便开始写作，仿佛我的生命——几乎——就取决于它了。写作是我的冥思苦想，我的理智，我的逃避，我回家的路。我写诗歌，写短篇小说，写长篇小说的片断。我通常会害怕结束我的小说，因为结束就意味着接受审判，而我还没有做好接受审判的准备。（有人能做好这样的准备吗?）但是在海德堡，我发现自己具有一个作家的坚韧不拔。我发现我有静静地坐下来写作的能耐，有连续几年不听反馈而继续生活的能力，有在大多数作家所生活的自我这个秘密洞穴里成长的能力。

我不停地阅读那些我热爱的作家的作品，让他们成为我的导师。我找到一位讲英语的心理分析师，他帮助我解开了自我毁灭模式，否则它也许会破坏我的生活。

格雷厄姆·格林出色地把作家的生存称为“一种生活”[1]，将自己的第二部自传命名为“逃避之路”。逃避是作家工作的方式。我们试图在逃避中发现我们自己。这就是我在海德堡真正做的事，表面上我是陆军医生的妻子。

确实，这是一种生活。在书桌边的生活远比离开书桌的生活生动。我在海德堡的三年时间里，还做了不少其他的事——教课、为一份旅游杂志撰稿、接受心理咨询，但是当我回想起那些岁月时，我总是想到自己坐在我们所居住的令人沮丧的军队营房那个黑乎乎的次卧中的书桌旁的情景。我如饥似渴地读书，不停地写作。用于调剂的那些家务劳作、教课以及给杂志社写稿，与我自己规定在书桌旁耕作的记忆相比，都变得模糊不清了。

1　a sort of life，又译“生活曾经这样”，是格雷厄姆·格林第一部自传的书名。

从一九六六年到一九六九年在海德堡——以及在人世间——的三年，令我记忆犹新。海德堡大学的学生沿着大街游行，高唱着“嗨-嗨-胡志明”，向警察扔鹅卵石，像巴黎的学生一样。迷幻药到处都是。空气中弥漫着社会革命与性革命的气息。

虽然有这些狂热的——原谅我的用词——事情吸引我，但我还是决定返回纽约，带着一本值得出版的书稿。我履行了对自己的诺言。

一九六九年我回家时带了一部诗稿，第二年，这部诗稿变成了《水果与蔬菜》，我的第一本书，于一九七一年出版。但是在我的行囊中，《怕飞》的种子正生长发芽。

在海德堡，我正在写一本名为“谋害诗人的人”的书。主人公是一个年轻的疯子，为了继续保持创造力，他杀死了自己的二重身。为什么一部小说要通过一个疯子来讲述呢？显然，我努力用文学的方式来除去我第一场婚姻的肿瘤。当时纳博科夫是我最喜欢的小说家，我正在追求一种纳博科夫式的主题。这些动机之下隐藏着一个更重要的动机：我相信，一本女性视角的小说不可能获得我所渴望获得的文学威望。

回顾往事，这似乎令人吃惊。当时大众视野中看不到女作家。我记得在哥伦比亚大学的巴特勒图书馆搜索一本评论埃米莉·狄金森的书时，它被收在名为“美国文人丛书（American *Men* of Letters）”的系列中。他们读简·奥斯丁以及夏洛蒂·勃朗特的书时，把她们视为无血无肉的经典作家，而不是有血有肉的女人。伊迪丝·华顿被看作小亨利·詹姆斯。一九五九年至一九六三年在巴纳德学院学习期间，我们几乎从来不读女诗人与女作家的作品——尽管该学院过去及现在都以鼓励优秀女生而闻名，并已培养出一大批女作家：玛格丽特·米德、佐拉·尼尔·赫斯顿、霍顿斯·卡利什、贝尔瓦·普兰、罗泽伦·布朗、玛丽·戈登、安娜·昆德兰、埃德维热·丹蒂凯特——仅举几例。尽管有这样的纪录，在我读书的时候，巴纳德学院的现代文学意味着 T.S. 艾略特、W.H. 奥登、埃兹拉·庞德。当代小说就是弗拉基米尔·纳博科夫、伯纳德·马拉默德、索尔·贝娄。女作家只限于流行文化的聚居地，只容许在推理小说、爱情故事及历史小说等题材中出人头地，只要她们没有文学价值，甚至也会宽容地让她们挣大钱。但是如果你想成为严肃的作家，那么你必须是男性。（不错，有一些例外——像玛丽·麦卡锡，但大多数声称是作家的女人［如果侵犯了男人的权利］藏身于流行小说中的妇女领地。）

当我从一个女性的视角写诗歌时，我却用一个男性的视角写小说。诗歌因为是暗中写作，基本上没人阅读，可以让我尝试女性的坦诚告白。小说因为面向大众，使得我模仿了一个男性小说家的口吻。

因此，一九六九年，我回到纽约时，携带着一部诗稿与一部小说的片断。我再次返回哥伦比亚大学，但这次不是攻读十八世纪英国文学的博士学位，而是到了文学院，向斯坦利·库尼茨和马克·斯特兰德学习写诗。我一遍遍修改我的第一本诗集，最后终于找到了霍尔特-瑞恩哈特与温斯顿出版商。

《水果与蔬菜》在一九七一年春天出版——那是女性作品的

黄金时期。安妮·塞克斯顿和西尔维娅·普拉斯的诗歌奋力打开了女性诗歌的大门。杰梅茵·格里尔的《女太监》唤醒了沉睡中的女性怒火。（因为杰梅茵·格里尔，我们都想品尝自己经血的味道。）阿历克斯·凯茨·舒尔曼[1]的《一个前舞厅皇后的回忆录》、洛伊丝·古尔德[2]的《如此好朋友》以及苏·考夫曼[3]的《狂妇日记》这三部作品成功揭示了人们对女性生活经历题材小说的深深渴望。突然，女性生活和女性的作品都成了新闻。

《水果与蔬菜》当然受益于这种强烈的渴望。我不仅跻身作家行列——出版了第一本书的作家都相信这应该能解决自己的一切问题，而且性别合乎那个时代的要求。出版一本诗集也许就如将一片玫瑰花瓣扔下大峡谷那样无声无息，可是在一九七一年，女性很时髦。况且我长着一头金色长发，身上穿的是在当时（甚至现在）都很时尚的超短裙与靴子。虽然我恐惧飞行，但如果是去朗诵自己的诗歌，我什么地方都敢去。

在一九七一年，人人都想了解女人们的感受、女性的作品、女性的思想。我以前被忽视的性别如今成了流行风尚。即使在那个时候，我还是怀疑，如果一个女人可以成为一种时尚，那么她就可能有过时的时候，但是当时谁也听不进这样的话。女性主义运动的第二波浪潮推出了一股由女作家写成的、关于女性生活的作品洪流。

---

1 Alix Kates Shulman，生于1932年，美国小说家、散文家，也是女性主义运动第二次浪潮中活跃人士。

2 Lois Gould（1932－2002），美国女作家。

3 Sue Kaufman（1926－1977），美国女作家。

当然，这样的景象并不是人人都乐见。男性作家痛恨他们的权力开始丧失。我怀疑，当保罗·泰鲁在《新政治家》杂志里把我的女主人公称为一个“硕大的外阴”时，与其说是骂我的小说，不如说是对丧失了优越感而感到恐惧。像他一样的男人还有很多。但是有一些男性作家认识到女性革命的重要性。路易斯·昂特迈耶[1]、约翰·厄普代克、亨利·米勒这些男性作家明白，女性的声音将永远改变文学的性质。事实上我们可以论证，如果没有女性主义运动的第二波浪潮，不仅永远不会出现前三十多年女性作家的盛况，也不会有约翰·欧文、约翰·厄普代克、杰弗里·尤金尼德斯以及其他许多有天赋的作家尝试女性意识的写作。令人高兴的是，女性写作已经深刻地改变了我们所有的文学。

再说回那位身穿超短裙的年轻诗人，她在纽约九十二大街－Y组织教诗歌，在各大学、高中以及咖啡店朗诵她的作品，同时心中还拿不准要不要读完博士学位，让自己“有退路”。她的出版商希望她写一本小说，但她非常害怕把自己的小说拿出来，于是她又呈上了一部诗稿。她的出版商接受了，你知道，那时出版业与现在很不一样。（这本诗集就是《半衰期》，一九七三年出版，只比《怕飞》早出版六个月。）可是现在她的出版商开始失去耐心。“你在写的小说呢？”他不停地问。“你马上就能见到了。”我不停地回答。但是要拿出《谋害诗人的人》让我紧张，因为在我心中，这是一本逃避的书，是我必须写出

1 Louis Untermeyer（1885—1977），美国作家、诗人。

来的那本书的逃避版本。

最终，我鼓足勇气，给阿伦·阿舍看了部分手稿。他很快读了手稿，慎重地说：“可以出版，但我不会出版它，将来你会感谢我的。你为什么不回家去，用你写诗的女性声音写小说呢?”

谈起适当的时候说的适当的话。我就这样接到了写《怕飞》的许可。(我为什么需要得到男性的许可是另一回事。）阿伦编辑过菲利普·罗斯和索尔·贝娄的作品——两位都是我的文学神殿中的神灵，因此他的判断似乎是不容争辩的。我永远感谢他，因为他拒绝了我的第一部小说，并给予我写《怕飞》所需要的驱动力。

写作时，我激情澎湃又惊恐万分。在便笺簿上涂写着种种情景时，我向自己保证，不会让任何人读这份手稿。这种自我欺骗是唯一能让我写下去的办法。这是一条我依然向年轻作家们建议的策略。把站在你身后指指点点批评人的家长赶走！只写给自己看。如果你想着读者，不管什么样的读者，都很可能会使你停滞不前。不论我什么时候开始写一本新书，我还会这样时时提醒自己。

《怕飞》是在一九七三年以精装本出版的。与普遍观点相反，它并没有马上引起轰动。这被认为是一位诗人的第一部文学小说，因此封面装帧附庸风雅，印数也很少。多亏了平装本编辑的热情——伊莱恩·科斯特，现在是一位文学代理，爱上了这部小说，并且在第二年买下了它，进行重印。若非如此，这本书也许至多象征性地加印一次精装本。

早期的评论令人忧喜参半。一个女人“如此谈吐”，让有的评论热情似火，有的评论惊恐万状。发行渠道总是供不应求。无论什么时候，只要有消息说某本小说从校样开始就引起激烈争论，那么它就会缺货。有几个月的时间，这本书固守在畅销书排行榜的下游，一次又一次地缺货。后来，约翰·厄普代克在《纽约客》上赞扬了它，情况开始发生变化。然而我当时不知道，我的出版人正准备离开公司。一连几个月，他的总编辑与发行人的位置是空缺的，于是《怕飞》成了一本大家都听说了却无人能买到的书。在那段痛苦时期的某个时刻，亨利·米勒发现了《怕飞》，在《纽约时报》上写了一篇热情的赞美文章。他称这部小说是《北回归线》的女性版，预言这本书会改变美国的创作。由于他的慷慨，我们开始了关于写作的大量通信。在米勒身上，我找到了一个文学知音，他的友谊是我混乱时期的阳光雨露。当《怕飞》的平装本在一九七四年十一月出版时，最初几个月里卖了几百万册。

最后，《怕飞》单在美国就销售了七百万册，接着成了世界各地的畅销书。在转瞬即逝的三十年时间里，让我吃惊的是，在完全不同的文化里对这本书的反应竟如此相像。日本、中国以及朝鲜的读者与法国、西班牙、德国、意大利以及塞尔维亚的读者一样充满热情。随着东欧剧变，这本小说出现在波兰、捷克和斯洛伐克以及俄罗斯。让我觉得不可思议的是，全世界的性政治问题都惊人地相似。

很少读小说的人读了《怕飞》。对许多爱好者而言，它不仅仅是一本书——它是生活的一部分。在街头、飞机上、火车上常有人拦住我，告诉我，他们第一次是在什么时候读了“那本书”，它对他们的生活产生了什么影响。“我记得是在希腊，心里在想要不要与一个英俊的年轻男子上床——于是我与他上床了（或者说没有），非常感谢你，它改变了我的生活。”

我与伊莎多拉已被接受（或被谴责）为解放者、堕落者、良师、益友。我们遭到禁止与焚毁，但是人们阅读了我们。

人们反复读，画出重点，相互传阅。作为一个作家，那就是最高褒奖。我的感激难以言表。

我过去常常担心，《怕飞》远比我另外二十多本书著名，这贬低了我一生的努力。我过去常常担心，人们会把“速交”刻上我的墓碑。现在我不再担心了。白纸黑字能成为人们生活中的大事是很难得的。这本书拥有了这种奇特的好运。我作为它的制造者，在奇迹面前，感到自己十分渺小。

埃丽卡·容

于纽约

二〇〇二年十二月十一日

亨利·米勒谈《怕飞》

当然，不论谁的书，只要上了畅销书的排行榜（即使排在最后），都不需要书评，不需要吹捧。因此，这席话是没有必要的，但或许你可以说，这只是一个作家向另一个作家表达的敬意。主要是对一位女作家表示热烈衷心的称赞，这样的作家我闻所未闻。

从某种角度看，这本书——《怕飞》——是我自己的《北回归线》的女性版。值得庆幸的是，它不像我的书那么痛苦，而是快乐得多。作者对心理医生感到苦恼不堪，我们大多数人与她有同感。我嘴上说作者，但在我的大脑中，无法将这位作者与她的主人公伊莎多拉·泽尔达区分开。另一方面，读《北回归线》这本书，评论家与读者都倾向于认为，我虚构了亨利·米勒。直到今天，许多人提到它，总说它是一本小说，尽管我一遍遍重申它并非虚构。

作者埃丽卡·容在一封信中对我说，她认为对一本书的体裁加以区分是愚蠢的。套用格特鲁德·斯泰因的话，一本书就是一本书，只是一本书。人们确实没必要过多关注体裁问题。一般情况下，自传不如小说流行，除非内容耸人听闻。我想，另一方面，出版商总是害怕自传，因为怕遭到诽谤中伤的威胁，或遭到人格诽谤诉讼；但主要是出版商都胆小怕事，他们对任何事都心怀恐惧。

这本书的神奇之处在于，作者或者伊莎多拉满心害怕，有各种各样的担忧，但她并不在乎。她在痛苦的时刻也能使我们开怀大笑。

这本书必然具有治疗功效，不仅对女人有，对男人也有。每一个心理分析师，每一个精神科医生，每一位心理学家都应该读这本书，犹太人也应该读这本书。他们在这本书中遭到猛烈的抨击。很难称这本书为“反犹”的书，因为作者本人就是犹太人，她知道自己在说什么。她犀利的幽默与讽刺毫不留情地指向自己的同胞。当然，在这点上，她并不是独一无二的。只要我们想一下斯威夫特、奥凯西[1]、克努特·汉姆生[2]、萧伯纳、塞利纳[3]，还有亨利·米勒。但我们都热爱自己的国家。我们只是鄙视我们的国民。

是的，我知道，在全世界，犹太人是以最擅长嘲讽自己、承认自己的缺陷而闻名的。但是如果一个非犹太人这样做，他马上会被称为反犹主义者。

继续假惺惺地说，我们本质上都是兄弟，这很愚蠢。事实倒很可能是这样的：我们本质上都是食肉动物、谋杀者、叛徒、说谎者、伪君子、胆小鬼。

不要误会。埃丽卡·容既不厌恶女人，也不憎恨人类。我的

1 Sean O'Casey（1880—1964），爱尔兰剧作家。

2 Knut Hamsun（1859—1952），挪威小说家，曾获一九二〇年诺贝尔文学奖。

3 Louis-Ferdinand Céline（1894—1961），法国小说家、医生，著有《长夜行》等。

印象是，她热爱生命，也热爱人类。但她的智力不容许她对人们明显的缺点视而不见。正是她的这种热忱，给我们带来最有趣与最有活力的篇章。人们常说“她写作起来像个男人”，而她的创作恰恰并不像男人，而是百分之百的女人，一位女性，有时是一个“婊子”。她在许多方面都比大多数男性作家率直、诚实、勇敢。那就是我喜欢她的原因。简言之，她能让人心旷神怡。

顺便说一下，我想，杰梅茵·格里尔是否会在什么时候写一本这样的书。杰梅茵·格里尔是另一位激发我的想象、令我钦佩的女作家。当然，当我读到她在《花花公子》上的访谈时，几乎难以相信自己的眼睛。男人与这样的女人是无法匹敌的。

有趣的是，这两位女士天赋极高，受过良好教育，博览群书，极有品位；但最重要的是，她们无所畏惧。

我禁不住要想,妇女解放会如何看待埃丽卡·容的这本书。这里有一个性解放的女性，她讲述了对男人的需求，或者如她有时说的那样，她需要性爱。她承认她好色，以及如何好色！我们从女性那儿听到的相关话题的讨论实在太少。虽然书中有这样的内容，她写到了极致，这本书却几乎不能被称为“色情”。里面充满了情色情节，不论那意味着什么，但是在所有这一切的背后,存在着非常严肃的目的。这本书充满意义，它是生命的颂歌。食尸鬼是那些心理分析师，教师，家长，等等。

对我来说最具吸引力的是，她把一位英国心理分析师塑造成了一个可爱的人物，而他事实上是个一流的恶棍。他总在插科打诨，像亨利·扬曼[1]，但他是一个极有意义的角色。

这个浑蛋最后成了伊莎多拉的救世主，尽管他也许并非有意为之。正是他的一番恬不知耻的背信弃义擦亮了她的眼睛，使她直面自己，接受现实。他当然是一位“反英雄”角色。他是个恶棍，但通晓人事，或者，我想我应该说，“他知道他的面包哪一面涂着黄油”。

我详谈这个人物，因为我们很少有人愿意承认，正如从一个善良之人身上学习一样，我们也（同样或者更加）可以向邪恶之人学习。我们知道，在这个见鬼的世界上，好人也会有极大的破坏性；但是我们似乎并不知道恶人可以带来好的结果。如果邪恶之徒只是打碎了我们理想主义的梦想，那么他们已经做得够多了。

但是对于阿德里安，这个英国的心理医生，头号恶棍，我有点言过其实了。他事实上并非真正地邪恶；他只是毫不在意自己的生活方式会不会碰巧毁了别人的生活。

当蒙住伊莎多拉眼睛的绷带最终掉下来时，我有一种强烈的快乐，一种巨大的释怀之感。尽管看到她回到她的丈夫（另一个心理医生，却是一位东方丈夫）身边，有那么一点失落，但我觉得，她会坚强地独自站起来。一旦绷带解开，你不会再蒙上去。也许她——作者或女主人公——依然恐惧飞行——谁不恐惧呢？但是她能够泰然处之了。

1 Henry Youngman（1906—1998），英国喜剧家，笑话大师。

我想预测一下，这本书将创造文学的历史，女性将由此找到自己的声音，讲述关于性、生命、快乐与冒险的精彩故事。

亨利·米勒

厄普代克谈《怕飞》：埃丽卡·容式的爱

埃丽卡·容的第一部小说《怕飞》像一个胜利者。它既有品位，又有锐气；既聪慧，又犀利。她把女性主义思想的所有鸡蛋打了进去，让舒芙蕾和诗人的灵感一同发酵。她还撒上一些脏话，仿佛这是由女人们发明出来的；她兴高采烈开诚布公地谈论性，给女性散文带来了全新的风味。她小说中的女主人公伊莎多拉·温审视了那群"腼腆、畏缩、分裂的"英国女作家后，问："女乔叟在哪里?"如果巴斯妇人是个年轻漂亮的女人，是个神经过敏的犹太人，是个当下的城市人，那么她也许会这样写作。《怕飞》不仅是女性意识"提高"了的、有时还带刺的花园里艳丽耀眼的花朵，而且它属于并拓展了《麦田里的守望者》以及《波特诺伊的怨诉》的传统，那种在纽约心理分析师沙发上的自白——敏感孩子的哀歌。虽然伊莎多拉·温像亚历山大·波特诺伊一样不知羞耻与沉溺自我，但她的读者过了一把成长过程中的想入非非、恐惧症以及家庭闹剧的瘾，她避免陷入使罗斯笔下的主人公变得残忍的唯我主义，也没有像霍尔顿·考尔菲德那样把天真无邪当作理想，然而她对虚伪同样十分敏感。她敏锐地面对这个世界："我们的快乐所依赖的东西是那么少啊：一家营业中的药房、一只没有被人偷走的旅行箱、一杯卡布奇诺！突然我强烈地意识到了活着所能享受到的这一切微不足道的快乐。咖啡的美味、洒满人间的阳光、在街角摆姿供你观赏的人。”

虽然伊莎多拉对她多位糟糕恋人的性无能、疯癫以及卫生缺点都津津乐道；虽然她（据她说）天生是个女性主义者，在十三岁时，“乘坐第七大道地铁的一个夜晚是我开始‘变得激进’的日子，当时与我约会的男孩问，我是否打算将来当一名秘书。他是一个愚蠢的贺拉斯·曼式的男孩”，但是，自《范妮·希尔回忆录》[1]以来，她比任何作家都更多地赞美男性的身体：

“他躺在那里，美不胜收，他的身体闻起来味道好极了。我想，多少个世纪以来，男人崇拜女人的身体，却鄙视她们的心灵……那就是我对男人常有的感觉。他们的头脑混乱，不可救药，但他们的身体是那么美妙。”

她讲述了她处于这些混乱的头脑与美妙的身体之间的痛苦，这虽然不完全是在升起两性战争的休战旗，但确实为重新谈判燃起了某种希望之火。伊莎多拉是一个可能的女画家以及一个设计了“看上去像啤酒杯的冰桶与看似冰桶的啤酒杯”的父亲生的四个女儿中的第二个，在中央公园西的一处有十四个房间的公寓中长大。她十三岁出现（让我们称之为）性爱抚；十四岁时悔恨万般，以挨饿来忏悔；咨询了一连串的心理医生（第一位是施里夫特博士，他当然很矮小，告诉她“接受成为一

1 1759年出版于英国的妓女自传，由英国小说家约翰·克莱兰代笔。被认为是英国文学史上第一本真正意义上的色情小说。

个女人的命运吧”）；十七岁进了巴纳德学院，大一时遇到了聪明的布赖恩·施托勒曼，勾引了他，终结了自己的处女之身，毕业后嫁给他，在读研究生时承受了他越发严重的疯癫；二十二岁时与他离婚，结识了一位肮脏的失败音乐人查理·菲尔丁，遭到他的背叛，与一个二十三岁的女友开始了一段欧洲的放荡之旅，返回纽约，遇到了沉默寡言的华裔精神科医生贝内特·温，嫁给了他；在五年后，二十九岁时，一九七一年，伴随她的丈夫出现在维也纳举行的国际心理学家大会，在大会上遇到一个莱恩式的英国心理医生阿德里安·古德洛夫，并对他一见钟情，最后跟着他离开。

用五十分钟时间可以读完的这三百四十页里（虽然有人对此不无怀疑），这个人生故事轻松自如地来来回回叙述着。在俏皮话、明信片（“维也纳。名字就像一曲华尔兹。但我始终无法忍受那个地方。它对我来说似乎已死去，用防腐剂保存着。”）以及对女人艰难与奇怪的命运的思索之中，呈现出了一种范式、一种人。智力低下，体质虚弱，推销除臭剂般的谄媚暗示——这一切都是女人所遭受的。婚姻的状况用一句话响亮地道出：“在一个男人的世界里未婚，是一个大麻烦，随便什么事情都比未婚麻烦少。”母爱是另一件令人不信任的事：她自己的母亲，一个受挫的艺术家，充满了“错位的艺术攻势”，伊莎多拉忧伤地想到年轻的妻子们“由于寂寞无聊而生养孩子，却不清楚为什么要生孩子”。女性生活中的那些小不快被描写得栩栩如生、详尽、富有喜剧性。令人惊讶的是，那些在男性作家写的严肃的情色小说（如梅勒的《她的美妙时刻》）中被津津乐道的，在女性的抱怨中反而从未出现。伊莎多拉·温不论境遇如何糟糕，似乎都能得到性满足。也许正是这种满足构成了她不哀的神话，在种种精神痛苦之中，赋予她的文字棉花糖般神奇有趣的光环，最后用类似购物归来的那种满足感，为结局添上一张怡然自得的快照："漂亮的身体。我的。我决定要好好珍惜它。"

男性书评家为有这本可爱又可口的小说（每一章都饰有题词）而感激万分，却因消化时发出"咕噜噜"的声响而感到窘迫。读者保持了与伊莎多拉的亲密交流，接受了她赋予故事的价值观：调和生存的两极间难以调和的欲望；虽心怀不安，却战胜了飞行恐惧症、社会环境中的负罪感以及负罪感背后的奴性。但是，拉开一点距离看，这可以视为一个被惯坏的女孩的故事，她经过了一些冒险之后，固执地决定继续娇惯自己。她到处转悠，钱随处都可以获得：她的父母很富裕，她第一任丈夫的父母有能力支付他治疗精神病的私人医生费用，"大约每月两千美元"；查理·菲尔丁靠一份信托基金生活，她当前的恋人和她的丈夫都是精神科医生，拥有那种神圣职业的潜意识中的富裕。当然，中产阶级也存在问题，大多数小说都是写中产阶级的，但是作为一个性压抑的例子，伊莎多拉·温应该被视作特例，因为她与她的解放之间不存在巨大的经济障碍，而且（由于她自己的选择）她没有孩子。凯特·肖邦的《觉醒》是一部写女性叛逆的哀伤小说，其中的女主人公埃德娜·庞德烈既是个妻子，也是个母亲，为了逃避她个人的艺术身份与她的母亲责任之间的僵局而投水自尽。伊莎多拉没有孩子拖累，随身带着一张美国运通卡为她的朝圣保驾护航，有一个职业性宽恕的丈夫，尽管经历了不少恐惧，但她毕竟是一部喜剧的主人公。

书的封底[1]上是容女士灿烂的笑脸，她有一副漂亮的牙齿，一头瀑布般的金发，不同于她的两本诗集上那幅严肃的肖像。让人不安的是，伊莎多拉不仅如埃丽卡·容一样写诗，而且她写的就是容女士的诗，此书中有两首容的诗歌。《水果与蔬菜》（1971 年）与《半衰期》（1973 年）的读者早已读到过，伊莎多拉·温断了一条腿，她的眼角正开始出现鱼尾纹，她写给她自己看的五彩笔记，她的一件衣裙会撒下一路的金属饰片，她母亲的鳄梨绿色沙发后面那棵鳄梨树，她发疯的第一任丈夫，她把柔软的脸颊比作柳叶梢，她生气地观察心理医生办公室里的布拉克与郁特里洛的画作，以及她引用了西尔维娅·普拉斯的问题："就没有办法走出自己的心灵了吗?" 在《半衰期》中的一些诗歌里，《怕飞》中的丈夫与情人有了清晰的身影。更早的《水果与蔬菜》中的组诗《让你飞回家》则用略为不同的手法写了将"布赖恩·施托勒曼"转移到加利福尼亚医院的经历——其情景比我们在小说相应章节所读到的更加动荡不安，更加险恶。在小说里，这件事只是构成伊莎多拉·温爱的教育的一长串滑稽可笑的事件之一。

《怕飞》戴着轻纱薄羽，乔装成小说，放肆得惊人；《绿色黄蜂》与《蓝色黄蜂》广播系列节目之间的差异体现出了这部小说的真实厚度。阿德里安与伊莎多拉开玩笑地讨论，在她假

1 指英文原版封底。

定要写的那本书中，描述他们间的风流韵事时，会把他描绘成什么样子。伊莎多拉的姐姐（其丈夫后来曾想非礼伊莎多拉）朝她嚷嚷道：“我不会由着你把我、我的丈夫、我的孩子们写进你肮脏不堪的作品里——听明白了吗？不论你以什么方式提到我，我会杀了你。”

不相干的读者当然不必发抖，可是关于过去恋情的那些章节，让人觉得作者不是在讲述，而是在披露真相，并且女主人公身上有一些原型踪影，或未加分析的内容：因为她始终注视着自己的赤身裸体，她的视线变得模糊不清，并且对文化与心理分析术语的灵活运用有时近乎神经质的行话。作为一个小说情景与人物的创作者，容女士当前处于最佳状态——也就是说，在一九七一年维也纳大会的时候，在伊莎多拉来回奔波于她丈夫与新情人之间的时候，她同时获得他们对所发生的一切源源不断进行的两种不同的心理分析。这时，喜剧成了讽刺，沮丧成了戏剧。散文文字升华了。从头至尾，诗人的言辞敏锐几乎没有阻碍带着浓郁气息的本土化表达；一些佯装的语气转变，一种偶然出现的词语自主（在短短六行文字里出现了“浓厚兴趣”“贪婪地阅读”“紧紧抱着我的孩子”），一些冷不丁的术语，只是稍稍损伤了连绵不绝的欢乐。这部小说如此丰富，令人不禁好奇，这位作家是否还留下了足够的素材来写另一部小说。容女士以其无畏与清新、温柔与准确，一口气抵达了文学家的水准；愿她继续向前，朝着坎特伯雷的方向。

约翰·厄普代克

埃丽卡·容访谈录

问：当人们假定这本小说只是自传时，你觉得苦恼吗？

答：自《怕飞》出版以来的三十年时间里，自传（或回忆录）与小说之间的界限已经模糊了。《怕飞》处在这种趋势的前列。它虽然有自传的成分，但它从来就不是字面意义上的自传。第一部小说有自传成分，也并不罕见。早些时候，有的批评家（如约翰·厄普代克）看到了我的小说与《麦田里的守望者》之间的相似性，它也使用了纽约的自传性环境，而且同样带着主人公进行了一次神秘的旅程。

问：这是不是一本只有年轻作者才能写出来的小说？书中有没有什么地方现在会使你感到尴尬？

答：这本小说中的喧闹是年轻人的喧闹。它读起来就像是解放宣言。当一个作家年龄渐长，事物似乎就不那么黑白分明了。我们看见事物更丰富的层次，但丢失了一些年轻时的疯狂。有时，我从这本书中选一段朗诵，会为自己当年的大胆鲁莽而脸红。而有时我希望我现在还能那样大胆鲁莽。

问：你接着又写了两本有关伊莎多拉·温的书。是什么让她

成了一个你想要重访的人物?

答：伊莎多拉成了女性寻求自由的符码。我想展示她是如何成为母亲、离婚、沉溺以及如何建立新的人际关系的。因为她对那么多读者而言是那么重要，我觉得她的故事必须继续写下去。

问：一些读者认为，伊莎多拉对待婚姻太随意。她的婚姻如何反映出你自己的婚姻观?

答:六十年代成年的那一代人,结婚时太年轻,没有多少婚姻的责任与义务的概念。接着，我们发现婚姻是那么艰难，需要做出许多妥协。我们常常与第一个配偶离婚。而现在我们的孩子由于常常随离了婚的父母长大，对责任义务更加谨慎。总而言之，这是件好事。他们更加现实地看待婚姻。我觉得，他们比我们更有可能拥有美满的婚姻。

问:《怕飞》被一些人视为可耻之书，你觉得苦恼吗?

答：起初，有些人强调书中的性爱，我很苦恼。我从不认为这是一本关于性爱的书。我认为这是一本关于自由的书。随着时间的推移，我开始明白，伊莎多拉在性爱感受方面的赤诚坦率给读者带来了冲击力，因此保守者觉得，他们不得不摒弃这本书——并且摒弃我。书中与其说有婚外性行为，莫如说有更多的性幻想。由一个女人自由地谈论性，自由地思考性，也许与实际进行性行为同样具有威胁。不管怎么说，伊莎多拉的坦诚确实改变了女人与男人关于性的思想、言谈以及写作。

问：你在什么地方说过，当你写作《怕飞》时，你想到过让伊莎多拉死去，但后来决定她不该为她的罪孽而死。为什么？

答：这么多小说——《安娜·卡列尼娜》与《包法利夫人》只是两个典范——以死来惩罚女性的婚外性行为。我很自然地认为，伊莎多拉解决她的困境的办法就是自杀。我想我当时是受了文化模式的影响。在这样的文化模式中，女人要为乱性而付出死亡的代价。但我后来意识到，我必须改变这种模式。我想，重要的是允许女人有激情，而不是给予她们严酷的惩罚。并不是说激情是轻而易举的事，或者不存在矛盾冲突。只是死亡似乎是一种太极端的惩处。

问：女性今天似乎比一九七三年时自由了。你认为，为什么伊莎多拉的困境依然适用？

答：我们依然处在一场未完成的革命之中。表面看，女性似乎拥有更多的自由，但是依然很难把爱与工作结合起来，依然很难与异性一起找到幸福，依然很难获得情感上的自由。伊莎多拉提出的问题，女性依然在自问。女性依然觉得需要一个男人来证明自己的身份。社会上的许多事情已经发生变化，但是女性在成就自己时依然矛盾重重。

问：针对《怕飞》人们问你最多的问题是什么？

答：人们总是问我，怎么会有胆量写这样一本揭露私生活的书。我确实不知道答案。我是被迫写了这本书。我想把一个女人心里的所有东西全都记录下来。我想把女性的心理用纸笔写下来。我一定达到了这个目标，因为对这本书常有的评论是：你读懂了我的心。

问：你受到最严厉的批评是什么？

答：最严厉的批评始终是说伊莎多拉是自我沉溺型的。我觉得，我们的文化认为，女性对她们自我实现的思索不是她们应该做的——她们应该做的事是关心和照顾其他人。我们对男性主人公探索他们自己的心灵似乎不加以批评，对女性却有不同的标准，即她们应该是在情感上以及心理上照顾关怀别人的人。要打破这种思维模式非常困难。但是，如果女人探索女人的心灵就被视为没有女人味，那么女人又如何能成为重要的作家呢？

问：谁的赞扬对你来说最有意义，为什么？

答：最有意义的赞扬来自约翰·厄普代克与亨利·米勒，他们两人从不同的角度认为，我正在努力通过小说为女性做一些全新的尝试。